古典詩歌研究彙刊

第八輯

龔鵬程 主編

第 4 冊

庾信賦研究

許東海 著

國家圖書館出版品預行編目資料

庾信賦研究／許東海 著 — 初版 — 台北縣永和市：花木蘭文
化出版社，2010〔民 99〕
目 4+258 面；17×24 公分
（古典詩歌研究彙刊 第八輯；第 4 冊）
ISBN 978-986-254-312-2（精裝）
1.（南北朝）庾信 2. 學術思想 3. 傳記 4. 賦
843.65   99016393

ISBN - 978-986-2543-12-2

9 789862 543122

古典詩歌研究彙刊
第八輯 第 四 冊   ISBN：978-986-254-312-2

庾信賦研究

作   者 許東海
主   編 龔鵬程
總 編 輯 杜潔祥
出   版 花木蘭文化出版社
發 行 所 花木蘭文化出版社
發 行 人 高小娟
聯絡地址 台北縣永和市中正路五九五號七樓之三
         電話：02-2923-1455／傳眞：02-2923-1452
網   址 http://www.huamulan.tw 信箱 sut81518@ms59.hinet.net
印   刷 普羅文化出版廣告事業
初   版 2010 年 9 月
定   價 第八輯 20 冊（精裝）新台幣 28,000 元

庾信賦研究

許東海 著

作者簡介

許東海，1959 年出生，國立政治大學中國文學博士，現任國立政治大學中國文學系 / 所教授，曾任國立中正大學教授。著有：《庾信生平及其賦之研究》、《永明體之研究》、《詩情賦筆話謫仙：李白詩賦交融之多面向考察》、《女性.帝王.神仙：先秦兩漢辭賦及其文化身影》、《另一種鄉愁：山水田園詩賦與士人心靈圖景》、《諷諭‧美麗‧感傷：白居易之詩賦邊境及其文化風情》、《歸返‧夢幻‧困境：辭賦書寫新視界》等書。主要從事先秦漢魏六朝隋唐文學、辭賦學、古典詩學及山水田園文學等相關研究，近年亦涉足宋.明兩代文學。

提　要

　　南北朝是中國歷史上處於南北分庭抗禮形勢的首要代表時期，而對於身為這一階段文士階層的重要發言代表庾信來說，具有發人深思的意義。其中的主要理由，在於庾信既躬逢此一巨大世變，並歷經南、北二朝，深具南北交流與融合的文化身影，復因其南方文士身份長年羈旅於北國，且加上處於仕、隱之間的不由自主。於是庾信筆下文學世界成為南北朝世變下當代士人心靈具體而微的重要縮影與真實見證。宛若一幅幅以宮體彩繪的世變畫卷。

　　辭賦作為南朝文學的主要話語型態之一，它本身實富於濃厚的當代文化風潮，一方面南朝辭賦承繼兩漢賦家的尚麗風華，另一方面又深契於當時文學的貴游審美取向，從而蔚為六朝文壇普遍的「文體辭賦化」風潮。因此即使兼具詩人、賦家雙重身份，為當代文士慣見的現象，然則辭賦更成為當代文士展現才華的重要場域。進一層而言，深具宮體色彩的庾信賦，不僅成為南北文學與文化交流的重要觀察焦點，同時亦復成為南北朝世變下源自於南朝文士的心靈告白。

目

次

第一章 緒 論 ……………………………………………… 1

　第一節 南北朝政治之背景 ……………………………… 1

　第二節 南朝文學之趨勢 ………………………………… 3

　第三節 北朝文學之演變 ………………………………… 4

第二章 庾信評傳 ………………………………………… 7

　第一節 鄉里世系 ………………………………………… 7

　第二節 生平行誼 ………………………………………… 14

　　一、生平事蹟 …………………………………………… 14

　　　（一）南朝登仕 ……………………………………… 15

　　　（二）哀樂中年 ……………………………………… 17

　　　（三）長安羈旅 ……………………………………… 19

　　　　附表：庾信年譜簡表 …………………………… 21

　　二、家庭背景 …………………………………………… 24

　　三、交遊情況 …………………………………………… 26

　　四、思想學殖 …………………………………………… 28

　第三節 著作評介 ………………………………………… 31

　　一、文集之編成與注釋 ………………………………… 31

　　二、作品之分類與內容 ………………………………… 33

（一）賦 ……………………………… 33

（二）詩 ……………………………… 34

（三）樂府 …………………………… 38

（四）表 ……………………………… 40

（五）啓 ……………………………… 43

（六）書 ……………………………… 45

（七）連珠 …………………………… 46

（八）讚 ……………………………… 47

（九）教 ……………………………… 48

（十）移文 …………………………… 48

（十一）序 …………………………… 49

（十二）傳 …………………………… 50

（十三）銘 …………………………… 50

（十四）碑 …………………………… 51

（十五）誌銘 ………………………… 53

第三章　庾信辭賦之分篇研究 ……… 57

第一節　春　賦 ……………………… 57

一、宮體與詠物 ……………………… 57

二、題稱與寫作動機 ………………… 59

三、結構與內容 ……………………… 61

四、事類與字詞 ……………………… 65

五、詩賦與形式 ……………………… 67

第二節　〈七夕賦〉 ………………… 69

一、主旨與內容 ……………………… 69

二、篇幅與形式 ……………………… 71

第三節　〈蕩子賦〉 ………………… 71

一、結構與內容 ……………………… 71

二、內外統一與寫作技巧 …………… 73

三、〈蕩子賦〉與〈蕩子從軍賦〉 … 75

第四節　〈鴛鴦賦〉 ………………… 78

一、時代與題材之關係 ……………… 78

二、主旨與內容之分析 ……………… 80

　　　三、用典與才學之表現 …………………… 82

　　第五節　〈鏡賦〉 ……………………………… 84

　　　一、結構與內容之分析 ………………… 84

　　　二、女性形象與心理之描繪 …………… 87

　　　三、聲色效果與語言之運用 …………… 89

　　第六節　〈對燭賦〉 …………………………… 92

　　　一、內容形式之分析 …………………… 92

　　　二、詩賦融合之形式 …………………… 94

　　　三、應制作品之比較 …………………… 96

　　第七節　〈燈賦〉 ……………………………… 97

　　　一、遊戲性之結構內容 ………………… 97

　　　二、新變下之體物手法 ………………… 100

　　　三、女性化之輕艷風格 ………………… 101

　　第八節　〈三月三日華林園馬射賦〉 ……… 103

　　　一、寫作動機與背景 …………………… 103

　　　二、結構與內容 ………………………… 106

　　　三、形式與字詞 ………………………… 112

　　　四、〈子虛〉〈上林〉與〈馬射賦〉 … 116

　　第九節　〈象戲賦〉 …………………………… 119

　　　一、題稱與由來 ………………………… 119

　　　二、結構與內容 ………………………… 121

　　第十節　〈竹杖賦〉 …………………………… 125

　　　一、體物與寫志 ………………………… 125

　　　二、結構與內容 ………………………… 129

　　　三、事類與字詞 ………………………… 133

　　第十一節　〈邛竹杖賦〉 ……………………… 135

　　　一、題稱與背景 ………………………… 135

　　　二、結構與內容 ………………………… 136

　　　三、〈竹杖賦〉與〈邛竹杖賦〉 ……… 139

　　第十二節　〈枯樹賦〉 ………………………… 140

　　　一、寫作動機與背景之探討 …………… 140

　　　二、結構與內容之分析 ………………… 143

　　　三、賦比興與寫作手法之運用 ················· 147
　　第十三節　〈小園賦〉 ·························· 152
　　　一、倪注與寫作時間之辨正 ················· 152
　　　二、結構與內容之分析 ····················· 155
　　　三、隱逸與現實之矛盾 ····················· 161
　　　四、事類與字詞之轉化 ····················· 164
　　第十四節　〈傷心賦〉 ·························· 167
　　　一、撰寫時間之推測 ······················· 167
　　　二、結構內容之分析 ······················· 171
　　　三、文字情感之相稱 ······················· 174
　　第十五節　〈哀江南賦〉 ························ 176
　　　一、寫作動機與背景 ······················· 176
　　　二、結構與內容 ··························· 184
　　　三、形式與技巧 ··························· 193
　　　四、評價與影響 ··························· 197
第四章　庾信辭賦之特色與比較 ·················· 203
　　第一節　庾信辭賦一貫之特色 ················· 203
　　　一、典故之靈活運用 ······················· 203
　　　二、對偶之富於變化 ······················· 209
　　　三、聲律之逐漸講求 ······················· 214
　　　四、辭采之極力渲染 ······················· 221
　　第二節　庾信辭賦作風之改變 ················· 223
　　　一、情感與思想 ··························· 223
　　　二、題材與內容 ··························· 228
　　　三、氣力與風格 ··························· 232
　　第三節　庾信辭賦歷來之評價 ················· 236
第五章　結　論 ································· 243
　　第一節　庾信與南朝文學 ····················· 243
　　第二節　庾信與北朝文學 ····················· 245
　　第三節　庾信與後世文學 ····················· 246

參考書目 ······································· 251

第一章　緒　論

　　六朝的文學，在文學史上顯現出一番不同的面目，這種現象的發生，自有其時代背景，從文學興趣乃至政治、學術、生活等各方面都有密切關係。文學的演變，本非成於一朝一夕，六朝文學的呈現，源自漢魏，迭有代變。當時文學風氣又有南北之分，其中是以南朝爲主，〔註1〕庾信是此一時期很具有代表性的作家，他原本才名遠播又歷仕南、北兩朝，因此這時期的文學作家中，他是最值得探討的文學家之一。以下先就南北朝政治之背景，南朝文學之趨勢，北朝文學之演變三大點，略加敘述。

第一節　南北朝政治之背景

　　中國歷史自漢末以來天下動亂，魏受漢禪，而不久又爲司馬氏所篡，短短數十年間，變故連連，天下民心渙散，思想上遂逐漸趨向於老莊之清靜無爲，禮教的陵遲，生活乃趨狂肆放誕。加上晉朝王室自身傾軋，遂有八王之亂，進而造成了北胡窺伺之心，內憂外患，國勢更爲衰微，終致南遷。此後北方諸胡相互併吞，而南方又爲劉裕所篡，於是有了南、北兩朝的對峙。此後在學術思想上，除

〔註 1〕參見謝鴻軒《駢文論衡》，頁 488。

了老莊的繼續風行外，又加入了佛教，而它另一方面呈現的，便是
儒學的沒落，社會瀰漫人生的無常與失落之感，如《昭明集‧陶淵
明集序》中所云：

> 是以聖人韜光，賢人遁世，其故何也？含德之至，莫踰於
> 道，親己之切，無重於身，故道存而身安，道亡而身害。
> 處百齡之代，居一世之中，倏忽比之白駒，寄寓謂之逆旅，
> 宜乎與大塊而榮枯，隨中和而放任，豈能戚戚勞於憂畏，
> 汲汲役於人間，齊謳趙舞之娛，八珍九鼎之食，結駟連鑣
> 之游，侈袂執圭之貴，樂則樂矣，憂則隨之。

可見這種時代環境與政治背景，使人在人生觀有重大的影響，而表現
在生活中，乃尋求暫時性的麻醉，因此帝王貴族們奢靡淫亂，樂此不
疲。〔註2〕如梁羊侃可謂當時之代表，《梁書》本傳曰：

> 侃性豪侈，善音律，自造〈採蓮〉〈棹歌〉兩曲，甚有新致。
> 姬妾侍列，窮極奢靡。……初赴衡州，於兩艑艫起三間通
> 梁水齋，飾以珠玉，加之錦績，盛設帷屏，陳列女樂，乘
> 潮解纜，臨波置酒，綠塘傍水，觀者填咽。……延斐同宴，
> 賓客三百餘人，器皆金玉雜寶，奏三部女樂，至夕，侍婢
> 百餘人，俱執金花燭。

而當時一般士大夫更時有迂闊無能者，按《顏氏家訓‧涉務篇》曰：

> 晉朝南渡，優借士族，故江南冠帶有才幹者，擢爲令僕以
> 下，尚書郎中書舍人以上，典掌機要，其餘文義之士，多
> 迂誕浮華，不涉世務。……舉世怨梁武帝父子愛小人而疏
> 士大夫，此亦眼不能見其睫耳。

又曰：

> 梁世士大夫，皆尚褒衣博帶，大冠高履，出則車輿，入則扶
> 侍。……江南朝士，因晉中興，南渡江，卒爲羈旅，至今八
> 九世，未有力田，悉資俸祿而食耳。假令有者，皆信僮僕爲
> 之。……故治官則不了，營家則不辦，皆優閒之過也。

梁朝士大夫之悠蕩浮靡，正是那些華艷作品產生的背景。

───────────────

〔註 2〕參見劉廣惠《兩晉南北朝的宮闈》。

第二節　南朝文學之趨勢

　　自五胡亂華之後，南方文明又逐漸華興，觀楊衒之《洛陽伽藍記》卷二云：「自晉宋以來，號洛陽爲荒中，此中謂長江以北盡是夷狄。昨至洛陽，始知衣冠士族並在中原，禮儀富盛，人物殷阜。」可以推知。〔註3〕故《顏氏家訓‧音辭篇》曰：「冠冕君子，南方爲優，閭里小人，北方爲愈。」而南方這種生活背景，與當時文學風氣之踵事增華又相一致。

　　從建安曹丕《典論‧論文》以來，以至晉陸機的〈文賦〉，文學觀念開始由「質」趨「文」作了轉變。〔註4〕到了南朝，由於君主之崇尚文學，如宋明帝、齊高帝等皆是，尤其到了梁朝武帝更是大力提倡，據《梁書‧文學傳序》謂其「每所御幸，輒命群臣賦詩，其善文者，賜以金帛，詣闕庭而獻賦頌者，或引見焉。」伴隨而來的，是文學理論與批評的著作出現，如《文心雕龍》、《詩品》等等。據蕭子顯《南齊書‧文學傳》云：

> 今之文章……略有三體，一則啓心閑繹，託辭華曠，雖存巧綺，終致迂迴。……次則緝事此類，非對不發，博物可嘉，職成拘制。……次則發唱驚挺，操調險急，雕藻淫艷，傾炫心魄，亦猶五色之有紅紫，八音之有鄭衛。斯鮑照之遺烈也。

可知當時的文學風氣。此一風氣不僅籠罩齊梁，又遠及後代。〔註5〕又由於重點有異，梁時對文學的創作，已產生分歧的意見，雖然永明體，已強調聲律和辭藻的重要，如沈約《宋書‧謝靈運傳論》。但仍可分爲三派，〔註6〕一爲守舊派，一爲趨新派，一爲折衷派。守舊派以裴子野、劉子遴爲代表；《梁書‧裴子野傳》云：「子野爲文典而速，不尚麗靡之詞，其製作多法古，與今文體異，當時或有詆訶者，及其

〔註3〕參見陳登原《中國文明之地理轉移》。
〔註4〕參見王師夢鷗《魏晉南北朝文學之發展》。
〔註5〕同前註。
〔註6〕參見周勛初《梁代文論三派述要》，頁1～4。

末皆翕然重之。」因此他作了《雕蟲論》攻擊當日的不良文風。趨新派則以梁簡文帝、徐摛父子、庾肩吾父子作代表。《梁書‧庾於陵傳》（附肩吾）曰：「齊永明中，文士王融、謝朓、沈約文章始用四聲，以爲新變。至是轉拘聲韻，彌尚麗靡，復踰於往時。」又所謂「文並綺艷」的徐庾體，即是他們的作風，又注重「在乎文章，彌患凡舊，若無新變，不能代雄。」因此守舊派就成了他們的攻擊目標。〔註7〕簡文帝（時爲王子）即在〈與湘東王書〉中云：

> 比見京師文體，懦鈍殊常，競學浮疏，爭爲闡緩。……裴氏乃是良史之才，了無篇什之美。……師裴則蔑絕其所長，惟得其所短。謝故巧不可階，裴亦質不宜慕。

兩派互相指摘，卻同時也把優缺點都暴露出來，因此有人便想到擷取其長，去其兩短，寫出亦「華」亦「實」，「質」「文」兼備的作晶，此派以劉勰爲代表，《文心雕龍‧序志篇》曰：「擘肌分理，唯務折衷。」正是此種態度的說明。而這三派，又各自形成文學集團，守舊派多年輩較長者，他們以高祖蕭衍爲中心，他們又兼有學者、文士雙重身分。趨新派則以簡文帝蕭綱、湘東王蕭繹爲中心。此派大多爲著名之宮體作家。折衷派則以昭明太子蕭統爲中心，其〈答湘東王求文集及詩苑英華書〉云：「夫文典則野，麗亦傷浮，能麗而不浮，典而不野，文質彬彬，有君子之致。」正與劉勰所論相同。此派又有劉孝綽、陸倕、王筠等人。

第三節　北朝文學之演變

　　北方文壇，雖然經過五胡之亂，又有北魏和北齊、北周等朝，歷經了兩百年，文學作品，無論在數量上或內容上，大多不如南人。然而北方文學的演變，也由於地理環境的不同，顯現其不同的作風。

　　故《北史‧文苑傳序》曰：

〔註7〕參見陳鐘凡《南朝文學批評之派別》。

> 自漢魏以來，迄乎晉宋，其體屢變。……暨永明、天監之
> 際，太和、天保之間，洛陽江左，文雅尤盛，彼此好尚，
> 互有異同。江左宮商發越，貴於清綺。河溯詞義貞剛，重
> 乎氣質。氣質則理勝其詞，清綺則文過其意。理深者便於
> 時用，文華者宜於詠歌。此其南北詞人得失之大較也。

此外，北方文壇起步較晚也是事實。按五胡十六國時代，因慕容氏遷
於鄴都，中州文化，方始滋長。而苻、姚二氏，雄據關中，亦敦尚文
教。但直到後魏太武帝時滅北涼，才使河西文化與中原合流，當時公
文書詔，多帶漢魏風骨。故《北史·文苑傳序》云：「章奏符檄，則燦
然可觀，體物緣情，則寂寥於世。」又至後魏拓跋氏興起，才又邁上
另一個起步，南遷河洛，東徙鄴都等，文教更見興隆，故《北史·文
苑傳序》曰：「及太和在運，銳情文學，固以頡頏漢徹，跨躡曹丕，氣
韻高遠，艷藻獨構。衣冠仰止，咸慕新風。……樂安孫彥舉、濟陰溫
子昇，並自孤寒，鬱然特起。咸能綜採繁縟，興屬清華。比於建安之
徐、陳、應、劉，元康之潘、張、左、束，各一時也。有齊自霸業云
啓，廣延髦俊，開四門以賓之，頓八紘以掩之。鄴都之下，煙霏霧
集。」

　　到了後來，權臣擅命，北方又分為東西二國，干戈時起，因此文
士多往東魏。其後又演為北周、北齊，但此時喪亂之餘，文教又稍衰
微，而宇文泰為政，又厭華辭，觀其用蘇綽以復古為政可知。然而卻
難改時尚，《周書·王褒庾信傳論》云：

> 周氏創業，運屬陵夷。纂遺文於既喪，聘奇士如弗及。……
> 然綽建言，務存質樸。遂糠粃魏晉，憲章虞夏。雖屬辭有
> 師古之美，矯枉非適時之用，故莫能常行焉。

因此這種矛盾之調和，就有待於庾信、王褒等人之入北了。然而北方
的文壇，究竟也同化於南方的華麗作風，這主要因為，另一方面南北
朝對峙的局面日久，胡人的漢化日深，故由文學的交流，進而使江左
文風北漸。北地著名的作家如號稱三才的魏收、溫子昇、邢邵，本多
北方質實之作，然亦受南方文學風氣影響，故能得庾信之推崇。如《詩
藪》引《雜俎記》庾信曰：「我江南才士，今日亦無舉，世所推知溫

子昇，獨擅鄴下，常見其詞筆，亦足稱是遠名。近得魏收數卷碑，製作富逸，特是高才也。」其餘則也崇尚南方辭藻，但少有成就。故言「學者如牛毛，成者如麟角。」〔註8〕而自晉永嘉至北魏太和，百餘年間，北方除極少數量的歌謠歌辭外，文士少有詩賦，而亦未有文集輯存下來。這種現象，自然難與南方文壇相互抗衡。而他們自太和以後，雖然大力振作，成績仍然有限。直到北周陷梁，南朝文士如庾信、王褒等北上，才多少維持住門面了。

因此要探討南朝文學的趨向，乃至與北方文學之間，由分而合的過程與現象，庾信的作品正是最好例子，而在南朝與北朝政治統一之前，文學上已早由庾信等人的北入，促成南北文學的初次結合，因此隋唐統一後的文學風氣，更不能不追溯到庾信的北入，而當時的政治背景，也自是重要因素。

〔註 8〕同註4。

第二章 庾信評傳

第一節 鄉里世系

庾信字子山，小字蘭成，南陽新野人，生於梁武帝天監十三年（513），卒於隋文帝開皇元年（581），年六十九。《周書》、《北史》都有傳。

一、鄉 里

《元和郡縣圖志》卷廿一：新野縣，本漢舊縣屬南陽郡，魏代新野縣為荊州都督所治理，王昶為都督，即鎮此城。普惠帝立新野郡，隋開皇三年罷郡縣，屬鄧州。」

按庾信〈哀江南賦〉云：「始播遷於吾祖，分南陽而賜田。」即指此事。《左傳·僖公廿五年》曰：「晉侯朝王，與之陽樊溫原，欑茅之田，晉於是始啓南陽。」杜預注曰：「在晉山南河北，故曰南陽。」《水經·清水注》曰：「清水又東南流，吳澤陂水注之，水上承吳陂於脩武縣故城西北，脩武故甯也，亦曰南陽矣。」馬季長曰：「晉地自朝歌以南至軹為南陽，故應劭《地理風俗記》云，河內殷國也，周名之為南陽。」又曰：「晉始啓南陽，今南陽城是也。」《清統志》曰：「河南懷慶府，春秋為晉南陽，軹縣故城在今濟源縣南，衛輝府南陽

故城在獲嘉縣北，朝歌故城在淇縣東北。」按晉南陽並非新野所屬之南陽郡。〔註1〕

清徐立修《新野縣志》，於〈輿地志序〉曰：「新野界襄宛之間，唐虞三代無所著名，自漢始置爲縣，魏晉以來，或升而爲郡，或附於他邑，紛更屢矣，至元復置郡縣，屬南陽都邑。」其中又詳列歷代之沿革情形，大致如下：

古代新野在禹貢豫州之域，荊州之交，《夏書》：「荊河惟豫州」，注云：「北距河西，南至荊山」，此邑及鄧淅等處皆是。

夏商周時，新野爲鄧國地，夏仲康子即封於鄧，又武丁封湯之裔於鄧。

春秋魯莊公十六年，楚子滅鄧地，遂屬於楚，後又歸於晉，韓趙魏三分晉地時，又歸韓，後奉襄王伐韓取鄧，封公子悝爲鄧侯，其地正在鄧州一帶。

秦始皇并天下，置南陽郡，合穰鄧爲穰縣。

漢始置新野縣，屬南陽郡，亦統屬於荊州。東漢沿之。

魏曹操攻取新野縣，又歸於魏。

晉於新野置義陽郡，亦統屬於荊州部，不久改爲新野郡。又掌管棘陽縣。

宋以棘陽屬河南郡，又改爲新野郡治。舊縣地又改隸雍州，南齊因之，後又歸於魏。

後周棘陽縣入屬新野鎮。

隋開皇三年，仍設新野縣，屬鄧州。大業時，改鄧州爲南陽郡，新野等八縣屬之。

唐又改南陽都爲鄧州，後又復爲鄧州南陽郡，隸屬山南東道。

五代至北宋，改「郡」爲「軍」。又改爲「州」，而新野屬穰縣又因之。南宋時，又歸入河南路。

〔註 1〕參見高步瀛〈哀江南賦箋〉一文，頁 115。

　　元時又置新野縣屬鄧州。順帝時，置南陽府，新野隸之。明清兩代因襲不改。

　　新野縣人才輩出，秩官類如孔丞爲西漢相，魯丕爲東漢令，又如吳承恩仕宦之餘，亦著名文士。另受朝廷徵辟之士，東漢如李善、鄧彪、樊華，而南北朝十六人中庾姓先祖更有十二人之多，庾姓名望之盛由此可見，此皆赫赫有名之士，其餘如與東漢光武相親附之鄧禹，風範猶存。鄧騭之寵貴，亦一族顯耀，「東京莫與倫此」。〔註2〕而其他節烈高潔或孝義懿行之士，歷代不乏其人，文才武將並稱鼎盛。此與新野之「極中州之南，源起嵩山，毓秀鍾靈。」可謂相得益彰。

　　庾信雖籍出南陽新野，然其庾氏祖先，卻源出潁川鄢陵，至其先世方徙居南陽新野，故其〈哀江南賦〉自序先世云：「稟嵩華之玉石，潤河洛之波瀾，居負洛而重世，邑臨河而宴安。」如倪注以前二句，言潁川，後二句言新野，實則以上一「河」字指黃河，下一「河」字言淯水，前後解釋不同，且古人河洛對舉，河字皆指黃河，而且按以地勢也無法吻合，故子山此賦乃自述故居原在豫州，不過就其大體而論，並非分指兩地，故其源雖同，然至晉已分三系，庾信本不必特地指出。〔註3〕而下文只說：「分南陽而賜田」、「新野有生祠之廟。」才眞正說明詳細地點。而至其八世祖時，已過江徙居南郡江陵，此即庾信居梁朝時之處，朱竹垞詩云：「海內文章有定稱，南來庾信北徐陵。」所謂南來，當指仕梁而言，非指其北方郡望。〔註4〕

　　〈哀江南賦〉云：「誅茅宋玉之宅，穿徑臨江之府。」又張說詩曰：「蘭成追宋玉，舊宅偶詞人，筆湧江山氣，文驕雲兩神。」則宋玉舊宅，千載而下，又逢一代詞人。姚寬《西溪叢語》曰：「李君翁詩話卜居云『寧誅鋤除草茅以力耕乎。』詩人皆以爲宋玉事，豈卜居

〔註2〕參見《新野縣志》卷五，頁310。
〔註3〕參見〈哀江南賦箋〉，頁114。
〔註4〕參見《中國文學史論集》馮承基所撰徐陵一文。按詩言「徐陵」爲
　　　北，頗有問題。

亦宋玉擬屈原作邪，庾信〈哀江南賦〉云誅茅宋玉之宅，不知何據而言。此君翁之陋也。」按唐余知古渚宮故事云：「庾信因侯景之亂，自建康遁歸江陵，居宋玉故宅，宅在城北三里，故〈哀江南賦〉云。後杜甫詩：『曾聞宋玉宅，每欲到荊州。』李商隱詩：『可憐留著臨江宅，異代應教庾信居。』是其證也。」可知宋玉故宅，為庾信避居之地，非其本宅，倪璠曰：「庾氏本新野人，今賦所云自滔徙居江陵，即是宋玉舊宅，非信始居也。」《清統志》曰：「湖北荊州府江陵故城合府治。」即今江陵縣。

二、世　系

庾信〈哀江南賦〉中自述其先世曰：「我之掌庾承周，以世功而為族。經邦佐漢，用論道而當官。」由周溯起，一般姓氏之書中，庾氏皆稱堯時掌庾大夫之後。〔註5〕蓋即以官而為姓，周代遂有庾氏。《春秋‧左傳昭公十二年》：「殺獻太子之傅，庾皮之子過。」杜預法：「庾過，劉獻公太子之傅。」此即隱公八年載：「眾仲曰：『官有世功，則有官族。』」庾氏先祖既多仕宦，故至今大體不乏史料可資參考。今依時代先後略述如下：

周代：據《萬姓統譜》（以下簡稱《統譜》）云：「庾公」，注云：「晉大夫，子過。」又「庾公之斯」一語，可見《孟子》書中。

漢代：庾信自云：「經邦佐漢，用論道而當官。」吳兆宜箋注引張尚瑗之說，以為四皓園公姓庾，實不足為信。〔註6〕而《元和姓纂》卷六九〈虁庾下〉曰：「漢末居南陽，後分赭陽為新野，遂為郡人，後漢司空孟。」按漢以司馬司徒司空為三公，庾孟即所謂「經邦佐漢」之證。又後漢有庾乘為隱逸之士，《萬姓統譜》注云：「字世遊，鄢陵人，少為縣門士，郭泰勸遊學宮，遂能議論，自以卑第，每處下坐，諸生博士皆就虋問，由是學中以下坐為貴，徵之不起，號徵君。」聲名亦頗高。

〔註 5〕參見《姓纂九虋》、《氏族略四》、《辨證》二十三庾氏條均同。
〔註 6〕參見〈哀江南賦箋〉一文，高步瀛有詳細考證。頁103～104。

又漢代復有掌庾居官，遂以爲姓之事。《史記·平準書》云：「漢興七十餘年之間，都鄙廩庾皆滿，居官者以爲姓號。」如淳注：「倉氏、庾氏是也。」此與庾氏先世，掌庾而爲姓，情形相似。

三國：庾嶷，《萬姓統譜》注云：「乘子，中正簡素，仕魏爲太僕。庾道，《晉書·庾峻傳》云：「父道……養志不仕……及諸子貴，賜拜太中大夫。《元和姓纂》本作「太子中大史」爲衍誤。〔註7〕

晉代：按庾姓世系，據明凌迪知《萬曆統譜》載於晉代者共有廿八人，庾氏當時名望之盛，可見一般。今舉其尤顯赫者如下：庾峻，《統譜》注云：「道子初仕魏爲博士，……入晉，賜爵關內侯。」庾琛，《晉書·外戚傳》：「永嘉初爲建武將軍，過江爲會稽太守，徵爲丞相諮議祭酒，以后父追贈左將軍。」庾亮，琛子，《晉書》曰：「字元規，明穆皇后之兄。」《統譜》注云：「動由禮節，時人方之夏侯太初……蘇峻友，亮督諸軍平之。」

又按《庾集·藤王序》曰：「公庾信，字子山，南陽新野人也。若夫有周之時，掌庾原其得姓。皇晉之代，太尉闡其字譜。」太尉即指庾亮。庾亮權重當世，《世說新語·輕詆》第二十六云：「庾公權重，足傾王公。庾在石頭，王在冶城坐，大風揚塵，王以扇拂塵曰：『元規塵污人。』」可見一斑。庾闡揚都賦之能「人人競寫，都下紙貴」，即藉庾亮之聲價所致。〔註8〕而在此時，庾氏本居潁川鄢陵，至此有部分已徙居南陽新野。庾信八世祖滔即已遷居新野一地，而明穆皇后之族，仍居鄢陵一帶。故倪璠注曰：「是太尉亮乃信遠祖之族，非其本祖也。」此由《世說新語》一書所載庾氏，非言「潁川」即爲「新野」可知。以下由庾信之八世祖滔述起。

庾滔：《北史·庾季才傳》云：「八世祖滔，隨晉元帝過江，官至散騎常侍，封遂昌侯，徙居南郡江陵。」此即〈哀江南賦〉所云：「彼凌江而建國，始播遷於吾祖。」故庾滔爲徙居江陵一代之祖也。故梁

〔註7〕參岑仲勉《元和姓纂》四校記卷六。
〔註8〕參見馮承基《六朝文述論略》。

元帝《庾肩吾墓誌》云：「掌庾命族，世濟琳瑯，遂昌開國，蟬聯冠冕。」遷居之前，庾滔祖先已居新野一帶，《水經注》曰：「有樊氏陂東西十里，南北五里，亦謂之凡亭陂。陂東有樊氏故宅，樊氏既滅，庾氏取其陂。故諺曰：『陂汪汪，下田良。樊子失業，庾公昌。』」《後漢書‧樊宏傳》注章懷太子引此云：「在今鄧州新野縣之西南。」當即言此事。又《元和姓纂》卷六九曰：「後漢司空孟，五代孫滔，晉遂昌太守。」故〈哀江南賦〉庾信自述先世曰：「經邦而佐漢，用論道而當官。」又云：「值五馬之南奔，逢三星之東聚。彼凌江而建國，始播遷於吾祖。」正指庾孟與五代孫庾滔二人。

庾會：《元和姓纂》載庾滔長子會，為新野太守，百姓為立生祠。支孫庾告雲，為青州刺史，羌胡為之立碑。〔註9〕正為庾信〈哀賦〉所謂「新野有生祠之廟，河南有胡書之碣。」又《隋書》七八〈庾季才傳〉云滔少子瑋。文《元和姓纂》云滔次子方。季才亦即庾滔之八世孫。則可知庾、滔長子會。次子方，少子瑋。

庾告雲：庾滔之孫。

庾玫：《南史‧庾易傳》云：「祖玫、巴郡太守。父道麟、安西參軍。」則玫為庾滔之曾孫。

庾道驥：庾玫之子。

庾易：《南史‧庾易傳》云：「字幼簡，新野人也，徙居江陵……易志性恬靜，不交外物，齊臨川王映臨州，表薦之，餉麥百斛，易謂使人曰：『走樵採麋鹿之伍，終其解毛之衣，……於大王之恩亦已深矣。』辭不受，以文義自樂。……建武三年，詔徵為司空主簿，不就卒。」按庾易為道驥之子，以「高尚其道，肥遁居貞。」〔註10〕「宋終齊季，早擅英聲。」〔註11〕庾信於〈哀賦〉云：「家有直道，人多全節，訓子見於純深，事君彰於義烈。」當指庾會、告雲之事，而「況乃少微眞

〔註 9〕參見〈哀江南賦箋〉一文頁 104。

〔註10〕參見梁元帝《庾肩吾墓誌》。

〔註11〕參見《庾子山集》前滕王之序。

人，天山逸民」則出自梁元帝《庾肩吾墓誌》，贊美庾易之節行超逸。

庾肩吾：庾易之少子，庾信之父。《梁書》卷四十云：「初爲晉安王國常侍，仍還宣惠府行參軍，自是每王徙鎮，肩吾常隨府。歷王府中郎、雲麾將軍，並兼記室參軍。中大通三年，王爲皇太子，兼東宮通事舍人，除安西湘東王錄事參軍，俄以本官、領荊州大中正。累遷中錄事諮議參軍，太子率更令，中庶子。」肩吾仕宦頻繁，又能陪侍皇太子身邊，見重王室，可想而知。侯景陷京都時，任度支尚書，景矯詔遣其使江州，勸當陽公大心降，後逃建昌界，入江陵而亡，有文集行世。庾黔婁爲庾肩吾之長兄，字子貞，一字貞正，「少好學，多所講通」，性至孝，仕齊爲編令，頗有政績，又待人有禮，當時高士劉虯，宗測皆爲之嘆賞。《南史》云：「東宮建，以中軍記室參軍侍皇太子讀，甚見知重。詔與太子中庶子殷鈞、中舍人到洽、國子博士明山賓遞日爲太子講五經義。遷散騎侍郎、卒。」雖從宦朝中，志行又不失其父庾易之風範。又庾於陵，肩吾之次兄，《南史》云：「字子介，七歲能言玄理。及長，清警博學，有才思。齊隨王子隆爲荊州，召爲主簿，使與謝朓，宗夫抄選群書。……永元末，除東陽遂安令，爲人吏所稱。梁天監初，爲建康獄平，遷尚書功論郎，待詔文德殿。後兼中書通事舍人，拜太子洗馬。舊東宮官屬通爲清遷，洗馬掌文翰，尤其清者。」……累遷中書黃門侍郎，舍人如故。後終於鴻臚卿。」亦受重武帝。而兄弟三人，雖皆仕宦，皆備有「清」質。〔註12〕受其父庾易之影響。

以上所述庾信之先世，或仕或隱，皆聲名赫赫，〈哀江南賦〉所謂「訓子見於純深，事君彰於義烈。」由此可證。庾氏家勢自周代而下，不乏史傳記載，由三國至晉一段，最爲鼎盛，據正史立傳統計，共有廿餘人。而其鄉邑，亦由漢至晉的世居穎川郭慶，至晉代開始，部份族人徙居新野，庾信先祖即其中之一，而在南北朝，頗具並峙之勢，此由《世說新語》一書可見。而由信之八世祖滔又隨晉元帝渡江，

〔註12〕《南史》卷五十〈庾陵傳〉下，武帝曰：「官以人清，豈限甲族。」時論以爲美。

遷至江陵宋玉之舊宅。因此庾氏之先祖，可以說是北方士族血統之後
裔，而北族且有改為「庾」姓者。〔註13〕這種出身，使得庾信之祖父
易，乃至伯父黔婁、於陵，其父肩吾，受到貴門世族教養之薰陶，除
了仕宦之餘，又有特立的志節。如〈庾易傳〉所謂「志性恬靜」、「文
義自樂」即是，故〈滕王序〉稱其庾氏家世曰：「文宗學府，智囊義
窟，鴻名重譽，獨步江南。或昭或穆，七世舉秀才。且珪且璋，五代
有文集，貴族華望盛矣哉。」今簡列庾氏世系圖下：〔註14〕

庾滔 ── （會） ── （告雲） ── 玫 ── 道驥
（遂昌侯）（新野太守）（青州刺史）（巴郡太守）（安西參軍）

易 ── 於陵（徐鴻卿、領荊州大中正）
（齊徵士） 黔婁（散騎侍郎）
肩吾 ── 信 ── 立
（梁散騎常侍、中書令）

第二節　生平行誼

一、生平事蹟（附年譜簡表）

　　庾信的一生，曲折變化，在他生活背景有所改變，作品風貌也隨
之而有所改變，概分為三個時期。〔註15〕

〔註13〕參見姚薇元《北朝胡姓考》，頁 114。
〔註14〕此世系圖主依清倪璠所撰之圖所列。唯其中會、告雲兩處，原圖作
　　　「未詳」。今依《元和姓纂》所記，又〈哀江南賦〉所云「新野有生
　　　祠之廟，河南有胡書之碣」若正指其先祖無誤，則庾會、庾告雲正
　　　可補全。若〈庾信賦〉中所言但概指庾氏先世，則會與告雲兩處，
　　　自當作「未詳」。又庾信之子名立，《元和姓纂》四校岑得仲勉云：「按
　　　隋唐人往往省二名為一名，比未能斷為衍文。」則或如羅校所云「《周
　　　書‧庾信傳》作立，此衍真字。」不知何者為是。
〔註15〕參見林承《庾子山評傳》卷二。又日人橫山弘《庾開府傳論稿》。

（一）南朝登仕

《北史・庾信傳》：「庾信字子山，南陽新野人。祖易、父肩吾，並《南史》有傳。……身長八尺，腰帶十圍。容止頹然，有過人者。父肩吾爲梁太子中庶子，掌管記。東海徐摛爲右衛率，摛子俊及信並爲抄撰學士。」又據《周書・庾信傳》：「起家湘東國常侍，轉安南府參軍，累遷尙書度支郎中，……仍爲郢州別駕……兼通直騎常侍，使於魏，……還本國，爲正員郎……，又爲東宮領直，春宮兵馬並受節度使。」兩書所載詳略稍異，但可見庾信仕梁之事，按信生於梁武帝天監十三年。至十五歲時，爲梁昭明太子東宮講讀。倪注曰：「〈哀江南賦〉云：『王子濱洛之歲，蘭成射策之年。始含香於建禮，仍矯翼於崇賢。』是講讀時年十五矣。」此後官職屢遷，有外任，又有出使，再爲節度太子宮兵馬，並領京城所在之建康令，不過此時之太子，爲後來之簡文帝蕭綱。以上爲梁武帝時所任官職。

〈哀江南賦〉又有「論兵於江漢之君。」爲武帝大同八年之事。《南史・梁武帝紀》云：「大同八年春，安城郡人劉敬躬挾左道以反。江州刺史、湘東王繹遣中兵曹子郢討擒之，送於都，斬之建康市。」又依宇文逌〈庾信集序〉云：「於時江路有賊，梁先生使信與湘東王論中流水戰事，醜徒聞其名德，遂即散奔，深爲梁王所賞。」然庾信才本不在此，故武功一類，惟述此事蹟。而且大體仕宦多以宮庭爲報國，頗似所謂文學侍從之臣。

在這一時期除了從事「文學侍從」一類職務外，尙應聘出使。首次聘魏，當在武帝大同十一年。〔註16〕《北史・庾信傳》云：「累遷通直散騎常侍，聘於東魏，文章辭令，盛爲鄴下所稱。」滕王作序云：「兼通直常侍，使於魏土，接對有才辨，雖子貢之旗鼓陳說，仲山之專對智謀，無以加也。」又〈哀江南賦〉云：「拭王於西河之主」。即言使魏此事，不過北地雖然稱賞其才辨，實則與其文章聞名遠近，不

〔註16〕參見倪璠所撰庾信之年譜。

無關係，故《北齊書・祖珽傳》云：「珽弟孝隱魏末爲散騎常侍，迎
梁使。時徐君房庾信來聘、名譽甚高、魏朝聞而重之，接對者多取一
時之秀，盧孔景之徒並降階攝職，更遞司賓。」今存《庾子山集》中，
有北使所作之詩，可以略見其行程經過。今錄之如下：

將命使北始渡瓜布江

　　校尉始辭國，樓船欲渡河。輶軒臨賾岸，族節映江沱。
　　觀濤想帷幄，爭長憶干戈。雖同燕市泣，猶聽趙津歌。

入彭城館

　　襄君前建國，項氏昔稜威。鶂飛傷楚戰，雞鳴悲漢圍。
　　年代殊氓俗，風雲更盛衰。水流浮磬動，山喧雙翟飛。
　　夏餘花欲盡，秋近鶯將飛。庭槐垂綠穗，蓮浦落紅衣。
　　徒知日玄暮，不見舞雩歸。

將命至鄴酬祖正員

　　我皇臨九有，聲教洎無垠。典文盛禮樂，偃武息氓黎。
　　承乏驅駟驖，旌旗事琬琪。古碑文字盡，荒城年代迷。
　　被朧文瓜熟，交膝香穗低。投瓊實有尉，報李更無蹊。

將命至鄴

　　大國修聘禮，親鄰自此敦。張旃事原隰，負扆報成言。
　　西過犯霜靈，北指度輼轅。交歡值公子，展體覿王孫。
　　何以譽嘉樹，徒欣賦采繁。四牢欣折俎，三獻滿罍樽。
　　人臣無境外，何由欣此言。風俗既殊阻，山河不復論。
　　無因旅南館，空欲祭西門。眷然惟此別，凤期幸共存。

由入彭城館詩中有「夏餘」「秋近」之語，使北當在夏末，至鄴應已
入秋，東魏則於十月遣使報聘。而其出使行程經過瓜步江，再入彭城，
然後至鄴，殆無疑問。〔註17〕又回程亦曾經武州一地（即下邳，今江
蘇邳縣），此由返命河朔始入武州一詩可知。而當時兩國交往報聘，
因此賓主辭令，頗有可觀。當時文采之盛，由段成式《酉陽雜俎》所
記數則可見，今錄其中一則如下：

〔註17〕參見《庾子山評傳》卷一。

> 庾信作詩，用西京雜記事，旋自追改。曰：「此吳均語，恐不
> 足用也。」魏肇師曰：「古人託曲者多矣，然鸚鵡禰衡潘尼二
> 集並載，奕賦曹植左思之言正同，古人用意，何至於此。」
> 君房曰：「詞人自是好相採取，一字不異良是，後人莫辨。」
> 魏尉瑾曰：「九錫或稱王粲，六代亦言曹植，我江南才士今日
> 亦無。舉世所推，如溫子昇，獨擅鄴下，常見其辭筆。亦足
> 稱是遠名。近得魏收數卷碑，製作富逸，特是高才也。」

文章足以馳譽遠邦，所以徐陵，庾信皆爲出使之最佳人選。同時庾信
也藉此多少認識北方文壇的動向。〔註18〕

　　以上爲庾信三十六歲之前，即太清二年侯景之亂的第一段時期。

（二）哀樂中年

　　梁武帝在位四十八年，政治一片安定，〈哀江南賦〉稱「於時朝
野歡娛，池臺鐘鼓。」又云：「馬武無預於甲兵，馮唐不論於將帥」、
「五十年中，江表無事。」這種安樂的局面，不久就流於紊亂，因此
加上納東魏叛臣侯景之降，與鄰邦失和，又爲侯景之故，出兵北伐，
遭致大敗，國勢日見不堪。侯景又趁機作亂，此時庾信正作太子宮城，
兼建康令，無力反抗，只有流離逃亡。故〈哀江南賦〉云：「粵以戊
辰之年，建亥之月，大盜移國，金陵瓦解，余乃竄身荒谷，公私塗炭。」
此年爲武帝太清二年，《南史・武帝紀》曰：「太清三年八月戊戌，侯
景取兵反，十月，侯景襲譙州，進攻陷歷陽。己酉，景自橫江濟采石，
辛亥至建鄴。」又《北史・庾信傳》言庾信此時奔往江陵云：「侯景
至，信以眾先退，臺城陷後，信奔江陵。」當時庾信牽宮中文武約千
餘人，營於朱雀航，但是當時文臣本不能用兵，庾信亦非習武之人，
只有聞聲而走。《南史・賊臣・侯景傳》有載此事曰：

> 建康令庾信率兵千餘人屯航北，及景至，撤航。始除一舶，
> 見賊軍皆著鐵面，遂棄軍走南塘。游軍復閉航度景。皇太

〔註18〕參見《庾開府傳論稿》。又《朝野僉載》庾信云：「唯有韓陵山一
　　　片石堪共語，薛道衡、盧思道稍解把筆，自餘驢鳴狗吠聒耳而已。」

> 子以所乘馬授王質，配精兵三千，使援庾信。質至領軍府，
> 與賊遇，未陣先奔，景乘勝至闕下。

後來建康陷入侯景之手。其年爲太清三年，不久梁武帝崩，蕭綱即位，爲簡文帝。之後侯景又率兵西上，進逼荊楚之地，戰事之烈，旅途之苦，〈哀江南賦〉有所敘述：

> 吹落葉之扁舟，飄長風於上游。彼鋸牙而鈎爪，又循江而習流。排青龍之戰艦，鬥飛燕之船樓。張遼臨於赤壁，王濬下於巴丘。乍風驚而射火，或箭重而回舟。朱辨聲於黃蓋，已於沈於杜侯。……雷池柵浦，鵲俊焚戍。旅舍無煙，巢禽無數。謂荊衡之杞梓，庶北漢之可恃。淮海維揚，三千餘里。過漂渚而寄食，託蘆中而渡水。屆於七澤，濱於十死。

其西奔江陵，溯江而上，大致由安徽長江沿岸，以至湖北境內。不過庾信既到郢州，又逢刺史蕭韶乃舊識，本可重獲安定，不料蕭韶態度冷漠，《南史‧梁宗室傳》云：「信西上江陵，途經江夏，韶接信甚薄，坐青油幕下，引信入宴，坐信別榻，有自矜色。」太清五年，庾信由鄭州至江陵，湘東王承制，除爲御史中丞。太清六年，侯景之亂平，湘東王改元爲承聖元年，轉庾信爲右衛將軍，襲父爵爲武康縣侯。加散騎侍郎。這時的庾信，可以說重新獲得昔日的榮寵。

承聖三年文奉命出使西魏，竟因梁魏交惡，魏兵再度南侵，梁元帝被殺。〈哀江南賦〉云：「中宗之夷凶靖亂，大雪冤恥。去代邸而承基，遷唐郊而纂祀。……既而齊交北絕，秦患西起。」又是一片紊亂。《北史‧庾信傳》云：「聘於西魏，屬大軍南討，遂留長安。」此年爲承聖三年，庾信時年四十二。倪璠曰：「十月丙寅，魏軍至襄陽，梁王蕭詧率眾會之，賦云『雖借人之外力，實蕭牆之內起。』又云：「惜天下之一家，遭東南之反氣。」謂蕭詧也。……江陵陷，汝南王大封，尚書左僕射王褒以下，並爲俘以歸長安。」可見當時江陵淪陷，正由內憂外患而起。因此較先前侯景之亂，更難收拾。而魏兵既破江陵，梁元帝及其諸子皆爲所殺，群臣除死難之外，皆被俘虜，並且數

萬百姓，淪為奴婢。亡國慘狀，於此可見，《北史・庾季才傳》云：「荊州覆亡、衣冠士人，多沒為賤。季才散所賜物，購求親故，周文乃悟，免梁俘數千口。」當時流離渙散之景，〈哀江南賦〉中曰：「於時瓦解冰泮，風飛電散……莫不聞隴水而掩泣，向關山而長嘆，況復君在交河，妾在青波，石望夫而逾遠，山望子而逾多，……別有飄颻武威，羈旅金微，班超生而望返，溫序死而思歸。李陵之雙鳧永去，蘇武之一雁空飛。」

　　庾信既已出使，家人仍留居江陵，城陷之時，似乎未蒙禍害，倪璠云：「子山出聘，不得老幼並攜。明是江陵獻俘之日、信本江陵名士，特為太祖所知，推恩禮送，故信老幼皆在長安。」故〈哀江南賦〉云：「提挈老幼，關河累年。」滕王之序亦云：「攜老入關，蒸蒸色養。」此後庾信遂留長安，仕於西魏、北周。

（三）長安羈旅

　　江陵淪陷，西魏又拜庾信為撫軍將軍，右金紫光祿大夫，大都督，不久，進車騎大將軍，儀周三司。當時為西魏廢帝三年。恭帝三年，魏相宇文泰病卒，其子覺西魏封為周公，十二月庚子受西魏禪，建國為周，即北周孝閔帝，此年庾信受封為臨清縣子邑五百戶。《北史・庾信傳》曰：「周孝閔帝踐阼，封臨清縣子，除司水下大夫。出為弘農郡守，遷驃騎大將軍，開府儀同三司，司憲中大夫，進爵義城縣侯，俄拜洛州刺史。」自弘農郡守以下，是明帝以後的事。這種仕宦生涯自然可比與南朝登仕媲美。而明帝武成三年，又為麟趾學士，預校書，更近似東宮之職。並且多識舊章之餘，又有政績，所謂「為政簡靜，吏人安之。」〔註19〕

　　武帝天和四年奉命出使齊國，又為司宗中大夫因是年夏，齊又遣使來聘。〔註20〕庾信嘗作詩敘述。

〔註19〕參見《北史》卷八十三〈庾信傳〉。
〔註20〕參見《周書・武帝紀》。

對宴齊使

歸軒下賓館，送蓋山河堤。酒正離杯促，歌工別曲悽。

林寒林皮厚，沙迥雁飛低。故人儻相訪，知余已執珪。

又是年秋，子山使齊報聘。〔註21〕曾作詩紀之：

聘齊秋晚館中飲酒

欣茲河朔飲，對此洛陽才。殘秋欲屏扇，餘菊尚浮杯。

漳流鳴二水，日色下三臺。無因侍清夜，同此月徘徊。

這種任務與在梁時與北魏的往來互聘一樣，都是庾信文章辭令的傑出表現，同時對於兩國之間的和平相處，有一定的貢獻，而能擔任此種使命的條件，更非易事。除了門第聲望之外，才辯容止也是非常重要。〔註22〕而庾信在南北異地，一樣能勝任此命，自然是地位顯貴。故《庾信本傳》云：「明帝武帝並雅好文學，信特蒙恩禮，至於趙滕諸王，周旋款至，有若布衣之交。群公碑誌，多相託焉。唯王褒頗與信埒，自餘文人，莫有逮者。」故滕王作序曰：「戎號光隆，比儀台鉉。高官美宦，有踰舊國。」又云：「又遷驃騎大將軍，開府、義城公。王沈晉代，始授此榮，黃權魏時，首膺斯命。降在季世，秩居上品，爵為五等，榮貴兩朝。」蓋出使此時，已爵至義城公。不過庾信雖榮寵踰於舊朝，卻頗有鄉關之思，〔註23〕而陳周通好之時，南北流寓之士，皆得歸回舊國、陳朝雖請放王褒及信等十餘人，庾信與王褒卻「惜而不遣」。此事在武帝建德四年，庾信時年六十四。宣帝大象元年，以疾辭職。隋開皇元年卒。享年六十九。隋文帝贈本官，並加荊、雍二州刺史。庾信仕周，位望榮顯，前後共廿八年。

從作品風貌上來說，太清二年到侯景之亂發生前為第一期，即庾信三十六歲以前，可以說是迎合當時文風，在創作技巧，立下穩固基礎的階段。自太清二年到太平元年左右的第二時期，庾信個人生涯正

〔註21〕參見〈聘齊秋晚館中飲酒詩〉倪璠注。
〔註22〕參見逯耀東《北魏與南朝對峙期間的外交關係》。
〔註23〕參見《北史‧庾信傳》。

是歷經流離動亂階段，表面上看雖是創作活動的停止期，實則是下一
個創作階段的醞釀期。太平元年以後到隋開皇元年，即四十四歲至六
十九歲之時期，生活上的重新安定，使他又開始了另一創作階段，在
作品中也顯現出跟以往不同的主題意識，這從內容上可以察知。〔註24〕
這正是把一生劃分三期的主要原因。

　　附表：庾信年譜簡表〔註25〕

年　　代	年歲	重　要　事　蹟
梁武帝天監十二年		是年庾信出生
普通四年	11	先前簡文帝以晉安王爲雍州刺史，信父肩吾爲晉安王國常侍。被命與劉孝威等十人，抄撰眾籍，號高齋學士。
大通元年	15	梁武帝捨身同泰寺。信侍梁昭明太子東宮講讀。
中大通三年	19	昭明太子薨。七月立晉安王綱爲皇太子，肩吾爲梁太子中庶子，掌管記，信與徐陵並爲抄撰學士。文並綺艷，世號「徐庾體」。又爲湘東國常侍，轉安南府參軍。
中大通六年	22	魏孝武帝奔長安以宇文泰爲相。高歡另奉主又遷鄴，魏分爲東西二魏。
大同三年	25	東魏來聘，梁使張皋報聘。又東西魏交戰，西魏獲梁陳以西地。
大同四年	26	夏，東魏來聘，劉孝義報聘。
大同五年	27	冬，東魏來聘。柳豹報聘。
大同六年	28	冬，東魏來聘。陸晏子報聘。
大同七年	29	夏，東魏來聘，明少暇報聘。冬，東魏又來聘，袁狎報聘。十二月於宮城西立士林館，延集學者。
大同八年	30	春，劉敬躬反，江浙刺史、湘東王繹遣兵擒之。信爲郢州別駕，使與湘東王論戰事，醜徒聞其名德而散奔。

〔註24〕參見《庾開府傳論稿》。
〔註25〕本年譜大體依據倪璠所撰而擬。

大同十一年	33	夏東魏來聘，信以通直散騎常侍報聘。文章辭令，盛爲鄴下所稱。還爲正員郎。
中大同元年	34	同泰寺火災，武帝流涕，以爲不祥。時信爲東宮學士、領建康令。
太清元年	35	東魏侯景以河南十三州內屬，以景爲大將軍、封河南王、大行臺。東魏攻之，請救西魏。八月梁亦遣兵北征大敗。遂與東魏失和絕交。
大清二年	36	梁遣謝班聘於東魏通和。八月侯景舉兵反。進至梁都建鄴。時信爲東宮學士、領建康令，信率眾營於朱雀航，棄軍而逃，遂西奔江陵。
太清三年	37	侯景乘勝追擊，四方征鎮入援者三十餘萬，全無鬥志。景攻陷宮城，大肆奪掠。四月武帝憂憤成疾，崩於淨居殿，享年八十六。太子即位爲簡文帝。以肩吾爲度支尚書。
簡文帝大寶元年	38	侯景假詔令肩吾勸降當陽公大心，肩吾東逃，後賊購得肩吾欲殺之，後釋爲建昌令，仍往奔江陵。又東魏靜帝遜位於齊。
大寶二年	39	侯景乘勝西攻，信在奔逃途中，遇其兵。後景軍敗於巴陵，信到郢州。景還建業，篡位。江陵時元帝承制。肩吾任江州刺史、領義陽太守，封武康縣侯，卒。
梁元帝承聖元年	40	元帝派王僧辯領軍，平侯景。以陳霸先爲征北大將軍，開府儀同三司、徐州刺史。齊人賀平侯景。元帝即位，信轉右衛將軍，封武康縣侯。加散騎侍郎。
承聖二年	41	魏來討伐，梁敗，王褒等請遷都建業，帝不從。交北齊而北魏絕。
承聖三年	42	魏相宇文泰以梁待使者不周，又以帝態度悖慢，派于瑾來攻。魏軍至，而梁王蕭詧以兵應之。魏人戕帝，崩，享年四十七。江陵陷，王褒等爲俘歸長安，時庾信已使東魏，遂留長安。後信仕西魏，拜使持節，撫軍將軍，右金紫光祿大夫、大都督。
梁敬帝紹泰元年	43	江陵陷，陳霸先，王僧辯先奉之爲太宰後即爲帝位帝幼年方十四。

太平元年	44	魏相宇文泰薨，以其子宇文覺爲政，封爲周公，十二月魏帝禪位，爲周孝閔帝。遂封信爲臨清縣子，又除司水下大夫，出爲弘農守。
太平二年	45	帝遜位於陳。又周眾宰宇文護殺閔帝而奉明帝。又爲明帝元年。
周明帝二年	46	於弘農置陝州，信爲弘農守。
武成元年	47	正平公招爲趙國公，皇弟儉爲譙國公，迪爲滕國公。
武成二年	48	信爲麟趾學士，得預校書。當在遷驃騎大將軍，開府儀同三司，司憲中大夫之後。
周武帝保定元年	49	明帝崩，傳位武帝。六月遣治御正殷不害等使于陳。十一月陳遣使來聘。
保定二年	50	陳尚書周弘正自周還，信曾作別周尚書弘正詩數首。九月陳遣使來聘。
保定三年	51	七月陳遣使來聘，十月又來聘。
保定四年	52	改禮部爲司宗。九月陳遣使來聘。十二月齊師渡河來攻，無功而還。
保定五年	53	齊武成帝禪位太子。十一月陳遣使來聘。
天和元年	54	遣杜杲使於陳。四月陳文帝薨，子伯宗嗣立。
天和二年	55	陳湘州刺史華皎率眾來附，遂南伐，王師失利。
天和三年	56	八月齊請和親，遣使來聘。周使陸逞、尹公正報聘。十一月陳安成王瑣廢其主自立，是爲宣帝。十二月，齊武成帝薨。
天和四年	57	四月齊遣使來聘。
天和六年	59	齊王憲伐齊，信與盧愷並從軍行。
建德元年	60	十月詔江陵所獲俘虜充官口者，悉免爲民。
建德二年	61	陳遣使來聘，九月又來聘。十月齊遣使來聘。武帝造「山雲儛」等，備六代之樂，辭多出自庾信之手。
建德三年	62	正月冊封齊國公憲、衛國公直、趙國公招、滕國公迪等爲王。
建德四年	63	信時爲洛州刺史，爲政清靜，吏人安之。時陳氏通好，南北流寓之士、各許還其舊國，陳氏乃請王褒、庾信等十數人，唯放王克、殷不害等。信、褒並留不遣。

建德六年	65	帝率諸軍圍攻齊，大破之。信時爲洛州刺史，尋徵爲司宗中大夫。
宣政元年	66	大將軍王軌大破陳師，俘斬三萬餘人。六月武帝崩。傳位太子衍，即周宣帝。
周宣帝大象元年	67	以襄國郡爲趙國，以新野郡爲滕國，令趙王、滕王並往。滕王即於此年撰《庾開府集》二十卷，並爲作序。子山嘗作啓謝之。又信此年以疾辭職。
大象二年	68	五月帝崩，隋國公楊堅矯制輔政。趙王被誅，後滕王亦以謀執政被誅。楊堅自進爲王。
周靜帝大定元年	69	宣帝崩，傳位靜帝。二月禪位於隋，五月帝崩。
隋文帝開皇元年	69	二月隋王楊堅自稱尊號，改爲開皇元年。秋冬之季庾信卒。

二、家庭背景

庾信的先世，不乏顯達之人，這種仕宦世家的背景，自然給予他很大的影響。尤其到了他父親這一代，更是耳濡目染，父子出入宮中，備受皇室恩寵。《梁書·庾肩吾傳》曰：

> 庾肩吾，字子慎，八歲能賦詩，特爲兄於陵所友愛。初爲晉安王國常侍，……每王徙鎮，肩吾常隨府。……中大通三年，王爲皇太子，兼東宮通事舍人。……累遷中錄事諮議參軍，太子率更令，中庶子。初，太宗在藩，雅好文章士，時肩吾與東海徐摛、吳郡陸杲，彭城劉遵、劉孝儀，儀弟孝威，同被賞接。及居東宮，又開文德省，置學士，肩吾子信，摛子陵、吳郡張長公、北地傅弘、東海鮑至等充其選。

《南史·庾肩吾傳》亦曰：「初爲晉安王國常侍，在雍州，與劉孝威等十人抄撰眾籍，豐其果饌，號高齋學士。」由上可知肩吾在當代文壇聲望之大。而庾信在此背景之下，不但自小能在優裕的環境中成長。同時得以隨其父任職東宮，故《北史·庾信傳》曰：「父肩吾，爲梁太子中庶子，掌管記，……摛子陵及信並爲抄撰學士。父子在東宮，出入禁闥，恩禮莫與比隆。」庾信十五歲，侍讀東宮，除了個人

的聰慧之外，主要仍歸功於其父的提拔，而肩吾陪侍太子，日見親近，提擢庾信自是輕而易舉，梁元帝《金樓子‧雜言篇上》曰：

> 余經侍副君講，時季秋也，召登含露之閣。同時奉旨者，定襄侯外，祇舍人庾肩吾而已。曲蒙恩宴，自夜至朝。奉玉裕之溫，入銅龍之首，瞳矓日色，還想安仁之賦。徘徊月影，懸思子建之文。此又一生之至樂也。

可見肩吾與太子（後來之簡文帝）情誼深厚。而肩吾於簡文帝大寶二年卒江慶之時，梁元帝初承制，即為撰墓誌，更可見其際遇之隆。

由於庾信生於宦族之家，自幼即受嚴格教養，因此對於日後改仕北朝之事，在作品中經常流露出痛苦之情。而如〈哀江南賦〉一篇更於忠君愛國之志士，深深悼惜，對於那些不義之徒，又力加指責。同時庾信事母亦頗為孝順，待人復多仁恕，滕王作序曰：「加以宴心資敬，篤信天倫，孝實人師，刑推士則，慍喜不形於色，忠恕不離於懷，矜簡儼然，師心獨往，似陸機之愛弟，若韓康之養甥。環堵之間，怡怡如也。」可見家庭背景對於他立身處世之道有決定性的影響。而庾信之可見資料中，不曾提及兄弟姊妹之事，所以可能是獨子。而事母至孝一事，〈哀江南賦〉云：「提挈老幼，關河累年。」，〈滕王序〉曰：「自攜老入關，亟移灰琯，烝烝色養，勤同扇席，及丁母憂，杖而後起，病不勝哀。……（晉國公）見信孝情毀至，每日惆嗟，嘗語人曰：『庾信，南人羇士，至孝天然，居喪過禮，殆將滅性。寡人一見，遂不忍看。』其至德如此，被知亦如此。」

庾信的家人，可查考者有一妻五子一孫。〈小園賦〉云：「薄晚閒閨，老幼相攜。蓬頭王霸之子，樵髻梁鴻之妻。」其中三子有二男一女，於金陵喪亂時死亡，〈傷心賦序〉云：「二男一女，並得勝衣，金陵喪亂，相守亡沒。」又云：「至於繼體，多從夭折，……羇旅關河，倏然白首，……一女成人，一長孫孩稚，奄然玄壤，何痛如之，既傷即事，追悼前亡。」按信有〈謝趙王賚絲布啟〉云：「某息荀娘，昨蒙恩賜。」又〈報趙王惠酒詩〉云：「稚子還羞出，驚妻倒閉門。」

或即指庾立而言，〔註 26〕按《庾信本傳》云：「子立嗣。」又《舊唐
書‧賊‧薛舉傳》曰：「仁杲，舉長子也，多力善騎射，軍中號『萬
人敵』。然所至多殺人，納其妻妾。獲庾信子立，怒其不降，磔於猛
火之上，漸割以啗軍士。」可知庾立亦志節之士。庾信仕宦顯達，而
後嗣庾立又慘死如此，誠為「何痛如之。」〔註 27〕

三、交遊情況

　　庾信出身仕宦之門，早年已出入宮闈，因此所與結交往還者多達
官顯要，而且進而「以文會友」，故其所交遊者，亦多雅好文章之士。
其中亦包括後來的簡文帝和梁元帝。《梁書‧簡文帝本紀》云：

> 太宗幼而敏睿，識悟過人，六歲便屬文，高祖驚其早就，
> 弗之信也，乃於御前面試，辭采甚美。高祖嘆曰：「此子吾
> 家之東阿。」……篇章辭賦，操筆立成，博綜儒書，善言
> 玄理。引納文學之士，賞接無倦，但討論篇籍，繼以文章。
> 雅好題詩，其序云：「余七歲有詩癖，長而不倦，然傷於輕
> 豔，當時號曰宮體。」

又有文集八十五卷。〔註 28〕梁元帝少亦好文章，其《金樓子‧自序篇》
云：「余六歲解為詩。奉敕為詩曰：『池萍已先合，林花發稍稠，風入
花枝動，日映水光浮。』因亦稍樂為文也。」又《梁書‧本紀》曰：
「下筆成章，出言為論。才辯敏速，冠絕一時。……與裴子野、劉顯、
蕭子雲、張纘及當時才秀為布衣之交，著述辭章，多行於世，所著文
集五十卷。」又與徐陵出入東宮，並曾一同使魏，情誼甚篤。曾作〈寄
徐陵詩〉一首：

> 故人儻思我，及此平生時。莫待山陽路，空聞吹笛悲。

《南史》云：「徐陵摛子陵，字孝穆。晉安王為皇太子，東官置學士，

〔註 26〕倪璠註云：「荀娘疑即庾立小字。」又〈謝趙王賚息絲布啟〉又云：
　　　　「稚子勝衣。」今疑荀娘或指其女兒，未可詳知。
〔註 27〕〈傷心賦〉曰：「奄然玄壤，何痛如之。」
〔註 28〕參見《梁詩作者考》。

陵充其選。」又劉肅《大唐新語》曰：「梁簡文爲太子時，好作艷詩，境內化之，寖以成俗，晚欲改作，追之不及，乃令徐陵撰《玉臺新詠》，以大其體。」徐陵與信同以文名著稱，又〈思舊銘〉一文傷悼梁觀寧侯蕭永之亡，蕭永亦在梁同遊之舊友，故銘文云：

> 昔嘗歡宴，風月留連，追憶生平，宛然心目。及乎垂翅秦
> 川，關河羈旅，……垂爲此別，嗚呼哀哉。

知蕭永又同隨庾信、王褒等入北，而蕭永、王褒又早信而卒。作〈傷王司徒褒詩〉有曰：

> 名高六國共，價重十城道。難足觀秋水。文堪題馬鞭，……
> 永別張平子，長埋王仲宣，栢谷移松樹，陽陵羅墓田，……
> 昔爲人所羨，今爲人所憐，世途旦復旦，人情玄又玄。故
> 人傷此別，留恨滿秦川，定名於此地，全德以斯全。唯有
> 山陽笛，悽余思舊篇。

傷悼之情，溢於言表。因庾信入北，與王褒最受寵遇，又同爲羈旅，情誼尤深。此外入北之後，庾信亦偶有書信通南方故友。如〈寄王琳詩〉云：

> 玉關道路遠，金陵信使疏。獨下千行淚，開君萬里書。

按《南史》云：「王琳字子珩，會稽山陰人也。本兵家，少好武，遂爲將帥。平景之勳，與杜龕爲第一，……琳巡軍而言曰：『可以爲勤王之師矣，溫太眞何人哉。』……軍敗，爲吳明徹所殺，哭者聲如雷矣。」可見其人頗有忠貞志節，時琳方志雪讎恥，故信寄此詩。又周弘讓之兄使北，庾信曾作〈別周尙書弘正〉等詩，又信在梁與其弟有交往，有〈尋周處士弘讓〉，〈贈周處士〉等詩可證。〈贈周處士詩〉曰：

> 九舟開石室，三逕沒荒林。仙人翻可見，隱士更難尋。籬
> 下黃花菊，丘中白雪琴。方欣松葉酒，自和游仙吟。

按弘讓隱於茅山，頗近庾信祖父易之風，故信因而與之交游。又有〈和庾四〉、〈庾七〉之詩，疑庾四爲庾季才，其八世祖庾滔，亦庾信八世祖。而按《北史·隋書》稱季才又與信羈旅長安，時與瑯邪王褒，彭城劉穀、河東裴政及宗人信等，爲文酒之會，故有酬和之作。如庾信

有〈和裴儀同秋日〉,〈和王史從駕狩〉等詩。

　　庾信入北後,又得明帝、武帝之恩禮,因此二帝皆好文學。至於趙王招,滕王逌等,更周旋款至,有若布衣之交。」至於「群公碑誌,多相託焉。」〔註29〕故有〈和趙王看伎〉、〈正旦蒙趙王賚酒〉……等詩。如〈奉和趙王〉一首曰:

　　　花徑日相攜,花林鳥未棲。比看中郎醉,堪聞烏夜啼。

此外,庾信還與法師、隱士等有來往,如〈送靈法師葬〉,〈和靈法師遊昆明池〉、〈入道士館〉,〈和侃法師三絕〉,〈仙山二首〉等,又從〈臥疾窮詩〉一首可見,其詩曰:「稚川求藥錄,君平問卜林,野老時相訪,山僧或見尋。」言與道、佛教人士相往之事。

　　由此可知,庾信交游,大體可分為三類,一為達官顯貴,雅好文章之士,二為忠貞節義之士,三為佛道之徒。而此三類皆庾信本身之兼具或濡染,則其為人可以從其交游得證。

四、思想學殖

　　庾信自幼聰明過人,又能好學不倦。《北史‧庾信傳》云:「信幼而俊邁,聰敏絕倫,博覽群書,尤善《春秋左氏傳》。」由於才知自兼備,再加上其父肩吾的薰陶,他的文章早年即已名噪當世,故《本傳》曰:「既文並綺艷,故世號為徐、庾體焉,當時後進,競相模範,每有一文,都下莫不傳誦。」當時文章又正值聲律、駢儷相尚的時期,對於使事用典,更成文人相誇的目標,〔註30〕因此博覽群書在當時也有必然的需要。而他涉略的範圍又相當廣泛,〈滕王序〉曰:「少而聰敏,綺年而播華譽,韶歲而有俊名。……穿壁未動,映螢愈甚,若乃德、聖兩禮,韓、魯四詩,九流七略之文,萬卷百家之說,名山海上,金匱玉版之書,魯壁魏墳,縹紲緗囊之記,莫不窮其枝葉,誦其編簡。……強記獨絕,博物不群。」可見他於經史百家之書,無所不及,

〔註29〕參見《北史‧庾信傳》。
〔註30〕參見《中古文學風貌》中隸事聲律宮體一章。

而尤長於經書，頗遵北學舊風，當因祖籍本在北方，故倪璠《庾集題辭》曰：「若夫《易》《禮》分王鄭之學，《尚書》別今古之文，雖家本江南，而學遵河北。」其中更以《左氏春秋》見長，這由他的文章可以看出，《庾集題辭》所謂：「觀其序出師之名，則靈鈇金僕，稱兆亂之子，則蜂目狼心。星紀庚辰，以志亡滅之期。紀侯鄅子，以記出奔之狀。……他如走群墓則實沈臺駘，致大漸則黃熊赤鳥，季氏亡則魯不昌，子雅喪而姜族弱。組織傳文，庾為甲矣。」〔註31〕正是才高與學富結合的例證，因此庾信文章，聞名南北，《周書·庾信傳》論曰：「由是朝廷之人，閭閻之士，莫不忘味於遺韻，眩精於末光，猶丘陵之仰嵩岱，川流之宗溟渤也。」

在經學薰陶下，多少影響他本人的志行，而忠貞節義思想，在作品中更歷歷可見。故〈哀江南賦序〉：「畏南山之雨，忽踐秦庭；讓東海之濱，遂餐周粟，……楚歌非取樂之方，魯酒無忘憂之用。」對於屈身北朝，慚愧自責，這種思想的存在，顯然可見。〔註32〕而他早年更曾涉略當世盛行的道家思想，觀其祖父庾易，隱逸之士，本近道家，而父肩吾更有養生服食的習慣，《顏氏家訓·養生篇》于：「庾肩吾常服槐實，年七十餘，目看細字，鬚髮猶黑。……得益者甚多，不能一一說爾。……此輩小術，無損於事，亦可脩也。」可見當代神仙長生之思想，甚為普徧。而庾信亦不能免，如〈贈周處士〉一詩有「九丹開石室」、「自和遊仙吟」等句，〈傷心賦〉也說「石華空服，犀角虛籤。」庾信對於道士及其典禮儀式，也有相當的認識，詩中除有至〈老

〔註31〕參倪璠註釋庾集之題辭。
〔註32〕《詩比興箋》卷二陳沆曰：「或謂子山終餐周粟，未效秦庭，雖符麥秀之思，究慚採薇之操，然六季雲擾，士多鳥棲，康樂休文，遺識心蹟，求共廉頗將楚，思用趙人，樂毅奔鄲，不忘燕國者，又幾人哉。首邱之思，亦可尚矣。」歷來指其仕周為「無恥」或「叛變」者，甚至連詩文所流露故國之思，也往往被認是「欺騙」，如全祖望《鮚埼亭集》題〈哀江南賦〉後等，實考之陳沆之言，留北本非其過，而仕周或稍有嫌，然而不忘羈旅較之王褒，卻已難能而貴。

子廟應詔〉、〈奉和趙王遊仙〉一類作品外，又有〈入道士館〉一詩曰：

> 金華開八景，玉洞上三危。雲袍白鶴度，風管鳳凰吹。野
> 衣縫蕙葉，山市篸笋皮。何必淮南館，淹留攀挂枝。

正是神仙之說，庾信參讀百家雜說，由此可證。同時又有〈步虛詞〉描述道教之祭拜儀式，〈步虛聲〉爲道教音樂，據劉敬叔《異苑》曰：

> 陳思王曹植字子建，嘗登魚山、臨東阿，忽聞巖岫裡有誦
> 經聲，清通聲亮，遠谷流響，肅然有靈氣，不覺斂衿祇敬，
> 便有終焉之志，即效而則之。……一云陳思王遊山，忽聞
> 空裡誦經聲，清遠遒亮，解音者則而寫之，爲神仙聲，道
> 士效之，作〈步虛聲〉。」

傳說眞僞難定，而步虛爲道教音樂則無疑。〔註33〕而庾信〈步虛詞〉十首即爲敘述道教齋儀的進行與其感慨。除了時代、家庭影響外，庾信身居要津，得參與宗教盛會所得的經驗，也是原因之一。而作品中雖仿照道經風格，又頗具文士遊仙的傳統。〈步虛詞〉第一首描寫齋儀之進行，其詞曰：

> 渾成空教立，元始正塗開。赤玉靈文下，朱陵眞氣來。中
> 天九龍館，倒景入風臺。靈度弦歌響，星移空殿迴。青衣
> 上少室，童子向蓬萊。逍遙開四海，倏忽度三災。

此外，梁武帝性本好佛，曾數度捨身同泰寺，上倡下和，風氣亦盛。〈奉和同泰寺浮屠〉、〈奉和法筵應詔〉等，即是隨行應詔而作。入北之後，北周武帝亦頗好佛，其〈奉和法筵應詔詩〉可知。這類經驗的吸收，也促進自己對於佛教的認識。而〈送靈法師葬〉、〈和侃法師三絕〉皆是與僧人交往應和之詩，其〈送靈法師葬〉一首曰：

> 龍泉今日掩，石洞即時封。玉匣摧談柄，懸河落辯鋒。香
> 爐猶是柏，麈尾更成松。郭門未十里，山迴已數重。尚聞
> 香閣梵，猶聽竹林鐘。送客風塵擁，郊交霜露濃。性靈如
> 不滅，神理定何從。

其中不乏佛經之事，其另一作品〈秦州天水郡麥積崖佛龕銘〉用佛經

〔註33〕參見《古典文學》第一集李豐楙《六朝樂府與仙道傳說》。

事更多，如「是以飛錫遙來，度杯遠至。疏山鑿洞，鬱爲淨土。拜燈王於石室，乃假馭風；種花首於山龕，方資控鶴。」一段，無一句非出自佛經。除與僧人來往外，則庾信亦必涉略佛經一類書籍，非只參與佛事而已。而他晚年更因南歸不得，愈寄託其精神、感情於佛道之間。〈觀寒園即事詩〉有「遊仙半壁畫，隱士一牀書。」〈臥疾窮愁思〉云：「野老時相訪，山僧或見尋。」可知。

故庾信既熟讀儒書，又出入佛道之中，而諸家百流又復博覽，這種豐富學識，融合他本身才華，不只使他的文章風行大江南北，並影響其一生的經歷，同時也決定他立身處世的態度。

第三節　著作評介

一、文集之編成與注釋

《庾子山文集》之編成，據滕王逌原序云：「信自梁朝筮仕周世，驅馳至今，歲在屠維，龍居淵獻，春秋六十有七。」則知《文集》編於周宣帝大象元年己亥歲，庾信時年六十七。在此之前，他的文章也有編集，一爲揚都（建康）之十四卷本，一爲江陵之三卷本，而此二種集子，後來又散佚，按〈滕王序〉又云：「昔在揚都，有集十四卷。值太清罹亂，百不一存。及到江陵，又有三卷，即重遭軍火，一字無遺，今之所撰，止入魏以來，爰洎皇代，凡所著述，合二十卷，分成兩帙，附之後爾。」因此滕王爲庾信所編文集，原是網羅入北以後的作品，其中自無居梁所作。此爲二十卷之兩帙本。

《隋書經籍志》所列《庾子山集》則爲二十一卷，較滕王所編者多出一卷，據今人之推測，此一卷，若非庾信南朝所作，當即是在周朝編集之後，續增的一卷。〔註34〕而此本子已經散佚，自也無從詳考。

〔註34〕倪璠《庾信集題辭》云：「及隋文帝平陳，所得逸文，增多一卷，故
　　　《隋書經籍志》稱集二十一卷，其所掫拾者，大抵揚都十四卷之遺
　　　也。」又林承《庾子山評傳》以一卷或出於南朝舊作，或出於周朝

至於《舊唐書》，又作二十卷，而以後的書目，如宋朝《崇文總目》、晁公武《郡齋讀書志》、陳振孫《直齋書錄解題》、《文獻通考》，乃至《宋史藝文志》皆作「《庾信集》二十卷」。故倪璠《庾集題辭》云：「庾集在於周隋，有此二本矣，今其書並已不得。」至於今日所見之《庾子山集》，乃自《文苑英華》、《藝文類聚》、《初學記》等類書中抄撰而成，〔註35〕故其次序錯雜不整，其中更雜有南朝所作，如〈奉和同泰寺浮屠〉、〈奉和山池〉等詩即是。其間還有滕王編纂後的作品，如〈宇文公神道碑〉、〈鄭常墓誌銘〉乃作於大象二年，則在滕王編集收羅的範圍之外。可見《四庫提要》稱《庾子山集》為「鈔撮諸書而成。」極為可信。而此書則經元代以後本已散佚，故全集惟有十六卷。而明清書目中關於二十卷本的記述，大抵襲取舊說而已。〔註36〕

《庾子山集》之刻本，自明朝屠龍有十六卷本，無註。不過庾信的詩作，自南宋以降，則代有傳鈔與刊刻。明到詩集本主要有兩種，一為正德十六年，朱承爵（存餘堂）重刊《庾開府詩集本》，四卷。二為嘉靖間，朱曰藩刻《庾開府詩集本》，六卷。朱本較完備，但校勘粗疏。至於明刊詩文合編之本子計有三種，第一種即前述之屠龍所評點徐庾集本及《庾子山集》十六卷。第二種為天啓年間，張燮輯七十二家集本。《庾開府集》十六卷。第三種為天啓六年，汪士賢校刊漢魏六朝名家集本，《庾開府集》十二卷。至於庾集之有注，據《隋書‧魏澹傳》所載：「太子勇命澹注《庾信集》，世稱其博物。」則隋朝即有注解，不過如今已亡佚。清代則有吳兆宜、倪璠兩家注本，二家之注互有得失。〔註37〕倪注較吳注為詳。倪璠為康熙舉人，其版本源流，蓋出於屠龍一脈。其注釋庾集之題辭曰：「世之所謂《庾開府集》，本宋太宗諸臣所輯，分類鳩聚，後人抄撰成書，故其中多不銓

遺作。

〔註35〕參見《庾集題辭》。
〔註36〕參見源流出版社，〈庾子山集注許逸民之校點說明〉，頁4～5。又以下刻本之說並參比。
〔註37〕參見高步瀛，〈哀江南賦箋〉。

次。取而注之，《文集》凡十有六卷，并釋其序傳，撰年譜、世系圖二篇，有所脫漏，在於末卷總釋。」這即是倪注本的主要內容。而今流傳遍行的《庾子山集》即爲倪氏的注本。

二、作品之分類與內容

　　現存之《庾子山集》共有十六卷，據倪注本，其次序及數量如下：

　　賦十五篇（卷一、二）。

　　詩二百五十六首（卷三至卷六。包括樂府、郊廟歌辭）。

　　表十二篇（卷七）。

　　啓十六篇、書一篇（卷八）。

　　連珠四十四首（卷九）。

　　讚二十八篇（卷十）。

　　教一篇、移文三篇、序一篇、傳一篇（卷十一）。

　　銘十二首（卷十二）。

　　碑十四首（卷十三、十四）。

　　誌銘二十一首（卷十五、十六）。

由上可知，其間作品雖有不少篇是屬於應用文，然而其寫作體裁與範圍之廣泛，也是不容否認的，由此更說明庾信之文學才華，故滕王作序曰：「信降山嶽之靈，縕烟霞之秀，器量侔瑚璉，志性甚松筠。妙善文詞，尤工詩賦，窮緣情之綺靡，盡體物之瀏亮。誄奪安仁之美，碑有伯喈之情，箴似揚雄，書同阮籍。」今依次介紹於下：

（一）賦

　　現存〈庾信賦〉篇，共有十五篇，其中雜有不少在南朝的作品。其詳見下一章十五篇賦之研究。除此之外，據宋葉廷珪《海錄碎事》卷九愁樂門引庾信愁賦之文云：「攻許愁城終不破，蕩許愁門終不開。何物煮愁能得熟，何物燒愁能得然。閉門欲驅愁，愁終不肯去。深藏欲避愁，愁已知人處。」又「誰知一寸心，乃有萬斛愁。」此賦又見宋《漫叟詩話》引「處」一韻。而王若虛《滹南遺老集》卷三十四〈文

辨〉亦有批評愁賦之言。則愁賦當為後所散佚者。此外又有殘篇佚句，並置於各賦中討論，於此略而不談。

（二）詩

　　滕王謂庾信工於詩賦，今所傳集中之詩，數量不少，可見用力之勤。這些詩篇，從標題上來看，多半為職務上、或生活上酬唱應和之作，另一部分則屬於景物之描繪與個人情感的抒寫。前者如〈和趙王看伎〉、〈奉答賜酒〉、〈對宴齊使〉、〈奉和初秋〉等，這類詩在作品佔了絕大部分，這當然與他個人的境遇密切相關，而後者則如〈詠園花〉、〈別周書弘正〉、〈慨然成詠〉、〈寄王琳〉、〈傷往〉等，為數也不算少。而這些詩篇，也和他的賦篇一樣，在南北兩地所作，分別具備不同的風格，南方所作，以綺艷風格為主，偶亦有清新之氣，入北之作，則頗有北方清貞剛健之風，前者可以〈詠畫屏風詩〉二十四首作代表，後者可以擬〈詠懷〉二十七首作代表。而他作品的分別，正如此二類詩，前者的題材，多以「體物」之作，後者則以「寫志」為主，今分別舉例說明如下：

〈詠畫屏風詩〉

其一

　　浮橋翠蓋擁，平旦雍門開，石崇迎客至，山濤載妓來。
　　水紋恒獨轉，風花直亂迴，誰能惜紅袖，寧用捧金杯。

其三

　　昨夜鳥聲春，驚動聞四鄰。今朝梅樹下，定有詠花人。
　　流星浮酒泛，粟瑱繞杯唇。何勞一片雨，喚作陽臺神。

其五

　　三春冠蓋聚，八節管絃遊。石險松橫植，巖懸澗竪流。
　　小橋飛斷岸，高花出迴樓。定須催十酒，將來宴五侯。

其九

　　千尋木蘭館，百尺芙蓉堂。落日低蓮井，行雲礙芰梁。
　　流水桃花色，春洲杜若香。就階猶不進。催來上伎牀。

雖極聲色之工，卻也綺靡之極，隋李諤所謂：「連篇累牘，不出月露之

形，積案盈箱，惟是風雲之狀。」正是此種作風的說明。這也是當時梁朝盛行之宮體作風，平日競相吟詠，日久風氣自成，如〈和詠舞詩〉云：

> 洞房花燭明，燕餘雙舞輕。頓履隨疏節，低鬟逐上聲。
>
> 步轉行初進，衫飄曲未成。鸞迴鏡欲滿，鶴顧市應傾。
>
> 已曾天上學，詎是世中生。

倪璠於詩題下注曰：「和梁簡文帝也，簡文有〈詠舞詩〉。」可見這種詩的作風，深受當日君臣倡和之影響。此時庾信所作之詩，雖綺艷，但與當時一般作家比較，則有一種清新脫俗之氣，非一味競趨淫靡者可比。〔註38〕如其〈奉和山池詩〉一首云：

> 樂宮多暇豫，望苑暫迴輿。鳴笳陵絕浪，飛蓋歷通渠。
>
> 桂亭花未落，桐門葉半疏。荷風驚浴鳥，橋影聚行魚。
>
> 日落含山氣，雲歸帶雨餘。

這種作風，可以說是他的宮體詩外，另外一個表現的世界。〔註39〕至於他入北之後的作品，除了應酬所作之詩，仍沿續著南朝綺麗風格外，又另有一份雅正之氣，如〈奉和平鄴應詔〉一詩云：

> 天策引神兵，風飛掃鄴城。陣雲千里散。黃河一代清。

不過這多半也是由於北方環境的影響。至於庾信自我感情的表白重心，則漸由聲色、技巧的講求，轉為內容的表現，其中如〈重別周尚書詩〉云：

> 陽關萬里道，不見一人歸。惟有河邊雁，秋來南向飛。

表達離別之情，蒼勁感人，類似這種情懷的作品，在入北以後的詩裡，為數頗多，如〈和侃法師三絕〉、〈傷往〉二首、〈寄王琳〉、〈率爾成詠〉、〈傷王司徒褒〉等多首，而以〈詠懷詩〉為代表。今舉例說明於下：

〈詠懷詩〉其一

> 步兵未飲酒，中散未彈琴。索索無真氣，昏昏有俗心。
>
> 涸鮒常思水。驚飛每失林。風雲能變色，松竹且悲吟。
>
> 由來不得意，何必往長岑。

〔註38〕參見沈德潛，《古詩源》卷十所謂「鶴立雞群」一段。

〔註39〕參見《庾開府傳論稿》。

其二

　　俎豆非所事，帷幄復無謀。不言班定遠。應爲萬里侯。
　　燕客思遼水，秦人望隴頭。倡家遭強聘，質子值仍留。
　　自憐才智盡，空傷年鬢秋。

其三

　　楚材稱晉用，秦臣即趙冠。離宮延子產。羈旅接陳完。
　　寓衛非所寓，安齊獨未安。雪泣悲去魯。悽然憶相韓。
　　唯彼窮途慟，知余行路難。

其四

　　周王逢鄭忿，楚后值秦冤。梯衝已鶴列，冀馬忽雲屯。
　　武安檐瓦振，昆陽猛獸奔。流星夕照鏡，烽火夜燒原。
　　古獄饒冤氣，空亭多枉魂。天道或可問，微分不忍言。

其二十六

　　蕭條亭障遠，悽慘風塵多。關門臨白狄，城影入黃河。
　　秋風別蘇武，寒水送荊軻。誰言氣蓋世，晨起帳中歌。

以上只舉其中五首，可知詩中所寫，爲國破之傷慟、羈旅之愁苦，故
陳沆《詩比興箋》卷二曰：「今核以時勢，別爲次第，俾情與事附，
則志隨詞顯，詩史之目，無俟杜陵。」又曰：「〈哀江南賦〉與比表裏，
故箋中歷引爲證，惟彼兼述臺城之禍，此專悼江陵之覆蓋。蓋絕望以
後，其痛尤深。」〈哀江南賦〉所寫內容，與〈詠懷詩〉大體相同，
故前人皆以其互爲表裏，如倪璠於題下注曰：「昔阮步兵〈詠懷詩〉
十七首，顏延年以爲在晉文代慮禍而發，子山擬斯而作二十七篇，皆
在周鄉關之思，其辭旨與〈哀江南賦〉同矣。」至於「詠懷」之名，
陳沆曰：「《藝文類聚》，但稱庾信詠懷詩，不云擬也。詩紀強增爲擬
詠懷，亦如增文通詩爲教阮，豈知自家塊壘，無俟他人酒杯乎。」則
知或作「擬詠懷」，庾信所作只是繼承阮籍「言志」傳統，未必摹擬。
〔註40〕沈歸愚評曰：「無窮孤憤，傾吐而出，工拙都忘，不專擬阮。」

――――――――――――

〔註40〕參見李直方，〈漢魏六朝詩論稿中阮籍詠懷詩論一篇〉。

他還吸收了北朝橫吹曲辭之作風，自成格調，所以還衝破了綺靡淫麗宮體詩的藩籬，爲中國詩歌注入新的生命。同時也爲自己的作品增添了不少氣色。〔註41〕雖然有些學者，以爲庾信詩以居南朝所作爲佳，如錢鍾書《談藝錄》云：「其詩歌，則入北以來，未有新聲，反失故步，大至仍歸於早歲之風華靡麗。」而批評〈詠懷詩〉二十七首「其心可嘉，其詞則何稱焉。」也只是自其外表之形式、技巧之比較所得。然于其中「抒寫亡國之痛，逋客之悲。」者亦不能不給于承認。這正說明，前言所述，庾信〈詠懷詩〉的重心，是感情的發抒，與從前居梁純以技巧取勝者，自然有所不同。這也正是他入北之後的詩，表現「抒情慷慨悲涼，尚見漢魏風骨。」〔註42〕的主要原因，胡應麟《詩藪外編・二・六朝》云：「庾製作雖多，神韻頗乏。」又云：「子山氣骨欲過肩吾，而神秀弗如。」大體是針對此一方面而言。

至於五言長詩，知〈和張侍中述懷〉、〈傷王司徒褒〉等，鋪敘有序，情意深婉，實爲唐人五言長古的先河，所不同的就在偶句的大量運用。如〈園庭〉一首曰：

　　杖鄉從物外，養學事閑交。窮愁方汗簡，無遇始觀爻。
　　谷寒已吹律，簷空更剪茅。樵隱恒同路，人禽或對巢。
　　水蒲開晚結，風竹解寒苞。古槐時變火，枯楓乍落膠。
　　倒屣迎懸榻，停琴聽解嘲。香螺酌美酒，枯蚌藉蘭殽。
　　飛魚時觸釣，翳雉屢懸庖。但使相知厚，當能來結交。

同時其聲律的講求，也是形成唐代律詩的橋梁，因此庾信的詩，雖有犯了律詩「平三連」或「仄三連」的忌諱，如〈詠畫屏風詩〉第十一首「日暮風塵多」，第十五首「沙洲兩鶴迥」。但也有幾首幾乎已具備了完整的諧律形式，如〈舟中望月〉、〈梅花〉等等。其中〈舟中望月〉一首曰：

　　舟子夜離家，開舲望月華。山明疑有雪，岸白不關沙。
　　天漢看珠蚌，星橋似桂花。灰飛重暈闕，蓂落獨輪斜。

〔註41〕參見聞一多，《宮體的自贖》一文。
〔註42〕參見《庾子山評傳》，卷三。

其詩也有近似唐人絕句者，雖然絕句的起源，說法不一，或謂出於聯句、或云出於律句，或言出於樂府等等，眾說紛紜，莫衷一是。〔註43〕《庾信集》中如〈聽歌一絕〉、〈和侃法師三絕〉等，標題稱「絕」，或疑出於後人所加。然而無論如何，這種二韻四句的形式，爲後世絕句的先聲，則是不可否認的。〔註44〕《庾信集》中的〈秋日〉、〈賦得荷〉、〈塵鏡〉，〈送周尙書弘正〉、〈送衛王南征〉，〈傷往〉皆是。又以五言爲主，其七言絕句較少，其〈傷往〉一首曰：

> 見月長垂淚，花開定斂冒。從今一別後，知作幾年悲。

寥寥二十字中，抒北地羈旅之思，情辭俱至，其技巧之卓越可見。

（三）樂　府

樂府至南北朝，一方面是民間努力創作，一方面則文人刻意學古，成爲樂府文學史上，創作兼摹仿的分化時期。〔註45〕所謂南北樂府之截然不同，一表現柔婉風格，一表現眞率作風，此乃就民歌而言，至於文人所作，則南北並無大異，主要因爲北方文人，以其本有之文學素養，加以大多係漢家衣冠舊族，因此作品中仍多文靡而氣弱。其中文人的樂府作品，又包括「仿古樂府」與「創作樂府」兩類，庾信的仿古樂府，如〈昭君辭應詔〉、〈王昭君〉、〈結客少年場行〉等等，大多仍爲南方的綺麗色彩，例如〈王昭君〉一首曰：

> 拭啼辭戚里，回顧望昭陽。鏡失菱花影，釵除卻月梁。
>
> 圍腰無一尺，垂淚有千行。綠衫承馬汗，紅袖拂秋霜。
>
> 別曲眞多恨，哀絃須更長。

庾信既已入北，作品中雖然慣以綺麗見長，多少又受北方文學之影響，例如〈楊柳歌〉、〈燕歌行〉，在纖麗之中，略帶蒼涼之美。〔註46〕

〔註43〕參見傅懋勉，〈從絕句的起源說到杜工部的絕句和李嘉言絕句與聯句〉。

〔註44〕參見青木正一，《六朝律詩之形成》。

〔註45〕參見羅根澤，《樂府文學史》第四章，南北朝樂府。

〔註46〕〈燕歌行〉一篇，據《周書‧王褒傳》云：「褒曾作〈燕歌行〉，妙盡關塞苦寒之狀，元帝及諸文士並和之，而競爲悽切之詞，後元帝

其〈楊柳歌〉云：

> 河邊楊柳百丈枝，別有長條踠地垂。
> 河水衝激根株危，倏忽河中風浪吹。
> 可憐巢裡鳳凰兒，無故當年生別離。
> 流槎一去上天池，織女支機當見隨。
> 誰言從來陰數國，直用東南一小枝。
> 昔日公子出南皮，何處相尋玄武陂。
> 駿馬翩翩西北馳，左右彎弧仰月支。
> 連錢障泥渡水騎，白玉手板落盤螭。
> 君言丈夫無意氣，試問燕山那得碑。
> 鳳凰新管蕭史吹，朱鳥春窗玉女窺。
> 銜雲酒杯赤瑪瑙，照日食螺紫琉璃。
> 百年霜露奄離披，一旦功名不可爲。
> 定是懷王作計誤，無事翻覆用張儀。
> 不如飲酒高陽池，日暮歸時倒接䍦。
> 武昌城下誰見移，官渡營前那可知。
> 獨憶飛絮鵝毛下，非復青絲馬尾垂。
> 欲與梅花留一曲，共將長笛管中吹。

至於南北朝文人創作之樂府，由於接受吳樂西曲的新艷路線，同時又拋棄另一種清新的成分，再加雕琢，因此這種由摹擬而創作的樂府作品，在辭采與內容方面，則又促起宮體詩的興起。[註47] 例如庾信的二首〈烏夜啼〉即是。據《唐書・樂志》曰：「〈烏夜啼〉者，宋臨川王劉義慶所作也。」又《古今樂錄》云：「烏夜啼，舊舞十六人。」其詩曰：

> 促往繁絃非子夜，歌聲舞態異前溪。御史府中何處宿，洛
> 陽城頭那得棲。彈琴蜀郡卓家女，織錦秦川竇氏妻。詎不
> 自驚長淚落，到頭啼烏恒夜啼。

　　出降，襃與眾方出，至北方驗。」倪璠曰：「故信亦有此歌。」羅根
　　澤《樂府文學史》則以王襃所作文較庾信之作更具蒼涼之美。
〔註47〕參見林文月，〈南朝樂府與當時社會的關係〉。又《騷壇秘語》卷中
　　謂當時樂府曰：「猶有真意勝於當時文人之詩。」又云當時文人之詩：
　　「文氣衰緩。」

其二

　　桂樹懸知遠，風竿詎肯低。獨憐明月夜，孤飛猶未棲。

　　虎賁誰能惜，御史詎相攜。雖言入絃管，終是曲中啼。

這二首樂府詩，主要寫女子聞烏夜啼所勾起的別愁離恨，又艷又怨。前一首在聲律形式上，略近七律。後一首又近似五律。可見當時作品律化的痕迹，〔註48〕庾信的詩篇，律化之現象非常明顯，故劉熙載《藝概》曰：「庾子山〈燕歌行〉開唐初七古，〈烏夜啼〉開唐七律，其他體為唐五絕、五律、五排所本者，亦不可勝舉。」這正是他的詩在文學發展上所具有的地位。

　　此外，庾信又有部分詩篇，乃為郊廟樂曲而作之歌辭，據《隋書·樂志》曰：「周太祖迎魏武入關，樂聲皆闕。……天和元年，武帝初造山雲舞，以備六代，南北郊、雩壇、太廟、禘祫，具用六舞。舞六代大夏、大濩、大武、正德、武德，山雲之舞也。於是正定雅音，為郊廟樂。創造鐘律，頗得其宜。宣帝嗣位，皆循用之，無所改作。」而倪璠曰：「《隋書》所采，皆子山之辭。」又《周書》云：「天和元年多十月，初造山雲舞，以備六代之樂，建德三年多十月，六代樂成。」而《庾子山集》中亦有〈賀新樂表〉，可見這些歌辭，是周武帝時郊廟燕射，命庾信所作之辭。

（四）表

　　《文心雕龍·章表篇》曰「表者，標也。……原夫章表之為用也，所以對揚王庭，昭明心曲，既其身文，且亦國華，章以造闕，風矩應明，表以致禁，骨采宜耀，循名課實，以章為本者也。」則以事為主，以辭為輔，才是章表的寫作原則，即要「辭為心使」，才不致以辭掩義。因此章表之文，固須暢達，卻必本於雅正之體，尤不能有輕艷浮辭。庾信十餘篇的表，大體皆能去除贅辭拗語，達意而止，且不刻意矯飾，故能華實並備而相宜。其中以賀表、進表、乞表三類為主。

〔註48〕參見葉嘉瑩，〈論杜甫七律之演進及其承先啟後之成就〉。

賀表如〈賀平鄴都表〉、〈賀新樂表〉等。其〈賀平鄴都表〉一篇，據《周書・武帝紀》云：「建德六年正月乙亥，齊王傳位於其太子恒，改元承光，自號爲太上皇。壬辰，帝至鄴，齊主先於城外掘塹豎柵。癸巳，帝率諸軍圍之，齊人拒守，諸軍奮擊，大破之，遂平鄴。」乃是周平齊後所作，而此表並非作於朝廷大慶之時，觀其表末段庾信自云「謹遣主簿陪臣曹敏奉表以聞。」可知，其全文如下：

> 臣某言臣聞太山梁甫以來，即有七十二代。龍圖龜書之後，又已三千餘年。復制法樹司，禮殊樂異、至於文離武落，剡木弦弧。席卷天下之心，包含八荒之志，其揆一矣、伏惟皇帝陛下握天樞，秉地軸。駕馭風雲，驅馳龍虎。沉雄內斷。不勞謀於力牧，天策勇決，無待問於容成。是以威風所振，烈火之遇鴻毛。旗鼓所臨，衝風之卷秋葉。竊聞伊洛戎夷，幽并僭偽；抱圖載籍，已歸丞相之府。銜玉繫綬，並詣中軍之營。百年逋誅。遂窮巢窟。三代敵怨，俄然掃蕩。昔周王鮪水之師。尚勞再駕。軒轅上谷之戰，猶須九伐。未有一朝指麾，獨決神慮，平定寓內，光定天下。二十八宿，只餘吳越一星。千二百國。裁漏麟洲小水。若夫，咸康之年，四方始定。建武之代，諸侯並朝。不得同年而語矣。雖復八風並唱，未足頌其英聲。六樂俱陳，無以歌其神武。坐鈞臺而誓眾，如啓繼夏禹之功。入商郊而問罪。姬發成周文之志。無改之道，大孝也與！當今鹿臺已散，離宮已遣。兵藏武庫。馬入華山。立明堂之制，奏大武之樂。盛矣哉！上天降休，未之有也。政須東南一尉，立於比景之南。西北一候，置於交河之北。然後命東后，詔蒼冥；衢壇琬碑，銀繩瓊檢；告厥成功，差無慙德。臣忝竊榮幸，蒞政東藩，不獲躬到闕庭，預觀大慶，不勝兒藻踴躍之至。謹遣主簿陪臣曹敏奉表以聞。

按作表之時，周齊交爭，已是多年，一旦平鄴滅齊，中原底定，可謂事之大者，因此全篇文字雅正得體。故林承評曰：「子山賀表雅潤成章，於頌揚之中，寓致治之望，辭得體要而意自達，固無事於繁言也。

〔註49〕又蔣士銓評其文曰：「未極研鍊，自具遒宕之氣。」〔註50〕正是由此而論。

乞表有〈為閻大將軍乞致仕表〉、〈代人乞致仕表〉等。其中以為閻大將軍所上一表，最為人所稱道。其文如下：

> 臣某言：臣聞禮云：大夫七十致仕於朝，傳家於子。膳則貳珍。衣稱時制。臣自出身奉國，四十餘年；遭遇風雲，從微至著。太祖文皇帝抉危濟難，奄有關河。臣實無能，中涓從事。自洛食風塵，河梁旗鼓。華陰有白馬之兵，河曲有黃沙之陣。臣雖用命。不能奇策，功薄賞厚，因人成事；恩澤年表，常以愧心。仰逢周朝以揖讓登庸，謳歌受命；主貴臣遷，頻頻榮寵。三槐以鑄鼎象物，知其神奸。五等以桓圭飾瑞，守其宮室。臣以何德，兼而有之。況復水土之職，王梁以應讖受徵。兵戈之王，韓信以登壇獨拜。語其連類，臣又何人。方今四海未寧，三方鼎峙。臨下勞心之日，群公展効之秋。而臣甲子既多，耄年又及。無參賓客之事。謬達諸侯之班。尸祿素餐，久索彝典。負乘致寇，徒煩有司。加以寒暑乖違，節宣失序。風木交侵，菁華已竭。雖復廉頗強飯。馬援據鞍，求欲報恩，何能為役。榮啟期之樂。適足自貽。燭之武之言，無能為也。特乞解所居官，言從初服。事符骸骨之請。非謀几杖之賜。若臣北陵移病，東皋歸老，山河茅社，一反司勳。公侯珪璧，還封典瑞。則朝無冒位之人，臣免妨賢之責。虞氏養老，敢希東序之榮。周期如茶，豈望西郊之禮。但瞻仰天威，方違咫尺；徘徊城闕，私增悽戀；不任知止之情。

接《周書本傳》，閻慶世為將家，累官大將軍，晉公護之母，即其姑母也，然晉公擅權之時，閻慶卻未阿附，晉公被殺後，周武帝更加器重，曾極一時之尊榮。建德二年閻慶致仕，故庾信為上乞表。故其文陳情懇至，而說理精闢，雖篇幅不長，文字感人，故蔣士銓云：「四

〔註49〕參見《庾子山評傳》，卷四。
〔註50〕參見蔣士銓，《評選四六法海》，卷一。

六至此，爛漫已極，後人極欲求多，又何爲也者。」

進表則有〈齊王進白兔表〉、〈齊王進蒼鳥表〉、〈爲晉陽王進玉律秤尺斗升表〉等等，大多代齊王、晉王而作，篇幅極短，而皆切題命意，文字精善。如〈齊王進白兔表〉一篇：

> 臣聞輿圖欲遠，則玉虎晨鳴。轍迹方閉，則銀麚入貢。伏惟陛下明明在上，翼翼居尊。德動天關，威移地軸。是以風煙照燭，毛羽禎祥。吏不絕書，府無虛日。臣受服元戎，用綏邊鄙。轅門所屆，始次熊山。前茅慮無，乃獲白兔。光鮮越雉，色麗秦狐。月德符徵，金精表瑞。呈祥輿頌，効異披圖。尊敬之迹既明。應事之機斯兆。臣之龔行，實從陝略。瑞以素質，彌雄西氣。庶重承廟算，方事咸威。揜代偃齊，分韓裂趙。不勝鳧藻蹹躍之情。

（五）啟

《文心雕龍・奏啟篇》曰：「啟者，開也。……自晉來盛啟，用兼表奏，陳政言事，既奏之異條，讓爵謝恩，亦表之別幹。」又曰：「必斂飭入規，促其音節，辨要輕清，文而不侈，亦啟之大略也。」則「啟」之使用，可進君上，既類似「表」，可致友朋，又類似「書」。而且南北朝所作，又多篇幅短小，字句精鍊。

庾信之父肩吾最長於作啟，蔣士銓曾評曰：「玉屑爭飛，金丸迸落。」〔註51〕庾信所作之啟，承其家學，頗有乃父之風，辭藻精鍊，情韻婉致。十七篇中，除〈答趙王啟〉一篇外，皆爲謝啟，又其中十一篇〈謝趙王〉，四篇〈謝滕王〉，一篇〈謝明〉帝。除〈謝滕王集序〉散文字較長外，其餘皆精工短製，然辭意全無蕪雜之弊，林承曰：「後世李義山之筆札，便是從此入門也。」唐人長篇之啟，由此逐漸發展所致。此篇長啟，即答謝滕王編纂《庾子山集》並爲作序之文，其全篇文字如下：

> 信啟：伏覽制垂賜集序。紫微懸映，如傳關里之書。青鳥

〔註51〕參見《評選四六法海》，卷三。

遙飛，似送層城之璧。若夫，甘泉宮裏，玉樹一叢。玄武
闕前，明珠六寸。不得譬此光芒，方斯燭照。有節有度，
即是能平八風。愈唱愈高，殆欲去天三尺。殷下雄才蓋代，
逸氣橫雲。濟北顏淵，關西孔子。譬其毫翰，則風雨爭飛。
論其文采，則魚龍百變。蒲桃繞館。新開碣石之宮。修竹
夾池，始作睢陽之苑。琉璃泛酒。鸚鵡呼杯。鳳穴歌聲，
鶯林舞曲。況復行雲遂雨，迴雪隨風。湖陽之尉，既成爲
喜之因。舂陵之侯，便是銷憂之地。某本乏材用，無多作
述。加以建鄴陽九，劣免懦硎。江陵百六，幾從士壟。至
如殘編落簡，並入塵埃。赤軸青箱，多從灰燼。比年痾恙
彌留，光陰視息。桑榆已迫，蒲柳方衰。不無秋氣之悲，
實有窮途之恨。是以精采贅亂，頗同宋玉。言辭寒吃，更
甚揚雄。一吟一詠，其可知矣，好事者不求，知音者不用。
非有班超之志，遂已棄筆。未見陸機之文，久同燒硯。至
於凋零之後，殘缺所餘。又已雜用補袍，隨時覆醬。聖慈
憐憫，遂垂存錄。始知揄揚過差，君子失辭。比擬縱橫，
小人迷惑。荊玉抵鵲，正恐輕用重寶。龍淵削玉，豈不徒
以神慮。匠石迴顧，朽材變於雕梁。孫陽一言，奔踶成於
駿馬。故知假人延譽，重於連城。借人羽毛，榮於尺玉。
漢池九萬里，無踰此澤之深。華山五千仞，終愧斯恩之重。
即日金門細管，未動春灰。石壁輕雷，尚藏冬蟄。伏願聖
躬與時納豫。南陽寶雊，幸足觀瞻。酈縣菊泉，差能延壽。
伏遲至鄴可期，從梁有日。向杞子之盟會，必欲瞻仰風塵。
共薛侯而來朝，謹當逮迎冠蓋。魚腸尺素，鳳足數行。書
此謝辭，終知不盡。謹啓。

蔣士銓評曰：「姿態橫生，丰神欲絕。」譚復堂評曰：「豐健欲飛，幽
咽如訴，子山文固篇篇可誦。」其餘小啓，由於篇幅較短，且大量運
用典故，此乃齊梁之習慣，庾信巧加運用，使文字輕靈圓潤。現今流
傳的用典小啓，便以庾肩吾與信父子所作最多。其中又以〈謝明皇帝
賜絲布等啓〉一篇，最爲人所稱道，其文如下：

臣某啓，舉敕，垂賜雜色絲布綿絹等三十段，銀錢二百文，

某比年以來，殊有缺乏，白社之內，拂草看冰，靈臺之中，
吹塵視甑，愍妻狠妾，既嗟且憎，瘠子羸孫，虛恭實怨，
王人忽降，大賚先臨，天帝賜年，無踰此樂，仙童贈藥，
未均斯喜，張袖而舞，玄鶴欲來，舞節而歌，行雲幾斷，
所謂舟檝無岸，海若爲之反風，薺麥將枯，山靈爲之出雨，
況復全抽素繭，雪板疑傾，併落青氛，銀山或動，是知青
牛道士，更延將盡之命，白鹿眞人，能生已枯之骨，雖復
拔山超海，負德未勝，垂露懸針，書恩不盡，蓬萊謝恩之
雀，白玉四環，漢水報德之蛇，明珠一寸，某之觀此，寧
無愧心，直以物受其生，於天不謝，謹啓。

蔣士銓評曰：「千百年來，風調常新，由其熟於避實就虛之法、開合
斷續之機也。可謂庶美必臻，微瑕必去。」許槤評曰：「舉體皆奇，
掃除庸響，唐人自玉谿、金荃而下，不能擬隻字。」又曰：「極華贍
而不嫌於纖，故妙。」又王文濡評云：「清而不淺，華而不浮，若許
小事，竟成絕大文章，文人之筆，其鋒可畏。末幅尤善於說詞，妙諦
環生，信固文人而兼說士者歟。」〔註52〕其餘如〈謝趙王賚絲布啓〉、
〈謝趙王賚白羅袍袴啓〉，〈謝滕王賚馬啓〉等，亦雋絕有致，情采雙
至，直如「六朝碎金。」〔註53〕而庾信這些小啓所以動人，除了「用
事巧而不纖，下筆柔而不弱。」〔註54〕外，聲容並茂，對仗工整，也
是不可忽視的。

（六）書

《文心雕龍・書記篇》曰：「書之爲體主言者也。……故書者，
舒也，舒布其言，陳之簡牘。」又曰：「詳總書體，本在盡言，言以
散鬱陶，託風采，故宜條暢以任氣，優柔以懌懷。」以書爲傳達情志，
自古便已通行，又由於不限君臣尊卑，因此使用的範圍或方式，最爲
廣泛而自由。不過庾信的文集只存一首，其餘已散佚，然而由此一篇，

〔註52〕參見許槤，《六朝文絜》卷三與《古文辭類纂》王文濡評語。
〔註53〕許槤評謝滕王賚馬啓之語。
〔註54〕蔣士銓評謝滕王賚馬啓之語。

可知其遣辭精簡，寄意深長，稱得上是一篇動人的佳作，也是一封美麗的情書，此即〈梁上黃侯世子與婦書〉，此為蕭愨捉刀而作，卻深情自如，其全文如下：

> 昔仙人導引，尚刻三秋。神女將梳（倪注：疑作疏），猶期九日。未有龍飛劍匣，鶴別琴臺。莫不銜怨而心悲，聞猿而下淚。人非新市，何處尋家。別異邯鄲，那應知路。想鏡中看影，當不含啼。欄外將花，居然俱笑。分杯帳裏，卻扇牀前。故是不思，何時能憶。當學海神，逐潮風而來往。勿如織女，待塡河而相見。

文字妍秀，令人不能割愛。〔註55〕故許槤評曰：「艷極韻極，恐被鴛鴦妒矣。」倪璠題下注曰：「昔陸機入洛，有代彥先之詞，何遜裁書，有為衡山之札，才子詞人，自能揮翰，而夫妻致詞，間多代作，此亦感其燕婉之情，代傳別恨，可以葛藟無去者也。……此書摹暫離之狀，寫永訣之情，茹恨吞悲，無所投訴，殆亦江南賦中臨江愁思之類也。」而其文字簡短研鍊，卻都是典故的融化運用，故蔣士銓曰：「庾氏父子，深於隸事，既無牽綴之蹟，復免板重之譏，但覺靈氣盤旋、綵雲下上。」而其辭采艷發，如「想鏡中看影，當不含啼。欄外將花，居然俱笑。」數句，真可妒於鴛鴦，故張仁青譽之為「一代香奩高手。」〔註56〕

（七）連　珠

連珠之義，各家皆有解釋，大抵如沈約注〈制旨連珠表〉曰：「連珠者，謂辭句連續，互相發明，若珠之結排也。」吳訥《文章辨體》云：「連珠之文，貫穿事理，如珠在貫。」一類，而連珠所作又大抵以喻美辭麗為主。這類作家，在陸機之前，如揚雄、班固、蔡邕……等人所作，形式尚未整齊。直到陸機〈演連珠〉五十首一出，而體製才算完備。陸機之後，如謝靈運、梁武帝、簡文帝、沈約、庾信等等，無不沿守著陸機的形式。其法全用排偶，四六字句特別多，故成四六

〔註55〕參見瞿兌之，《中國駢文論》，頁69。
〔註56〕參見張仁青，《歷代駢文選》，頁417。

隔句對之處頗多，而其押韻亦以一節爲單位，陸機如此，庾信的〈擬連珠〉四十四首也有一半以上如此，因此韻腳未必是隔句。〔註57〕此外，連珠不以歌詠爲目的，而是誦讀反省，故常寓勸諷之義於其中。庾信四十四首作品，皆敍梁朝興廢之由，及自己羈旅之感。林承曰：「體仍舊制，文寫新愁，情辭慷慨可誦。」而連珠之形成，也是駢文成立之後有密切相關的一種屬文練習。〔註58〕今舉二首如下：

其一

　　蓋聞經天緯地之才，拔山超海之力。戰陣勇於風飆，謀謨出於胸臆。斬長鯨之鱗，截飛虎之翼。是以一怒而諸侯懼，安居而天下息。

其二

　　蓋聞蕭曹贊務，雄格所質。魯衛前驅，威風所假。是以黃池之會，可以爭長諸侯。鴻溝之盟，可以中分天下。

第一首倪璠注曰：「此章喻……梁朝有天下之始也。」又注後一首曰：「江表之極盛者。」內容皆是論國家天下之大事。

（八）讚

　　《文心雕龍‧頌贊篇》曰：「讚者，明也，助也。然本其爲義，寧生獎歎，所以古來篇體，促而不廣，必結言於四字之句，盤桓乎數韻之詞，約舉以進情，昭舉以送文，此其體也。」大體即頌揚贊美人之功德、如臣頌君、賓贊主人、今人頌古人等，甚至對於器物禽獸，皆有頌讚。前者以美功德言行爲主，後者以託物命意爲主。庾信所作，現今存廿八首，幾乎皆是讚述古人，惟有一篇〈鶴讚〉是屬於器物禽獸一類的。讚述古人者如〈黃帝見廣成子讚〉、〈文王見呂尙讚〉、〈張良遇黃石公讚〉、〈延陵季子遇徐君讚〉等等，今舉〈漢高祖置酒沛宮讚〉如下：

　　遊子思舊，來歸沛宮。還迎故老，更召歌童。

　　雖欣入沛，方念移豐。酒酣自舞，先歌大風。

〔註57〕連珠之體制、用法，參見兒島獻吉郎，《中國文學通論》，頁224。
〔註58〕參見王瑤《中古文學風貌》，頁142～143。

〈鶴讚〉一首則是奉北周明帝之命，於奏事階墀上應制而作，〈鶴讚〉
有序云：「武成二年春三月，雙白鶴飛集上林園，大將鄭偉布弋設罝，
並皆禽獲。六翮已摧，雙心俱怨，相顧哀鳴。孤雄先絕，孀妻向影，
天子愍焉。信奏事階墀，立使為讚。」而此讚情辭並茂，與東漢禰衡
之作〈鸚鵡賦〉可相媲美。其全文如下：

> 九皋遙集，三山迴歸。華亭別淚，洛浦仙飛。
> 不妨離繳，先遭見羈。籠摧月羽，弋碎霜衣。
> 塞傳餘號，關承舊名。南遊湘水，東入遼城。
> 雲飛欲舞，露落先鳴。六月摧折，九門嚴閉。
> 相顧哀鳴，肝心斷絕。松上長悲，琴中永別。

（九）教

清吳曾棋《文體芻言》云：「蔡邕獨斷云：諸侯言為教，謂長官
之諭其下者，漢世已有之，魏晉之間猶屢見，今則統謂之諭，不復稱
教矣。」可知教是上告下之公文書，南北朝時既盛行駢體，故教亦采
駢文。今存庾信教，惟餘答移市教一篇，且末又有缺文，但仍可看出
當時公文之辭采，與辭義之典雅。其文如下：

> 昔張楷碩儒，尚移弘農之市。宜官妙篆，猶致酒壚之客，
> 況復德總郇、周，聲高梁、楚，希風慕義之士，學袂成帷，
> 臥轍反車之流，摩肩相接。遂使王允闤市之處，遠出荒郊，
> 石苞販鐵之所，翻臨崖岸。聖德謙虛，未忘誼湫。欲令吹
> 簫舞鶴，還反舊鄽，賣卜屠羊，請辭新闤。而交貿之黨好
> 留，豳岐之眾難遣。

（十）移　文

《文心雕龍·檄移篇》云：「移者，易也，移風易俗，令往而民
隨者也。……及劉歆之移太常，辭剛而義辨，文移之首也。陸機之移
百官，言約而事顯，武移之要者也。」移文即是古之公文書，有公事
相知會時使用，南北朝時，鄰國之臣相互議事，也采用移文。今存庾
信移文共有三篇，即〈移齊河陽執事之文〉、〈又移齊河陽執事文〉、〈移

虜留使文〉等，大抵就是這種性質的。茲舉〈移齊河陽執事文〉一例：

> 周天和四年四月二十七（日），使持節車騎大將軍，儀同三
> 司大都督陝西總管府。移齊河陽執事。目疆場臥鼓。邊鄙
> 收烽。義讓之行，未能期月。孔城誨盜，即值苞藏。是以
> 板載之師，須時而動。自安封域，非求拒防。雖復風塵蹔
> 接；旗鼓無侵。五將即迴：雙崤已靜。始奉朝旨：獲彼移
> 書；今受叛域，使迴軍賞。想彼邊司，且奉處分，既有此
> 選，輒須領納。未知何日。可遣戍兵。指附行人，遞能速
> 報。盟且不渝，麟境相善。顧瞻原野，幸甚實多。故移。

（十一）序

序以敘述作者之意旨為主，或兼述及作者之生平。序之起源可早
在詩書已有。庾信之序文，除〈哀江南賦序〉一篇外，惟存〈趙國公
集序〉一篇，文辭頗為雅醇，但末段似有殘缺。〔註59〕此序即為趙國
公之文集而作，庾信入周，深受趙王、滕王之款待，而趙王尤好庾信
之文，據《周書本傳》云：「趙王招，……好屬文，學庾信體，詞多
輕豔。武成初，進封趙國公。建德三年，進爵為王。所著文集十卷行
於世。」故庾信為其文集作序，其文如下：

> 竊聞平陽擊石，山谷為之調。大禹吹筠，風雲為之動。與
> 夫含吐性靈：抑揚詞氣；曲變陽春：光迴白日；豈得同年
> 而語哉。桂國趙國公發言為論：下筆成章。逸態橫生，新
> 情振起。風雨爭飛：魚龍各變。方之珪璧，塗山之會萬重。
> 譬以雲霞，赤誠之巖千丈。文參曆象，即入天官之書。韻
> 涉絲桐，咸歸總章之觀。論其壯也，則鵬起半天。語其細
> 也，則鷦巢蚤睫。豈直熊熊旦上。增城抱日月之光。燄燄
> 宵飛，南斗觸蛟龍之氣。昔者，屈原宋玉，始於哀怨之深。
> 蘇武李陵，生於別離之世。目魏建安之末，晉太康以來；
> 雕蟲篆刻，其體三變。人人自謂握靈蛇之珠，抱荊山之玉
> 矣。公斟酌雅頌：諧和律呂。若使言乖節目，則曲臺不顧。

〔註59〕參見林承，《庾子山評傳》，卷四。

聲止操鰻，則成均無取。遂得棟梁文圃：冠冕詞林。大雅
扶輪：小山承蓋。

（十二）傳

傳以記述人之生平事迹，一般皆以散文爲之，這是因爲傳文內容
以明白、詳盡爲主，不同於一般文章，因此雖在盛行駢文的南北朝，
一般傳文仍使用散文，而〈庾信傳〉下的一篇，周使持節大將軍廣化
郡開國公丘乃敦崇傳，卻使用駢文，這在當時是少見的現象。〔註60〕
也由於如此，有些地方自然顯得不夠明晰，但是也有些地方，仍無法
免於用散行夾雜其間，又其行文布局，近似碑誌，均是爲生人而作。
此傳文頗長，茲舉其中一段爲例：

朝廷以舅甥之國，外內之親，乃授賓使持節、驃騎大將軍、
開府儀同三司、大都督、安樂縣開國公，食邑一千戶。賓
得免虎口，仍上龍門，聲價已高，風飄即遠。方欲討論國
恥，申雪家冤，橫尸原野，是所甘心，時不我與，先從朝
露。春秋若干。衛國興文子之慟，長安有詔葬之悲。乃贈
本官，加少傅，蒲虞勳三州諸軍事、蒲州刺史。以天和六
年某月日葬於長安之洪瀆原。妻青州石氏，長城郡君。胤
子孤煢，生妻嫠室，即能有節，還成守義。崇蒙授使持節、
大都督、驃騎大將軍、開府儀同三司、廣化縣開國公，食
邑一千戶。昆季二人，同年上將，彤廷交映，榮戟相臨。
昔二馮同德，繼踵當官；兩杜齊名，夾河爲郡。比斯榮寵，
彼將慚色。俄然賓疾，奄捐館舍。崇兄弟勝衣，備罹禍酷，
同氣長養，得及全人。今者來歸，更連凶閔，每一悲慟，
行路傷心。撫養愛子，情深馬援之慈：恭事寡嫂，義甚顏
含之孝。

（十三）銘

《文心雕龍・銘箴篇》曰：「夫箴誦於官，銘題於器，名目雖異，
而警戒實同。……銘兼褒讚，故體貴弘潤，其取事也，必覈以辨，其摘

〔註60〕同前註。

文也，必簡而深，此其大要也。」要之，銘之使用有二，一與箴同，重在規戒，此多刻於器物之上，如〈古金銘〉等。另一爲紀功述事之作，如班固〈燕然山銘〉等。今存庾信所作有十二首，在南朝所作，如〈明月山銘〉、〈行雨山銘〉、〈望美人山銘〉等等，以描寫風光景色爲主，與「規戒」、「紀功述事」之義，略有出入，文字頗爲秀麗。〔註61〕如至〈仁山銘〉一首曰：

> 峯橫鶴嶺，水學龍津。瑞雲一片，仙童兩人。
> 三秋雲薄，九日寒新。眞花暫落，畫樹長春。
> 橫石臨砌，飛簷枕嶺。壁繞藤苗，窗銜竹影。
> 菊落秋潭，桐疏寒井。仁者可樂，將由愛靜。

許槤評此文曰：「有語必新，無字不雋，吾於開府當鑄金之事矣。」又入北之後所作，如〈秦州天水郡麥積崖佛龕銘〉、〈思舊銘〉等等，多以紀功述事爲主，風格稍見平賞，其中可以〈終南山義谷銘〉一篇代表。此篇銘文，以利用厚生爲旨，有序爲證：

> 周保定二年，歲次壬午，七月己巳朔，大冢宰晉國公命鑿石關之谷，下南山之材，維公匡濟彝倫，弘敷展績，燮理餘暇，披閱山經。……乃謀山澤之官，兼引衡虞之匠。……將事未勞，爲功實重，國富人殷，方傳千載。因功立事，敢勒山阿。

其銘文如下：

> 寥廓上浮，崢嶸下鎮。壁立千丈，峯橫萬仞。
> 桂月危懸，風泉虛韻。乘輿嶺阪，舉插雲根。
> 八溪分注，九谷通源。北涵桐井，南浮石門。
> 模象大壯，規繩百堵。膠葛九成，徘徊千柱。
> 桂棟凌波，柏梁乘雨。疏川奠谷，落實摧柯。
> 事均刊木，功侔鑿河。

（十四）碑

碑文與墓誌銘爲同一類的文體。姚鼐《古文辭類纂》序曰：「碑

〔註61〕許槤，《六朝文絜》，卷四曰：「蘭成諸銘，直可與明遠競爽，明遠以峭勝，蘭成以秀勝，蹊徑自別耳。」

－51－

誌類者，其體本於詩，歌功頌德，其用施於金石。……誌者，識也，或立石墓上，或埋之壙中，古人皆曰誌，爲之銘者，所以識之之辭也。……世或以石立墓上曰碑，曰表，埋乃曰誌，……皆失其義。」又趙翼《陔餘叢考·墓誌銘考》云：「諸書所載，如楊盈川作〈建昌王公碑銘〉……此碑之立於墓上者也。……又范傳正作〈李白新墓銘〉，刻二名，一置壙中，一表道上。溫公謂碑猶立於墓道，人得見之，誌藏於壙中，非開發孰從而觀之，謂誌銘可不用也。」無論如何，誌銘或立墓上，或埋壙中，而碑則必以立墓上爲主。

　　碑文之內容，不外述德、紀功、紀事等，庾信現存十四首作品，紀事者，惟〈陝州弘農郡五張寺經藏碑〉一篇，文字典雅清暢。又〈溫湯碑〉以頌德爲主，其餘十二篇皆是神道碑。所作又多以蔡邕所作爲則，惟時移世異，質文有異，然而庾信文字，自非浮濫者可與倫比。〔註62〕如〈長孫儉神道碑〉一篇爲名將而作，而其功蹟又多，雖篇幅略長，卻敘述緊要，不覺繁冗，其中敘列官職尤其詳明。〔註63〕又陸機《文賦》云：「碑披文而相質。」則碑文固亦須辭句雅正，層次分明，庾信所作〈周上柱國齊王憲神道碑〉一篇最爲得體，而篇幅較長，此舉末尾一段爲例：

公器宇淹鑽，風神遠遠，磯鏡照林，山河容納，置樽待酌，懸鐘聽扣，聲動天下，光照四鄰。武皇帝以介弟懿親，特垂愛友，而密謀奇策，加禮敬焉。常謂左右曰：「孔子云：『自吾有回，門人日親。』其齊王之謂也。」用之作宰，則萬方協和；用之撫軍，則四表懾伏。豈直皋繇爲士，國無不仁；隨會爲卿，民無群盜！愛翫書籍，敦崇禮樂。一作典。管絃入耳，則谿谷俱調；文雅沿心，則煙霞並韻。養由百發，落雁吟猿；應奉五行，紛緗縹帙。雍容舉止，抑揚談論，當世以爲楷模，縉紳以爲軌範。則少有壯志，頗校兵書，玄水降靈，穀城授策，飛風長柳，月角星眉，

〔註62〕同註57。
〔註63〕參見李富孫，《漢魏六朝墓銘纂例》，卷四。

莫不吟誦在心，撰成於手。所著兵法，凡有五卷。六韜九
法，一作地。不用吳起舊書；三令五申，無勞孫武先誡。
可謂有忠孝焉，有壯武焉。不自驕矜，謙光下物。宋人獻
玉，不貪爲寶；伯成子高，守仁爲富。不謂以信致欺，爲
善非樂。天年不享，嗚呼哀哉！以某年月日葬於石安縣洪
瀆川之里。原隰悽愴，埋於盛德幾年，丘陵搖落，蘊於良
才永矣。

齊王憲持爲宣帝所忌，以叛逆罪誅及其子，故庾信此處皆諱之。又蔣
士銓評此碑文曰：「子山集中碑文第一，熟讀之，無不開聰牖明。」
又曰：「視孝穆冊陳王九錫文，便覺精采數倍，趙松雪以雄秀評右軍
之字，余謂子山駢體，直受此二言不愧。」推崇此文備至。而李富孫
《漢魏六朝墓銘纂例》評其爲文曰：「首論氏族，次著諱字，郡邑世
冑及所歷封爵，次書卒葬年月日，并書葬地，文一千七百言，語多駢
偶，敘次詳明，銘詞四言，此駢體碑文之正例也。」可知蔣氏之推此
碑文爲第一，非無原因。〔註64〕

（十五）誌　銘

前文已述碑與誌銘之用途，至於誌銘，古人或分或合不一。然庾
信所作墓誌銘，其篇幅皆較神道碑爲小，或因當時多置於壙中之故，
而敘述更待剪裁，至於事迹較少者，更須簡而成章，以合其體。〔註65〕
又庾信所作今存二十一首，皆爲當時公卿將帥及顯貴婦人所作，前者
事迹繁多，頗須裁剪，後者較少，則待補綴。取捨之間，就憑作者之
技巧，而庾信所作大抵皆能相體合宜，故能「群公碑誌，多相託焉。」
前者如〈周大將軍懷德公吳明徹墓誌銘〉，此舉一段爲例如下：

大象二年七月二十八日，氣疾暴增，奄然賓館，春秋七（陳
書）作六。十七，即以其年八月十九日寄瘞於京兆萬年縣之

〔註64〕志墓例附論云：「金石所重，在可書不可書耳，或略或詳，又其次也。
　　　　止仲則舉韓文姓諱等，十有三事例之，……至北周庾開府出，此十
　　　　三事備矣。」
〔註65〕同註57。

東郊。詔贈某官，諡某，禮也。江東八千子弟，從項籍而
不歸；海島五百軍人，爲田橫而俱死焉。嗚呼哀哉！毛修
之埋於塞表，流落不存；陸平原敗於河橋，死生慚恨。反
公孫之柩，方且未期；歸連尹之尸，竟知何日？遊魂羈旅，
足傷溫序之心；玄夜思歸，終有蘇韶之夢。遂使廣平之里，
永滯冤魂；汝南之亭，長聞夜哭。嗚呼哀哉！乃爲銘曰：
九河宅土，三江貢職，彼美中邦，君之封殖。負才矜智，
乘危恃力，浮磬戢鱗，孤桐垂翼。五兵早竭，一鼓前衰，
移營減竈，空幕禽飛。羊皮詎贖？畫馬何追？苟螢永去，
隨會無歸。存沒俄頃，光陰悽愴，岳裂中台，星空上將。
眷言妻子，悠然亭障，魂或可招，喪何可望。壯志沉淪，
雄圖埋沒，西隴足抵，黃塵碎骨。何處池臺？誰家風月？
墳遂羈遠，營魂流寓。霸岸無封，平林不樹。壯士之隴，
將軍之墓，何代何年，還成武庫。

按吳明徹本爲陳朝將軍，後爲周人所擄，卒於長安。庾信亦南人入北，
故撰寫此文，同病相憐之思，洋溢筆墨之間，李兆洛《駢體文鈔》謂
之「誌文絕唱」，自非無故。〔註66〕蔣士銓評曰：「寫來仍覺風生，筆
頭花出。」至於爲婦人所作，則多取材於家世及其夫婿歷仕，又與其
平日之言行，再加排比，如〈周趙國夫人紇豆陵氏墓志銘〉一篇，即
爲趙王招之妻而作，當時趙王尙爲趙國公，故題曰：「趙國夫人」，其
文如下：

夫人諱含生，本姓竇，扶風平陵人。魏其朝議，列侯則莫
敢抗體；安豐奉圖，功臣則咸推上席。外戚列傳，既聞建
武之書；仲山古鼎，或表單于之獻。祖略，少保、建昌郡
公。公織，（周書）作熾。柱國大將軍、大宗伯、鄧國公。孟
津中誓，常預同德之臣；咸陽違約，克贊先登之主。並得
位入六府，功參八柄。夫人有文在手，有象應圖，榮曜鳳
彰，徵華早茂。肅恭以禮，受教於公宮；言容以德，有聞
於師氏。及乎進賢君子，內主邯鄲，琴瑟在堂，輻軨是服。

〔註66〕參見《歷代駢文選》，頁436。

長久於節，不無秋菊之銘；履端於始，或有椒花之頌。豈
止莊姬掩口，一作笑，一作淚。楚相知慚；定姜問兆，齊兵不
入。武成二年，冊拜趙國公夫人。漢王聞立義之婦，邑以
延鄉；齊侯見有禮之妻，封之石窌。異代同榮，差無慚德。
柱國殿下居若木之一枝，在天潢之別派，揚旌玉壘，驅傳
銅陵，南通向日之民，東被無龍之國。夫人從政月峽，贊
德雲門。錦濯江波，還臨織室；山明石鏡，即對妝樓。既
而玉律頻移，金爐不變。胡香四兩，嗟西域之使稀；靈草
一株，一作枝。恨瓊田之路絕。天和五年四月二十二日，薨
於成都之錦城，春秋二十。孫子荊之傷逝，怨起秋風；潘
安仁之悼亡，悲深長簟。況復仙臺永別，無復簫聲；傅母
長歸，惟留琴曲。七年二月日，歸葬於長安之洪瀆原。詔
贈趙國夫人，禮也。雲南去來，既留連於楚后；光陰離合，
實惆悵於陳王。銘曰：
河西斗絕，觀津孤起，章武賢臣，安豐賢疑作貴。仕。木樓
千仞，金山萬里，紹慶邢姨，基昌宋子。施袊趙北，侍母
秦南，絃綖禮數，厭狄騑驂。義起（江氾），仁流（葛覃），
玉筐迎燕，金籠助蠶。敬愛純深，端莊淑問，有光國史，
無形喜慍。學案外恭，停機下訓，馨馥於蘭，年華於蕣。
風雨消散，神靈離絕，婺女還星，姮娥歸月。左楹夕奠，
高堂朝發，空揚凌波，更無迴雪。下濕曰隰，高平曰原。
西臨火井，北望寒門。猶垂雉服，尚駕魚軒。平原忽矣，
天道何言。山迴地市，路沒滕城，松悲鶴去，草亂螢生。
新雲別起，舊月孤明，賢墳永式，節隴常貞。

蔣士銓評此文曰：「華而不滯，秀而不弱，有才而能節，有氣而能制。」
正說明庾信繁簡得當的寫作技巧。

第三章　庾信辭賦之分篇研究

第一節　春　賦

一、宮體與詠物

　　「宮體」是研究文學史的人所熟知的名詞，但是其含義及範圍應如何加以確定，歷來爭論也很多。究竟「宮體」與「詠物」是截然可分的兩類，抑或有難以割捨的連帶關係，這不僅是「詩」的問題，同時也是「賦」的問題。本文為分析庾信在南朝之賦作，必先略作觀念方面的澄清。

　　按「宮體」之稱，最早見諸《梁書》，卷四〈簡文帝本紀〉云：

　　（簡文帝）雅好題詩，其序云：余七歲有詩癖，長而不倦。

　　然傷于輕艷，當時號曰「宮體」。

又卷三十〈徐陵摛傳〉云：

　　摛文體既別，春坊盡學之，「宮體」之號，自斯而起。

顯然「宮體」之名是在這時才正式成立，但在這之前宋、齊兩代詩人中如鮑照、王融、湯惠休、謝朓等人的作品中，已有類似宮體的詩了。故劉師培云：「蓋徐陵、庾信之文體，實承《南史·簡文帝傳》所載徐摛、庾肩吾之家風，而為宮體導夫先路者，則永明時之王融也，今

之談宮體者，但知推本簡文，而能溯及王融者鮮矣。」〔註1〕但是所謂「宮體」又是如何別于他體，在史書上並沒有說明。因此有些學者根據《梁書・肩於陵・附弟肩吾傳》(《南史》卷五十〈庾易附子肩吾傳〉)所載簡文帝與湘東王書所云：「比見京師文體、懦鈍異常，競學浮疏，爭爲闡緩」之文，而以反面求之，以爲《陳書》卷廿六〈徐陵傳〉所云：「其文頗變舊體，緝裁巧密，多有新意。」其中「巧密」二字，作爲宮體風格的斷語。〔註2〕這個推論從某一方面來看是無可厚非的，然而卻也無法把宮體的特質完整地顯示出來，因此又有學者從當時的作品中歸納出一個結論是：宮體是當日貴游文學一種帶著輕艷柔靡的作品，不過又可分爲二類，即以慣常說法──描寫女性本身及男女情愛者爲狹義的宮體詩，所謂「艷情詩」之名。其二爲此種風格的擴及，至以記游宴、詠節侯、寫風景、及詠物爲廣義的宮體詩。〔註3〕這可以算是從其風格及其題材上加以補充說明，據此庾信南朝的小賦之作，除了〈春賦〉這一篇外，其餘的作品，如〈燈賦〉、〈鏡賦〉……等等，也都可分別以狹義、廣義的性質，成爲宮體賦的作品。但是也有持不同看法的。〔註4〕認爲有關描寫人、麗人、耳、口、目等，是宮體詩，天時氣候更不能成其爲「物」，這些就不該「竄入詠物詩的境地。」不過我們若從宮體與時代關係來看，隨著貴族生活的淫靡豪奢，所謂耳目聲色者逐漸成爲其生活中不可或缺的娛樂，附帶的凡是足以表現這種特性的器具、物品、甚至衣服、妝飾，自然地隨之進入宮體的作品中，進而成爲吟詠的單獨對象，如此一來便無形中融入了濃厚的詠物成分，何況從詠物賦的歷史發展來看，從漢代王褒的〈洞簫賦〉以後，又由樂器的吟詠，逐漸擴展到日用品，以及草木、花卉、鳥獸種種題材，後來又發展到雪、月……等類體裁，進而如江

〔註 1〕參見《漢魏六朝專家文研究》，頁52～53。
〔註 2〕參見馮承基《論宮體風格──巧密》。
〔註 3〕參見林文月《宮體詩研究》。
〔註 4〕參見洪順隆《六朝詠物詩研究》。

淹的〈恨賦〉、〈別賦〉、〈泣賦〉更是跨入分析抽象物的範圍，所以「物」的觀念，已不是原先具體而個別的物體所能局限了。代之而起的卻是以一無形而又專題似的加以特寫。這樣看來「宮體」細膩的手法，本是易于傾向詠物的路線上去，而天候季節的描寫，乃無形中成為「詠物」的一種突破。因此，嚴格畫分「詠物」與「宮體」二者的區別，實在是值得商榷的。而且，「詠物」本是以題材而言的，物的對象既已有了改變，歲時節侯等抽象「物」，自亦為其一部分。而「宮體」本帶有輕艷風格的，本非完全以題材作為劃分標準，因此詠物中有著宮體的風格，或者宮體中包含詠物的作品，更足以說明在那種時代背景，文學創作與現實生活的相互反映與結合。因此本論文所探討的庾信前期作品，多兼帶著「宮體」，「詠物」的兩種特性，這也正是當日時會所趨的文學風潮，任何作家都是難以抗拒的。

二、題稱與寫作動機

〈春賦〉，是一篇美麗絕倫的作品，這篇作品，與湘東王（元帝）蕭繹的〈採蓮賦〉是並稱徘賦雙絕的。〔註5〕

這篇作品是他在南朝時所留下來的，倪璠題〈春賦〉下云：「〈春賦〉以下，庾子山仕南朝時為東官學士之文也。」又云：「子山入魏而後，大抵皆離愁之作，觸景傷懷，似此諸賦，辭傷輕艷，恐非羈臣所宜，觀其文氣，略與梁朝諸君相似，晉安、湘東所賦，題頗類之，蓋當時宮體之文、徐庾並稱者也……今皆附抒管見，為之列序諸篇，謂是在梁之作云爾。」原來倪璠是根據作品的風格推論的，這推論大體沒有問題，今觀《周書·庾信傳》所云：

> 時（父）肩吾為梁太子中庶子，掌管記，東海徐摛為右衛
> 率，摛子陵及信並為鈔撰學士，父子在東宮，出入禁闥，
> 恩禮莫與比隆，既有盛才，文並綺艷，故世號徐庾體。

這時期庾信已是成年，而由於這種環境的關係，帝王貴族擁有文學集

〔註 5〕參見張仁青《六朝唯美文學》，頁 83～85。

團以爲其娛樂、遊戲的工具，他們只是爲寫作而寫作，完全不是爲了抒發情志而寫作，所謂如劉勰所言「爲文造情」者，而不是「因情而生文」者，所以〈春賦〉這篇作品，也是同樣的屬於應制之作，也就是說其寫作動機，當是外來的要求，而非發自作者內心情感的衝動。

不過這篇題名〈春賦〉的作品，雖然沒有註明「奉和」，我們除了從其時代眞象中去求取證據外，另外一些題名相似的賦篇，如梁《簡文帝集》中有〈晚春賦〉，又《元帝集》中亦有〈春賦〉，這些名稱的大同小異，正好說明了當日吟詠酬酢的一種作風，這些情形與庾子山的集中，許多標明「奉和」簡文帝的詩作，實在具有相同的意義。何況這些作品風格相近，而且賦作之中皆有相類七言形式的詩。如庾信〈春賦〉中有四句六字詩：「釵朵多而訝重，髻鬟高而畏風，眉將柳而爭綠，面共桃而競紅。」而元帝的〈春賦〉中亦有相同形式的句子：「苔染池而盡綠，桃含山而併紅，露霑枝而重葉，網蒙花而曳風。」可以媲美。而梁簡文追步庾信，故浦銑復《小齋賦話》卷下云：「蘭成（庾信）賦，詞清句麗，殆無其匹。求其近似，梁簡文或庶幾爾。」此種現象說明了朝夕相處，耳濡目染下產生的結果。使得這個文學集團多的是互相類似的作品，這當然也是互相切磋觀摩的緣故。因此〈春賦〉的寫作，不是庾信感春而寫春，而是提供了「春」字作爲賦名的題目，以便發揮其華藻才情，這種以文學創作作爲娛樂，而忽略了嚴肅的寫作態度，難免爲後人所詬病，這也是徐庾體受到批評的主要地方，劉熙載《賦概》云：「賦尙才不如尙品，或竭盡雕飾以夸世媚俗，非才有餘也，乃品不足，徐、庾兩家賦所由卒未令人滿志與！」也正針對此一點而發。

饒宗頤先生乃懷疑梁上黃侯蕭曄之子愨的〈春賦〉，曾爲庾信所見而取效，故云「蕭愨已有〈春賦〉，亦五七言句相雜，如『二月鶯聲才欲斷，三月春風已復流。』分明爲子山『二月楊花滿路飛』所祖。〔註6〕而且從《北齊書・顏之推附傳》可知其本工於詩詠，北齊天保

〔註 6〕參見《選堂賦話》，頁 112。

中方入北。因此庾信有可能見到他的作品，而作此篇〈春賦〉亦未可知。而庾信之後，除了簡文、元帝與其互相倣傚此體外。至唐代時王勃、駱賓王亦曾倣傚此體。王績早期的〈三日賦〉、〈燕賦〉風格形式上亦與庾信〈春賦〉極爲近似，應該也是倣傚庾信的作風所致，〔註7〕不過他們的寫作動機是完全出於自發，與庾信的應制作品不同。

三、結構與內容

　　〈春賦〉是一篇篇幅短小的「小賦」，想要分析其結構，或許並不合適，所幸作者在賦文中幾處的換韻，正好暗示了文意的轉折，因此本文試大略以換韻作爲段落分析的標準，共分爲五小段，以見其內容與技巧。

　　　宜春苑中春已歸，披香殿裡作春衣。新年鳥聲千種囀，二
　　　月楊花滿路飛。河陽一縣併是花，金谷從來滿園樹。一叢
　　　香草足礙人、數尺遊絲即橫路。開上林而競入，擁河橋而
　　　爭渡。

第一小段中有一次換韻，但在同意上互相連貫，因此併爲一段，作者一開始即強調春意已重到人間，因此苑中、殿內忙著春衣的製作，但由春衣埋下伏筆，引出遊春的序幕，所以春天的景物理所當然成爲人們由屋內走向戶外的美麗誘惑，這種誘惑在時間、空間的交映下（如新年、二月、滿路、河陽、金谷……）一一展開了，首先是聽覺方面的千囀鳥聲，下來是滿眼的二月楊花，這是視覺享受的開始，作者在此雖沒有刻意去舖寫鳥聲的千囀之妙，以及楊花的色彩，但是從以下「併是花」、「滿園樹」，都在在暗示了春天所帶來的蓬勃與生機，而這些豐富的畫面，有應接不暇之感。因此這一片大地無疑就是一幅彩色圖畫，它不是那一種聲音、或某一種色彩，所能替代的。因此在「一叢香草足礙人、數尺遊絲即橫路。」二句內，又把遊人香草、遊絲之間、那種細膩而又迷濛的感覺暗示了出來，表面上雖是景物的凄迷，實際就代表遊人心眼的迷離

〔註 7〕參見葉慶炳《王績研究》。

了。這種美不勝收的春色，使得沈醉的人們，瘋狂似地蜂湧前往遊春。
所謂「競入」、「爭渡」正是這種心態的表露。

> 出麗華之金屋，下飛燕之蘭宮。釵朵多而訝重，髻鬟高而
> 畏風。眉將柳而爭綠，面共桃而競紅。影來池裡，花落衫
> 中。

第一小段作者由「春衣」引出自然景物，再這一段再回應上段，描寫
女子為了春遊的妝扮，及其微妙的愛美心理。所謂出麗華金屋、飛燕
蘭宮，都表示她們的貴門背景，出身的不凡，因此她們的妝飾品自然
是不虞匱乏，因此極力去刻意美化自己，成為一種普徧的愛美心理，
而且除了在服飾的講究外，還注重傅粉、薰香的方式，企圖造成視嗅
覺上的雙重效果。〔註8〕因此爭奇鬥艷成了習慣，為了只是贏得別人
多看一眼。至於造成實際行動的不便，就不在她們的考慮範圍之內，
所以「釵朵多而訝重，髻鬟高而畏風。」正是這種心理下的結果，也
許還成了她們忸怩作態的好理由。底下作者又從顏色上，來進一步來
襯托她們心理的好妍，因此除了女子之間的爭妍外，更進而與自然的
柳、桃互別苗頭，唯恐柳綠桃紅奪去她們的姿色與丰采。作者在前一
段中曾極力描寫的一片春色，似乎到了這一段卻成為麗人的襯托物
了。因此結語二句「影來池裡，花落衫中」，雖然一轉爭強鬥勝的手
法，成了「天人合一」的自然結合，但是在悠然之中，無形地也點出
麗人藉著池水，落花來襯托自己的心理。雖然作風溫和、含蓄了不少，
但是那種愛美的本性，實在是難以抹去的。

> 苔始綠而藏魚，麥纔青而覆雉。吹簫弄玉之臺，鳴佩凌波
> 之水。移戚里而家富，入新豐而酒美，石榴聊泛，蒲桃醱
> 醅。芙蓉玉碗、蓮子金杯。新芽竹筍，細核楊梅。綠珠捧
> 琴至，文君送酒來。

此一小段，由大自然生動的畫面，清新地點出春的生機，「苔始綠而
藏魚，麥纔青而覆雉」，純由大自然植物、動物之間，一靜一動構成

〔註 8〕 參見張仁青《六朝人的愛美心理》。

「春」的景象，而且靜中有動，動中有靜，趣味盎然。許槤評曰：「秀句如繡、顧盼生姿，不管機花饜面，令人膚澤光悅。」〔註9〕雖然主在評斷女子的姿色一小段，但是這二句實在是更具備了自然生動以及清麗可喜的條件。二句之後，作者再回到人們的身上，從「吹簫」、「鳴佩」、「家富」、「酒美」造成一種高尚的貴人遊宴形象，這中間又引用了不少古代的典故，作爲美的暗示。以下從石榴開始，則是舖寫飲酒作樂之時，食物用具的美貌宜人，石榴、蒲桃是美酒，芙蓉般的玉碗、蓮子似的金杯，更將原本死的器物，活生生地成爲芙蓉、蓮子的化身了，這當然是刻意造成的一種美的形象。食物方面有新芽竹筍、細核的楊梅，都顯示出作者有心去襯托「春」的主題，所謂清新細膩也正是作者的表現手法。以下更用綠珠來烘托琴好、文君來烘托酒美。實在都是作者的苦心經營、有意求好的心理表現。

> 玉管初調，鳴絃暫撫，陽春淥水之曲，對鳳迴鸞之舞，更炙笙簧，還移箏柱，月入歌扇，花承節鼓。協律都尉，射雉中郎。停車小苑，連騎長楊。金鞍始被，拓弓新張。拂塵看馬塀，分明入射堂，馬是天池之龍種，帶乃荊山之玉梁。艷錦安天鹿，新綾織鳳凰。

這一小段承接上段所言「琴至」、「酒來」而下，上一段是酒器食物的設置，這一段才是眞正飲酒行樂的開始。調管、撫弦是彈奏的準備，並引出下文，陽春、淥水是難得一聽的名曲，鸞飛鳳舞更是舞姿的極致，不過作者在此只作蜻蜓點水式的形容，並未加以舖寫。以下「炙笙簧」、「移箏柱」則是歌舞已酣的暗示，「月入歌扇、花承節鼓」更是新巧的句子，許槤評曰：「生綻可喜。」在這裡作者以新闢字代用熟見字以避俗求工。〔註10〕寫到這裡意興已達顛峯狀態，遂有長楊行獵的采興，從準備到出發的過程，都有交代。這也表示貴族娛樂的另一種形態，而這種的行樂方式，是除了以女性爲點綴助興遊宴以外，

〔註9〕參見《六朝文絜》卷一。
〔註10〕參見黃永武《字句鍛鍊法》，頁136～137。

比較新奇而又刺激的方式。當然爲了顯示他們的豪富高貴，自不免對
於設置的物品特別地講究，所以鞍以金綴，弓以柘製，而「馬是天池
的龍種，帶乃荆山之玉梁。」而身上的服飾，則是繡有天鹿、鳳凰的
艷錦、新綾。這也正是貴遊文學，必然產生的寫作方式。因爲這也是
他們生活足以自豪自誇的憑藉所在。因此極力地舖寫這類貴重物品，
是他們最實際也最熟悉的文學題材。

> 三日曲水向河津，日晚河邊多解神。樹下流杯客，沙頭渡
> 水人。鏤薄窄衫袖，穿珠帖領巾。百丈山頭日欲斜，三晡
> 未醉莫還家。池中水影懸勝鏡，屋裡衣香不如花。

這一段是本文的最末一段，寫三月修褉的風格，帶有濃厚的詩句味，
這應該是春日遊樂之中，另一番別致而又生動的畫面，也是另一種的
享受，所謂「多解神」就是最佳的寫照，作者更進而從樹下的流杯客，
以及沙頭渡水人描述這種活動的盛況，從這二個點上，去聯繫其間的
互來互往，所以雖是二處畫面的呈現，卻造成一種活動的繁忙意味。
《荆楚歲時記》曰：「三月三日，士民並出江渚池沼間，爲流觴曲水
之飲。」正是此事，而所謂「士民並出」也說明活動的普徧與興盛。
不過作者又把筆一轉，集中到穿戴窄小衫袖，以及披著珍珠領巾的女
子身上，這一方面固然是呼應前文，作爲結尾，然而從另一角度看，
又何嘗不是她們的刻意妝飾，成爲眾人眼中的焦點。不過末尾又以類
似七言詩的方式，作爲全文的歸結，「百丈山頭日欲斜，三晡未醉莫
還家。」雖寫人們的醉酒忘返，其實這何嘗不是這些女子春遊之餘，
依依難捨的陶醉心理，因此儘管來時的鏡中人影、以及屋裡衣香的迷
人，卻比不上這春郊裡的春水與照，春花動人。因此春色可人，絕不
是人爲的妝飾所能取代，這是作者寄寓的所在，也正所以呼應首段春
景之動人又與中段人與春色爭妍，至此人反爲春色所動，醉而忘歸。
成了人在春色之中心理轉變上的三層變化。而春色之美也盡在不言之
中，故許槤評曰：「一結窅邈。」這是六朝人從向內發現人體之美，
再向外發現自然之美，進而達到外在的自然美與內在深情的交融的表

現。張仁青于六朝人的愛美心理一文中云：「蓋活的自然必須活的心靈方能體會。六朝人既玩味大千世界之形相聲色，又觀賞剔透玲瓏的天光雲影、情趣洋溢、生機盎然。加以愛美性之強烈，故其對于天地萬物，無往不發生美感，因美感之發達，又無往不起快感。」正好說明了作者描寫〈春賦〉的那種心靈及其表現。

四、事類與字詞

用典隸事本是六朝賦文的一大特色，不過能夠加以活用，而不流于晦澀，則視作者的才情與技巧而定，這種風氣從顏延之開始，下至齊梁，愈來愈趨于極端，故鍾嶸《詩品》序云：「顏延謝莊，尤爲繁密，於時化之，故大明泰始中，文章殆同書鈔，……邇來作者，寖以成俗，遂乃句無虛語，語無虛字，拘攣補衲，蠹文已甚。」《南齊書・文學傳論》云：「緝事比類，非對不發，博物可嘉，職成拘制。」可見在當時已成爲一般文人共同的風氣。當然從當時文人聚會的情形來看，這更是文人賣弄才學的一種表現方式。﹝註11﹞但是用典隸事在文學上自然也有它的作用。

本賦雖然免不了用典，但是不用典的地方仍然很多，例如賦文開始的四句，從「宜春苑中春已歸」到「二月楊花滿路飛」，除了「宜春苑」、「披香殿」外並未用典，同一字、甚至同一類字卻重覆地出現，例如「春」字在首二句之中竟出現三次。而數量字，如「千」、「二」、「一」、「數」、「滿」等字也是連續使用。雖然如錢大昕所云：「古人文字，不以重覆爲嫌。」但究竟是種缺陷，當然意義內容的限制，也許是重要原因。不過文人好爲新巧，也許庾信當時是有意如此的，甚至成爲當時一種風尚。如《梁元帝詩集》中的〈春日詩〉：

> 春還春節美，春日春風過，春心日日異，春情處處多。處處春芳草、日日春禽變，春意春已繁，春人春不見。不見

﹝註11﹞參見《南史・王摛傳》、〈劉顯傳〉、〈劉峻傳〉。及王瑤《中古文學風貌》，頁 88～90。

　　懷春人，徒望春光新，春愁春自結，春結詎能伸。欲道春
　　園趣，復憶春時人。春人竟何在，空爽上春載。獨念春花
　　落，還似昔春時。

十八句詩中，竟用了廿三個春字，而且許多句子中還出現兩次。詩尚
且如此，賦就更見怪不怪了。

　　至於「河陽一縣併是花、金谷從來滿園樹」是引用潘岳、石崇之
舊事。《晉書》曰：「潘岳爲河陽令，滿縣皆栽桃花。」而石崇有金谷
園，〈思歸〉引序曰：「河陽別業、百木幾於萬株。」作者用典能活，
因此句子一轉頗能流暢清麗，絕無晦澀之病。這可說是劉永濟所云：
「切意之典，約有三美，一則意婉而盡、二則藻麗而富，三則氣暢而
凝。」〔註12〕的好處。不過從另一個角度來看，這些典故又往往與用
字重覆的情形相似，作者遇到類似的題材時，往往一再使用同一典
故，如〈枯樹賦〉中又重復出現了這個典故，不過句調稍爲改變一下：
「若非金谷滿園樹，即是河陽一縣花。」在他其他的作品中也是屢見
不鮮的，如〈奉和閏王美人春日詩〉云：「直將劉碧玉，來過陰麗華，
袛言滿屋裏，併作一園花……今年逐春處，先向石崇家。」又對酒歌
云：「春水望桃花，春洲籍芳杜，琴從綠珠借，酒就文君取，牽馬向
渭橋，日曝山頭晡……箏鳴金谷園，笛陽平陽塢……。」這些題目究
竟還是描寫春天的，因此所用的典故，與〈春賦〉中相同的地方，實
在是不勝枚舉。當然用一典故，能夠以不同句調，或不同面貌出現，
如用「石崇」其實便是「金谷園」之事，但這也正顯示出作者個人的
才情，實在是高人一等，能夠于不變中求變。只是典故有限複用，也
就任何人所無法避免。

　　另外如前列對酒歌所舉「綠珠」、「文君」、「金谷園」，都是〈春
賦〉中所運用的典故。六朝有些典故，因爲是大家慣用的緣故，在
當時幾乎成了普通名詞，〔註13〕如宮體詩中因多屬佳人艷情的描

〔註12〕參見《文心雕龍校譯・麗辭篇》。
〔註13〕參見王瑤《中古文學風貌》，頁161。

寫,因此「趙姬」、「飛燕」、「綠珠」、「楚腰」、「漢宮」、「楚宮」、「文君」等,都已一般化了,而且又能達到由時空距離所造成的古典美。〔註14〕如此說來〈春賦〉中的「出麗華之金屋,下飛燕之蘭宮」、「綠珠捧琴至,文君送酒來。」實在也是眾所週知的普通名詞而已。因此這些個典故到了作者手中,也只能流暢地加以表現,談不上別出心裁。真能表現作者鍛鍊字句技巧的,例如前面所言〈春賦〉、〈枯樹賦〉的同典換調,這也是他人無法相比的。劉師培〈論文章之音節〉云:「降及六朝,文調益為新穎,夫變調之法不在前後數字不同,而在句中用字之地位……然自庾子山後知此法者蓋寡。子山能情文相生且自知變化。」另外,在當時文字好新變的作風下,亦往往用字新奇。如〈春賦〉中:「月入歌扇,花承節鼓。」「月入歌扇」一句,本用班婕妤詩:「裁為合歡扇,團圓似明月。」但作者不作「月似歌扇」,反用「入」字,正是以新奇代替平常,這也是當時一般文士的用字風氣。

五、詩賦與形式

詩文的寫作手法本是相通的,因此六朝盛行的宮體詩,在用典以及聲律的形式美方面影響了駢文,而駢文也促成詩的走向格律化,朱光潛云:「詩的意義排偶和聲音對仗都是受賦的影響。」因此認為中國詩之所以走上「律」的路,賦對詩的影響是不可忽略的。〔註15〕從對仗方面而言,的確這時期的賦,從東漢以來便漸漸有了排偶的出現,只是未及六朝以及後代的嚴密。至於聲音方面的對仗,也是從意義方面的對仗,所衍生出來的。

〈春賦〉中的文字,從首句「宜春苑中春已歸,披香殿裏作春衣。」至文末二句「池中水影懸勝鏡,屋裏衣香不如花。」幾乎都是以對句的形式寫出,其中除了末尾「三日曲水向河津,日晚河邊多解神。」

〔註14〕參見林文月《宮體詩研究》。
〔註15〕參見《詩論》,頁235〜260。

及「百丈山頭日欲斜，三晡未醉莫還家」四句以外，大體上都是兩句互對。所以文學史稱此時期的作品爲「俳賦」、「駢賦」，實在是有其道理的。當然這其中有些句子（如首兩句），並不是很工整的，又如虛字的對仗也未避免同一字的重複出現，如「開上林而競入，擁河橋而爭渡」、「釵朵多而訝重，髻鬟高而畏風」、「眉將柳而爭綠，面共桃而競紅」、「苔始綠而藏魚，麥纔青而覆雉」、「移戚裏而家富，入新豐而酒美」等，皆重覆用「而」字。

而在句式方面，除了四六句的大量應用外，也漸漸加入了五七字，甚至形成了賦中一大部分，〈春賦〉全文有六十二句，其中十四句七言，十句五言，分量已經不少，在梁沈約的〈金華八詠〉八首已經陸續混入了五七言的形式，不過以賦爲名的作品中，則屬徐陵〈鴛鴦賦〉、庾信〈春賦〉作爲最初的代表。〔註 16〕不過從宮體詩的創作來看，當時五言四句形式或七言四句的形式，都是模擬當時南方民歌中的吳歌、西曲的。〔註 17〕而這種作風轉移到賦裏，就產生了所謂的詩賦融合形式。如〈春賦〉的起首與結尾都是七言四句體，此一現象正可視爲賦受到詩的影響，但是從另一角度看也是賦崩壞的象徵。故清王芑孫云：「七言五言，自破壞賦體，或諧或奧，皆難鬥接，用散用對，悉礙經營，人徒見六朝、初唐以此入妙，而不知漢魏典型，由斯潤矣。」〔註 18〕而在庾信往後的幾篇賦中更有大量運用的現象。在〈春賦〉當中，也有五言四句的連用，即「樹下流杯客」以下四句，而且這四句無論在意義方面，對仗已極工整，即如聲律方面的平仄，也頗爲工整，這可以視爲唐代五言詩的先聲。而後面結尾七言四句，除了一兩個字外，幾乎就是一首七絕。這當然是就詩體而論，在當時庾信的作品中，有些已成爲後代律詩的榜樣（如其〈舟中望月〉一首）。不過從詩的對仗，格律上還在逐漸嘗試的階段中，所謂「律詩的形成

〔註 16〕參見鈴木虎雄《賦史大要》，頁 130。
〔註 17〕同註 14。
〔註 18〕參見日人合著《中國文學史》，頁 67。及《讀賦巵言·審體篇》。

期」，格律仍未確定。〔註19〕而以賦的本身來說，雖然對詩的格律化有影響的力量，但是聲律在當時，就不如詩的工整。而大體上是以平仄互對的形式出現。〔註20〕

因此賦影響了詩的格律化，而在形式上，賦也接受了詩的融入，成為另一種流動的風格。許槤評〈春賦〉云：「六朝小賦，每以五七言相難成文，其品致疏越，自然遠俗，初唐四子頗效此法。」因此，漢人心目中賦是出於詩的，所謂「詩之流亞」者，到了六朝又歸合於詩。並且還影響及于初唐四子。從這一點看，庾信在文學史上的地位是不可忽視的。

第二節　〈七夕賦〉

一、主旨與內容

〈七夕賦〉總共只有十四句：

> 兔月先上，羊燈次安。睹牛星之曜景，視織女之闌干。於是秦娥麗妾、趙艷佳人，窈窕名燕，逶迤姓秦。嫌朝妝之半故，憐晚飾之全新。此時併捨房櫳，共往庭中。縷條緊而貫矩、針鼻細而穿空。

這一篇主要描寫七夕節仕女往庭院取巧之事。由「兔月先上」到「視織女之闌干」。是用寒韻，從文意來看，也是起首的第一小節。這一小節，寫七夕節這一天，由明月初昇，繼而燈火點燃，指出時間的來臨。當然天上牛郎、織女星的鵲橋會，是這一天裡最受矚目的一件活動，因此作者把筆一轉回到主題上去。這一小節提出七夕節的重點。第二小節由「於是」兩字開頭，作為承上啟下的連接詞，同時寫出這個節日裡，最受注目也最是關心的佳人麗女，她們才是今天活動的主要人物，這裡引出四句美女的形容，倒也帶些漢賦中

〔註19〕參見高木正一《六朝律詩之形成》。
〔註20〕同註15。

舖寫的手法，當然色彩的濃艷鮮麗，是作者雕琢的成績，這也是六
朝文人共同的趨向。而這些女子的形容，雖多借用古代的佳麗，以
企圖造成另外一種美的印象。〔註21〕然而這些語言也是當時一般文
人用以醞釀艷冶氣氛的最適當色素。〔註22〕但到此為止，作者又對
女子的愛美心理作一象徵性的描寫。「嫌朝妝之半故、憐晚飾之全
新」，巧妙地點出女子無時無刻不留意其外表的妝飾，既是會自
「嫌」，當然也會有自「憐」，這正是作者筆力技巧高超的表現，用
筆雖少卻把女子此種心理，既細膩而微妙地表達出來。第三小節則
是敘述女子前往庭中乞巧之事，「此時」兩字也正點也女子對于外
表的滿意之後，一種時然後往的心理，這種連接詞的應用，的確一
方面使得文氣聯貫，另一方面也使其生動自然，全文血脈流暢自
然。正如孫德謙《六朝麗指》中所言：「夫文而用駢體，人徒知華
麗為貴，不知六朝之妙、全在一篇之內，能用虛字，使之流通。」
因此在於是以下，作者用庭院中的活動，寫出女子妝扮的目的及其
用心即在於取巧。所以由「併捨房櫳」到「共往庭中」正是所有女
子的一致行為，而穿針取巧取則是她們的最後的目的，不過作者仍
是採取重點式的描寫，以「針」、「縅」作為其事的代表。因為全部
活動或當如《西京雜記》所云：「以五色縷相羈，謂為相連愛」及
《荊楚歲時記》上所云：「七夕、婦人結絲縷，穿七孔針，陳瓜果
於庭，以乞巧。有蟢子網於瓜上，則為得巧。」甚至於如《開元天
寶遺事》中所載「蛛絲卜巧」的情形：

> 每至七月七日……時宮女輩，陳瓜花酒饌，列于庭中，求
> 恩于牽牛織女星也。又各捉蜘蛛於小盒中，至曉開視，蛛
> 網稀密，以為得巧之侯。

當然其時情形也未必一如後世，但是作者在這一篇作品中，表面上雖
也是外景的刻劃寫實，其實也正是對於七夕節中女子心理的描寫。

〔註21〕參見林文月，《宮體詩研究》。
〔註22〕參見洪順隆，《由隱逸到宮體》，頁 144～147。

二、篇幅與形式

前面提過，這篇〈七夕賦〉篇幅極短，就其換韻之處，分三小節以分析。作者簡明扼要的寫作手法，不免令人有意猶未盡之感。這或許是作者有意創作出的另一番風格，不過從現今的《庾子集》的題辭與詮解可知，這些作品都是到唐代以後，從類書中，如《文苑英華》、《初學記》，《藝文類聚》等捃集而成，因此在卷數上也和從前的記載有出入。並且，有些作品，本非滕王作序時原集之內的。〔註23〕可見作品，其流傳中可能有所散佚，其他六朝諸家，往往也有這種篇幅不夠完整的情形發生。再者，如果我們從這篇的形式上探討，可以得知現存的作品文字中，除了「於是」、「此時」兩處連接詞的使用之外，全是四字與六字式的對句。這和其他小賦的作品中，大量雜用五、七言的詩賦融合形式，也是大相逕庭的，這就更使人懷疑這篇作品篇幅是否如此短小，會不會是脫逸文句的結果。鈴木虎雄便說：「七夕恐未完」的見解，雖然因文獻不足無法肯定。但由以上幾點情況這推論自有道理。

第三節　〈蕩子賦〉

一、結構與內容

漢賦中除了以長篇鉅製的體製出現，也有不少短篇的作品，例如劉安、枚乘、桓譚、趙壹、蔡邕、班固等人都有這類的創作，到了六朝這種短小形式的小賦，則成為主要的潮流。〔註24〕〈蕩子賦〉就是其中的一個例子。也由於篇幅短小，因此分析其結構方面，無法像長篇賦作一樣，有較嚴謹段落劃分。所以本文依其文意及其用韻的轉換，概分為三小段，以便敘述。

　　蕩子辛苦逐征行，直守長城千里城。隴水恒冰合，關月唯月明。

〔註23〕參見本論文《庾子山集》之編成與注釋部份。
〔註24〕參見鈴木虎雄，《賦史大要》，頁146。

這一小段雖然只由二句七言以及二句五言所構成的四句一段，但是卻是這篇賦的開端，賦名既是〈蕩子〉，故先以簡單的詩句格式、勾勒出蕩子出征的緣故與事由。而隱隱之中也透露出閨中離婦的思念、作為下一段的一處伏筆，故云「蕩子辛苦逐征行」，言辛苦的征人正婉轉又含蓄地流露出少婦的思念與關愛之情。以下順言征人遠別的情況，乃是千裏之外的長城，這樣的空間距離在當時交通不便的情況下，是遙不可及的，同時也暗示思婦想念之情的激切。但也是一份無奈的感歎，因此作者正面從蕩子的出征敘述事實，表現出征的孤獨之感，而言「隴水恒冰合、關山唯月明。」但另一面不也正具體襯托出少婦思念之心，由「隴水恆冰合」、「關山唯月明」中水結冰、唯月明這些意象，都是「孤寂」、「淒涼」的感覺，不難得知。由此才更引出下段思婦之情的描述。〈文心・詮賦〉所謂：「履端于唱敘。」正是此意。不過作者應用了近似五七言詩句的寫法，是跟以往不同的。〔註25〕

> 況復空牀起怨，倡婦生離。紗窗獨掩，羅帳長垂。新箏不弄、長笛羞吹。常年桂苑，昔日蘭閨。羅敷總髮，弄玉初笄。新歌子夜，舊舞前溪。別後關情無復情，奩前明鏡不須明。合歡無信寄、迴紋織未成。游塵滿牀不用拂，細草橫階隨意生。

第二小段承接首段，極力鋪寫恩婦的閨怨之情，因此內容方面，已由征夫的關外，轉移到空閨深鎖的離婦身上，因此凡是征婦生活周圍的事物，像牀、紗窗、羅帳、新箏、長笛、乃至庭院、明鏡，大大小小的設備，都失去了原有的光輝，對思婦毫無吸引力，歌舞歡樂也漸漸遠離了她的身旁。代之而起只是合歡信、迴紋織，可惜也都無法付諸實現。心情既是雜亂無章，只有任游塵滿床、細車橫階了。四字句的連用，是事物逐一鋪衍。五七言句的描寫，則較多作者心情的表露。而這段是由「況復」兩字作為開首，以為語氣的承轉。這是全賦唯一的連接詞。而這一段的文字也最多，應該是作者著筆的主要部分。也

〔註25〕王芑孫《讀賦卮・言謀篇》云：「賦最重發端，漢魏晉三朝，意思樸略，頗同軌轍，齊梁開始有標新立異者。」

是本篇作品的主要內容。

> 前日漢使著章臺，聞道夫婦定應迴。手巾還欲燥，愁眉即
> 剩開。逆想行人至，迎前含笑來。

本段是全文的最後一段，在形式上幾乎是與首段相同，都是五七言句的
運用。內容則在抒寫閨中少婦傷心感歎之餘，升起希望之火，期待即將
的重逢，而出使的人為她帶來丈夫將歸返的消息，使她破涕為笑，轉憂
成喜。這一小段仍以五七言的形式，也偏重婦人心理的描繪。與前段四
言式的鋪排形式，可以明顯地分辨出來；而且這一段與首段正相呼應。
可以說是一序一亂，相映成文。首段寫夫婿出征之事，此段則寫征夫將
返，一開一合，自然生動。而這前後兩段，皆是以中間一段作為連繫。
王芑孫《讀賦卮言》所謂：「末篇多煩，減賦半德、卒讀稱善，完賦全
功。」本篇在結構上，雖然短小，卻是嚴密完整的好作品。

二、內外統一與寫作技巧

南朝的詩賦，由於受到文學潮流、時代環境的交互影響，作品逐
漸由踵事增華，走上了輕艷柔靡的風格。所謂「宮體」之風，也正是
這種情況下的結果，於是女子無形中成了作家寫作的題材。這在當時
的南方民歌吳歌、西曲中已很普徧，但是到了文人手中刻意的雕琢與
修飾，卻也逐漸失去了民歌中那種純樸摯真的寫作風格，而轉變為輕
艷的作風。〔註26〕這從當時文人的愛美心理就可以想見。〔註27〕這樣
的背景反映到作品上，對于女子的描述也就極力在外表服飾及其妝扮
上作刻繪與描寫，這固然一方面是婦女地位不甚重要的關係。〔註28〕
另一方面注重外表形式，也是當時的共同的風氣。因此對女性的描
寫，能夠有樸實的作風，以及注重其心理的描寫，並不多見。而〈蕩
子賦〉也正是其中的一篇。

〔註26〕參見林文月，《宮體詩研究》。
〔註27〕參見張仁青，《六朝人的愛美心理》。
〔註28〕參見陶秋英，《中國婦女與文學》。

《詩經》所謂:「自伯之東,首如飛蓬,豈無膏沐,誰適爲容。」正是〈蕩子賦〉思婦心情的寫照。而也正因此,作者無法極力舖寫她們的華麗外表,只有從心理去作揣摩與刻寫。但是從作者的寫作態度,〈蕩子賦〉與梁元帝的蕩婦秋思婦,都是一種以客觀寫主觀的方式去作處理。也可說是一種「架空」的世界,也就是允許作者在作品中假設一個人物,並以這個人物的活動爲中心,去加以敘述的,當然作品中所表現的卻像是合於現實生活一般。〔註29〕

〈蕩子賦〉中,寫蕩子征行的首段,即由「辛苦」、「千里」、「水恒冰」、「唯月明」之中引出婦女心中的思念與感傷。並且也就是作者對予思婦心理的一種揣摩。外界的遙遠,孤寂與淒清,也正是她心情的寫照。所以在外在情境與內在心境,是調和與統一的。隴水、關山雖是征夫的處境,也就是其所思念的地方。元帝的賦中起首「蕩子之別十年。倡婦之居自憐,登樓一望,唯見遠樹含烟,平原如此,不知道路幾千。天與水兮相逼,山與雲兮共色,山則蒼蒼入海,水則涓涓不測,誰復堪見鳥飛,悲鳴隻翼,秋何月而不清,月何秋而不明。」實在更是這種心理的表白,不過在手法上不像庾信那般含蓄婉轉而已。

接下又寫思婦深閨的生活情況,而這景象,正是她的心理呈現,從空牀起怨,正是古詩所云:「蕩子行不歸,空床難獨守」的寫照、細膩的技巧、從心理的刻劃,連繫到具體的實物實景。因此爲了這種「生離」之「怨」,「紗窗獨掩、羅帳長垂」,這室內的幽悶,正好代表了內心的苦悶。這就是內外統一的寫法。但是苦悶的心,如何排遣呢?雖有新箏,無意彈弄,長笛也羞於吹奏,這「新」「羞」兩字更把這種心理深刻化了,因爲舊箏不弄、本不稀奇,而長笛羞吹,只因無人聽。樂器既無法令人平靜其心遣去苦悶。出去庭院逛逛,也只有令人觸景生情,所以不去也罷。連帶否定妝扮的目的,歌舞的心情,一句「別後關情無復情」,更把有情落得無情的抱怨,表露無遺。因此明鏡不須

〔註29〕參見日人所著,《中國文學概論》,頁438～439。

明了，「不須」二字更是直接坦率的怨歎，少婦到此是由哀傷轉為抱怨了，心中的不平之氣，隱隱可見。但是這份心情，又有誰能知？合歡、迴紋等都是徒然。到此心理的一片混亂，正如同滿床的遊塵、橫階的細草一般隨意滋生，無可收拾了。作者寫外景，實在又寫其內心。這也正是元帝〈秋思賦〉中所云：「妾怨回文之錦，君思出塞之歌。相思相望，路遠如何？髮飄蓬而漸亂，心懷疑而轉歎。」的心情。

　　最後作者描述使者歸返，心想夫婿必定要早日歸來，這使少婦轉悲為喜，而一切的無奈與怨訴，此時都化作雲烟消散了，希望的升起，期待的心情，更從她身上的手巾，臉上的眉目表現出來，而又不失作者細膩的筆法，所謂、「欲燥」、「剩開」正反襯了平日的傷心愁苦，如元帝〈秋思賦〉所謂：「愁縈翠眉斂，啼多紅粉漫」。以下兩句「逆想行人至，迎前含笑來。」更寫出少婦內心微妙的轉變，由憂轉喜，至此成了一種迫不及待的殷切之心。而以生動而又具體的情態動作給逼真的描繪出來。而從前的相思與怨情的深切，也從此反映出來。而一片思婦哀怨之心，也由此得到了抒解。不僅達到圓滿的效果，而且流露了無盡的餘韻。在寫作藝術上是相當成功的一篇作品。其成就正如周勛初所云：

> 「這些作品，與大賦所采用板重字眼、以形成磅礴氣勢者
> 不同，與詠物小賦作密不通風式的外部刻劃者不同。與前
> 此的抒情小賦之著重外景描寫藉以映襯內心活動者也有一
> 些不同」。又云：「趨新派的小賦，注意外形刻劃，也注意
> 心理活動，並且努力於情景的協調，內質和外形的統一。」

〔註30〕

三、〈蕩子賦〉與〈蕩子從軍賦〉

　　繼庾信〈蕩子賦〉之後，到初唐駱賓王也作了一篇〈蕩子從軍賦〉，在內容上可以說是〈蕩子賦〉的延續。在形式上也可以算是前一篇的

〔註30〕參見周勛初，《梁代文論三派述要》。

擴大。當然這其中也有不同之處。首先我們若從結構上看，仍是不脫
〈蕩子賦〉的三大部份。第一大段仍是敘述蕩子出征之事：

> 胡兵十萬起妖氛，漢騎三千掃陣雲。
> 隱隱地中鳴戰鼓，迢迢天上出將軍。
> 邊沙遠離風塵氣，塞車長萎霜露文。
> 蕩子辛苦十年行，回首關山萬里情。
> 遠天橫劍氣，邊地聚笳聲。
> 鐵騎朝常警，銅焦夜不鳴。
> 抗左賢而列陣，屯右校以疏營。
> 滄波積凍連蒲海，白雪凝寒遍柳城。
> 若乃地分玄徼，路指清波。
> 邊地暖氣從來少，關塞寒雲本自多。
> 嚴風凜凜將軍樹，苦霧蒼蒼太史河。
> 既拔距而從軍，且揚麾而挑戰。
> 征旆凌泳漠，戎衣犯霜霰。
> 樓船一舉爭沸騰，烽火四連相隱見。
> 戈文耿耿懸落星，馬足駸駸擁飛電。
> 終取俊而先鳴，豈論功而後殿。

不過是庾信作品中的四句加以舖衍而已，尤其對于蕩子出征的起因，
以及邊關生活的說明，以及戰事的經過的情形，再作詳細的描述。但
是主題仍不離開蕩子出征一事。所以在行文之中，如「蕩子辛苦十年
行，回首關山萬里情。」簡直就是庾信首段四句的翻版。不過與庾信
著筆的地方有所不同，庾信的賦，雖名爲蕩子，重點卻放在深閨思婦
的身上。而駱賓王即改作〈蕩子從軍賦〉，自然是以從軍之事爲章，
所以此一段在全篇作品中，篇幅最長，用筆也最多。但在下文，他並
未放棄庾信的後二段落所要描述的思婦閨情：〔註31〕

> 征夫行樂踐榆溪，倡婦含怨守空閨。
> 蘼蕪舊曲終難贈，芍藥新詩豈易題。

〔註31〕參見李調元，《賦話》，卷一。

池前怯對鴛鴦伴，庭際羞看桃李蹊。

花有情而獨笑，鳥無事而恆啼。

見空陌之草積，知閨牖之塵棲。

蕩子別來年月久，賤妾空閨更難守。

鳳凰樓上罷吹簫，鸚鵡杯中宵勸酒。

聞道書來一雁飛，此時緘怨下鳴機。

裁鴛帖夜被，薰麝染春衣。

屏風宛轉蓮花帳，䏶月玲瓏蒻翠帷。

簡日新妝始復罷，祇應含笑待君歸。

從「征夫行樂踐榆溪」一句到「鸚鵡杯中宵勸酒」第二段可以算是同於〈蕩子賦〉中描述思婦閨怨的一段。雖然運用題材，稍有出入，但仍離不開歡樂與怨泣的對比，以及樂曲、庭園、花草、空床的描述。而其中如「罷吹簫」近似「長笛羞吹」，「含怨守空閨」也同於「空床起怨」。尤其「見空陌之草積，知閨牖之塵棲」，更容易看出是〈庾信賦〉中：「遊塵滿床不用拂、細草橫階隨意生」的仿改痕跡。又第三段從「聞道書來一雁飛」到「祇應含笑待君歸」一句，也是與〈庾信賦〉中結尾一段主旨相同，皆是描寫征夫將歸，少婦轉憂為喜的心情。不過，〈庾信賦〉中引出喜訊的是使者，而此則是書信而已。但用「聞道」一語則是相同，又「緘怨下鳴機，裁鴛帖夜被」二句，與〈庾信賦〉中前一段的「合歡無信寄，迴紋織未成」二句，用的是同一典故。不過用字上稍加修改。而結尾一句「祇應含笑待君歸。」也是〈庾信賦〉裏：「迎前含笑來之一意。」然而餘韻不如庾信之作。

　　從上可知，駱賓王這篇作品，應該是模擬庾信的〈蕩子賦〉而作，其間痕跡顯然可見，自不待言。這也是庾信影響初唐文風的最好說明。但是如果我們要在這二賦之中，找出最大的不同，該是句式的差異。庾信〈蕩子賦〉，除了首尾二段，全用七言、五言體外，中間主要部分大體仍以四字句為主，只用了二句五言，四句七言。而到了駱賓王的〈蕩子從軍賦〉中，全篇五十四句之中，卻只有兩句四字句，

十句六字句,而且第一大段,也是主要的一段,有十八句七言,六句五言。其間使用分量之懸殊,歷歷可見。當然這種五七言句的使用也是受到庾信等的影響,李調元云:「初唐四子,詞賦多間以七字句,氣調極近齊梁,不獨詩歌爲然也。」不過就主旨貫徹、意氣流動、及組織變化三點而言,必經此而到盛唐李白、杜甫等人,才達到高妙的使用。但是初唐諸子,如駱賓王這種與七言詩類似的賦體,可以親爲俳賦的轉變,以及初唐七言古詩興起的原因。〔註32〕

【附記】

　　本篇逸文,依據許逸民所輯,今分條列次,並加以說明如下:

　　1.「佩珠翠的,釵梁栗塡」,此據宋葉廷珪《海錄碎事》卷五衣冠服用部,釵珥門所引庾信〈蕩子賦〉之句。按此二句,依押韻的「塡」字來看,今存的〈蕩子賦〉中,並無押「塡」類之韻。若非賦文一段全部脫落,或即庾信另有同名之作品。

　　2.「搖蕩寒關,蒼茫晚日」,出於宋刊施顧注蘇詩卷三出穎口初見淮南是日至壽州詩注引。按據其文一意,當屬首段之句,但依押韻而言,情形相同於前面一條。

　　3.「春衫急手裁」,同於前條所引之書,但出於卷廿七次〈韻王郎子立風雨有感詩注〉。按此句依文意及押韻情形看,其原文當屬末尾一段。這還可以從駱賓王蕩子秋思婦末尾所描述的「熏麝染春衣」得到一點消息。果眞如此,則駱賓王之賦其模擬之跡,恐不止于前文所列數條。而賦篇逸文或亦不少。

第四節　〈鴛鴦賦〉

一、時代與題材之關係

　　文學離不開時代,六朝小賦的產生也不例外,所以朱光潛言:「各

〔註32〕參見鈴木虎雄,《賦史大要》,頁130～146。

時代的文學有各時代的特色，例如六朝詞賦小品何以特盛？六朝人的風氣癖性與其作品之關係如何？……其所受當時社會政治之影響如何？……此類問題，都須以時代爲中心，纔得解決。」〔註33〕

　　從政治環境的變動情形來看，齊梁兩朝的政治壽命總共不過八十年。由於這種短促的偏安，思想上除了玄學與佛學得到進一步的發展外，另一方面卻也造成傳統道德觀念的疏離，影響社會風氣，更加趨於虛浮淫靡。〔註34〕尤其入梁以後，由於蕭氏女子及其文學集團的大力提倡，更日趨淫靡，追求享樂的生活形式，成了貴遊文學的寫作題材。而這些題材正反映現實生活，當時詩人傾心寫作的情形，亦爲文學史上罕見的現象。因此詠物的作品，雖不能算是齊梁以後的產物，但配合著當時宮體作風的盛行，的確成爲那時代作品的一大特色。但是從六朝詠物詩的題材來看，其天象有九十三首，地理十七首，鳥獸五十四首，草木一百五十三首，蟲魚十八首，器物一百十三首，建築十一首。其中草木類最多，其次是器物、天象類。再來則是鳥獸類。而且這四類，承漢魏之後，隨著時代的延伸，品物愈見繁多，在齊梁之時更有激增之勢。這當然也是那時宮庭生活，以及南遷接觸江南的風土產物的影響。〔註35〕《隋書》所謂「連篇累牘，不出月露之形，積案盈箱，惟是風雲之狀」。正是這種吟詠風花雪月作風的寫照。由詩而賦，這種風氣是互爲表裏的。

　　以上所述，嚴格來說，草木、器物、蟲魚及鳥獸類四項，是純粹詠物題材之正宗。以鳥獸類而言，其中「鳥」又比「獸」多，也正代表著遊戲娛樂的寫作動機下一種自然的結果，而且這種鳥獸類的描寫，在《詩經》中已經開始，只是那時在詩中的地位，只是一部分材料，尚未成爲文人的主要欣賞對象。〔註36〕而以「鴛鴦」作爲詠物的

〔註33〕參見朱光潛，《中國文學之未開闢領土》。
〔註34〕參見朱義雲，《魏晉風氣與六朝文學》，頁66～67。及呂凱，《魏晉玄學析評》，頁293～295。
〔註35〕以上所述參見洪順隆，《六朝詠物詩研究》。
〔註36〕同前。

題材，加以描寫的，從現今所見的賦篇作品中，〔註37〕只有庾信、徐陵、梁簡文帝、梁元帝四人之作，這四位作者，都是南朝當時宮體一派的趨新派作家。〔註38〕他們經常是以女性作爲聯想，或是「有意無意間以物比美人，甚而以物繫於美人」。〔註39〕所謂輕艷柔靡的風格，即由此而見。所以移情作用的加入，經常成爲一種作品中慣用手法。而這四位作者，既深處內宮酬酢吟詠，因此篇名的相同也是自然的結果。但是也由於生活空間的關係，他們筆下的鴛鴦究竟離不開男歡女愛的艷情形象，這應該就是移情作用及聯想作用的具體表現了。因此在女子情態上的一顰一笑，或是哀傷自怨，以至君王愛姬的相親相愛，都在鴛鴦的身上流露無遺了。這可以從他們的作品之中，找到明顯的證據。如簡文帝的作品中，在描寫鴛鴦之餘，接著「亦有佳麗自如神，宜羞宜笑復宜嚬，既是新閨新入寵，復是蘭房得意人，見茲禽之棲宿，想君意之相親。」又如元帝寫到「豈如鴛鴦相逐，俱棲俱宿」又云：「願學鴛鴦鳥，連翩恒逐飛」。以及徐陵的「聞道鴛鴦一鳥名，教人如有逐春情。」等等，都是例子，這種由物到人的聯想與感情轉移，就是現實生活投射出來的影子。如劉孝綽愛姬贈主人詩中：「同羞不相難，對笑更成歡，妾心君自解，挂玉且留冠。」的鴛鴦式生活情趣。以及由此種心理發展出來的房室牀第陳飾，也還離不開鴛鴦的影子。這從簡文帝倡婦怨情十二韻詩所寫的：「斜燈入錦帳，微煙出玉牀，六安雙瑇瑁，八幅兩鴛鴦。」便可知道。

二、主旨與內容之分析

本篇是小賦，全賦只有二十四句，有如長篇鉅製的一小段，但是其筆法的起承轉合完整，組織嚴謹，正是漢賦作家以來一貫的傳統作風。昔人以學賦需從小賦開始，正在於「小賦則意儉而周，詞豐而可

〔註37〕參見《歷代賦彙》，卷一三一。
〔註38〕參見周勛初，《梁代文論三派述要》。
〔註39〕參見林文月，《宮體詩研究》。

殺，選聲結韻，意不旁馳，造句謀篇、筆常內撅。」的緣故。〔註40〕
其全文如下：

> 虞姬小來事魏王，自有歌聲足繞梁。何曾織錦，未肯挑桑。
> 終歸薄命，著罷空牀，見鴛鴦之相學，還欹眼而淚落。南
> 陽漬粉不復看，京兆新眉遂懶約。況復雙心並翼，馴狎池
> 籠、浮波弄影，刷羽乘風。共飛簷瓦，全開魏宮。俱棲梓
> 樹，堪是韓馮。若乃韓壽欲婚，溫嶠願婦，玉臺不送，胡
> 香未有。必見此之雙飛，覺空牀之獨守。

本文主旨在吟詠鴛鴦，不過卻充滿了男女的愛情，所謂「問世間情為
何物」，據此篇作品而言，作者的回答當正是鴛鴦一物。全賦由「虞
姬小來事魏王」至「著罷空牀」，為本文的第一小節，也是起筆，作
者以女子虞姬等魏王的典故，寫男女間的恩愛，「自有歌聲足繞梁」
寫出那種眷戀之情，正如耳畔縈繞的歌聲，久久不絕。而歌聲也正是
生活和樂的代表。「何曾織錦」、「未肯挑桑」二句，更寫出神仙伴侶
般無憂無慮的生活享受。這不正是鴛鴦生活的寫照。但是誰料好景不
常，佳日難再，作者在此把筆鋒一轉，言紅顏薄命，只落個空牀獨守。
這樣的人事滄桑對于一位懦弱的女子而言，心理打擊之大不言而喻。
因此由此以下，從「見鴛鴦之相學」至「京兆新眉遂懶約」的第二小
節，即承接首段末尾，寫出女子見到鴛鴦，因而觸景生情地傷心落淚
了，寫鴛鴦手「相」，那種成雙成對的暗示，加上女子敏感多情的本
性，自然要雙眼淚下，但是「欹眼」兩字，更襯托出女子隱隱之中的
那股幽怨情懷。使得柔弱的形象更趨明顯，而一股「紅顏未老恩先斷」
的委屈，卻更易博得同情。於是最美的漬粉，最好的眉色，再也勾不
起她的興趣，所謂「女為悅己者容」，而今「豈無膏沐，誰適為容」。
因而把怨妾的心理由此點出。「況復」二字，則由女子傷心的事實，
轉到鴛鴦戲水，永浴愛河的畫面上去，到這裡人和鴛鴦的對比更加強
烈，而由「況復」兩字巧妙地暗示出來，比翼同遊，戲水弄波，不也

〔註40〕王芑孫，《讀賦卮言》論，小賦一則之言。

正是言自己恩寵時的快樂日子，如今記憶猶新，正反映出此刻心情的更加悲苦。這種恩情爲何不如一對鴛鴦呢？從前的魏宮鴛鴦，以及韓憑夫婦猶能至死不渝，反觀自己的遭遇，「弦斷猶可續，心去最難留。」眞只有「終歸薄命」了。最後作者借用韓壽、溫嶠的婚事，指出他們若先見到鴛鴦比翼的此情此景，即使沒有玉臺、胡香，也一樣心生羨慕嚮往之情了。作者在末尾以喜事作結，卻也點出女子心理在一份無奈之餘，所謂「覺空床之難守」的情形下，一番自我的安慰。而寫出此乃人之常情，韓壽、溫嶠尚且如此，何況是曾經體驗過的多情女子呢。綜上全文來看，鴛鴦成了全文的主要線索，所有描述都在鴛鴦上面大作文章，不過作者運用女性心理的襯托方式，更使鴛鴦成了人人共羨的愛情象徵。也是男女追求愛情的終極目標而且是生死不渝的。崔豹《古今注》曰：「鴛鴦，鳥類也，雌雄未嘗相離，人得其一，思而死，故謂之匹鳥。」

三、用典與才學之表現

用典使事是《六朝唯美文學》的一大特色。而作家更在此爭奇鬥妍，黃侃先生云：「齊梁而後，聲律對偶之文大興，用事采言，尤關能事。其甚者，捃拾細事，爭疏僻典，以一事不知爲恥，以字有來歷爲高。」〔註41〕可見用典雖然便於比況與寄託、充足文氣……等修辭效果上等的好處。〔註42〕但是以此方式作爲才學富博的評量標準，才是他們的關心問題。這也正是當時一般文人的共同風氣。《南史·王僧孺傳》云：「其文麗逸、多用新事，人所未見者，時重其富博。」而當時文人經常聚會隸事也成爲風氣。《南史》四十九〈王摛傳〉云：「尚書令王儉嘗集才學之士，總校虛實，類物隸之，自此始也。」可知其事，並且以此互有勝負。而當時對于文人的評價是以此爲高下，文人當然也以此自矜，「因爲這可以表現他們的高貴風雅，也可對仕途有幫助，

〔註41〕參見《文心雕龍札記·麗辭篇》。
〔註42〕參見成惕軒先生，《中國文學裡的用典》。

而文學底內容的空虛，又亟須一種浮腫的形式的繁耨華麗來裝潢。那麼詩文中的唯以數典用事爲工，自然會蔚成風氣。」〔註43〕

在上述的競誇才學風氣下，得以進入宮庭服務，進而成爲宮體的兩大作家，庾信與徐陵對此種基本的文學修養有著深厚的底子和造詣，他們不只能運典，抑且運用靈活，成爲梁朝當時的代表作家。這點從他們兩人以及梁簡文帝、梁元帝的四篇〈鴛鴦賦〉中不難發覺出來。簡文帝的作品中幾乎全是白描的手法，而梁元帝那一篇作品中，除了「魂上相思之樹，文生新市之機」兩句外，其餘文字幾乎不用典故。但這種情況到了徐、庾二人的手中就不可同日而語了。徐陵作品中「炎皇之季女，纖素之佳人」、「宋玉之小史，含情而死」、「山雞映水那自得，孤鸞照鏡不成雙」，以至末兩句的「不見臨邛卓家女，祇爲琴中作許聲。」不但用典使事，處處可見，而且變化自如，簡直是俯拾可得。這種情形，在庾信的〈鴛鴦賦〉中表現得尤其明顯。從「虞姬小來事魏王」開始，以下幾句接此而來，流暢無比，簡直等於敘事時，用典不落痕跡。以下又有「南陽漬粉」、「京兆新眉」等典故的使用，但是以上文字完全扣緊女子身上，有一氣呵成之感，絕無堆積浮濫之感。劉師培所謂：「若任昉庾信，一代名家，其行文遣詞、鮮溢題外」，「故能華而不浮」。〔註44〕又「共飛詹瓦」的魏宮，以及韓憑夫婦的梓樹二典，都是與鴛鴦密切相關的。至於末尾的韓壽與溫嶠二典，雖然本與鴛鴦沒有直接的關係，但在作者生花妙筆的靈活運用下，所謂「必見此之雙飛，覺空床之獨守。」兩句中，彷彿溫韓二人也不能不見到這對鴛鴦。而造成新的一層關係。由此看來，庾信用典的藝術技巧，已經是出神入化，變化自如，簡文元帝固不足論，就連徐陵都要遜色幾分。尤其賦中使用的魏宮鴛鴦以及韓憑夫婦二典，本就是關於鴛鴦的故事，作者扣合主題的本事在此可謂登峯造極，而其他二篇文字之中，皆無一人運用到，所謂「富博」的高下，顯然可見。

〔註43〕參見王瑤，《中古文學風貌》中〈隸事・聲律・宮體〉一章。
〔註44〕參見劉師培，《漢魏六朝專家文研究》學文四忌一章。

【附記】

據許逸民校輯，有佚文一條敘述如下：

「昔有一雙鳳，飛來入魏宮。今成兩株樹，若個是韓馮？」

許氏注云：此爲佚句，出宋吳聿《觀堂詩話》引。按此四句，的四句五言形式，正好是賦文缺少的句式，因其夾用詩賦，大多七言五言兼采。因此可能是本篇佚文。且依用韻來看，當是與第三小節，寫鴛鴦同遊一段相同。但可疑的是，所引四句，文字及文意又與「共飛簷瓦、全開魏宮。俱棲梓樹，堪是韓馮。」四句重複。若非此二文，一爲原文，一爲後世修改過。或者庾信又別有〈鴛鴦賦〉之作。

第五節 〈鏡賦〉

一、結構與內容之分析

〈鏡賦〉一篇，在庾信的前期作品當中，是篇幅僅次於〈春賦〉的作品，要分析其結構，似乎比〈蕩子賦〉、〈七夕賦〉容易一些，不過短小的詠物賦，自有其章法，其結構嚴謹、層次分明。〔註45〕本篇今試分爲四段列述如下：

天河漸沒，日輪將起。燕噪吳王，烏驚御史。玉花簟上，金蓮帳裡。始摺屏風，新開戶扇。朝光晃眼，早風吹面。臨桁下而牽衫，就箱邊而著釧。宿鬟尚卷，殘粧已薄。無復唇珠，纔餘眉萼。壓上星稀，黃中月落。

首段主旨在說明女子晨起化粧的經過。全段皆以四言對句的形式現出，中間夾用了兩句六言的對句，避免了堆砌及呆滯的弊病，使得文氣有轉換的餘地，下面幾段也是如此。前面四句，描述早晨日出，鳥鳴醒人之事，接著由屋外寫進室內，作者先對華麗的牀第加以形容。既而又筆鋒轉到女子的身上，「始摺屏風，新開戶扇」，表明了她起床後第一個習慣動作，由此門窗的接觸，再引進耀眼的日光，吹面的涼

[註45] 參見劉師培，《漢魏六朝專家文研究》論謀篇之術一章。

風。一人一影，相互襯托。以下再接女子取衣衫戴玉環的動作，這時
描寫的焦點，便開始進入了女子自身的外衰，並且逐步地成爲臉首上
的局部特寫。因此捲曲的髮鬢，脫落的殘妝，以至於唇色、眉彩、頰
旁額間的粉飾都逐一摹描。整段來看，由外到內，由大到小，無不細
膩描寫，賦由詩而爲圖畫式舖陳方式。〔註46〕也在此具體而微。末尾
四句，也是「宿鬟尚卷，殘妝已薄」二句的縮影。

> 鏡臺銀帶，本出魏宮。能橫卻月，巧挂迴風。龍垂匣外，
> 鳳倚花中。鏡乃照膽照心，難逢難值。鏤五色之盤龍，刻
> 千年之古字。山雞看而獨舞，海鳥見而孤鳴。臨水則池中
> 月出，照日則壁上菱生。

這是第二段落，但在文意上，並未明顯承接首段，而是把筆鋒直接由
人身上的殘妝，引出鏡臺之物。「本出魏宮」點出此鏡之貴重，故其
製作之精巧，有「銀帶」、又能置釵掛扇，而更以繪飾了龍鳳飛舞之
狀。以下更進一步寫出了此鏡，除了外表的華美精巧之外，還表現它
的無窮妙用，所謂「照膽照心」，這些自然生動的文字，並不是純白
描，而是從典故中經由作者妙手轉換而成的。作者無非在強調此鏡乃
千載「難逢難值」的寶物。以下作者一轉上列四言句的連用形式，以
下則改以六句六言的形式抒寫，以增加變化錯綜之美。但是內容上、
仍然只能算是前半段的鋪衍而已。所謂「鏤五色之盤龍」、「刻千年之
古字」，也是說明其華麗與貴重。而「山雞看而獨舞」以下四句，也
還是在寫此鏡的無窮妙用，不過在這裡，一方面由「照膽照心」一句
轉換爲四句的舖寫。另一方面，由人的身上所反映出的作用，轉到自
然界的身上去。並且由靜態的呈現，變爲動態的表現。因此不只山雞
起舞，海鳥欲鳴，亦且月出池中，菱生壁上。這四句頗有活潑生動的
效果。許槤亦評此段曰：「刻畫細緻」。

> 暫設粧奩，還抽鏡屜。競學生情，爭憐今世。鬢齊故略，
> 眉平猶剃。飛花塼子，次第須安。朱開錦蹹，黛蘸油檀。

〔註46〕參見朱光潛，《詩論》，頁240～242。

> 脂和甲煎，澤漬香蘭。量髻鬢之長短，度安花之相去。懸
> 媚子於搔頭，拭釵梁於粉絮。

這一段是總承前面兩段而來，第一段中的女子殘粧已薄，第二段中鏡
臺的華貴動人。到此正是二者結合的成熟時機了。因此這段主旨即在
說明女子于鏡前化粧的經過。這其間也暗示了女子心理的微妙變化。
從「暫設粧奩」以下二句，寫女子化粧前的預備動作。而「競學生情，
爭憐今世」則是這些舉止動作的一個主要心理背景。許槤所謂：「婉
約微妙、斌媚可憐。」正指此事。以下則分述其化粧過程中的各種細
節，略鬢剃眉，即是一大要目，以下更從化粧的材料及其調製來描寫，
這些材料如「油檀」「甲煎」等，皆是貴重的化粧原料。其中還有色
彩及其香味的呈現。以下則更寫出女子對鏡化妝的謹慎細心，量其長
短，度其距離，都是不肯忽略的。而對這些物品的保養也是極其講究
的一環。所謂「拭釵梁于粉絮」正是。作者寫女子之化粧手法，正如
女子的化粧一般，也是纖密細緻的，而女子那種，「競學生情，爭憐
今世」的心理，也具體地表露無遺，如「量髻鬢之長短，度安花之相
去」二句、許槤評曰：「娟麗無匹，體貼入微。」就是最好的說明。

> 梳頭新罷照著衣，還從粧處取將歸。暫看絃繁，懸知纈縵。
> 衫正身長，裙斜假襻。眞成個鏡特相宜，不能片時藏匣裏，
> 暫出園中也自隨。

末尾一段，寫女子鏡前的化妝，至臉首告一段落之後，又把妝扮轉移
到服飾上，而且這些反覆猶疑的過程，把鏡子對于女子的吸引力作了
完整的顯示，因此照衣之餘，隨時檢視髮鬢，另外還在鏡前，拉扯衣
裙，擺首弄姿，唯恐妝飾不夠完美。這樣一來，作者又由局部的首臉
上，回到女子的全身上，正和首段由身上寫到局部的方式，一開一合
作了呼應。末尾三句，語氣一轉，使用七言句的相連，作爲此段。也
作爲全文的一個總結。「眞成個鏡特相宜，不能片時藏匣裏，暫出園
中也自隨。」由屋內走出戶外，仍然是和首段由屋外寫進屋內的手法
互相呼應的。而女子對于鏡子一物的好感與依戀，也洋溢文字之外。

二、女性形象與心理之描繪

　　南北朝是政治亂動的時代，而偏安的江南，在文學上卻造成唯美主義的風行，正如成惕軒先生所云：「有人說文學是苦悶的象徵，就南朝文學而言，這真是最好不過的解釋了。在這種環境下……藝術至上的唯美主義自然要日漸擡頭。」〔註47〕若從地理環境來看，也是「江南地方水軟山溫、氣候和煦，生活舒適安定，有以致之。」〔註48〕這種風氣之下，除了在語言文字刻意求其新變之外，〔註49〕宮體風格的出現，也使得文人創作的題材，逐漸走入貴族生活的狹小領域裡，凡是生活中觸及的大大小小事物，都是創作的好材料，因此伴隨著這種環境下的要求、詠物的作品也大量產生了，尤其值得注意的是，除了以女性作為主題的作品外，這些作品仍舊不脫離以女性為中心的輕艷風格，他們或者有意無意間以物比美人，或是以物繫于美人，而且實際上，所謂宮體作品，也正是以這些華麗的事物及環境作為襯托的。〔註50〕對于女性的描繪，又往往偏於外衰，較少注意其內心的活動。而〈鏡賦〉一篇，雖然也算詠物賦，但是全文卻以鏡臺襯托女性形象及其愛美心理為主，這正反映出當時詠物與宮體密不可分的關係。〔註51〕而對于女性心理有獨到的刻劃技巧，則是作者過人之處。

　　全文從「玉花簟上、金蓮帳裡」，點出女子華艷的形象，「始摺屏風，新開戶扇」表示女子一天活動的開始，但是此時女子卻仍未牽衫，一種初醒的慵懶姿態不言而喻，而從戴著玉環，更表示女子不忘妝飾的習慣。進而昨夜殘粧尚留，而作者用「尚」、「已」，以及「無復」、「纔餘」等字詞暗示了女子時刻注意保持其美的外表，更由此點出化粧的必要性。這種女子形象的描述，也正反映出當時審美的觀念，已非《詩經》、《楚辭》時代那種艷麗俊健的風格，而是略帶病態的柔弱

〔註47〕參見鍾嶸《詩品》。
〔註48〕參見劉麟生，《中國駢文史》，頁45～46。
〔註49〕參見王師夢鷗，《魏晉南北朝文學之發展》。
〔註50〕參見林文月，《宮體詩研究》。
〔註51〕參見本論文〈春賦〉，研究部份。

美。〔註52〕尤其在第三段的女子化粧過程裡，更把女子的柔弱形象及其愛美心理，刻劃無遺，「競學生情，爭憐今世」連其情態，都需刻意模仿，其忸怩作態正爲了爭得人憐，因此對著鏡子成了她們的練習方式，反映女子愛美的心理，在鏡前真是如「照膽照心」，可以一覽無遺了。而這種心理的描繪，作者直寫細節小動作，作爲這二句斷語的最直接註解。這是作者刻劃細微的表現技巧。他要表現的，並不止於一幅靜態的畫面而已，而是栩栩如生生動有致的動態，這是寫實作法的進一步。〔註53〕所以寫女子「鬢齊故略，眉平猶剃」的模樣，用「故」、「猶」寫出女子求美心切，不惜再三挑剔，真把一副永遠都不滿意的心理，淋漓盡致的表達出來。底下作者再由「量髻鬟之長短，度安花之相去，懸媚子于搔頭」三句，描述其謹愼小心的態度，一點差錯都不能發生，這更由髻鬟，安花，懸媚子的一次次動作中，顯示出來。講究外表，到了這種精細的地步，除表示出女子愛美心理之外，還有一份耐心和甘心了。因此連物品平時的保養都不放過。釵子柄還得用抹臉的粉撲去擦拭，那種「愛屋及烏」的心理，把女子視美麗外表爲生命般的情形，完全襯托出來了。

最後一段，作者由臉部、頭部的經扮，轉移到女子的全身，因此衣服也得在鏡前過目一番，照過還不夠，還得把鏡子取下，照照剛才好不容易完成的臉面化粧。然後注意衣裙看看是否合身，這是普通的作法。不過愛美的女子，那肯如此輕易放過，因此作者乃寫出「裙斜假襻」四字，成爲女子「競學生情、爭憐今世」的再一次註解。那種搔首弄姿的情態，真是栩栩如生，這也是極盡享樂主義者，由女子身上作美感意識的描繪主題，以滿足其心靈與感官交互需求的作法。〔註54〕末尾三句，則是女子由愛美心理，推而及於依戀鏡子的心理描述。所謂「特相宜」，是最恰當不過的形容了。而「不能片時藏匣裡，暫出園中也自隨」，

〔註52〕 參見梁啓超，《中國韻文裡的感情》，頁50～57。
〔註53〕 參見林文月，《宮體詩人之寫實精神》。
〔註54〕 參見洪順隆，《由隱逸到宮體》，頁142～144。

更是此種心理下具體的流露，所謂難分難捨的、雖是此鏡，實在也就是女子自己的身影。此種心理的反映，正如簡文帝所寫的詩：

> 北窗向朝鏡，錦帳復斜縈。嬌羞不肯出，猶言粧未成。散黛隨眉橫。燕脂逐臉生。試將持出眾，定得可憐名。（梁簡文帝〈美人晨粧〉）

不過在體物上，賦的舖寫要比詩要來得細膩，而作者那卓越的藝術技巧，在此已發揮無遺了。許槤評曰：「極錘鍊亦極波峭。」而張仁青亦曰：「此類作品，內容雖嫌空泛。但其狀物寫景寫情之想像力與辭藻音律，就藝術而言，如有其卓越之才思與技巧。」〔註55〕

三、聲色效果與語言之運用

六朝唯美文學構成的要素，約略言之可為四項，一曰辭華，二曰韻律，三曰對偶，四曰典故。而其中文以辭華最為重要。〔註56〕尤其對於聲色效果的渲染，在謝靈運的山水詩中，以及鮑照的賦中已漸趨明顯。如鮑照的〈蕪城賦〉中「藻」、「黼」、「歌」、「聲」、「璇」、「碧」、「薰」、「爐」、「光」、「影」、「麗」、「玉」、「絳」等字，幾乎已籠括了視、聽、嗅覺的聲光味效果。這篇可以說是駢賦走上富麗的先導。〔註57〕這種作風繼續渲染的結果，到了齊梁，配合著宮體作品的流行，更把它發揮得淋漓盡致。陸機《文賦》說「其為物也多姿，其為體也屢遷，其會意也尚巧。暨音聲之迭代，若五色之相宣。」可見注重聲色效果的渲染，也正是隨著文學觀念的澄清發展而來的。不過到了齊梁時期，配合著帝王生活的腐化，而以這種遊戲筆墨作為娛樂消遣工具的作品，除了即景吟詠美人姿色及其周圍環境的華麗之外，根本談不上濃厚情感或深刻的思想內容，同時單純耳目聲色的容易滿足，更讓作家全力在表面的形形色色上作刻意的雕琢。因此儘管庾信以高超的才情與技巧享譽南朝，〈鏡賦〉在表現技巧上，也被許槤推為俳賦

〔註55〕參見張仁青，《中國駢文發展史》，頁408～409。
〔註56〕參見張仁青，《六朝唯美文學》，頁82。
〔註57〕參見《詩論》，第十一章。

的壓卷之作，並評曰：「選聲鍊色，此造極顛，吾於子山無復遺恨矣。」
但還是如同時期廿五首詠畫屏詩一樣，稱得上「窮緣情之綺靡，盡體
物之瀏亮」。〔註58〕但畢竟落入「流星浮酒汎，栗瑱繞杯脣」那樣沒
有深刻內容的窠臼。〔註59〕不過那也是當時文學潮流及其環境限制下
的結果，所以不足爲怪。

作者在〈鏡賦〉一篇當中，除了特殊的心理刻劃技巧外，在語
言文字的運用上，也充分顯示出聲色效果上的用心，例如首段的開
始，即以天河落，日昇起，寫光線由暗轉明的效果，不過這並不是
很強烈的改變，而是緩慢地進行，由「漸」、「將」兩字可知。接著
是聲音的傳送，作者還爲了避免聒噪之嫌，用了吳王、御史的典故，
作爲美化聲音的距離美。玉花簟、金蓮帳則以金玉之質，蓮花之美，
強調高貴華麗的色彩。前後的三聯對句也是集聲音，光線，色彩成
爲賦中主角的背景。再寫女子身上時，除了亮眼的光彩之外，又帶
來了涼爽的晨風，突破了以上視、聽、嗅三覺，而加入了觸覺。寫
女子之殘粧，又以「脣珠」、「眉萼」製造一種生動的比喻效果，由
「珠」、「萼」的意象，給予讀者想像力的充分發揮機會，雖不明白
形容，反增韻味。至於「星稀」、「月落」也是比喻格的運用。這種
運用使得物象與物象之間，更能相得益彰，擴大描寫的範圍。在這
方面，也是繼鮑照之後地繼續發揮。〔註60〕正如《南齊書·文學上
傳》所謂：「雕藻淫艷，傾炫心魄……斯鮑照之遺烈也。」亦與許
槤評此段云：「旖語閒情，紛葳相引，如入石季倫錦步帳中，令人
心醉目炫。」大意相類。

到了次一段，描寫鏡臺，描寫其外形作用之餘，寫入銀帶也是
品質與色彩的代表。而「卻月」、「迴風」更是借著具象的意象，從
典故中加以錘鍊，使其自然生動，並且達到比喻的效果。既而垂龍

〔註58〕參見〈庾集宇文序〉。
〔註59〕參見章江，《暮年詩賦動江關的庾信》。
〔註60〕參見鮑照〈蕪城賦〉。

倚鳳，也是華美的色彩。尤其如花中之鳳，豐妍之至。以下「照膽照心」兩個照字的重覆使用，襯托出鏡面明亮光耀的程度。而五色盤龍也正如花中倚鳳一般，使人目不暇給，尤其千年古字，更使此鏡華麗中自有古雅蒼勁之氣。以下寫鏡之妙用四句，更是有「雞舞」、「鳥鳴」的歌舞意象，以及池中月，壁上菱那樣清淡而又朦朧的淒迷美。這其中也融合著水光月色，菱彩壁影的聲光效果。

再下到舖寫女子的化粧品及其原料，更運用了「朱」、「錦」、「黛」、「油」等華美色彩，以及香味迷人的「甲煎」、「香蘭」，這正是嗅覺上易於引起的聯想。而且其間還雜著色彩。同時「度安花之相去」，花有色彩也有香味，而且可能不只一種。除此之外，粉撲有色有香，加上玉搔頭。真是集色香味於一身了。

許槤云：「駢語至徐庾、五色相宣、八音迭奏，可謂六朝之渤澥，唐代之津梁。」又評〈鏡賦〉云：「昔人評開府文、謂其辭生於情，氣餘於采、信然。」而這些製造聲色效果的語言，大多輕頓細微，艷麗妖冶，顏色不是富麗堂皇，就是淡幽淒美。住處、裝飾的語言，不是珠光寶氣，就是幽深晶瑩。而這些語言，也正是宮體作品，醞釀艷冶氣氛最適當的色素。〔註61〕也正是宮廷生活腐化與墮落的「美麗毒素。」〔註62〕這也是〈鏡賦〉所以集唯美文學之大成之原因，真是「精雕細琢、織錦成文。有美皆備，無麗不臻」了。〔註63〕就由於此種富有采色的詞彙選擇，以及配上悅耳動聽的聲調，並注意結構的嚴謹，形式的錯綜。所以以藝術的眼光來看，這種作品自有其引人注目的成就與特色。成為人們賞譽諷誦的對象了。〔註64〕

〔註61〕參見《由隱逸到宮體》，頁，144～146。

〔註62〕參見聞一多《宮體的自贖》。

〔註63〕參見《六朝唯美文學》，頁85。

〔註64〕清王芑孫，《讀賦卮言》論小賦一則云：「至于開府清新、擅名北地，領軍華薈，起譽南朝……世有奉徐庾風月小篇以為極則者，亦取其易誦而賞譽焉爾。」

第六節 〈對燭賦〉

一、內容形式之分析

　　每篇小賦的形式，是南北朝以來所盛行的，庾信在南朝時的作品，也大多採取這樣的形式。這一方面是時代的風氣，另一方面也是題材的緣故。當然這兩者之間有時是息息相關。漢賦那誇飾閎衍的作風，就因它以大帝國宮殿、苻獵、京都……爲題材，而產生氣勢磅礴的大作品，到漢末衰亂，以至三國鼎立，此類大塊文章，已不多見，南朝偏安的局面，在「國柄下移，世主短祚」的政治環境下，小朝廷只圖自保，缺少作爲。因此到庾信居南朝時，「五十年間，江表無事」的偏安，可使以往「大王之雄風，轉爲貴族之清玩。」〔註65〕因此配合著「宮體」的出現，以風花雪月爲題材，也就以短小的形式出現了。〈對燭賦〉與作者在南方的其他作品一樣，都是屬於這類作品。

　　由於形式的限制，本文不再詳分段落，只全文引述如下，並作細節的說明：

> 龍沙雁塞甲應寒，天山月沒客衣單。燈前桁衣疑不亮，月下穿針覺最難。剌取燈花持桂燭，還卻燈檠下燭盤。鑄鳳銜蓮，圖龍並眠。爐高疑數翦，心濕暫難然。銅荷承淚蠟、鐵鋏染浮煙。本知雪花能映紙，復訝燈花今得錢。蓮帳寒，檠窗拂曙，筠籠薰火香盈絮。傍垂細溜，上繞飛蛾。光清寒入，燄暗風過。楚人纓脫盡，燕君書誤多。夜風吹，香氣隨，鬱金苑，芙蓉池。秦皇辟惡不足道，漢武胡香何物奇。晚星沒，芳蕪歇。還持照夜遊，詎減西園月。

由「龍沙雁塞甲應寒」，到「還如燈檠下燭盤」，可以算是第一小節，六句七言式的連用，作爲篇章的開啓。作者由遙遠的邊塞寫起，並且由「沙」、「塞」以至於「龍」、「雁」等字的運用，引起一片空曠景象的聯想，「甲應寒」鉤勒出對于征人的同情與思念，由「寒」再寫出「客衣單」的事實，配合著「天山月沒」的時刻，便把「寒」的意象

〔註65〕參見馮承基，《六朝文述論略》一文。

凸顯出來。蒼勁的開頭，較之唐代邊塞詩毫不遜色。故許槤評曰：「軒
然而來、筆力峭秀。」實爲知言。以下再引出閨中思婦製征衣的情景，
以果推因，次序井然，一點沒有造作的感覺。但不論在「燈前桁衣」、
或「月下穿針」，都有不便，再引出桂燭的主題，使得對燭的出現，
成爲一種自然的需要，也是眾所關心的焦點。但這中間作者又以迂迴
之筆，婉轉地再由燈的身上，引出這對桂燭。一方面足以表現作者細
膩的觀察力、以及高超的藝術技巧，另一方面也緊緊地抓住讀者的心
理，急於瞭解文情的發展。所以第一小節的重點直在由遠地的征人關
塞，引起眼前的一片情景，並由燈、月等物，帶出主題。這也是文章
作法中的「起」的部分。以下一小節，由「鑄鳳銜蓮」，至「復訝燈
花今得錢」，正是「承」的部分。這一節開始描寫燭臺、以至燭火的
形狀。也是作者刻劃主題的部分。從龍鳳的雕飾，點出成雙成對，同
時也由物的成對，顯現人的孤單。由於眼前美滿的物象，一面是寫出
「對」燭的題義。另一方面反映出內心的感傷。因此作者又從燭的物
象中，隱喻女子心中的情感。「燼高疑數翦，心濕暫難然」，「翦」寫
燭心的刺傷，「濕」寫燭心的流露，作者一面寫燭心，正影射婦人的
內心。這女子因移情作用不免觸景傷情。而那種氣氛的塑造，除了由
蠟燭落下的「油」聯想到「淚」之外，作者也由鐵鋏觸燭心所引起的
一片烟霧，那種迷濛的物象，正映照女子內心的茫然。《文心》上所
謂「體物寫志」，在這裡發揮得淋漓盡致，而文字的清麗是作者另一
特色，許槤評曰：「清澈之調、復有藻語潤飾，故足凌跨一時。」不
過這篇本不是有感而發的作品，因此寫了悲傷的一面，同時也就不能
忽略歡喜的一面，鈴木虎雄所謂「主觀的抒寫客觀。」〔註66〕正是這
種說明。所以作者把筆鋒一轉，「本知雪光能映紙，復訝燈花今得錢。」
就是寫出蠟燭燃燒的「油淚」之外，另一種足以鈎起欣喜的產物——
燈花。這二句也正是由第二小節，轉到第三小節的關鍵。所以下面

〔註66〕參見鈴木虎雄，《賦史大要》，頁164。

由「蓮帳寒擎窗拂曙」一句到「燕君書誤多」一句為第三小節，這節
寫房內因燭光薰香所帶來的情趣。因此儘管寒氣逼人，晚風吹過，卻
由於燭光及薰香的照耀與瀰漫，成了另一種富變化的趣味，因此由「傍
垂細溜，上繞飛蛾」看來，儘管作者仍然使用細膩的技巧，但是在用
字，以及情感轉移上，均表現另一番輕俏生動的風格。更以「楚人纓
脫盡、燕君書誤多」的典故，引起往昔古人在燭前發生的瑣聞佚事，
作為此情此景下的點綴。第四小節則由「夜風吹」至「詎減西園月」
作為全篇的總結，這節寫香氣在燭火下的燃燒後，伴隨著夜風的吹
送，散布了鬱金苑，芙蓉池，使得屋內屋外一片迷人氣息。而這種沈
醉的感覺，足以傲視秦皇的香車，漢武的胡香。不過由燭光到香氣的
散播，雖是作者的一路發揮下去，畢竟在結尾需回應到主題上，因此
在此醉人的夜晚，趁著星光的沈落，芳草的平息，如果仍學著古人秉
燭夜遊，必定是一大樂趣。而「詎減西園月」一句，更把主題的光彩
整個顯現出來。並且作為前面，作者由「燈」、「月」引出燭火的再一
次呼應。於是不論在戶內的活動，以至戶外的活動，燭光的主題皆為
作者所突顯出來。其光彩真不比燈月遜色了。這也正是藝術上的技巧
講究，所以很平常，很普遍的事物，也會勾起讀者的興趣。而南朝小
賦所以動人原因也在此。嚴既澄評曰：「這一派的短賦……純以藝術
上的描寫手段，勾引讀者的迴腸動魄的感情。篇幅不在乎很長，而餘
韻悠然，使人迴味無窮，不厭百回的反覆誦讀……在六朝人中，名家
雖眾……庾信徐陵等人所作的最為動人。」〔註67〕

二、詩賦融合之形式

　　班固〈兩都賦〉序謂「賦者，古詩之流也。」這個觀念也正代表
漢人心目中對賦的體認，班固是賦家又是史學家，所以他的觀點應該
是最具代表性的，這其中還包括了諷喻的特點。〔註68〕但是從形式上

〔註67〕參見嚴既澄，〈韻文與駢體文〉一文。
〔註68〕參見簡師宗梧，《漢賦源流與其價值之商榷》，頁 105～107。

來看，自司馬相如等完成子虛、上林之類以問答散體成爲典型漢賦後，賦與詩也日益遠離，如此自漢末、魏晉發展下來，散文賦篇幅由長而短、句法由散而駢，直到齊、梁，受聲律說興起的影響，所謂駢賦除了對偶更加工麗細密之外，而且大量雜用了詩句，產生了所謂詩賦合流的現象。這種現象，除了不同于魏晉短賦之外，與漢賦相去更不可以道里計。〔註69〕但是這種由詩而賦，再由賦而復歸于詩的形式，卻是南北朝賦的一個特徵。

　　庾信這篇〈對燭賦〉，總共有三十二句，其中類于詩體的七言十二句，五言的則有八句，這廿句的五七言體詩句，佔了全篇的大半，這也是所謂「宮體」賦的一大特色。〔註70〕它以詩句起首，詩句結尾，從「龍沙雁塞甲應寒」以下六句，近似七言古詩。而結尾兩句「還持照夜遊，詎減西園月」，則爲五言詩體的形式。其餘的十二句中，六句三言，六句四言。形式相當整齊。所以這種賦用詩句與排句相雜組合，騷賦「兮」、「些」等語尾字固然不用，漢賦的提頭接頭詞也完全排除。〔註71〕因此這種賦篇的短小形式，固然是和題材等因素有很大的關係。而詩句的融入，應該也是其中一個因素。漢賦中往往以提頭接頭字，引出一大段的鋪寫，現在不只在手法上有所變遷，還加入了許多詩句，這些詩句往往以很少的語言，壓縮了許多綿密的意象，有精簡的特性，不像漢賦注重鋪衍，因此詩體賦往往是以小賦的體製出現。應該是有其道理的。這種賦的特性，在組成形式上幾乎跟初唐的七言古詩沒有多大區別，〔註72〕如王勃的七言古詩〈秋夜長〉：

　　秋夜長，殊未央，月明露白澄清光。層城綺閣遙相望。川無梁，北風受節南鴈翔，崇蘭委質時菊芳。鳴環曳履出長廊，爲君秋夜擣衣裳。纖羅對鳳凰，丹綺雙鴛鴦。調砧亂杵思自傷，征夫萬里戍他帶。鶴關音信斷，龍門道路長，

〔註69〕參見《中國文學發展史》，「漢賦的發展及其流變」一章。
〔註70〕參見馮承基，《六朝文述論略》一文。
〔註71〕參見傅隸樸，《中國韻文概論》，頁62～63。
〔註72〕同註70。

　　　君在天一方，寒衣徒自香。

除了四字句之外，三言、五言、七言句的使用，在形式上、格調上都
與〈對燭賦〉非常相近。當然初唐在賦方面的表現，受到詩的影響，
那就更加地明顯。不過在聲律上，雖然並未到達嚴格的標準，但這些
賦中詩句，還是平仄對仗的，而如「還持照夜遊，詎減西園月」，為
「平平仄仄平，仄仄平平仄」，頗為講究。文字對仗雖未嚴整，但大
體已比對，如「燼高疑數翦，心濕暫難然。」除「數」字，未能以同
類的數字相對外，其餘的都很工整。所以從賦中融入了詩句，一方面
顯示出當時求「新變」的風氣，同時也看出詩句在當持，正是走上格
律的嘗試與過渡階段。到了唐代配合著科考制度的訂立，詩賦就雙雙
走上了格律的道路。〔註73〕

三、應制作品之比較

　　按〈對燭賦〉、不只見於《庾信集》中，在梁簡文帝，《元帝集》
中也各其有〈對燭賦〉，篇名完全相同。這種情形，不只〈對燭賦〉
如此，其他如〈鴛鴦賦〉，〈燈賦〉……等篇也都類似，這類作品可能
是出於受命同作，或模擬剿襲，並非作者有感而發。此層意義，前文
已略提及，以下更據三篇作品的文字本身上去尋找其具體證據。

　　從文意上來看，梁簡文帝的「照夜明珠且莫取，金羊燈火不須然」
與作者的「燈前桁衣疑不亮，月下穿針覺最難。」旨意相同，以下寫
「於是挂同心之明燭，施雕金之麗盤，眠龍傍繞，倒鳳雙安」以及「金
藕相縈共吐荷，視橫芒之昭曜，見密淚之蹉跎，漸覺流珠走，孰視絳
花多，宵深色麗、燄動風過、夜久惟煩鋏，天寒不畏蛾。」這兩處的
文句，與庾信第二、三小節所寫內容，幾乎完全一樣，而且用字的相
因也都雷同。只是稍加組合變化而已。最明顯的如「燄動風過」與庾
信的「燄暗風過」就只一字之差，但避免相同的結果，也就顯示出作

〔註73〕參見《賦史大要》，「律賦時代」一章。文賦的聲音意義對仗也影響了
　　　詩的律化。此層可參見朱光潛《詩論》中〈詩何以走上律的路〉一篇。

者才情技巧的差異，其他的雷同，對照可知。不待煩言。除此之外，在韻腳的使用上，也是和庾信的作品大同小異。如「氈」、「筵」、「然」、「天」的用韻，與庾信的第二小節相同。而「盤」、「寬」、「安」、「丹」、「寒」以及末段再度重覆的韻腳，「單」、「盤」、「看」，就與庾信第一段用的韻相同。其中「盤」、「寒」、「單」三字也是庾信使用的韻腳字。以下的「荷」、「跎」、「多」、「過」、「蛾」也與〈庾信賦〉中的第三小節用韻相同，其中「多」、「過」兩字也是同於庾信的用字。綜合來看，那種模擬的痕跡是相當明顯的。

　　梁元帝的〈對燭賦〉，則頗多獨創，但是文意上仍然有相近之處，如「燭燼落，燭花明，花抽珠漸落，珠懸花更生。」與「風來香轉散，風度燄還輕，本知龍燭應無偶，復訝魚燈有舊名，燭火燈花一雙炷，詎照離人兩處情。」前一小段與庾信寫燈火、燈花文意類似，但用筆頗異。後面一段則與庾信的「夜風吹，香氣隨」以及「燄暗風過」極近似。尤其「本知」、「復訝」二詞的使用，與庾信的「本知雪光能映紙，復訝燈花今得錢。」完全相同。因此儘管在作品上，並未如簡文帝有著刻意模仿的痕跡，元帝或見過庾信的作品，又自己另作，避免剿襲然仍不免有相近之處。所以本篇疑是早年庾信為梁簡文帝未即位時之侍臣，受命所作，或為互相酬酢的應制作品。〔註74〕

第七節　〈燈賦〉

一、遊戲性之結構內容

　　賦從漢宣帝以來，便明顯地視為娛悅耳目的遊戲作品，所謂：「不有博奕者乎？為之猶賢乎己。辭賦，大者與古詩同義，小者辯麗可喜，辟如女工有綺縠，音樂有鄭衛，今世俗猶皆以此虞耳目……。」〔註75〕這種把辭賦視為茶餘飯後的遊戲性質發展下來，

〔註74〕參見《北史·庾信傳》。
〔註75〕參見《漢書·王褒傳》。

詠物賦便大量出現，也更尙文尙辭，甚而形成主流。〔註76〕尤其到
梁朝，武帝愛好隸事遊戲，影響所及，又把文學的功用，從「經國
之大業」縮小爲「娛耳悅目」的玩藝，並且經過梁簡文帝、元帝等
人的手中，所謂「立身先須謹重，文章且須放蕩」的言論。而元帝
在《金樓子・立言篇》也說：「至如文者，惟須綺縠紛披，宮徵靡
曼，脣吻遒會，情靈搖蕩。」這種由遊戲性所帶來的輕艷作風，更
把宮體以綺靡文字描寫細小事物的一貫作法，作了具體的說明。〔註
77〕而以簡文帝爲中心的文學集團，更是日夜地以此爲樂。庾信〈燈
賦〉就是這種性質的作品。茲爲說明方便，以下析爲二大段：

> 九龍將暝，三爵行棲。瓊鉤半上，若木全低。窗藏明於粉
> 壁，柳助暗於蘭閨。翡翠珠被，流蘇羽帳。舒屈膝之屏風，
> 掩芙蓉之行障。卷衣秦后之牀，送枕荊臺之上。乃有百枝
> 同樹，四照連盤。香添然蜜，氣雜燒蘭。爐長宵久，光青
> 夜寒。秀華掩映，蚖膏照灼。動鱗甲於鯨魚，焰光芒於鳴
> 鶴。蛾飄則碎花亂下，風起則流星細落。

以上爲第一大段，主旨在說明夜幕低垂的時刻，房內點起油燈的經過
及其情景。由「九龍將暝，三爵行棲」借用意象，表示夜晚的到臨，
以下則以日落月出的實景，作爲具體的顯示。而「窗藏明於粉壁」以
下二句，乃寫屋內由於粉壁以及柳影的參差效果，造成室內光度的明
滅不定，隱隱約約地情形，再由華麗的翡翠珠被，流蘇羽帳，乃至捲
曲的屏風，繡有七綵芙蓉的羽帳等豪華陳設，漸漸地烘托出房中的一
片華貴氣氛。而以下則由「卷衣」、「送枕」的典故，再勾起另一種美
麗動人的意象。作者在這段文字由屋外而屋內，乃至床第，一層層地
在塑造著美麗的情況。許槤評此一段曰：「烘染蘊藉。」這種氣氛的
醞釀，使得燈火的出現，有著畫龍點睛的神妙，同時再由燈火的照映，
把四周的情景輝映出來，使兩者達到相得益彰的效果。以下作者用「乃

〔註76〕參見簡師宗梧，《漢賦源流及其價值商榷》，「漢賦文學思想源流」一
章。
〔註77〕以上參見王師夢鷗，《魏晉南北朝文學之發展》。

有」二字，表示條件充足下一種必然的結果。至此燈火一出，四處光華一片，加以燃燒出來的蜜味蘭香，更由視覺之外的嗅覺薰染，作為烘托，使得滿室生光，到處一片清香。以下由「燼長宵久」開始，逐漸又把描寫的焦點縮小到燈火的身上。因此長夜的寒冷之中，藉助燈火的照映，透露出一片暖意。作者生動地以蚖膏、鯨魚、鳴鶴等造成一種活動的意象。於此把燈火耀動的情狀，活潑地描寫出來。許槤評曰：「音簡韻健，光采煥鮮，六朝中不可多得。」以下寫燈火燃燒過程中的另一些插曲，並且還借用自然界的動態，作為比擬，本就生動的畫面顯得更加逼真了。許槤評此「蛾飄則碎花亂下，風起則流星細落」二句曰：「風致灑然，句法為唐人所祖。」

> 況復上蘭深夜，中山醞清。楚妃留客，韓娥合聲。低歌著節，遊絃絕鳴。輝輝朱爐，焱焱紅榮。乍九光而連綵，或雙花而並明。寄信蘇季子，應知餘照情。

第二段承上而來，也是本文的末尾，作者再由以上燈火下的一片動人情景，引起下列一幕幕美的聯想。因此古典而又遙遠的淒迷，都在這種情況下出現了，其間有上蘭宮的深夜，加上中山的冬釀清酒，以下則是與醇酒相伴而來的美人，同時還有繞樑三日的韓娥歌聲。歌聲之美都在時空的懷想中聚合於此，「輝輝朱爐、焱焱紅榮」的燈火之下。這些最美好的歌聲舞影，醇酒美人，配合著華采明艷的燈光效果，此情此景，當然艷麗動人。末尾作者又由蘇季子之典故，引出燈火的自我心願──光華為君照。點出主題的部分，不使讀者在前面一段美的歌舞酒影之中迷失了自己，遺忘了燈的一片深情厚意。故許槤評曰：「收束妙有含蓄」。清麗可喜，令人品味再三。當然這種美的堆積，使耳目乃至心理得到滿足。而這種虛幻的美感，建築在「寂然凝慮，思接千載，悄然動容，視通萬里」的想像世界。一種藝術品，原本就注重超現實的精神追求，這也是唯美文學在醫療心靈的一大效用。〔註78〕

〔註78〕參見張仁青，《六朝唯美文學》，頁39～41。

二、新變下之體物手法

漢賦自王褒的作品開始,已經逐漸在詞句上面大量使用排偶的形式,如〈洞簫賦〉,這種現象已經很明顯,在這之前的漢賦作家如司馬相如、枚乘、揚雄等人,雖然也偶作駢語,但所佔的比例極少,而且也不求精巧,富麗而不流於蕪靡,排比而不致於板滯。到後來班固、左思、張衡以下,逐漸走上堆砌雕琢的路,以至到魏晉以後,日甚一日。〔註79〕齊梁以下更是力求新變,所謂齊梁變體,正是其所謂「習玩為理,事久則瀆,在乎文章,彌患凡舊,若無新變,不能代雄」的心理下,踵事增華是必然結果。〔註80〕

尤其如《齊書‧文學傳》稱:「鮑照之遺烈」的這一派,籠罩齊梁,而所謂新變的風氣最明顯,就是表現在修辭的方法上,如其使用壓縮的語彙與實字交替使用,這在鮑照的文句裡如「淚竹感湘別、弄珠懷漢遊」、「棧石星飯,結荷水宿」等都是很好的例子。這也正是蕭子顯所評的「雕藻淫艷」,更清楚的說,在雕藻的手法是使用縮字換字等修辭方式,並且在用典使事時,也運用這種手法,也使得尋常的典故更新面目,而這種做法,一方面使得語氣短促,另一方面也使人印象新奇,造成新變的重要風格。〔註81〕這種寫作手法,再淺顯地說就是「移情作用」以及「比喻格」的交互使用,這在鮑照的〈蕪城賦〉一篇中便使用得很多,如「璇淵碧樹」,「玉貌絳唇」、「埋魂」皆為其例。當然到了齊梁新體,更在典故上大量加以運用。如「窗藏明於粉壁,柳助暗於蘭閨」、「藏明」、「助暗」,一方面擬人化,一方面也濃縮了,不再如漢賦中的舖寫手法。又如「舒屈膝之屏風」,把屏風的形勢比喻為人的屈膝,尤其明顯。又如「香添然蜜,氣雜燒蘭」、「低歌著節,遊絃絕鳴」都是濃縮的方式,因此形式短小,也正是所謂「語調短促」的結果。而全文筆致最生動的二句——「蛾飄則碎花亂下,風起則流星細落」把燈火在蛾或風的干擾

〔註79〕參見朱光潛,《詩論》,頁 247～249。
〔註80〕同註 77。
〔註81〕參見王師夢鷗,〈漢魏六朝文體變遷之一考察〉。

下所產生的景象，使用作者的聯想作用，移情到另外一種自然界的現象上，因此本來毫不相關的「花」、「星」、也就成了作者筆下的好材料，也是一種比喻，不過作者以「則」字代替「似」、「如」……等同性質的用字而已。當然漢賦作者，在材料運用也十分講求的修養，所謂「賦家之心，其小無內，其大無垠。」〔註82〕所以鍊字的傳統還是承襲著漢賦而來，不過在寫作的手法上加以求新求變這正是這時期賦篇的一大特色。無疑的這使原本容易流於晦澀的用典，顯得自然生動，並在意象產生豐富的聯想作用。例如起首的「九龍將暝，三爵行棲」兩句，語言既精簡，用典又靈活，直如白描。而「卷衣秦后之牀，送枕荊臺之上」，勾起的意象卻與簡短的形式恰恰相反。而有清新之感。其他如「上蘭深夜、中山醑清、楚妃留客、韓娥合聲」以及賦文結尾的「寄言蘇季子，應知餘照情。」都有相同的效果。而庾信在賦史上的地位固然也是以用典隸事的繁富著稱。〔註83〕但是靈活的運用技巧才是他最傑出的。這種體物手法的改變，使得齊梁的駢偶與漢賦有不同的風格。六朝的詠物詩也同此趨勢。從蕭梁的作品那種「比喻」「移情」與「用典」，幾乎是篇篇可見。而如吳筠的〈寶劍詩〉：「寄言張公子，何當來見携」與〈燈賦〉的最末二句：「寄言蘇季子，應知餘照情」異曲同工。這種由物到人的移情並運用典故，在詩與賦完全一致。〔註84〕可見這是當時追求新變的文學風氣，所產生的一種新體物手法。

三、女性化之輕艷風格

　　《梁書‧簡文帝紀》言：「（帝）雅好題詩，然傷于輕艷，當時號曰宮體。」可見宮體作風和「輕艷」風格是密不可分的，馮承基論「宮體」風格主於巧密，所謂巧密不只就寫作手法而言，也意味若細小事物的描寫是與題材有關，因此論宮體風格，大體上是指用綺靡的文字

〔註82〕參見劉熙載，《藝概》中〈賦概〉一篇。又司馬相如也曾說：「賦家之心，包括宇宙。」當是劉氏的本意所出。
〔註83〕參見張仁青，《中國駢文發展史》，頁396。
〔註84〕參見洪順隆，《六朝詠物詩研究》。

來描述細小的事物。且這本是貴遊文學的生活背景所致，因此在漢賦也已從宮殿城囿的題材，寫到了几、杖、扇……等細小事物。不過到了南朝由於地理環境及吳歌西曲的影響，而其中如吳歌作品，本是所謂「風雲氣少，兒女情多。」，因此發展到齊梁，可以說不論取材或是作品的風格，都已經纖麗化了。〔註85〕尤其他們經常以女性作為其抒寫的題材，使得這種淫艷之風更趨明顯，正如明陸時雍《詩鏡總論》上說：「簡文帝詩多滯色膩情，讀之如半醉憨情，懨懨欲倦。」再由透過細小事物的聯想與移情作用，從女性嬌美、纖細、柔弱、多姿的風格，貫穿到這些事物的嬌小細微特性上，因此儘管各物之功用不同，卻都在作者筆下產生了極女性化的精神，以至顯出嬌媚柔弱，堪憐堪愛的輕艷風格。〔註86〕尤其這些事物又經常是圍繞女子周圍，或就是女子使用的器物，因此由女子寫到物品或由物品寫到女子都是自然的結果，當然這又與他們喜好聲色渲染有著很大的關係。因為它正好製造了宮體所需要的輕艷效果。故陳鐘凡言：「簡文創為新體，以牀第之言，揚于大庭，辭藻艷發，體窮淫靡，哀思之音，遂移風俗。徐摛庾肩吾尤以側艷著稱，摛子陵及肩吾子信，下及陳之後主，承毋餘緒，其體特為南北所崇，則變而為宮體。」〔註87〕

庾信的〈燈賦〉，是迎合帝王口味的艷情之作，因此如「窗藏明於粉壁，柳助暗於蘭閨。翡翠珠被，流蘇羽帳」四句，「藏」如同女性的羞狀，而「柳」、「蘭」的清柔動人，也是女性的寫照，「翡翠」、「珍珠」也都是女性的飾物，「羽」、「流蘇」更充滿輕浮細滑的感覺。以下的文卜如「卷衣秦后之牀，送枕荊臺之上」美麗中更有一點浮艷，而這正是帝王、貴族們荒淫生活的象徵。而以下的「百枝同樹，四照連盤。香添然蜜，氣雜燒蘭。燭長宵久，光青夜寒，秀華掩映。蚊膏照灼」等句，更在聲光氣味方面促成這種浪漫又浮艷的效果。以至連蛾飄、風起都是

〔註85〕同註77。
〔註86〕參見林文月，《南朝宮體詩研究》。
〔註87〕參見陳鐘凡，《中國文學變遷之趨勢》。

以輕柔的筆調「碎花亂下，流星細落」娓娓道出，其中「碎」、「細」也正是宮體詩「巧密」的作風，不滿炫人心目中的「亂花」與「流星」二詞，卻更迷人地表現出類似女性輕靡的特色。在這前面的一大段文字中，作者把四周的景象或多或少都襯托出一種誘人的淫艷氣氛。以下便由景物身上把筆鋒轉到女子及其歌舞上。其中美酒以中山醑清代替，寫時間地點則是上蘭觀的深夜。以至於楚妃、韓娥都是女子及其聲意象的好典故，又歌又舞，有酒有佳人。更直接地表現出宮體作品中離不開的女性影子，因此雖是旨在描寫燈，卻又不自覺地寫到女子身上，而這〈燈賦〉正是宮體作品，為貴族生活的最佳寫照。因此「朱燼」、「紅榮」、「九光連采」、「雙花並明」所襯托出的一片艷麗景象，仍是歸結到女子歌舞的享樂生活上。而「寄言蘇季子，應知餘照情」也是以女性的口吻作結束，一幅博取憐愛的畫面，歷歷在前。許槤評此兩句云：「收束妙有含蓄」。所謂含蓄哀婉，其實也就是女性的特色。《北史・文苑傳》評之曰：「其意淺而繁，其文匿而彩，辭尚輕險，情多哀思」。以及《北周書・王褒庾信傳》論云子山之文曰：「發源于宋末，盛行于梁季，其體以淫放為本，其詞以輕險為宗，故能誇目侈於紅紫，蕩心逾於鄭衛。」應該是就此種作品而言。而此類作品的特點，即是辭過其情，祝堯便云：「徐庾繼出……有辭無情，義亡體失，此六朝之賦所以益遠於古」。〔註88〕這些批評，雖其來有自，但以其言南朝時期的應制作品則可，若以為入北之後的評斷，則不適當。〔註89〕

第八節　〈三月三日華林園馬射賦〉

一、寫作動機與背景

　　「賦」這種文體的興盛，在漢朝可謂達到顛峯，其中主要原因，

〔註88〕參見祝堯，《古賦辯體》卷五。

〔註89〕參見本論文入北之後的〈哀江南〉、〈小園〉、〈枯樹〉、〈傷心賦〉等篇之分析。

除了文體本身的發展之外，漢帝國在天下統一安定之餘，政治經濟的復甦與繁榮也是主要的關鍵所在，其間更加上帝王之極力倡行，以及學術思想的影響，終於使漢賦得到了前所未有的成就。這種表現最明顯的，就是作品中以描寫宮殿、神仙、田獵等等題材所造成的磅礡格局與氣勢，這一點也是後代的賦作，難以媲美。不過為著襯托出帝國的富庶與天子的威嚴，這類作品往往走上歌功頌德，討取帝王歡喜的貴族文學。〔註90〕同時配合著儒家思想的提倡，便成了所謂：「或以抒下情而過諷諭，或以宣上德而盡忠孝，雍容揄揚，著於後嗣，〔註91〕的作用。《文心雕龍‧詮賦篇》云：「夫京殿苑獵，述行序志，並體國經野，義尚光大。」正是這一層意義。也由於如此，「賦」的作品中經常是帶著「頌」的精神，以「美盛德而述形容」的主旨。〔註92〕因此原出詩中六義的「賦」、「頌」，雖然所主有異，但是既然「今之賦頌、古詩之流」。〔註93〕其分合之迹，也自難截然可辨，這也可說是文學在儒學思想下一種未能獨立發展的現象。〔註94〕因此「賦」「頌」兩體的題稱，不只于漢代已有混淆的情形發生。〔註95〕即在《文心雕龍‧頌讚篇》中劉勰即論云：

> 至於班傅之北征、西巡、變為序引……馬融之廣成上林，
> 〔註96〕雅而似賦，何弄文而失質乎。……至云雜以風雅，
> 而不變旨趣，徒張虛論，有似黃白之偽說矣。

因此劉氏論「頌」即以為「敷寫似賦，而不入華侈之區」。因此一入華侈，即非頌之正體。但是外被頌名，實用賦體，卻是從九章橘頌便已開其端，董仲舒、班固以下，都承屈原之因，所以《文章流別論》

〔註90〕參見劉大杰，《中國文學發展史》，「漢賦的發展及其流變」一章。
〔註91〕參見班固，〈兩都賦〉序文。
〔註92〕參見《文心雕龍‧頌讚篇》。
〔註93〕參見《三國志》，卷十九裴注引典略楊修之語。
〔註94〕參見陳勝長，《齊梁以前儒學思想對文學理論的影響》。
〔註95〕如王褒，〈洞簫賦〉，亦有稱為〈洞簫頌〉，參見《漢書》本傳及《文選》。
〔註96〕黃叔琳，《文心雕龍注》謂上林「疑作東巡」。

云：「若馬融廣成上林之屬，純爲今賦之體，而謂之頌，失之遠矣。」
〔註97〕可見「賦」雖從詩之六義中蔚爲獨立大國，卻也無法完全脫離
其間關係，因此「賦」雖表面上、仍然是「賦」，卻往往與「頌」有
極密切的關係，這一點在漢賦最是明顯。

　　庾信的這篇〈華林園馬射賦〉與〈象戲賦〉，都是應制而作，只
是此時庾信身在北朝，雖然當時國家的氣勢比不上漢帝國的富麗雄
偉，但其歌功頌德，在精神本質上與漢代的作家，並沒有多大的區別。
這由序文中自述「小臣不揮，奉詔爲文。以管窺天，以蠡酌酒，盛德
形容，豈陳梗概。」〔註98〕可以得知。而所謂「盛德形容」正是「頌」
體中「美盛德而述形容」的特質。

　　作者描寫的地點是華林園，倪璠注云：「或名華林、或名芳林，
其爲長安別館、洛下盡宮，是所未詳。又按本序：『暫離北闕、聊宴
西城』。賦云：『日下澤宮，筵闌相圖，悵徒躔之留歡，眷迴鑾之餘舞。』
知華林園是長安城西北苑，可以朝出暮歸者也。」這是華林園的所在。
不過其寫作的時間據其賦名爲三月三日，也正是修禊者的日子，修禊
是古來於水上祓除不祥的節日，這一天到此禊飲朝臣也是前有可循
的。庾信是有奉詔爲文的機會。但是以馬射作爲古代春蒐之禮，恐怕
另有其意義，〔註99〕據作者自述其寫作時間乃是「歲次昭陽，月在大
梁，其日上已，其時少陽。」據倪注所引，月、日即爲三月三日無誤，
而少陽爲春日亦可知，問題在于「歲次昭陽」究爲何年。按《史記·
索隱》云：「昭陽、幸也」蓋指辛年。而序文已稱：「我大周之創業也」。
其爲入北後所作，自無可疑，而按其年譜，入北之後兩歷辛年，一在
武帝保定元年，此年爲辛已，另一在天和六年，歲次辛卯。因此幸華
林園雖不見載於史書，但據此推知當爲武帝之時。按年譜上所載，天

〔註97〕以上參見段凌辰，《論賦之封略》。
〔註98〕蕭子顯于《齊書》中云：「武帝永明九年三月三日幸芳林園禊飲朝臣，
　　　　敕王融爲序文。」可見。
〔註99〕序文言「雖行祓禊之飲，即同春蒐之儀」，其「即同」之意據倪璠注
　　　　云：「今用馬射、合古春蒐也」。當非指禊飲之事。

和六年自元月至三月間，齊國公憲率師與斛律明月作戰，此時外有戰事，當無暇於行祓禊之飲外，又觀賞馬射之禮。並且據文中所稱：「千乘雷動、萬騎雲屯」，又獎賞遊樂至於「若木將低，金波欲上，天顏惟穆，賓歌爲醉」的情況。而且序文中所云：「皇帝以上聖之姿、膺下武之運」以及「雕題鑿齒，識海水而來往。烏弋黃支，驗東風而受吏。」頗有繼位之時，宣德化于天下之美意，且保定元年則正爲北周武帝之年，其繼位承統，自然以仁德號召天下，賦中言其勤儉的作風，如「階無玉壁，既異河間之碑。戶不金鋪，殊非許昌之賦。」等多處頗有宣揚德政之心。而序文首段，更屢引堯舜夏周等先王創業之初的舊典，頗有在新局面下，以先王爲訓的旨意。當然除了文德之外，北方也素以武力攻守著稱，因此講武習射也正是保護國家疆域的一大盛事。這在武帝初立之時，更是不敢忽略的，故倪璠於保定元年一條下注云：「是年武帝初立，正月，大射於正武殿」。其重視講武之事亦可得知。因此武帝借著三月三日的祓禊之節，幸於華林園觀閱馬射，以重武事，作爲繼位之初，安治天下的表示，極有可能。故倪璠亦云：「時方示武之日，華林馬射在是年者爲長，史或缺文也。」但是庾信既奉詔而作，難免要以此頌揚聖主之德，故云：「惟觀揖讓之禮，蓋取威雄之儀。」

二、結構與內容

　　本篇作品主要由兩部分構成，前半部是序文，後半部才是賦篇的正文。序文篇幅多過本文，並不押韻，是一篇駢文，它卻對賦篇正文的了解有不少助益。序文敘述作賦之背景，表示作賦的意旨，以現實成分居多，不像「賦」是以文學性爲主，以想像之成分居多，而且重點既不在寫實，其描寫之眞僞自無法判定。〔註 100〕因此作者以更多的文字來作序，給予讀者許多便利。今以賦文的分析爲主，序文部分則作概略性說明，並於賦文分析時作爲參考比較：

〔註100〕參見馮承基，《六朝文述論略》。

> 臣聞堯以仲春之月、刻玉而遊河。舜以甲子之朝、披圖而
> 巡洛。夏后瑤臺之上，或御二龍。周王玄圃之前，猶驂八
> 駿。我大周之創業也，南正司天，北正司地，平九黎之亂，
> 定三危之罪。雲紀御官，鳥司從職。皇王有秉曆之符，玄
> 建有成功之瑞。豈直在地合德，日月光華而已哉。

此為序文的首段，以古先王的應瑞而為天下主，作為歌頌北周的帝
業，並以此自勉，庶能與天地合德，與日月合明。

> 皇帝以上聖之姿、膺下武之運。通乾象之靈，啓神明之德。
> 夷典秩宗，見之三禮。夔為樂正，聞之九成。克己備於禮
> 容，威風總於戎政。加以卑躬匪食，皂帳綈衣。百姓為心，
> 四海為念。西郊不雨，即動皇情，東作未登，彌迴天眷。
> 兵革無會，非有待於丹鳥。宮觀不移，故無勞於白燕。銀
> 甕金船，山車澤馬。豈止竹葦兩草，共垂甘露。青赤三氣，
> 同為景星。雕題鑿齒，識海水而來王，烏弋黃支，驗東風
> 而受吏。

此段由大周之王業而下，寫武帝繼位之後，大正禮樂，又武兼備，並
且卑己下人，勤儉治國，因此天下一片祥端，四夷也將歸化。

> 於時玄鳥司曆，蒼龍御行。羔獻冰開，桐華萍生。皇帝幸
> 於華林之園。玉衡正而泰階平，閶闔開閃而勾陳轉。千乘
> 雷動，萬騎雲屯。落花與芝蓋齊飛，楊柳共春旗一色。乃
> 命群臣，陳大射之禮。雖行祓禊之飲，即同春蒐之儀。止
> 立行宮，裁舒帳殿。階無玉璧，既異河間之碑，戶不金鋪，
> 殊非許昌之賦。洞庭既張，承雲乃奏。騶虞九節，貍首七
> 章。正繪五采之雲，壺寧百福之酒。

此段寫皇帝于三月三日幸於華林園時的景象與陳設器物。其間有寫春
色的美麗，以及車旗與自然之景相融的景象，如「落花與芝蓋齊飛，
楊柳共春旗一色。」兩句，自然生動。並描述行馬射之禮與祓禊之飲
一併舉行。並舉出陳置的樸實雅重。承接上段作行動上的具體表明。
以彰顯武帝約己以禮的事實。

> 唐弓九合，冬幹春膠。夏箭三成，青莖赤羽。於是選朱汗

之馬，校黃金之埒。紅陽、飛鵲、紫燕、晨風。唐成公之
肅爽、海西侯之千里。莫不飲羽銜竿，吟猿落雁。鐘鼓震
地，塵埃漲天。酒以齏行，餚由鼎進。采則錦市俱移，錢
則銅山合徙。太史聽鼓而論功，司馬張旂而賞獲。上則雲
布雨施，下則山藏海納。實天下之至樂，景福之歡欣者也。

此段描寫馬射的進行過程。前面從弓、箭等器物之講究寫起。下面則
就馬的駿健描寫。並且由此善其事功的利器，引出其高超卓絕的騎射
技術及場面。以及評定獎賞之事，並點出皇帝惠施下屬的一片和樂情
形。

既若木將低、金波欲上。天顏惟穆，賓歌惟醉。雖復暫離北
闕，聊宴西城。即向鄷水之朝，更是岐山之會。小臣不揚，
奉詔為文。以管窺天，以蠡酌海，盛德形容，豈陳梗概。

此段為序文的末段，寫馬射之餘，日晚會散，而上下和樂一片的景況。
再說明此次活動的簡單而隆重。最後自述奉詔為文，不敢自薦的心
情。到此是作者對作品寫作過程以及事實經過的敘述。雖然用典眾
多，但是以其靈活的運用手法，仍然把事實完美地呈現出來。並未以
辭害意。華麗生動。以下則為賦文部分，共分四段：

歲次昭陽，月在大梁，其日上巳，其時少陽。春史司職，
青祇效祥。徵萬騎於平樂，開千門於建章。屬車釃酒，複
道焚香。皇帝翊四校於仙園，迴六龍於天苑。對宣曲之平
林，望甘泉之長坂。華蓋平飛，鳳鳥細轉。路直城遙，林
長騎遠。帷宮宿設，帳殿開筵。旁臨細柳、斜界宜年。開
鶴列之陣，靡魚麗之旐。行漏抱刻，前旌載鳶。河湄薙草，
渭口澆泉。塒雲五色，的暈重圓。陽管既調，春絃實撫。
總章協律，成均樹羽。翔鳳為林，靈芝為圃。草御長帶，
桐垂細乳。鳥囀歌來，花濃雪聚。玉律調鐘，金錞節鼓。

這一段作者主要在描寫馬射之前一段經過。「歲次昭陽」以下六句作
者交代馬射的時間。「徵萬騎於平樂，開千門於建章」以下至「複道
焚香」，則出發前調動千軍萬馬之事，正是序文上所謂「千乘雷動，
萬騎雲屯」之情況。不過在賦文中作者則引用漢代宮殿作為意象之代

表。而「屬車釃酒、複道焚香」，更把一路上的景觀具體描繪出來。以下更由「仙園」、「天苑」的車隊以浩浩蕩蕩的氣勢，直向平林、長坂，這些都是漢賦中的壯大景象，而作者以用典的手法來作象徵。以下則就一路上華車馳騁的情況，加以描述，「華蓋平飛」以下四句，盛壯中有纖麗的感覺，與序文中「落花與芝蓋同飛」一句相同。而「路直城遙，林長騎遠」更把車駕飛馳的過程由近而遠的感覺細緻刻劃出來。「帷宮宿設」以下至「的暈重圓」，則轉到馬射場地的設置陳列，「細柳」、「宜年」雖為宮觀之名，置於此則頗有點綴春景之作用。「鶴列之陣、魚鬐之旆」與「前旌載鳶」都是作者企圖由鶴、魚、薦等魚禽類的活潑意象，引起讀者對陣勢、旗幟的生動的聯想。「雜草」、「澆泉」則有清新的氣象。以下「堋雲五色」二句，則更以五色雲、重圓暈把原先「堋」、「的」的單調意象形容得有聲有色。由「陽管既調」至「金錞節鼓」寫由奏樂之事，開啟以下馬射的活動，作為進入主題中心的一段前奏曲。前四句寫樂器與執事人員的動作。正是序文「洞庭既張，承雲乃奏，騶虞九節，貍首七章」所言之事。但序文章在紀事，此則主在描寫，其間用筆之巧拙不同，顯然可見。尤其如「翔鳳為林」以下六句，既無行事，在序文中則直接描述馬射之事，而賦文中作者則有意以當時周圍的花鳥歌聲，作為馬射進行的背景陪襯，自是另一番怡人的春色，藉此一段插敘，更容易把馬射的緊張氣氛暫時緩和下來，而細膩婉轉的手法，更是作者一貫的寫作手法。草如御長帶，桐如垂細乳。這兩句不僅是六朝賦以來善用的比喻及移情作法，更有典故的運化，只是作者轉化神妙，若無痕跡，使人不容易察覺到。而「鳥囀歌來，花濃雪聚」句調又變化，成為上二下二的四言句，與前三句以上一下三的組成方式，自有不同而且富於變化，雖同為移情作用及比喻格的運用，但是細中又有細，這種藝術技巧，實在也不是任何一種題材或環境下所能限制的。庾信所以名聞南北，是有一定的道理。至於本段的末尾「玉律調鐘、金錞節鼓」，當是前於這六句，而與上面奏樂一事相連，或後世文字錯亂所致。

> 於是咀銜拉鐵，逐日追風。並試長楸之坰，俱下蘭池之宮，
> 鳴鞭則汗赭，入坰則塵紅。既觀賢於大射，乃頒政於司弓。
> 變三驅畫鹿、登百尺而懸態。繁弱振地，鐵驪蹋空。禮正
> 六耦，詩歌九節。七札俱穿，五豝同穴。弓如明月對堋，
> 馬似浮雲向坰。雁失群而行斷，猿求林而路絕。控玉勒而
> 搖星，跨金鞍而動月。

這一段正是馬射進行時的情狀，前面四句寫其駿馬矯捷的情況，「咀
銜拉鐵」固是其本領，而「逐日追風」除了代表馬名之外，更象徵著
一種馳騁俊邁的雄姿。而「鳴鞭則汗赭，入坰則塵紅」更藉著顏色與
汗、塵的融合，表現馬出激烈飛揚的狀況，雖是輕筆帶過，卻更具體
而微，序言所謂「鐘鼓震地，塵埃漲天」正指此事，但文筆則不如此
處細膩、深刻。以下則由「既觀賢於大射」之後，寫王侯行射侯之禮，
以典重紀事為主，因此寫弓馬之狀，則「繁弱振地，鐵驪蹋空」，並
未加以刻劃鋪陳。由「七札俱穿，五豝同穴」以下至「跨金鞍而動月」，
則是作者鋪寫競試馬射者的精湛技藝。而比喻格的運用，「如明月」、
「似浮雲」等，皆是刻意求美的寫法。玉勒搖星，金鞍動月，都是光
采的暗示。因此在手法上，作者一面用典，一面又讓人有清而不滯的
感覺，同時可直尋具體意象。這是一大特色。而其中更由飛禽、走獸
的情狀，烘托出騎射技藝的高超，所謂「雁失群而行斷，猿求林而路
絕」，直有風雲為之變色的氣勢。

> 乃有六郡良家，五陵豪選。新迴馬邑之兵，始罷龍城之戰。
> 將軍戎服、來參武讌。尚帶流星，猶乘奔電。始聽鼓而唱
> 籌，即移竿而標箭。馬噴沾衣，塵驚灑面。石堰水而澆園，
> 花乘風而繞殿。熊耳刻杯，飛雲畫罍。水衡之錢山積，織
> 室之錦霞開，司筵賞至，酒正杯來。至樂則賢乎秋水，歡
> 笑則勝上春臺。

此段則由善戰的勇士來參與馬射之禮寫起。很明顯另起一段。並且說
明這些猛士則為全國選出之英傑，並歷經百戰，點出他們身手的穩健
不凡。「尚帶流星，猶來奔電」，更把這種豪氣一顯無遺。「馬噴沾衣，

塵驚灑面」較之前文所寫「汗赭」、「塵紅」更加生動，氣象自亦不同。
其掀起之情狀正是整個競射活動中的最高潮，因此馬過之處石堰之水
尚且激起，而落花亦隨風迴旋在殿的四周。那種激動高揚的情緒，卻
由物象中隱隱暗示，因此其賦雖若有夸誕之風。〔註101〕卻亦自有含
蓄委婉之處。由「熊耳刻杯」到「歡笑則勝上春臺」，則寫馬射之末，
論技行賞，於是「屬車釃酒」之事，到此又有了呼應。所謂「熊耳刻
杯、飛雲畫罍」更對酒器上的描繪，序文所謂「酒以罍行，餚由鼎進」
正是指此。而除此飲食之犒賞外，又有錢幣、織錦之賜，其狀有如「山
積」，其麗更似「霞開」。這種寫法正是序文「采則錦市俱移，錢則銅
山合徙」的美化。而寫其上下和樂之情，則云「至樂則賢乎秋水，歡
笑則勝上春臺。」與序文「實天下之至樂，景福之歡欣」的平鋪直述，
其間手法的運用，真不可以道里計。也可見用典在當時作品中的地位
與價值了。

> 既而日下澤宮、筵闌相圍，帳徒蹕之留歡、眷迴鑾之餘舞。
> 欲使石梁銜箭，銅山飲羽。橫弧於楚人之蛟，飛鏃於吳亭
> 之虎。況復恭己無爲，南風在斯，非有心於蜓翼，豈留情
> 於戟枝。惟觀揖讓之禮，蓋取威雄之儀。

此段爲全文的末段，寫日暮會散的情形，而人猶有眷戀不捨之情。尤
其馬射之事，「欲使」兩字把此一活動所得到的迴響自然點出，以下
四句則爲典故的使用，而其中所言的技藝，都是令人羨慕嚮往的，因
此到此四句，更把講武的作用發揮到極致，使人心中油然生起一股豪
情壯志。但在末尾，作者又巧妙地運用武德的禮容，把這種激動高昂
的情緒，緩和下來，這與前文以景色動人作爲比賽氣氛的調和，有著
相同的效果，同時也是文章的前後呼應。所謂「惟觀揖讓之禮，蓋取
雄威之儀」，也正是講武根本精神所在。也是作者這篇馬射賦的歸結。
林承評此賦云：

> 紀事之賦，敘述貴能層次分明。使讀者終篇，有如親見其

〔註101〕王通《中說・事君篇》云：「徐陵庾信，古之夸人也，其文誕。」

全部之事跡，不至有頭緒紛繁，錯綜難解之病。又當緯以
辭藻，描述生動。于刻畫之中，狀情景之態。華而不冗，
質而能妍。非高手不辦。子山紀事之賦，以〈三月三日華
林園馬射賦〉爲最工，係應制之作。通篇遣辭，高華典雅
秩然有序，情態如見，允推名作。〔註102〕

三、形式與字詞

自東漢以來，「以單行運排偶，而奇偶相生……建安之世、七子
繼興，偶有撰著，悉以排偶易單行，即有非韻之文，亦用偶文之體，
而華靡之作，遂開四六之先。」〔註103〕於是四六體的句式，逐漸成
爲駢文的主要形式。這當然與四六言的音律節奏有其密切關係。《文
鏡秘府論》四云：「然句既有異，聲亦互舛，句長聲彌緩，句短聲彌
促，施於文筆，皆須參用……至於四言，最爲平正，詞章之內，在用
宜多至。……若隨之於文，合帶以相差，則五言六言文其次也。」因
此爲了顧全音節聲律的和諧美，四六字的字句本來是最合宜的長度，
而且對意義上的排偶也很方便，所以後來才會逐漸成爲定式。〔註104〕
但是以賦而言，在最初則以四字六字之單對爲多，至庾信時于于賦中
使用四六隔對，但亦不像後代全用四之規格，故《六朝麗指》云：「吾
觀六朝文中，以四句作對者，往往祇用四言，或以四字五字相間而出。
至徐庾兩家，固多四六語，已開唐人之先，但非如後世駢文、全取排
偶，遂成四六格調。」因此以賦而言，四六之句雖已在庾信大行其道，
但畢竟不是一成不變的定式。

以〈三月三日華林園馬射賦〉而言，所謂駢偶的形式，固然是此
一時期辭賦的特色，而且對仗上大體也力求工整。但以本篇而言，由
於序文部分，不須押韻，在寫作上多少要較賦文本身來得方便，因此
所謂四六隔對的形式技巧運用，便要多過於賦文，這在庾信的其他賦

〔註102〕參見林承，《庾子山評傳》卷三。
〔註103〕參見劉師培，《論文雜記》，頁54～56。
〔註104〕參見鈴木虎雄，《賦史大要》，頁107～110。

篇中也是可見的。〔註105〕序文中如：

> 兵革無會，非有待於丹烏。
> 宮觀不移，故無勞於白燕。
> 雕題鑿齒，識海水而來王。
> 烏弋黃支，驗東風而受吏。
> 階無玉璧，既異河間之碑。
> 戶不金鋪，殊非許昌之賦。
> 夏后瑤臺之上，或御二龍。
> 周王玄圃之前，猶驂八駿。

等四例皆是四六隔對的形式。而在賦文本身，除了全篇四句或六句的單對外，更難找出一個四六隔對的例子。因此一般的觀念中，以齊梁四六之文盛行，遂謂賦中多四六對者，實在只是粗淺的印象。

　　不過大體而言四言六言的形式，仍然是作品的主要的形式，其間自有變化，並非一成不變，其錯綜交差運用，力求變換，如四四六六，或六六四四，四四四四、六六六六……等等的形式。又有五七言的加入，還有提頭字、連接詞的運用，使作品的形式生動活潑。其六言句式，有的只是由四言加上連接詞而已。例如「豈直天地合德，日月光華而已哉」二句，表面上雖爲六七言，但其中去除連接詞「豈直」、語尾助詞「而已哉」，也不過就是二句四言體：「天地合德、日月光華。」於文意並不妨礙，不過就文字及全篇形式而言，容易流於呆板失去生動的精神。其他如「雖行祓襖之飲，即同春蒐之儀」亦然。至於句與句之間的連接詞，更使原本工整刻板的形式，有了動盪起伏的效果。如「加以卑躬菲食，皂帳娣衣，百姓爲心，四海爲念，西郊不雨，即動皇情，東作未登、彌迴天眷。」「加以」二字以下，連用八句四言，若無「加以」二字的加入，自然更覺堆砌之中，愈加平淡無奇，他如豈止竹葦兩草，共垂甘露，青赤三氣，同爲景星」中「豈止」二字、「雖復暫離北闕、聊宴西城」的「雖復」一詞，「於是咀銜拉鐵，逐

〔註105〕參見清・孫德謙，《六朝麗指》。

日追風」，「況復恭己無為，南風在斯」等處連接詞使用，都有使文氣產生轉折變化。這種作用與駢中帶散有相近的效果。都在求文氣的動盪變化。而五言七言的加入，又使此種效果更趨顯著，《文心‧章句篇》所謂：「四字密而不促，六字格而非緩，或變之以三五，蓋應機之權節也。」而五七言的產生，往往也是由於虛字的加入四言六言中所造成，如「我大周之創業也」，除了避免「駢體之中，使無散行，則其氣不能疏逸，而敘事亦不清晰。」的弊病外，〔註 106〕也使外表形式富於變化，但是去除「也」字，則為六言。又如「皇王有秉曆之符、玄珪有成功之瑞」的「有」字也是多餘，六言形式並無礙其意。又如「鳴鞭則汗赭，入埒則塵紅」去「則」字，則為四言。又「至樂則賢乎秋水，歡笑則勝上春臺。」亦為六言加虛字以成七言，此例文如「橫弧於楚水之蛟，飛鏃於吳亭之虎。」等。故孫德謙言：「作駢文而全用排偶，又氣易致窒塞，即對句之中，亦當少加虛字，使之動盪。……然如去此虛字，則平板不能如此流利矣。於是知文章貴有虛字旋轉其間，不可落入滯相也。」正是連用虛字最好的說明。

七言句往往是由六言句加入虛字而成，從形式與文氣而言，自能避免單調，促成文章之生動變化，若能加以巧妙運用，更能有美化聲調的功能，造成聲律上的另一種美，所謂文章的聲調，有以激越為美，有以疏宕為美，而尚簡尚繁，以造成疏宕激越之美，則視文章用字的變化而定。〔註 107〕庾信〈馬射賦〉中的「落花與芝蓋齊飛，楊柳共春旗一色。」所以傳誦詞林，實在也是由於增字所造成的效果，同時也就是形式與字詞間產生變化的關鍵。

「落花與芝蓋齊飛，楊柳共春旗一色」二句，清孔廣森〈與朱滄眉書〉云：「駢體文第一取音節近古，庾子山文：落花與芝蓋齊飛，楊柳共春旗一色，若刪去與共字，便成俗響。陳檢討其年句云：五圍皆王母靈禽，一片盡嫦娥寶樹，此調殊惡。在古文寧以兩之字易靈寶

〔註 106〕參見黃永武，《字句鍛鍊法》，頁 173。
〔註 107〕參見簡師宗梧，《子虛上林賦研究》。

二字也。」孔氏以為若作「落花芝蓋齊飛，楊柳春旗一色」，便成俗響，必須加上「與」「共」二字，音節才美。正說明字詞的運用，有巧妙的技巧便能產生畫龍點睛的效果，後人不知六朝之妙，全在使事之間又有清空之氣，孫德謙《六朝麗指》謂：「夫文用駢體，人徒知華麗為貴。不知六朝之妙、全在一篇之內，能用虛字，使之留通。」孔氏對二人的褒貶批評，其高下全由此點而發。當然這兩句佳句，並非完全由庾信所獨造，據萬蔚亭《困學紀聞集證》卷十七引晁氏曰：「〈王仲寶褚淵碑文〉云：風儀與秋月齊明，音徽與春雲等潤。又在庾信前。」又楊慎《丹鉛雜錄》卷十落霞秋水一條云：

> 文選褚淵碑，風儀與秋月齊明，音徽與春雲等潤。庾信馬賦射，落花與芝蓋齊飛，楊柳共春旗一色。隋長壽寺舍利碑：浮雲共嶺松張蓋，明月與嚴挂分叢。王勃滕王閣記語本此。

可見在庾信之前的王仲寶已有類似的造語。而庾信或由此而擬改，但是就文意上來看，王氏以人比物，實不如庾信以人與景物融合的手法，來得生動活潑。而且王氏在用字上、前後皆使用「與」字，雖也是虛字的運用，卻也不如庾信「與」、「共」換字來得輕巧，且富於變化。後來人遂起而仿傚其語，最有名也最成功的就是王勃的「落霞與孤鶩齊飛，秋水共長天一色。」可算是「青出於藍」，但一重在人景的融合，一重在景色之描述。巧妙也自不同。

字句形式的變化從音調來說，是一種美化，使文氣也能流利暢通，動盪起伏，而此時期的辭賦，大多以四六的駢偶形式出現，四六言本就是複字的體式，加上駢儷的形式，自然容易流于窒礙與呆滯。而字詞尤具虛字的巧妙運用，一方面使得文氣流暢，音調轉折，同時更使得四六言，產生七言的單字數體式，這種錯綜的變化，正如《文心雕龍‧練字篇》所云：「善酌字者，參伍單複，磊落如珠矣。」也使得文氣在緊促之中，仍有一種舒緩的音調，作為平衡，因此單複相間，氣脈流轉，聲調自然就妍美了。

四、〈子虛〉〈上林〉與〈馬射賦〉

〈子虛〉、〈上林〉是司馬相如的經典之作,其題材以及寫法的鋪陳夸飾,都為後來賦家所取法。司馬相如憑此而入仕得寵,並且因此傳名百世,成為辭賦史上最偉大之作家。所以這三篇作品的形式與內容,影響漢賦的體製與實質,極為深遠,為漢賦立下規模與典型,成為漢賦的最佳代表作品。〔註108〕

由於〈子虛〉、〈上林〉正是漢帝國強盛時期的代表作品,並且也最能表達壯大繁榮的生活景象,因此其中描寫的山川景物,都是極其誇張之能事,以作為歌頌大一統局面的手段,所謂「在統一帝國政治經濟空前發展,中央王朝對封建割據勢力之抗衡取得進一步勝利時代,此種歌頌具有一定之現實意義。」〔註109〕而其中如楚王、天子射獵的場面,更對照出中央王朝無比的氣魄與聲勢。至於庾信這篇〈三月三日華林園馬射賦〉的場面自然無法比擬。這種現象,時代背景的影響固然是主要因素,但是我們卻不妨從其描寫手法上的角度去作比較,而這種表現或許更能深刻地反映出時代的風氣與精神傾向。

〈子虛〉、〈上林〉其間自有不同的聲勢,前者代表諸侯之氣勢,後者則為天子的排場。〈子虛賦〉先自東西南北高低上下分段描寫,作為其射獵之背景。至於寫到楚王大獵之狀況則如下:

> 於是乎乃使剸諸之倫,手格比獸。楚王迺駕馴駁之駟,乘雕玉之輿,靡魚須之橈旃,曳明月之珠旗。建干將之雄戟,左烏號之雕弓,右夏服之勁箭。陽子驂乘,孅阿為御。案節未舒,即陵狡獸。蹵蛩蛩,轔距虛。軼野馬。轊騊駼;乘遺風,射遊騏,儵眒倩浰,雷動焱至,星流霆擊,弓不虛發,中必決眥,洞胸達掖,絕乎心繫。獲若雨獸,揜中蔽地。於是楚王迺弭節徘徊,翱翔容與。覽乎陰林,觀壯士之暴怒,與猛獸之恐懼。

這篇頗多以人物為形容比擬,句法亦多駢偶。寫追獵之迅疾壯烈,以

〔註108〕參見李曰剛,《中國文學流變史·辭賦篇》。
〔註109〕以上同註107,並參見簡師宗梧,《司馬相如及其賦研究》。

及射者之技巧，所謂「中必決眥」或「洞胸達腋，絕乎心繫」，非常神妙。其慘烈自然可見。到上鋪陳天子苑獵的〈上林賦〉內，這種場面以及射者神技的描寫，更有過之而無不及。從以下天子檢閱各部將士校獵一段：

> 於是乎背秋涉冬，天子校獵。乘鏤象，六玉虯，施蜺旌，靡雲旗；前皮軒，後道遊。孫叔奉轡，衛公參乘。扈從橫行，出乎四校之中。鼓嚴簿，縱獵者，江河爲阹，泰山爲櫓。車騎靁起，殷天動地。先後陸離，離散別追。淫淫裔裔，緣陵流澤，雲布雨施。……箭不苟害、解脰陷腦，弓不虛發，應聲而倒。

這種前後一片如排山倒海氣勢的場面，自然不同凡響。〈上林賦〉在此之下，更分兩方面描寫，更把這種浩蕩的氣局擴大下去。而寫射者之神妙技藝，則直能斷頸中腦，擊中要害，而且每箭所出，必應聲而倒。〔註110〕故〈上林賦〉直是〈子虛賦〉的續篇，其中苑囿之廣，林木之茂，禽獸之多，動員之眾，遠要超過前所描寫的盛況。單就獵技而言，怎麼射走獸？怎麼射飛禽？分段描寫，其技藝更較〈子虛〉所寫者更要神奇。

　　反觀庾信的〈馬射賦〉，即使從時序而言，「羔獻泳開、桐華萍生」的背景，便減弱了這種氣氛。把南朝的柔美手筆表露無遺。因此庾信此時雖是入了北朝，卻仍以其一貫熟習的寫作技巧，來描寫其不同的對象。〔註111〕因此描寫出發的場面，所謂「千乘雷動，萬騎雲屯，落花與芝蓋齊飛，楊柳共春旗一色」四句，就有氣勢不足的感覺，原本「千乘雷動」及以下一句，頗有與漢賦媲美的聲勢，可惜以下輕倩的手法，掩蓋了上兩句的氣勢。不過值得注意的是，作者雖然想在氣勢上，力摹漢朝雄偉之風，如賦文的首段，所謂「徵萬騎於平樂、開千門於建章」、以及「翊四校于仙園」、「對宣曲之平

〔註110〕參見王師夢鷗，《魏晉南北朝文學之發展》。
〔註111〕參見章江，《暮年詩賦動江關的庾信》。

林，望甘泉之長坂」、「靡魚鬚之旃」等之比喻，都是司馬相如〈子虛〉、〈上林〉賦中描寫的文字，也就是借著這類典故的引用，以達到內容上的充實及形式上的唯美。但是也由於這時期的辭賦特別注重唯美，所以並未在描寫上像漢賦中的極力渲染與鋪陳，由此更足說明庾信在〈馬射賦〉中並非無心歌頌北朝的雍容強大，只是文學的風氣上由美化轉而輭化了氣象。因此作者用更許多的筆墨，在描繪物品的輕巧華麗，以及風光的美艷動人。「華蓋平飛，風烏細轉。」、「㛹雲五色，的暈重圓」，「翔鳳為林，靈芝為圃。草御長帶，桐垂細乳。鳥囀歌來，花濃雪聚。」都是最好的說明。庾信畢竟是南朝宮體的環境中成長的，即使來到了北地，那種宮體的輕艷作風，並沒有多大改變。只是描寫的對象與情感有所不同。所以儘管套用漢賦中強勁有力的好弓箭比擬射獵的利器，在他的心中以至筆下，都成了「明月」、「浮雲」、「星」、「月」等等文字的聯想。這正是由於寫作手法不同，在全篇賦文的風格、氣勢反映出不同的結果。如其描述的射者神技如「莫不飲羽銜竿、吟猿落雁」、「七札俱穿，五犯同穴……雁失群而行斷，猿求林而路絕，控玉勒而搖星，跨金安而動月」、「欲使石梁銜箭、銅山飲羽。橫弧於楚水之蛟，飛鏑於吳亭之虎。」等文字，其神妙並不在〈子虛〉、〈上林〉之下，但是〈子虛〉、〈上林〉儘管夸飾浮濫，卻由「解胒陷腦……應聲而例」、及「中必決眥，洞胸達掖，絕乎心繫」等文字，讓人如臨其地而怵目驚心，而「胒」、「腦」、「眥」、「胸」、「掖」、「心」等字俱為實物，所造成的意象也極其強烈奪目。〈馬射賦〉中婉轉迴旋的寫法，以及典故的引用，如由於距離感的擴大，使人無法留下深刻的意象，所謂美則美矣，神則神矣，畢竟不夠動人。寫實的手法著重在感官的強烈刺激，因此容易造成深刻有力的印象。而唯美作風下的庾信，自然只有在遺韻的婉轉中，力求美感的呈現。因此，同樣地射獵題材，由於不同的處理手法，自然顯現不同的面目與風格。這一現象，也正是時代背景影響作品風格最具體的反映。

第九節　〈象戲賦〉

一、題稱與由來

　　〈象戲賦〉是庾信入北之後另一篇應制作品。北周武帝爲了閒暇之娛樂，創作的一種遊戲，並且還特地爲此寫了一本《象經》，作爲參考書籍，其性質大概相近於所謂棋譜之類。但是其中更含有所謂經義之至理，所以書名《象經》，一方面固然足以表示象戲的取則典範，同時又兼有它天人倫常的深遠意義，而庾信的這篇作品正是針對此事而作。按《周書・武帝紀》：「天和三年，帝制《象經》成，集百僚講說。」既是有意集百僚講說，所謂敘論經義，就是不可或缺的一環。而且既富深遠宏偉的道理，所謂「百僚」官員也就不免歌頌一番，這與漢賦中的頌揚作品性質上是一樣的，所以古人「賦」「頌」往往通爲一名，道理正在於此。〔註112〕而所謂「百僚」者其中以庾信、王褒兩人最受注重，《周書・庾信傳》云：「世宗高祖並雅好文學，信特蒙恩禮……唯王褒頗與信埒，自餘文人，莫有逮者。」因此儘管朝廷百僚講說經義，但眞正發爲文章以著其義的，均只有庾信、王褒。王褒負責《象經》的文字注解，並存有一篇〈象經序〉文，存於《王司空集》中。〔註113〕《北史・王褒傳》所謂：「武帝作《象經》，令褒注之，引據該洽，甚見稱賞。」正指此事而言。而庾信則作此賦以頌，並且又進表以爲說明。〈進象經賦表〉云：「臣某言，臣伏讀聖製《象經》，并觀象戲，私心踴躍，不勝抃舞。……寢不自涯，課虛爲賦。辭非寥亮，學無雕刻。遂敢陳述，誠爲厚顏。況復日之遠近，本非童子所問，天之渾蓋，豈是書生所談。冒用奏聞，伏增流汗之至。」由以上所引的文字，雖然表示〈象戲賦〉是由於「私心踴躍，不勝抃舞」

〔註112〕何焯《義門讀書記》卷四十五評論祝堯之說云：「按祝說非也，古人賦頌通爲一名，馬融廣成所言田獵，然何嘗不題曰頌……不歌而頌謂之賦，故亦名頌，王褒洞簫，《漢書》亦謂之頌。」賦頌之問題，並參考本論文〈馬射賦〉一節部分。

〔註113〕可參見《漢魏六朝一百三家集》。

而作。不像王褒作注，是武帝所命，而且史有明文記載，但是庾信若非如王褒，平日即受恩寵，何敢貿然進表，並呈上賦篇。所謂「遂敢陳述，誠爲厚顏」只不過臣下謙卑之辭而已。

「象戲」之製，其法已不傳，據《隋書‧經籍》志云：「《象經》一卷，周武帝撰。」並且此書除了王褒注外，又有王裕、何妥之注，又有《象經發題意》。但都已不傳。倪注云：「據小說，周武帝《象經》有日月星辰之象。或云以孤虛衝破寓於局間，非俗象棋車馬之類也。」可見象戲不同於今日流傳之象棋，這可以從賦中所寫得知。倒是有些像彈棋之類的玩藝，而彈棋的由來又可遠溯到漢代的蹴鞠，蹴鞠就是蹋鞠，《樂書》卷一八六云：「蹋鞠之戲，蓋古兵勢也，漢兵家有〈蹴鞠〉廿五篇……霍去病在塞外，穿域蹴鞠，亦其事也。」後來由於這種兵家遊戲，太過勞動聖體，而漢成帝又嗜好此樂，因此劉向乃奏彈棋以獻之。至魏文帝時又有以手巾拂棋之事，其局以石爲之，方五尺，中心高，似盖，形如覆盂，上圓下方，兩人對局，白、黑旗各六枚，先列旗相當，更先彈也。〔註114〕至梁簡文帝時其法似更近於〈象戲賦〉中所稱，其彈棋論序有「完五、全六、八反、四角」之說，即格五、六博等等。據倪璠注云：「格五、簺也，行棋相塞謂之簺。簺有四采。……六博之戲，投六箸，行六琪，用十二棋，六棋白，六棋黑。」由此諸法來看，所謂「兵家對勢」、白黑六棋、上圓下方……等等性質，大多已爲武帝的象戲所采納，不過稍加變化而已。如飾玉之箸，也是自古就有的方式，王逸《注楚辭》即云：「以琨蔽作箸，象牙爲棋。」正是賦文所云：「分荊山之美玉」一事。至於「象」之取義，或已不如古製之以「象牙爲棋」，而改以「藍田之珉石」製成，因此「象」字或沿稱古義，或取其天地人倫之象，如王褒〈象經序〉所云：「一曰天文，以觀其象，天日月星也。二曰地理……三曰陰陽……四曰四時……五曰算數……六曰律呂……七曰八卦……九曰君臣……十曰文武……十一

〔註114〕以上參見倪璠〈象戲賦〉注文。

日禮儀……十二曰觀德……。」等十二事，亦未可知。但《象經》則重在以經論爲喻，多少是含有寓教於樂的目的在內。故王褒〈象經序〉末尾總論云：「或升進以報德，義取遷善，或黜退以貶過，事在懲惡，或以沈審爲貴，正其瞻視，或以狗齊爲功，明其糾察，得失表於隆替，在賤必申，怠敬彰于勸沮，處尊思屈，片言崇於拱璧，一德踰于華袞。」這都說明了以物比德的頌義所在。因爲這些作家與漢代的文學侍從一樣，其寫作的對象主要是以帝王爲主，都不免要歌功頌德，饒宗頤《選堂賦話》云：「庾信〈象戲賦〉，蓋入周後武帝天和三年帝制《象經》成，王褒爲注，信則進賦揄揚。」其寫作動機實不外於此。

二、結構與內容

〈象戲賦〉這篇作品，作者除了大量使用典故，再加融鑄的造句之外，由於其中大多是用來闡述《象經》及其象戲的精神及大義所在，因此在此象戲之法，無法詳知，又缺乏圖法之下，〔註115〕我們只能依照前人的注解，以及參考庾信爲此賦所上之〈進象經賦表〉、與王褒的〈象經序〉一文，概略加以說明，全篇約可分爲三段如下：

> 觀夫造作權輿，皇王厥初。法凝陰於厚德，仰沖氣於清虛。
> 於是〔註116〕綠簡既開，丹局直正。理洞研機，原窮作聖。
> 若扣洪鐘，如懸明鏡，白鳳遙臨，黃雲高映，可以變俗移
> 風，可以莅官行政。是以局取乾，仍圖上玄，月輪新滿，
> 日暈重圓，撲羽林之華蓋，寫明堂之璧泉。坤以爲輿，剛
> 柔卷舒，若方鏡而無影，似空城而未居。促成文之章，亡
> 靈龜之圖，馬鹿千金之馬，符明六甲之符。

此段開始即以「觀夫」二字提頭，以下四句敘述往聖先賢，法天地自然而製作文物之始。倪璠云：「言萬物初生，天地開闢，於是聖人起

〔註115〕《唐書·呂才傳》云：「周武帝三局《象經》，才尋繹一宿，便能作圖解釋。」按文中亦提及圖、經。可見武帝當時以《象經》作爲遊戲時的指導手冊。後人無圖法，亦不見《象經》，則難以明白。
〔註116〕「於」以下，倪注以爲當有「是」字。

而制作也。」「於是」兩字以下，即繼續鋪陳其事，由河出丹書，洛出綠圖開始，作為生機的開展，並且依此而開始了中國的文明，賢者盡其力，智者竭其才，因此天下一統，出現祥瑞，並以此天地自然之道，作為人類一切制度的源頭，以贊天地之造化。所謂風俗、莅官行政之事，正是人文制度的表現。在這前半段中，作者由天地開闢之後，由「綠」、「丹」、「白」、「黃」四處顏色的描寫，似點出文明的多采及其變化，並藉此達成視覺變化的效果。而藉前半段的引述，作為下文的導言，以下即在說明，《象經》及象戲其製作的精神，亦是效法古聖先王的開創文明，是以天地自然為依循，由此作為由象戲、《象經》貫穿到天地倫常的線索。由「局取諸乾」以下四句，當是寫棋局的中央部分。所謂「上圓」部分，以月輪之滿，日暈之圓，都是以天象作為其形狀的比喻。以下用羽林華蓋、明堂璧泉，都是圓形的取譬，不過轉而以人事中政教為取則的對象，一貫遇到天人合一，以及以人法天的精神意義，〈象經序〉所謂：「一曰天文，以觀其象，天日月星是也」。又庾信〈進象經賦表〉所稱：「伏以性與天道，本絕尋求，直以懸諸日月，遂獲瞻仰。」當即指此而言。以下由「坤以為輿」開始，至「似空城而未居」一句，則指「上圓下方」的下方部分，以地之形為比，「若方鏡而無影，似空城而未居」，則指未行棋之時的情狀。所謂「方」、「城」都是指效地形之方而言。〈象經序〉云：「三曰地理，以法其形，地水火金木土是也。」由「促成文之畫」以下四句，作為末尾，乃在說明棋箸等類之刻紋，比之古代龜龍之圖，而「馬」、「符」二事，表示棋陣的布屬及運用，全賴人之巧妙不同。正為後文所言「成之於手」、「得之於心」作為伏筆。此段中作者旨在說明，《象經》、象戲的制作精神，並廣引天地萬物之象，作為其價值的肯定與證明。這與漢宣帝以奕棋為純粹娛樂的方式，面貌雖近似，精神卻迥然不同。

於是擩箊當次，依辰就席。迴地理於方珪，轉天文於圓璧。分荊山之美玉，數藍田之珉石。南行赤水之符，北使玄山之策，居東道而龍青，出西關而馬白。既舒玄象，聊定金

枰。昭日月之光景，乘風雲之性靈，取四方之正色，用五
德之相生。從月建而左轉，起黃鐘而順行。陰翻則顧兔先
出，陽變則靈烏獨明。

第二段承接上段末尾「馬麗千金之馬，符明六甲之符」兩句而來，旨
在說明行棋之過程及其靈活變化。「於是」兩字之下六句，先由棋局的
佈置就次開始，「迴地理於方珪，轉天文於圓璧」正是法天地上圓下方
之形，故棋子就位，各有所安。荊山之美玉，實指棋子的博箸而言，
其上有綴玉，作者用一「分」字，實指器物之準備而言，但文字表面
則容易引起美的聯想作用。正如下一句「數藍田之珉石」，乃指棋子而
言。以下由東、西、南、北四面而言，正指行棋開始的四角。〈象經序〉
云：「四持之正其序，東方之色青，其餘三色，例皆如之」。「既舒玄象」
以下六句，言其行棋開始之後取法天地之道的各種變化。所謂日月、
風雲、四方，五德等都是比喻。〈進象經賦表〉稱：「九州既奠，近對
河圖，四轍中繩，全觀玉策，未飛玄鶴，先聞金石之聲，不上赤城，
獨見煙霞之氣。」當亦指此棋局之變動及其神妙而言。「從月建而左轉，
起黃鐘而順行」，言棋子取法「月數」、「律呂」十二之數。「陰翻則顧
兔先出，陽變則靈烏獨明」兩句為本段結尾，以其陰陽變化的情狀作
為比喻描寫，「顧兔先出」、「靈烏獨明」正是取法日月的傳說，但用「兔
出」、「烏明」等字則較用「日」、「月」等字生動活潑且富於變化。〈象
經序〉亦云：「言陰陽，以順其本，陽數為先，本于天，陰數為後，本
于地是也。」又云：「算數以通其變，俯仰則為天地日月星，變通則為
水火金木土是也。」皆當言其棋局之千變萬化。

況乃豫遊仁壽，行樂徵音。水影搖日，花光照林。乍披圖
而久玩，或開經而熟尋。雖復成之於手，終須得之于心。
乃有龍燭銜花，金爐浮氣，月落桂垂，星斜柳墜。猶豫樞
機，嫌疑涇渭。顧望迴惑，心情怖畏。應對坎而衝離，或
當申而取未。

上二段多就棋局而言，倪璠所謂「兩人對局之時，列棋相當也。」此
段則跳離棋局，就外面的宴遊狀況而寫。倪璠評此段曰：「言帝於宴

遊之暇，觀《象經》而爲此戲。」並點出棋局如兵馬行陣，需由人心操持運用，方能有成。由「況乃」引出本段，寫其宴遊宮殿之景，「水影搖日，花光照林」一片明艷動人景色，與庚信在南朝時期的小賦描寫手法，並無不同。以下寫其開圖而玩，並以《象經》爲範的狀況。以下「雖復成之於手，終須得之於心。」兩句文筆自然流暢，指出棋局之妙，雖有方法規則可尋，實則心用爲止。以下四句，寫躭遊之人，由日入夜的沈迷情狀。因此龍燭、金爐的陳設，配合著自然中的變化，「月落桂垂、星斜柳墜」，都在說明天色入夜的情狀，而躭溺象戲者，猶然如銜花之燭，浮氣之爐般，更加熱絡地進行著，作者此處以景以物作爲烘托，頗蘊藉含蓄。至於其心情如何，正是本段主旨所在，也是本文收尾歸結到題旨的地方，「猶豫」、「嫌疑」四字，深刻地把他們戰戰兢兢，步步爲營的謹愼態度，表露無遺。「顧望迴惑，心情怖畏」，令人有如臨其境之感，前一句表示自己舉棋不定，而「心情怖畏」，則以對方的行棋，表示緊張與關注。而從中也透露出專注認眞的態度，最後兩句，更是由具體的事例，作爲上述心情描繪的呼應。所謂一虛一實，互相照映。而所謂「應對坎而衝離，或當申而取未。」表示緊張謹愼之餘，仍有疏漏謬誤之處，〈象經序〉有云：「六曰律呂以宣其氣，在子取未，在午取丑是也。七曰八卦以定其位，至震取兌，至離取坎是也。」正是指此而言。「或當」、「應對」也如前面「雖復成之於手，終須得之於心。」一樣，自然流暢，寫景寫情深入而淺出。而其景況逼眞，宛然如在心目。故爲全文中描寫得最佳一段，這種高超手法，正是其享譽南朝的原因，與他在南朝時的作品，並無不同。而且雖同爲應制而作，在感情上不夠深刻，但足以讓他全力發揮卓越的藝術技巧。所以感人力量雖不足，均不得不讚佩他的藝術造詣。林承評此賦云：「〈象戲賦〉爲應制之作，典章敷陳，狀物而已。」〔註117〕由前二段而言，實爲至當，但於末段之高妙，林氏似未見及。

〔註117〕參見林承，《庚子山評傳》中作品部分。

第十節　〈竹杖賦〉

一、體物與寫志

　　《文心雕龍‧詮賦篇》云：「詩有六義，其二曰賦。賦者鋪也。鋪采摛文，體物寫志也。」這是劉勰〈詮賦篇〉首先標出的要旨。而所謂賦之特性，不僅是「鋪采摛文」，最後目的乃在「體物寫志」。溯其源流則可謂是春秋時賦詩與歌詩的風氣，因此如荀卿、屈原的賦、都有古詩的意味，可以說是辭賦本身在詩的系統上一大繼承。〔註118〕故《文心雕龍》引傳云：「登高能賦，可爲大夫。」班固云：「古詩之流也。」但是就賦體本身而言，《楚辭》才是它創體的轉捩。《楚辭》中開始有圖寫聲貌的大量運用，其中也自有比興的手法，但是在內容文字上、便明顯地逐漸走向鋪衍的寫法。又如荀卿的蠶賦、禮賦……等篇，也是開始鋪陳了事物的狀態，本質及其功用。由此更進而演變出漢賦中鋪陳閎衍的主要作風。故劉勰云：「賦也者，受命於詩人、拓宇於《楚辭》。於是荀況禮智、宋玉風釣，爰錫名號，與詩畫境，六義附庸，蔚成大國。」

　　屈原的〈離騷〉乃是「身嬰離亂，懷抱忠憤，莫之能施，乃激揚士風，綜甄六義，一變其體，而作離騷。洋洋灑灑，凡二千四百九十餘言，悱惻纏緜，幽馨艷逸，極馳騁之能事……莫不弘博而麗雅，故自古推爲辭賦之大宗。」〔註119〕可見〈離騷〉之作儘管在寫作手法上，已經開啓了漢賦作家鋪采摛文的風氣，但從作品的情感上，並非如後世之賦家「蔑棄其本……遂使繁華損枝，膏腴害骨，無貴風軌，莫益勸戒。」〔註120〕以文害情，逐末而捨木。故班固《漢書‧地理志》云：「始楚賢臣屈原，被讒放流，作〈離騷〉諸賦以自傷悼。」又顏師古注云：「諸賦、謂〈九歌〉、〈天問〉、〈九章〉之屬。」可見

〔註118〕參見《楚辭論文集》論屈原文學的比興作風。
〔註119〕參見《辭賦學綱要》第一章總論。
〔註120〕參見《文心雕龍‧詮賦篇》。

屈原的作品在基本上仍是「風雅之興、志思蓄憤而吟詠情性，以諷其上」的「爲情而造文」。〔註121〕這也是《楚辭》在詩賦的演變中擔任的重要角色。故《文心・辨騷篇》首即明言：「固已軒翥詩人之後，奮飛辭家之前。」

　　從詠物的題材上來看，自《詩經》以來便大體有「寫志」與「體物」的二種趨向，程廷祚《騷賦論》云：「情動於中而形於言，其用則有賦與比興之分。總其大要，有陳情與志者焉，有體事與物者焉。屈子之作，稱堯舜之耿介、譏桀紂之昌披，以寓其規諷，誓九死而不悔……近於詩之陳情與志者矣。夫體事與物，風之騶虞、雅之車攻、吉日，畋獵之祖也，斯干、靈臺，宮殿苑囿之始也。公劉之『豳居允荒』、綿之『至於岐下』、京都之所由來也，至於鳥獸草木之詠，其流浸以廣矣。故詩者，騷賦之大原也。」程氏大體是從其寫作的目的來分析騷與賦最大的不同。其實嚴格說來，體物與寫志原本就要求合一，這也是詩騷以來的精神所在。而以詠物賦的起源來說，大體可以屈原的〈橘頌〉與荀卿的〈蠶〉、〈雲〉……等五賦作代表。荀卿之五篇賦品、都極力鋪寫事物的狀態、本質、功用。但其中則是以詠物兼說理的，這與後代詠物賦的純粹遊戲性質，便大相逕庭。所以這幾篇作品仍然算是詠物賦的一大源頭，〔註122〕其中鋪寫手法以及寓理其中，雖很樸拙，但也顯現出北方文學的色彩。至於屈原九章中的〈橘頌〉一篇，雖不名爲「橘賦」，實際上「頌」的體製與「賦」差不多，漢代許多，作品也有名稱混淆的情形，〔註123〕因此儘管〈橘頌〉一

〔註121〕參見《文心雕龍・情采篇》。

〔註122〕陶秋英，於《漢賦之史的研究》，頁 84～85 云：「總之荀卿是把賦的動詞運用到名詞上去的第一人，雖然他的賦篇不是純熟的賦的系統裡的東西，但名稱是他開創的。我們不能不承認它是賦。何況它至少也含有一兩個賦的因子，一是應用隱語，二是敷陳其辭。」

〔註123〕《文心雕龍・頌贊篇》云：「原夫頌惟典雅，辭必清鑠，敷寫似賦，而不入華侈之區。敬慎如銘，而異乎規戒之域。」並參見《楚辭概論》，頁 168～169。

篇，辭采質直，敷寫而不華，但頌物而自比，仍是體物以寫志的性質，故林雲銘《楚辭燈》云：「既至江南，觸目所見，借以自寫，則〈橘頌〉也。」作者寫橘樹，卻以「橘之所以貴，就在於它的『受命不遷』、『深固難徙』的性格，和青黃絢爛的文章。」，故「表面上好像是頌橘，其實就是詩人的自贊。」〔註124〕值得注意的是〈橘頌〉這一篇卻可算是屈原創作過程中由楚民歌（九歌本來面目）到〈離騷〉的過渡作品，〔註125〕而〈橘頌〉這種以物寫志而自比的手法，也許就是〈離騷〉中比喻手法的來源與過渡產物。因此以上荀卿、屈原的幾篇詠物作品，在精神上可以說大體仍然是體物兼寫志的。

　　詠物賦這類作品，到了漢代可以王褒的〈洞簫賦〉為代表，但在賦的陳情寫志上，均只有時代與帝國的影子，談不上個人的情志。由於這一批帝王貴族身旁的文學侍從，以奉承人主的歡欣為目的，所以《文心雕龍·情采篇》乃曰：

> 昔詩人什篇，為情而造文，辭人賦頌，為文而造情。何以明其然？蓋風雅之興，志思蓄憤，而吟詠情性以諷其上，此為情而造文也。諸子之徒，心非鬱胸，苟馳誇飾，鬻聲釣世，此為文而造情也。故為情者，要約而寫真。為文者，淫麗而煩濫。

所謂「苟馳夸飾」、「淫麗而煩濫」，正說明揚雄所謂「詩人之賦，麗以則，辭人之賦，麗以淫」的改變。而這在摯虞的《文章流別論》說得更清楚，所謂「前世為賦者孫卿屈原，尚頗有古詩之義。至宋玉，則多淫浮之病矣。」這種作風，也源於宋玉，他是楚國王宮的「言語侍從之臣」，雖然他的文體承襲自屈原，但他卻是貴遊文學的先驅者。〔註126〕王褒儘管在〈洞簫賦〉中極力作體物的功夫，但在寫志即使有些許仁義諷諫之思想，也不過是儒學的風氣下一種表面功夫，〔註127〕其遊戲的本質

〔註124〕參見《楚辭論文集》中〈讀楚辭隨筆三則〉一篇。
〔註125〕參見《漢賦之史的研究》第二篇第一章騷賦的由來。
〔註126〕參見王師夢鷗，《貴遊文學與六朝文體的演變》。
〔註127〕參見陳勝長，《齊梁以前儒學思想對文學理論的影響》。

才是最終目的。此可由《漢書‧王褒傳》所云：

> 上令褒與張子僑等並待詔，數從褒等放獵。所幸宮館，輒
> 爲歌頌，第其高下，以差賜帛。議者多以爲淫靡不急。上
> 曰：「不有博奕者乎，爲之猶賢乎已。辭賦大者與古詩同義。
> 小者辯麗可喜。辟如女工有綺穀，音樂有鄭衛，今世俗猶
> 皆以此虞耳目。辭賦比之，尚有仁義風諭，鳥獸草木多聞
> 之觀，賢於倡優博奕遠矣。

雖然諷諭與遊戲的作用，同時並存，但漢賦作家如王褒等的寫作動機，
不過只是虞人主之耳目罷了，所以〈洞簫賦〉一成，還令宮中諸人諷誦。
〔註128〕而這些作家在帝王心目地位，還可自東方朔、枚舉等人的本傳
中了解。由於這種文學遊戲的本質，促使揚雄有「壯夫不爲」的感慨，
這正代表對漢賦諷諭作用的一種懷疑。〔註129〕由此可見漢賦中的詠物
作品，自〈洞簫賦〉以下，雖表面仍然維持著「仁義諷諭」的作法，實
際上卻也逐漸導向「擬諸形容，則言務纖密，象其物宜，則理貴側附」
的「奇巧小制」作風上去。〔註130〕這種日趨細密精巧的詠物作品，遂
逐漸脫離了「體物寫志」的精神，而專重於「鋪采摛文」的發揮，而其
內容，也由漢賦中如〈子虛〉、〈上林賦〉中鋪陳的各種事物，成爲單一
主題的描寫。如自〈洞簫賦〉以下的樂器賦系統，便陸續出現了嵇康等
的〈琴賦〉、陸機的〈鼓吹賦〉。而且魏晉六朝以來詠物題材的增多，如
几、杖、刀、銃、扇等器物、到草木、鳥獸、花卉等等其物日益細微，
到六朝甚而連雪、月、花，以及抽象的，如江淹的〈恨賦〉、〈別賦〉，
庾信的〈春賦〉等等都納入題材。這樣的發展結果，我們可從清代所編
《御定歷代賦彙》中得知。這種如陸機〈文賦〉所云的「賦體物而瀏亮」
的作風，也可以說是六朝以來發展的結果。〔註131〕其現象的具體反映，

〔註128〕參見《漢書‧王褒傳》。

〔註129〕參見簡師宗梧，《漢賦源流與價值之商榷》中〈漢賦文學思想源流〉
一篇。

〔註130〕參見〈文心‧詮賦〉篇。

〔註131〕胡應麟《詩藪外編》云：「賦體物而溜亮，六朝之賦所自由也，漢
以前無有也。」

正如《詩藪》所云：

> 詩文不朽大業，學者雕心刻骨，窮晝極夜，猶懼弗窺奧眇，
> 而以遊戲廢日，可乎，孔融離合，鮑照建除，溫嶠迴文，
> 博咸集句，亡補於詩，而反為詩病。自茲以降，摹仿實繁，
> 字謎人名，鳥獸花木，六朝才士集中不可勝數，詩道之下
> 流，學人之大戒也。

這種風氣正是配合著當時編纂類書的風氣，而發展起來。這一方面固是時代的環境使然。另一方面則仍是漢賦遊戲性質的延續。至此連「仁義諷諫」的點綴也全都拋棄不顧，專心於「風雲之狀」、「月露之形」的描繪。然而情感思想上的忽略，卻也促使在技巧的更加講求，《文心雕龍·物色篇》所謂：「近代以來、文貴形似，窺情風景之上、鑽貌草木之中。……故巧言切狀，如印之印泥，不加雕削，而曲寫毫芥。」由於過度講求技巧，終也使辭賦由「體物寫志」轉為「寫物圖貌」，更談不上所謂諷諫作用，故《詩藪·內篇》乃言：「詠物起於六朝。」〔註132〕這當是從「體物」兼「寫志」發展到了純「體物」不「寫志」的最好說明。

庾信的這篇作品——〈竹杖賦〉，以及〈邛竹杖賦〉……等篇入北之後的作品，則算是在此詠物風氣下，上體詩騷的復古作風，而他在南朝的詠物賦，如〈燈賦〉、〈對燭賦〉、〈鴛鴦賦〉等等，則仍是貴遊文學性質的作品，這些作品也正代表著當時的文學作風。因此庾信個人由於際遇的變遷，使得他的詠物作品，再由純粹詠物，走回「體物寫志」的路上去，而精湛的藝術技巧，加上情感思想的寄寓，使得他後期的作品更加有力而動人，能在原有的清新流一歸之中，更散發出一種蒼涼而又沈雄的氣概。

二、結構與內容

倪璠於竹枝賦題下注云：「〈竹枝賦〉者，庾子山哀憤之所為作也。

〔註132〕參見江淹，《生平及其賦之研究》，頁188～190。

其中內容的鋪敘與結構的形式，更與漢賦中所采用的方式，有極密切的
關聯，這在庾信的賦篇中是最近似漢賦特性的一篇。而這一點也如同前
文所論，它「體物寫志」具有復古溯本的傾向，今分爲三段說明如下：

> 桓宣武平荊州，外曰：「有稱楚丘先生，來詣門下。」桓帝
> 曰：「名父之子、流離江漢，孤之責矣。」及命引進，乃曰：
> 「噫，子老矣。鶴髮雞皮，蓬頭歷齒。乃是江漢英靈、衡
> 荊杞梓，雖有聞於十室，幸無求於千里。寡人有銅環靈壽，
> 銀角桃枝。開木瓜而未落，養蓮花而不萎。迎仙客於錦市，
> 送遊龍於葛陂。先生將以養老，將以抹危。

首段假桓宣武以起賦端，寫楚丘先生流離求見，桓溫欲以竹杖養老慰
留的經過。由「桓宣武平荊州」一事爲首，引出楚丘先生，以下則爲
兩人的對答，這是漢賦的一貫手法。這種方式，一則利於開展，至於
問答之際，設爲客主，彼此辯難，更易于表現自己的博學多識，而作
者也覺這一來一往殊復人情。〔註 133〕既而這兩位人物的對話，除了
在於引起下文之外，並且往往具有與全文旨趣相關的影響，倪璠曰：
「桓宣武平荊州，喻江陵之陷也。楚丘先生，信自謂也。臺城陷後，
信奔江陵，仕於元帝。江陵、楚地，故號楚丘先生。」正是說明作者
以梁臣舊臣的身分，表其內心。桓帝之言，則頗有垂憐之意，故曰「孤
之責矣。」「及命引進，乃曰」六字，簡潔有力，使得文氣更加緊湊。
由「噫，子老矣」以下的言語。則描寫桓帝見楚丘先生之後的觀感與
做法。「鶴髮雞皮」、「蓬頭歷齒」是「老」的形容與比喻，這是第一
眼的感覺，「乃是」以下四句，則是「名父之子」的說明，由於內外
的不諧調，觸發了桓帝憐才的意念。以下由「寡人」二字開始，則語
氣一轉，頗有自恃自誇之意，「銅環靈壽」、「銀角桃枝」、「開木瓜而
未落」、「養蓮花而不萎」、「迎仙客.於錦市」、「送遊龍於葛陂」等詞
句，都是竹杖的典故，但由於文字上的排比與修飾，增加了竹杖的光
采與生動。這一方面就是桓宣武的銜耀，同時也作爲引誘楚丘的佳

〔註133〕參見胡秋原，《古代中國文化與中國知識分子》，頁562。

餌。故下文云：「先生將以養老，將以抹危。」此段以桓宣武為主，
楚丘頗有乞憐之態，而其一言不發，與桓宣武的滔滔不絕，正造成一
種對比。桓宣武的地位，使他驕矜自負，而楚丘雖似輭弱無奈，心中
的抗議，與口中的沈默，卻隱隱可見。故下一段，正是這種結果的出
現與發展。

> 先生笑而言曰：「中國明於禮義，闇於知人。心之憂矣，惟
> 我生民。雖復疏條勁柘，促節貞筠，杖端刻鳥，角首圖麟，
> 豈能相予此疾，將予此身。若乃世變市朝，年移陵谷。猿吟
> 鷹屬，風霜慘黷。楚漢爭衡，袁曹競逐。獸食無草，禽巢無
> 木。於時無懼而慄，不寒而戰。胡馬哀吟，羌笛悽囀。親友
> 離絕，妻孥流轉。玉關寄書、章臺留釧。寒關悽愴，羈旅悲
> 涼。疏毛抵於矰繳，脆骨被於風霜。髮種種而愈落，眉彭彭
> 而競長。是以憂幹扶疏，悲條鬱結。宿昔傲醜，俄然耄耋。
> 變田風於承宮，改陽文於縕篆。潘岳秋興，嵇生倦游。桓譚
> 不樂，吳質長愁。並皆年華未暮，容貌先秋。予此衰矣，雖
> 然有以。非鬼非蜮、乃心憂矣。未見從心，先求順耳。伯玉
> 何嗟，丘明唯恥。拉虎摔熊，予猶稚童，觀形察貌，子實悲
> 翁。別有九棘龍眉，三槐暮齒。孔光謝病，袁逢致仕。吳濞
> 不朝，楊彪喪子。明公此贈、或非乖理。

此段承桓宣武之後，由楚丘先生開口自言其志。這一大段完全就是楚
丘的自我鋪敘。此段由「笑而言曰」來描寫其說話的神情，頗有倒置
其位，譏笑桓宣武之意。故曰：「中國明於禮義、闇於知人」。但言辭
似仍婉轉，倪注云：「言己無情於祿仕也。」這正是其言下之意。以
下則點出其內心所憂，惟在生民。「雖復以下四句，則言竹杖雖美，
已實無心。故下文云：「豈能相予此疾，將予此身」。自此句以下，所
述文旨，句句切迫，語氣漸強，怒憤之情益加明顯。「若乃」以下八
句，謂其身經離亂，天地變色的景象。「於時」以下十四句則是描述
此種時代環境下，人人寒懼，骨肉流離的慘狀。所謂「親友離絕、妻
孥流轉」、「寒關悽愴，羈旅悲涼」正是此種情況的描述。「疏毛」、「脆

骨」乃至「髮落」、「眉長」則為楚丘自述其衰老的原因及經過。這種境遇，正是由於身世的飄零，在詩文中表現出一「頓挫盤旋的哀感，生命與理想的斲傷」。故善敘喪亂，多感恨之辭，正是六朝的人生孤憤。〔註134〕這種心情也促使原本華美的竹杖，成了楚丘的「憂幹扶疏、枝條鬱結」，倪璠云：「假竹之枝幹以明心，以下言悲憂易老。」這與〈邛竹杖賦〉中「沈冥子」與「幽翳沈沈」的心情及性格，乃異曲同工。自「潘岳秋興」以下，作者用字更加苛露，正與心中激切之情，相為呼應。並引述舊典，表明己之衰老，正如「潘岳秋興，嵇生倦游；桓譚不樂，吳質長愁」般，「皆年華未暮，容貌先秋」。以下更直言其故，不稍避諱，故曰：「余此衰矣，雖然有似，非鬼非蜮，乃心憂矣。」這種「愁」、「不樂」、「倦」、「鬼」、「蜮」、「憂」等字的形容，與前面「笑而言曰」的語氣，自相大異，而所謂「哀憤之作」正由此可見。故以下更針對桓宣武之言，力加否認，頓有不平之氣。「伯王何嗟、丘明唯恥」說明內心的愧恨之情。「拉虎捭熊，予猶稚童；觀形察貌，子實悲翁」，自有不服之意。末尾則語稍轉緩合，「別有」二字為其語調的轉換詞。「明公此贈、或非乖理」則兼敘己志，並謝桓公之好意。「或非」二字為其旨趣的關鍵所在。但此段之言，較之前段更見急促，這除了可自語意上了解之外，從形式上說，大量地運四字句，從音節上而言，音數少則音節促，所以愈顯其聲情之激越。〔註135〕而哀憤之氣，自然流露出來。

　　先生乃歌曰：「秋藜促節，白蒮同心。終堪荷篠，自足驅禽。
　　一傳大夏，空成鄧林。」

最末一段，是以「歌曰」的形式作結。〈離騷〉朱熹注云：「凡作樂章說成，據其大要以為亂。」賦後必有「亂」，「亂」與「誶」、「系」、「倡」、「少歌」、「歌」等都是相近的名詞，性質上都是末尾的歸結。〈竹杖賦〉由「先生乃歌曰」一句，正是這種性質與形式的應用。四言六句的排

<hr />

〔註134〕參見龔鵬程，《由鮑照詩看六朝的人生孤憤》。
〔註135〕參見郭紹虞，《論中國文學中的音節問題》。

列，頗爲工整。此段主旨在說明，竹杖本生江南，自有其「嫋娟高潔、寂歷無心」的本性，「終堪荷篠、自足驅禽」表示其本性的適足與快樂。但這些夢想，均無法達成，所謂「一傳大夏、空成鄧林」，鄧林雖廣，其心已死，不復當日生機。這與〈邛竹杖賦〉所寫相似。而作者至此文以楚丘比竹，二者皆是「寄根江南」，同時這也是作者的自我影射，故倪璠曰：「喻己無羨於榮華，而魏周強欲己仕，哀其失故也。」這也是全篇〈竹杖賦〉的旨趣所在。而四言的形式，則爲詩之遺跡。這是「亂」詞中騷體之外，另一種表現形式。〔註136〕而「亂」本爲樂曲的末章，一般的古樂，大都和平中正，惟有亂這一個樂段，音節繁促，管脆絃清，最爲美聽。〔註137〕因此應用連續四言的形式，是有其道理的。而庾信的〈竹杖賦〉既是「哀憤之作」，採取這種形式，其作用實又同於中間一段的激越聲調，而與題旨相得益彰。

三、事類與字詞

〈竹杖賦〉雖然採取了漢賦問答的形式，但是從漢賦的性情與其結構的關係來看，又可分爲兩個系統。第一系來自政治的需求，第二系則來自個人生命的鬱結。前一類多以問答的形式進行，其中人物假設多無關於旨趣。並且極盡排衍鋪陳的手法。而第二系所展現的是「落實的哀傷」的觀照與舒解。這不同於第一系的游辭從容，乃是繼承〈離騷〉渴求自我實現的道路，個人情感思慮的宣洩多於物象圖貌的雕琢，正是其特色。〔註138〕而庾信在〈竹杖賦〉這篇作品中，如融合了兩者之長，在形式上雖屬第一系的作風。作品的情感思想上卻偏於第二系的描寫。因此在修辭方法上，仍然是繼承騷賦系統隱喻、象徵的寫作技巧。以達到其「幽思深遠，以遂一己之中情」〔註139〕的寫懷目的。因此在文字上，甚至修辭方面，便傾向於大量引述古代經典，

〔註136〕參見丘瓊蓀，《詩賦詞曲概論》，頁141。
〔註137〕參見丘瓊蓀，《漢大曲管窺》。
〔註138〕參見吳炎塗，《漢賦的性情與結構》。
〔註139〕語見劉師培，《論文雜記》。

作爲個人主觀的投射。〔註140〕

　　由〈竹杖賦〉的題稱來看，其爲作者自己的比喻，當爲無疑，這由「歌曰」一段可知。其中「促節」、「同心」、「自足」等詞語，也隱隱是作者德行的影射。「空成鄧林」，雖引述《山海經》中夸父逐日的一段神話，以造成意象，卻也含不言之意於其中。而從人物的塑造中，「楚丘先生」已表明來自江南，其中言「名父之子，流離江漢」正是庾信自身的影射。這與〈邛竹杖賦〉的「沈冥子」這位人物的塑造，其目的正是相同，所謂「寄根江南」爲其共同的寫照。至於桓宣武這位人物平荊州，雖引桓溫之事，實即影射宇文父子。故下文又有「桓帝曰」、又自稱爲「寡人」，頗有自立爲主之意。而在楚丘先生的口中，桓帝這位自稱之持人」的人物、卻變成「明公」罷了。這一方面正是桓溫父子的舊事，作者則借喻宇文父子，侵略稱主的事跡，故倪璠云：「按晉書桓溫廢主立威，有不臣之跡。至其子桓玄，始篡位稱帝。以喻周文帝宇文泰、至其子閔帝，始受魏禪。……子山本梁朝舊臣，故深怪之。不取眞人，但取桓宣王爲比。直稱桓帝、下曰寡人……可以觀文人之寓意矣。」又云：「上文稱桓宣武爲帝，宣武自命孤寡，而楚丘先生僅以明公稱之，猶諸侯之禮矣。」這是作者在使事用典之外，又加以文字上的變化，使其產生靈活生動的效果。又如其引桓帝自誇其竹杖之美以下六句，即「寡人有銅環靈壽，銀角桃枝。開木瓜而未落、養蓮花而不萎。迎仙客於錦衣，送游龍於葛陂。」一小段中，除了文字表面的刻寫與意象的美化外，其中更有褒貶之意。如靈壽、桃枝等，皆出江南。又「木瓜」、「蓮花」二事則皆在武昌之事，武昌乃荊州之地，正是桓宣武（即指宇文氏）征伐之地，雖亦指竹杖之事，但此二典，一則有流血之事，一則有狂花變易之事，頗有不祥之兆，則其叱咒宇文父子的罪孽可知。故倪璠注云：「江陵之伐，由岳陽、安定之君，信所不悅。引此二語，妖異之詞也。」則由上可知，同爲

〔註140〕參見〈學者的挫折感——論賦的一種形式〉。

事類舊典的引用，然其旨意或藏於文字的變化之中，或見於文字之外，其間變化本無定法，端視作者之才情與造詣而異，庾信與同時作家一樣大量使典用事，但絕無堆砌之嫌，反有流暢之長。故劉師培評曰：「庾子山等哀艷之文用典最多，而音節甚諧……雖篇幅長而絕無堆砌之迹……故知堆砌與運用不同，用典以我為主，能使之入化；堆砌則為其所囿，而滯澀不靈，猶之錦衣綴以敝補，堅實蕪穢，毫無警策潔淨之氣，凡文章無潔淨之氣必至沈且晦，沈則無聲，晦則無光，光晦而聲沈，無論何文亦至艱澀矣。」〔註141〕

第十一節　〈邛竹杖賦〉

一、題稱與背景

　　在庾信的賦篇，詠物的題材，多著重眼前的對象描寫，因此在他居梁時期的〈燈賦〉、〈燭賦〉、〈鴛鴦賦〉等等，都充分表現出江南的特色與其風格。入北以後的作品應制而寫的〈馬射賦〉已標明為華林園所見之景物，小園、枯樹等也都是作者觸景生情的作品，唯獨〈竹杖賦〉與〈邛竹杖賦〉兩篇則情況大異，作者所描寫的對象雖是江南之產物，卻是入北以後的作品。尤其〈邛竹杖賦〉一篇，題為邛竹所製成之杖，尤為明顯。

　　考邛竹杖之出，倪璠注引《漢書》曰：「張騫言使大夏時見蜀布、邛竹杖，問所從來，曰：從東來，身毒國可數千里，得蜀物賈人市。〔註142〕《三輔黃圖》亦云：「天子遣使求身毒國市竹，而為昆明所閉。天子欲伐之，乃作昆明池象之，以習水戰。」可見邛竹當是出於蜀地一帶。再考之於左思《三都賦》，其〈蜀都賦〉亦云：「夫蜀都者……

〔註141〕參見《漢魏六朝專家文研究》，頁23。
〔註142〕按許逸民《校勘記》云：此處所引非《漢書》原文，此句原無「物」字，似身毒國有蜀賈人市，大謬。今參照《漢書·張騫傳》補「物」字以足其意。

於前則跨躡犍牂，枕轊交趾，經途所互，五千餘里，山阜相屬，含谿懷谷，岡巒糾紛，觸石土雲……龍池滵瀑瀆其限，漏江伏流瀆其阿……於是乎邛竹緣嶺，箘桂臨崖……。」據此分析邛竹產於蜀地南部與閩粵等地交界之處，亦即所列犍牁、牂牁、交趾郡縣間山谷連綿之地。〔註143〕劉逵於〈蜀都賦〉注曰：「邛竹出興古盤江以南，竹中實而高節，可以爲杖。」戴凱之《竹譜》曰：「竹之堪杖，莫尙於邛。」因此作者取邛竹杖爲題，一方面固然是由於邛竹最適合製成竹杖，但是取江南之物，則頗似〈竹杖賦〉的取義所在。也是作者寫作的目的所在。文末所謂：「夫寄根江南，淼淼幽潭，傳節大夏，悠悠廣野。」也正是他由南入北後的心情寫照，故倪璠云：「寓意與〈竹杖賦〉同。」〔註144〕

二、結構與內容

　　本篇作品在結構上，仍然保持著作者居梁時詠物賦的短小風格，但在題材的選擇以及感情的融入方面，卻顯現著迥然不同的作風。以下分爲二段加以說明：

> 沈冥子遊於北山之岑，取材於北陰。媮娟高節，寂歷無心。霜風色古，露染斑深。每與龍鍾之族，幽翳沈沈。文不自殊，質而見賞。蘊諸鳴鳳之律，製以成龍之杖。拔條勁直，璘斌色滋。和輪人之不重，待羽客以相眙。青春欲暮，白雲來遲。謀於長者，操以從之。執末而獻，無因自持。

本篇由沈冥子一位虛假人物發端，寫取竹、製杖、實用的經過。假設人物爲端本是漢賦的慣有手法，正如司馬相如的〈子虛〉、〈上林賦〉也是假借人物，但本篇只沈冥子是一人，另外〈竹杖賦〉則二人對答，更似漢賦的手法。此段由沈冥子以下，至「幽翳沈沈」一句，寫沈冥子取竹經過以及竹性的特質，沈冥子三字正把人物的個性影射出來，這種個性也正成爲他與竹性的「共相」。「巴山之岑、取竹於北陰」則

〔註143〕參見高桂惠，《左思生平及其三都賦之研究——蜀都賦部分》。
〔註144〕參見本論文〈竹杖賦〉一節中體物與寫志部分。

－136－

為虛中有實，蓋邛竹即出蜀、巴接境，且竹多長於山陰。《呂氏春秋》曰：「昔黃帝令伶倫作為律，伶倫自大夏之西，乃之阮隃之陰，取竹於嶰谿之谷」。高誘注云：「山北曰陰」。而且所謂處於谿谷之間，正是竹性之一。「嬋娟高節，寂歷無心」寫竹之外象，並喻其德性，這二句寫其本質，以下二句寫其文采，正是後文「文不自殊，質而見賞」所指之事。寫竹之古色，深斑乃由外在之風霜雨露所積累而成。作者寫竹，也等於寫沈冥子這位人物，沈冥子是作者自身的影射，蓋其流離變遷，歸思難解。正如〈哀江南賦〉一篇所述。以下由「龍鍾」二字形容其蒼老衰弱的外表。而「幽窮沈沈」正是內心的寫照。「幽沈」二字與「沈冥」二字實為相同。以下四句，總歸其旨，寫其質性之佳，終成為鳴鳳的樂器與成龍之寶杖。「拔條勁直」以下，至「無因自持」，寫邛竹杖之利於實用。「勁直」寫其堅實有力，為下段「諸庶雖甘，不可以倚」的伏筆。「磷斌色滋」寫其美采可觀，為下段「彼藜雖實，不可以美」的伏筆。由於邛竹杖具有這些特性，因此可以安步當車，「和輪人之不重」。又可贈與仙人，作為乘駕的工具。然而一為現實，一為夢想。羽客不可待，白雲不可期，轉眼青春欲暮，自亦將老，只能作為扶老的用具了。這是作者傷竹之終與老者為件。實亦暗暗自傷。「羽客」為飄逸的代表。「長者」則為深沈的象徵。這一段又把竹杖的結局，歸回到邛竹幽沈的天性上去。〈竹杖賦〉中所謂：「憂幹扶疏，悲條鬱結，宿昔傲醜，俄然耄耋。」的感歎，當是此段的旨意所在。

> 諸蔗雖甘，不可以倚，彼藜雖實，不可以美。未若處不材之間，當有用之始。魯分以爵、漢錫以年。昔尚爾齒，今優我賢。書橫几，玉塵筵，則函之以後，拂之以前。爾其摘芳林沼、行樂軒除。問尊卑之垂悅，隨上下之遊紆。夫寄根江南，淼淼幽潭，傳節大夏，悠悠廣野。豈比夫接君堂上之履，為君座右之銘。而得與綺紳瑤珮，出芳房於蕙庭。

此段旨在說明竹之可實用復可觀賞，尚且成為上品，末尾則又轉為自

傷。前四句寫其文質兼備，可倚復可觀，未若「諸蔗」、「彼藜」等之
各偏一端，藉此襯托出主題——邛竹杖的優點，並藉《莊子》中「處
不材之間，當有用之始」作爲歸結。以下則言竹杖自古而來，皆是德
高才賢的象徵，由此更襯托出竹杖之優點與高貴，所以得與書、玉之
間，而同入德行節操的品類。因此竹杖成爲人們生活中不可分離的寵
物，「摘芳林沼，行樂軒除」，表示進進出出的處所。「間尊卑之垂帨，
隨上下之遊紆」，則表示上下貴賤的一致喜愛。作者由「書」「玉」與
之不離的小處，寫到「林沼」、「軒除」的大地方，顯示竹杖的無所不
在，而又無時不在。這種尊榮與顯貴，當是眾所追求的最高目標。但
作者自此筆鋒一轉，而謂：「夫寄根江南，淼淼幽潭。傳節大夏，悠
悠廣野。」「根」字點出思鄉的心情，「淼淼幽潭」則是前段所寫「嫋
娟高節，寂歷無心」的幽沈心境。「傳節大夏」雖然點出其高節見賞，
然而卻時移境遷，「悠悠廣野」與「淼淼幽潭」正好相對，此時心境
正是茫然無所寄託的狀況。這四句由景象的描寫，作爲內心情趣的襯
托，正是六朝人逐漸採用的寫法。〔註145〕而藉物自比，也是作者隱
諱的表達方式，故倪璠云：「戴凱之竹譜曰，蓋竹生江南、深谷中。〈蜀
都賦〉曰，邛竹傳節於大夏之邑。……喻己昔本吳人，今爲羈旅，猶
竹杖之根寄江南，節傳大夏也。」以下作者則以物比物，「豈比夫」
以下二句，寫杖之如己，不能如黃歇豪俠之舉，珠履滿堂。又不能如
崔瑗報仇之後作銘自戒。「豈比夫」三字最爲傳神，雖爲連接詞，卻
更深刻地透露出作者無所作爲的苦悶與感歎。甚而綺瑤等的美物，芳
蕙等的香草，都不是竹杖和自己可及的，故言「而得與」，表示懷疑。
芳蕙芷若，自《楚辭》中一直就是德行高超的君子象徵。作者當深以
入北易主爲愧，故發而爲文，至有此歎。則其哀江南之餘，思念故國
的心情，更顯激切。故表面雖爲詠物，實是託物寫志。倪璠云：「意
旨深長，假比發端以攄懷舊之蓄念，非徒賦杖也。」

〔註145〕參見朱光潛，《詩論》，頁86～89。

三、〈竹杖賦〉與〈邛竹杖賦〉

　　倪璠於〈邛竹杖賦〉題下注云：「寓意與〈竹杖賦〉同。」這二篇皆是作者藉竹杖以自抒其情的作品。表面上〈邛竹杖賦〉，更近於詠物賦的作風，短小精密，並且由始至末大體不離本題。〈竹杖賦〉則以竹杖發端，中間則作其他的鋪衍，末尾再歸邛竹杖的本題。且〈邛竹杖賦〉由沈冥子一人作端，頗有代竹發言的傾向，由「沈冥子」的稱呼來看，顯然就是竹的化身。因此竹杖的天性，就是他的天性。竹的遭遇和經歷，就是作者的遭遇和經歷。而〈竹杖賦〉則以桓宣武與楚丘先生的對話，引出自竹杖與扶老的一番爭辯，因此竹杖只是一個導火線，不像〈邛竹杖賦〉中的竹杖就是作者描述的唯一對象。由於竹杖在作品的地位不同，進而影響了二篇賦的結構內容與其風格。

　　〈邛竹杖賦〉，拋開了作者的寫作動機來看，仍是一篇純粹的詠物賦，因此從竹杖的材料——邛竹，其產地、性情、外表等加以鋪衍。之後再寫其製成杖的狀態與其性質、功用。後面再由其特性與長處，加以敘述。文末則以感慨作結。這種結構方式，與王褒〈洞簫賦〉類似。只是筆墨較少，不像漢賦舖寫的手法。而且比喻格配合用字的精練原則，更使他的篇幅趨於短小。如「綺紳瑤珮」、「芳房蕙庭」。等皆是其例。這也正是六朝賦的特色。〔註146〕〈竹杖賦〉一篇，則由對話開始，承續漢賦〈子虛〉、〈上林〉的寫作方式。雖然間以散文句法，卻仍以駢體為主，不僅對仗，而且押韻。因此等於是賦的正文，不是序文。與漢賦的對話有所不同。因此由第二段以後，便已逐漸脫離竹杖的問題，而直接敘述其內心的想法與態度。從這一點看，〈邛竹杖賦〉較近似於詠物賦的系統，而〈竹杖賦〉則反而接近一般的抒情賦了。

　　若從其寫作的手法與風格而言。〈邛竹杖賦〉與〈竹杖賦〉在色澤文采上的渲染，還是庾信一貫的風格。當然隨著題材的不同，會有不同的色澤，但手法均是相同的。如〈邛竹杖賦〉中有「色古」、「斑

〔註146〕參見王師夢鷗，《魏晉南北朝文學之發展》。

深」、「色滋」、「青春」、「白雲」仍是非常富於變化。〈竹杖賦〉中如「錦市」、「桃枝」、「銅環」、「鶴髮」、「白蘁」等，或直寫其色，或以物比色，技巧依然精密細微。不過〈邛竹杖賦〉合蓄而婉轉，亦使文章哀傷柔美，如〈邛竹杖賦〉寫竹杖之自傷，則言「寄根江南，淼淼幽潭。傳節大夏，悠悠廣野。」而〈竹杖賦〉則云：「憂幹扶疏，悲條鬱結，宿昔傲醜，俄然髦耋……予此哀矣，雖然有以，非鬼非域，乃心憂矣。」語調激切，頗有怨詞，故倪璠云：「〈竹杖賦〉者，庾子山哀憤之所爲作。」依此而論，則〈邛竹杖賦〉中賦而多比。而〈竹杖賦〉則賦而多興。因此在旨意上，〈邛竹杖賦〉的宛轉隱約，正可從〈竹杖賦〉中的描解得到了解。二者一收一發，相互相成。當可並讀而觀。如寫其不樂之情，〈邛竹杖賦〉則云：「豈比夫接君堂上之履，爲君座右之銘，市得與綺紳瑤珮，出芳房於蕙庭」。字中無一愁字。而愁緒無所不在。〈竹杖賦〉則直謂：「潘岳愁興，嵇生倦游、桓譚不樂，吳質長愁。並皆年華未暮，容貌先秋……乃心憂矣。」雖然一樣用典使事。但此賦則「倦」、「不樂」、「長愁」、「心憂」一類愁悶之詞，層出不窮。則倪氏所謂哀憤之情，由此可見。因此〈邛竹杖賦〉的風格也較趨於隱晦。〈竹杖賦〉中雖然在用典使事也頗多隱晦的手法。但全篇仍然較顯露。這還可從擬人化的字詞上得知。如〈竹杖賦〉末尾歌曰：「終堪荷篠、自足驅禽。一傳大夏。空成鄧林。」其中「終堪」、「自足」、「一傳……空成」等字詞，無一不是作者情感的表白。反觀〈邛竹杖賦〉末尾的「寄根江南、淼淼幽潭。傳節大夏，悠悠廣野」，直如純粹的寫景手筆。因此二賦實互爲表裡。

第十二節　〈枯樹賦〉

一、寫作動機與背景之探討

　　倪璠云：「〈枯樹賦〉者，庾子山鄉關之思所爲作也。」這說明了庾信入北之後，憂念家國、強作歡顏的心理掙扎，也由於這種心中的

隱痛，刺激他正視人生。在作品的思想與感情，及其題材的選擇，有
了重大的改變，〔註 147〕這種表現在他入北之後的作品中，如〈竹杖
賦〉、〈邛竹杖賦〉、〈小園賦〉、〈哀江南賦〉……等，都不僅表明自己
的抑鬱寡歡，而且明白寫出暮年羈旅的濃烈鄉愁。〈枯樹賦〉如：「況
復風雲不感，羈旅無歸。未能采葛，還成食薇。沈淪窮巷，蕪沒荊扉。
既傷搖落，彌嗟變衰。……昔年種柳、依依漢南、今看搖落，悽愴江
澤。樹猶如此，人何以堪。」一段，正是這種心聲的吐露。〔註 148〕
從這個時代政治環境劇變的情況而言，「生在這個時代的人，不論他
是前進分子或落伍者，都要受時代的影響，文學家亦然。偉大的文學
家能認識時代，以他銳利的觀感，覺察當代社會的情形，人民生活的
困難和內心的痛苦、或寫實、或象徵，而製作出劃時代的作品來。」
〔註 149〕因此就情感、思想而言，〈枯樹賦〉所描寫的固然是個人的遭
遇，也是這時代共同的悲哀，從另一篇〈竹杖賦〉描寫的「桓宣武平
荊州」一事反映出的歷史事實，就是江陵庶民十餘萬男女，悉被驅入
關中，淪為奴婢，他表現了故國淪亡與心中眷戀之情。這在他的擬詠
懷詩裡，也是經常流露出來。如：

> 俎豆非所習，帷幄復無謀，不言班定遠，應為萬里侯。
> 燕客思遼水，秦人望隴頭。倡家遭強聘，質子值仍留。
> 自憐才智盡，空傷年鬢秋。

> 楚材稱晉用，秦臣即趙冠。離宮廷子產，羈旅接陳完。
> 寓衛非所寓，安齊獨未安。雪泣悲去魯，悽然憶相韓。
> 惟彼窮途慟，知余行路難。

這種「空傷年鬢秋」、「知余行路難」的感歎，正是六朝文人共同現象，
而這種文人的感傷色彩與人生孤憤，正是處在政治變動社會混亂下的
悲吟，其具體表現在作品的，正是「行路難」那挽歌式的情懷。〔註 150〕

〔註 147〕參見章江，《暮年詩賦動江關的庾信》。
〔註 148〕參見《中國文學史論集》中，姚谷良，所撰〈庾信〉一篇。
〔註 149〕參見黎正甫，〈文學家與其時代環境之關係〉。
〔註 150〕參見〈由鮑照詩看六朝人生的孤憤〉。

〈枯樹賦〉的基本態度，正是寫這種情感。不過他在寫作手法上均是隱喻、象徵的。並非如〈哀江南賦〉是偏於寫實方式，此點從賦名就可以分辨出來。一是直述，一是借物寫志。這當然也是政治上的關係。

〈枯樹賦〉也是庾信由南入北後，在北方奠立文壇地位的關鍵作品。《朝野僉載》卷六記曰：「梁庾信從南朝初至北方，文士多輕之，信將〈枯樹賦〉以示之。於後無敢言者。時溫子昇作〈韓陵山寺碑〉，信讀而寫其本。南人問信曰：『北方文字何如。』信曰：『唯有韓陵山一片石堪共語，薛道衡、盧思道稍解把筆，自餘驢鳴狗吠聒耳而已。』」指出〈枯樹賦〉的寫作動機，是為自炫於北人。而且所謂「初至北方」，也說明它應當是其入北之後，較早的一篇作品。前文提過，這篇作品並非採取〈哀江南賦〉的寫實方式，而是改用于種借物寓志的隱喻手法。因此倪璠云〈枯樹賦〉是思鄉所作，但並不是因其思鄉之情，使北人信服，其入北為「亡國之民」，「淪為奴牌」，北方文人以征服者的姿態，來對待這些流亡之人，所謂「文士多輕之」，對於庾信借〈枯樹賦〉所流露的感情，應該難以體會，也不會有所感動。即使能如〈竹杖賦〉有「名父之子，流離江漢，孤之責矣。」的感歎，那也只能算是虛偽的同情與憐憫而已。根本難以使北人「無敢言者」。因此〈枯樹賦〉造成「於後無敢言者」的文學成就，完全憑藉著高超的藝術表現技巧。這是庾信作品的一貫作風，並沒有因為題材而改變。〔註151〕而他熟練的技巧，主要是「用典使事」，這是當時的文學風尚，黃侃先生《文心雕龍札記》云：「齊梁之後，聲律對偶之文大興，用事采言，尤關能事。其甚者，捃拾細事，爭疏僻典，以一事不知為恥，以字有才歷為高。」這種以用典隸事的多寡與廣博與否為其的評論標準，使文人競相從事配合著當時類書的編集，這風氣達到顛峯。這種情況在史籍中如《南齊書》、《南史》、《梁書》都有記載。〈枯樹賦〉幾乎句句用典，一方面足以表現南朝的文學成績，同時又能炫耀自己

〔註151〕參見王師夢鷗，《魏晉南北朝文學之發展》。

的才學。這是〈枯樹賦〉足以使北人「無敢言者」的主要原因。祝堯於《古賦辨體》卷六評此賦曰：「庾賦多爲當時所賞，今觀此賦，固有可采處、然喜成段對用故事，以爲奇贍、殊不知乃爲事所用，其間意脈多不貫串，夫詩人之多識，豈以多爲博哉。亦不過引古而證今，就事而生意，以暢吾所賦云爾。」按祝氏所云，固然有道理，但他忽略了用典使事在當時的文學作品中所佔的分量及其作者地位的重大影響。〈枯樹賦〉「成段對用故事」的作風，正是當時文學的共同風氣。而其目的在炫耀其才華自誇。其淵博庾信及其〈枯樹賦〉所以能信服於北方文士，正以其用典使事爲主要關鍵。

二、結構與內容之分析

　　庾信是深知謀篇之法的作家，其所採取的結構方式，極富於變化，就如〈枯樹賦〉這篇作品而言，雖，然和〈竹杖賦〉、〈邛竹杖賦〉等篇，皆是借物寫志的，但是在文章的結構，既非〈竹杖賦〉的人物對答體，也不同於〈邛竹杖賦〉虛設人物的方式。〈哀江南賦〉平鋪直敘的手法，在這篇中也完全看不見，其手法的錯綜變化，隨著內容的發展，而有不同的面目。這是這篇作品成功的另一個因素，以下將本篇內容，共分六段依次分析如下：

　　　殷仲文風流儒雅，海內知名。世異時移，出爲東陽太守。

　　　常忽忽不樂，顧庭槐而嘆曰：「此樹婆娑，生意盡矣。」

首段借殷仲文發端，說明由於心中的不如意，見槐樹而不覺發出嘆息。由人而物，自然生動。王禮卿曰：「借殷仲文以發端。以其事遙映後幅之人，以其言籠起枯樹。由人及樹，起筆灑脫疏宕。」〔註152〕而殷仲文一事，本爲事實。〔註153〕而賦末引桓大司馬之歎，也是事

〔註152〕參見〈庾子山枯樹賦評譯〉一文。文又收於《歷代文約選詳評》中。

〔註153〕《世說新語》云：「桓玄敗後，殷仲文還爲大司馬咨議，意似二三，非復往日。大司馬府廳前有一老槐，甚扶疏。殷因月朔，與眾在廳，視槐良久，嘆曰：『槐樹婆娑，無復生意。』殷仲文既素有名望，自謂必當阿衡當政，急出爲東陽太守，意甚不平。及之郡、至富陽，

實〔註154〕但是其間雖稍有不合事實者，並不影響文意。故倪璠云：「按桓溫爲桓玄之父。仲文爲東陽太守，在桓玄既敗之後。子山所賦皆發己意，假殷仲文以起賦端，末引淮南、但司馬以致一篇之意，不必其同時也。」顧炎武曰：「古人爲賦，多假設之辭，序述往事，以爲點綴，不必一一符同也。子虛亡是烏有先生之文，已肇始於相如矣。後之作者，實祖此意。庾信〈枯樹賦〉，既言殷仲文出爲東陽太守，乃復有桓大司馬。亦同此例。（原注云：『仲文爲桓玄侍中，桓大司馬，則玄父溫也。』）而〈長門賦〉所云『陳皇后復得幸者』，亦本無其事，俳諧之文，不當與之莊論矣。」〔註155〕而顧氏雖指出其不合理，卻與子虛、長門並論，說不適當。子虛亡是烏有之假設，本無其事。與枯樹所引之舊事，自有不同。何況顧氏所引〈月賦〉及〈枯樹賦〉之文，皆屬各賦之本文，而所引〈長門賦〉之文，則賦前所謂「序」中之文，兩者截然不同，不能相提並論。〔註156〕

> 至如白鹿貞松、青牛文梓。根柢盤魄、山崖表裡。桂何事而銷亡，桐何爲而半死。昔之三河徙植，九畹移根。開花建始之殿，落實睢陽之園。聲合嶰谷，曲抱雲門。將雛集鳳，比翼巢鴛。臨風亭而鶴唳，對月峽而猿吟。迺有拳曲擁腫，盤坳反覆，熊彪顧盼，魚龍起伏。節豎山連，文橫水蹙。匠石驚視，公輸眩目。雕鐫始就，剞劂仍加。平鱗鏟甲，落角摧牙。重重碎錦，片片眞花。紛披草樹，散亂煙霞。若夫松子古度，平仲君遷，森梢百頃，槎枿千年。秦則大夫受職，漢則將軍坐焉。莫不苔埋菌壓，鳥剝蟲穿。或低垂於霜露，或攲頓於風煙。

這一大段、借首段殷仲文之感嘆，引出此樹的盛衰變化，以殷仲文的風流才貌，內心卻失意不樂，和楓樹的婆娑外衰，卻了無生機相互呼

慨然嘆曰：『當復出一孫伯符。』」
〔註154〕晉書曰：「桓溫自江陵北行，經少時所種柳處，皆十圍，愴然嘆曰：『木猶如此，人何以堪。』」。此事又載於《世說新語》。
〔註155〕參見《日知錄》，卷十九假設之辭一條。
〔註156〕參見馮承基，《六朝文述論略》第九有韻文與無韻文一節。

應。此段又可分為五小節，由「至如白鹿貞松」以下至「桐何為而半死」為第一節，這一節緊承上文，就山崖大樹雄偉繁盛之姿加以描寫。而以「銷亡」、「半死」之詞點出枯字之義。可謂句活而意痛。由「昔之三河徙植」以下至「對月峽而吟猿」為第二節，此節筆峰又轉到繁盛之狀，故其中除描寫宮苑中珍貴嘉樹之外，又借樹間的鳳駕猿鶴作為襯托，文筆更顯清麗，此法又頗似漢賦鋪寫空間的方式。王禮卿評曰：「上寫形狀，此寫音韻。上標樹名，此用泛寫，上祇直述，此加烘托，皆所謂隨手之變也。」此正說明作者文筆的生動與富於變化。由「乃有拳曲擁腫」以下至「散亂煙霞」為第三小節，乃就樹之外表的形狀加以描寫，並就其可用之勢，加以雕刻成材，「重重碎錦、片片真花，紛披草樹，散亂煙霞。」四句的描寫，瑰麗動人。由「若夫松子古度」以下至「槎枒千年」乃就古樹具有悠久歷史歲月者加以描寫，著語不多，卻情態了然。由「莫不苔埋菌壓」以下至「或撼頓於風煙」，則寫枯樹之衰，及受鳥蟲之吞剝的慘狀，頗為深刻。綜觀以上五小節，大體以樹之盛時多方描述，然後落到枯樹，一開一合，極其層疊動盪之致。而其中寫雕刻美材的一段，於前後所寫之樹中插入，使得章法更富變化。故王禮卿評曰：「上四節就枯樹反面極力撫寫，淋漓盡致。其寫四種樹，便具四種意境，各不相犯，所謂化工肖物之筆也。然後總束一筆，陡然跌落枯樹，又勢如萬丈高坡、駿馬下注，百川競流，朝宗大海，煞是奇觀。而音節如繁絃急管，激楚淒迷。聲情神味之美，幾為子山所獨擅矣。」

> 東海有白木之廟，西河有枯桑之社。北陸以楊葉為關，南陵以梅根作冶。小山則叢桂留人，扶風則長松繫馬。豈獨城臨細柳之上，塞落桃林之下。

此段又另起文，鋪寫四方著名之樹，闡明「地以樹名」之義，更使這些嘉樹格外生色。其由東、西、南、北四面描寫，也是漢賦的慣用作風，不過不同的是文句較簡要，並未極盡鋪張之能事。而這一段的描寫，在結構上頗有奇變的效果。故王禮卿云：「前段已落入題之正面，

自可接寫枯樹矣。復補振此段，使文勢嶺斷雲連，且有波瀾層疊之觀。設色既工，末四語意態尤婉妙。」

> 若乃山河阻絕，飄零離別。拔本垂淚，傷根瀝血。火入空心，膏流斷節。橫洞口而欹臥，頓山腰而半折。文斜者百圍冰碎，理正者千尋瓦裂。戴癭銜瘤，藏穿抱穴。木魅睭睒，山精妖孽。

這一段則又歸回到枯樹的主題上，對枯樹正面描寫，可以說是全文的主要一段。其中文字，更見作者的用心，王禮卿曰：「撫寫深刻，意境沈痛。」正是這一點的說明。其中「阻絕」、「飄零」、「淚」、「血」、「斷」、「折」……等等，都表現了枯樹的悲哀之狀。沈重的字詞，與第二段中「開花」、「落實」、「臨風」、「對月」以及第三段中「留人」、「繫馬」、「細柳」、「桃林」的輕倩巧麗風格，正相對比。寫由盛而衰，由榮而枯的變化，更覺深刻有力。

> 況復風雲不感、羈旅無歸。未能採葛、還成食薇。沈淪窮巷，蕪沒荊扉。既傷搖落，彌嗟變衰。《淮南子》云：「木葉落、長年悲。」斯之謂矣。

前段描寫枯樹的本身，此段則描寫感物之人，與首段殷仲文感物傷情，遙相呼應。所謂「風雲不感、羈旅無歸。」正是作者覩物生情的心理背景，故而托物興懷，將奉命出使，不能為君主效力，及屈節事魏的苦衷，婉轉表達出來，更把羈旅在外的濃烈鄉愁，盡情傾訴。末尾則引述《淮南子》：「木葉落、長年悲」的話，表明心情，故賦文曰：「斯之謂矣。」王禮卿評曰：「至此正寫感物之人，為意之主段，以題言之為煙波。以人例物、由物縐人，宛轉關生，情文曲至。末乃略示主意，而含蓄不盡。」

> 乃歌曰：「建章三月火，黃河萬里槎。若非金谷滿園樹，即是河陽一縣花。」桓大司馬聞而嘆曰：「昔年種柳，依依漢南。今看搖落，悽愴江潭。樹猶如此，人何以堪。」

最末一段則是以歌作結為騷賦的手法，但另外引出一段感嘆，則為騷

賦之所未有。這種變化使文章前後充滿活潑的生機，〔註157〕而且「歌曰」以下四句，其中兩句五言，兩句七言。這也是到此時代，詩賦融合的風氣下所產生的一種「新變」，這種方式在庾信早期的賦篇裡便有明顯的運用。而這也是與騷賦中歌、亂等體製，同中有異之處。從其內容而言，以歌詞結枯樹，與以桓司馬由樹及人的感嘆，都是本賦的主旨所在，故作爲全文的歸結，回應以與首段殷仲文之事，章法縝密。此段又可分爲兩節，「歌曰」一節爲前節，從枯樹逆挽盛時之樹，作爲第一層的結束，頗有迴轉反復之妙。後節則由桓司馬聞之而歎，引出以下六句，故自然順暢、並無扞格不入之病。王禮卿評此段曰：「三月火、萬里搓、反應第二段第三節，以金谷樹、河陽花正應第二段第三節之三河九畹，有反正呼應之巧。而尤妙在盛衰對照處、語意渾然，故情韻深長、發人深省。……桓司馬一歎、人物雙結，爲第二層收束。前節用暗寫，此節用明點，此又明暗相間之妙也。須看其一段中有多少變化。」由此可見，〈枯樹賦〉的寫作技巧。

三、賦比興與寫作手法之運用

「賦」本爲詩之六義。〈詩大序〉云：詩有六義焉，一曰風、二曰賦、三曰比、四曰典、五曰雅、六曰頌。」其中風、雅、頌三者爲詩之體，賦、比、興三者爲詩之用，實爲技巧的不同，此三者之中，賦之爲用最廣，其效亦最宏、所以敷陳事理、抒寫物情，比興二者較爲狹窄，〔註158〕不過詩中既兼采比興，則近似詩文的賦中，也自有其運用的效果。何況賦在漢人的觀念中，本是所謂「詩之流亞，而詩中的作品卻也經常是「賦」、「比」、「興」兼采並用的。故劉熙載《藝概・賦概》一篇云：「風詩中賦事，往往兼寓比興之意。鍾嶸《詩品》所由竟以寓言寫物爲賦也。賦兼比興，則以言內之實事，寫言外之重旨。

〔註157〕死中有活的問題參見劉師培，《漢魏六朝專家文研究》中論文章有生死之別一章。
〔註158〕參見《詩賦詞曲概論》，頁142。

故古之君子，上下交際，不必有言也，以賦相示而已。不然，賦物必此物，其爲用也幾何。」這段話最足以說明實際的眞象。《文心雕龍》之〈論賦〉謂「六義附庸、蔚成大國」，這代表賦之發展已獨立門戶，但並不意謂著「賦」能完全脫離「詩」的影子。考之賦比興三者的變遷事實。賦比興本是由古詩六義中的歸納所得。《文心‧比興篇》云：「詩文宏奧、包韞六義……故比者附也，興者起也，附理者切類以指事，起情者依微以擬義，起情故興體以立，附理政比例以生……蓋隨時之義不一，故詩人之志有二也。」既云「隨時之義不一」，正說明並未有一定的原則，而且《文心雕龍》中所舉的例子，也是就作品的局部加以分析的，並非是全篇獨取某一種方法。劉師培《論文雜記》云：「吾觀詩有六義，賦之爲體，與比興殊，興之爲體，興會所至，非即非離，詞微旨遠，假象于物，而或美或刺、皆見于興，比之爲體，一正一喻，兩相譬況，詞決旨顯，體物寫志，而或美或刺，皆見于比中……賦之爲體，則指事類情，不涉虛象，語皆徵實，辭必類物，故賦訓爲鋪，義取鋪張。」這也是從其本義上去求其名質的相符。楊愼引李仲蒙之言曰：「敘物以言情、謂之賦，情物盡也。索物以託情，謂之比，情附物也。觸物以起情、謂之興，物動情也。」〔註159〕而《賦概》評李氏之言曰：「此明賦比興之別也。然賦中未嘗不兼具比興之意。」這二段話正說明賦、比、興三者的關係和情況。

　　至於辭賦作品，亦用比興，其原因可歸納爲二，第一是與古詩本身有關。第二是與春秋戰國時的隱語有關。尤其第二點關係最爲主要。〔註160〕《漢書藝文志》云：「古者諸侯卿大夫交接鄰國，以微言相感。當揖讓之時，必稱詩以諭其志，春秋之後，歌詠不行於列國……而賢人失志之賦作矣。」這一段話不僅說明了辭賦的起源，而且連帶說明了辭賦本身的繼承性，「微言相感」乃是含蓄而又委曲的表達方式，促成了作品中趨向隱約的表現手法。因此由《詩經》以下，屈原

〔註159〕參見楊愼，《升菴詩話》，卷十二賦比興一條。
〔註160〕參見游國恩，《論屈原文學的比興作風》。

的辭賦作品便明顯地具備此種作風。《史記・屈原傳》云：「屈原既死之後，楚有宋玉、唐勒、景差之徒者，皆好辭而以賦見稱。然皆祖屈原之從容辭令，終莫敢直諫。」又《漢書藝文志》亦云：「大儒荀卿、及楚臣屈原。離讒憂國，皆作賦以風。」又謂屈原賦有「惻隱古詩之義」。可見漢人眼中，辭賦仍是古詩之流，而屈原作品中所謂「從容辭令」、「婉而多諷」正是這種背景下的結果。而如荀卿的賦，多用隱語，當也是此種發乎至情，而用以爲諷下的寫作。〔註 161〕故所謂賦與比興的混淆，可以說是自屈原作品中開始有的明顯現象。劉師培云：「自戰國之時、楚騷有作，詞成比興，亦冒賦名，而賦體始淆，賦體既淆，斯包涵愈廣，故六經之體，罔不相兼。」〔註 162〕此一現象王逸注《楚辭》時便已指出「〈離騷〉之文，依詩取興，引類譬喻。故善鳥香車，以配忠貞，惡禽臭物，以比讒佞，靈脩美人，以媲於君。處妃佚女，以譬賢臣，虬龍鸞鳳，以託君子，飄風雲霓，以爲小人。」〔註 163〕而劉勰更約而言之，其〈辯騷篇〉謂：「虬龍以喻君子，雲霓以譬讒邪，比興之義也」。又〈比興篇〉云：「楚襄信讒，而三閭忠烈，依詩製騷，諷兼比興。」因此賦的作品，兼采比興，可以說是《詩經》的影響，更是當時政治背景下的結果。而其中「賢人失志」，自更適合此種寫作手法，故魏源云：「比興之所起，即知志之所之也……〈離騷〉之文，依詩取興，引類譬喻。詞不可徑也，故有曲而達。情不可激也，故有譬而喻焉。」又云：「即其比興一端，能使漢魏六朝初唐騷人墨客。勃鬱幽芬於情文繚繞之間。」〔註 164〕可見比興手法的運用，爲後代的作家，用以表達其情志的方式，並且還可保持其含蓄的風格。尤其賦本是「覩物興情」、「體物言志」者，其情感的寄託，往往就是借助於比興的寫作方法。

〔註 161〕參見陳去病，《辭賦學綱要》第一章總論。
〔註 162〕參見劉師培，《論文雜記》，頁 86。
〔註 163〕參見王逸，《楚辭章句・離騷序》。
〔註 164〕參見陳沆，《詩比興箋》序文。

　　庾信的這篇〈枯樹賦〉，既是政治環境和個人身世百感交集下流露感情的作品，其情感基本上是屈原一類的系統。因此含蓄而委曲的表現手法，乃是比興的運用。因此作品中經常也傾向於古代典籍的引述，如祝堯所評此賦「喜成段對用故事」的現象，固然一方面可以顯露作者的博學多聞。同時，是隱喻和象徵的方式。〔註165〕而為了達到詠懷的目的，「外在客觀或歷史人物不復削平現實化，而是意象化，從隱喻而象徵一己的孤明意識。」〔註166〕這種求託意、重隱蓄、貴比象的文學要求，正是《文心雕龍‧隱秀篇》所云：「隱也者，又外之重旨也。」的運用。這從〈枯樹賦〉中在賦、比、興的三種寫作方法的運用事實，就不難得到證明。

　　魏謙升於賦品感興一條云：「江關蕭瑟，庾信傷神，小園枯樹，哀江南春。」今就賦文來看，寫人物殷仲文的外表「風流儒雅，海內知名」，而因時世移異，地位改變，以致內心憂悶，正是庾信的自比。引殷仲文引起的感歎，則是興的使用。然大體而言，〈枯樹〉一篇既是舖述枯樹，自為賦體，以枯樹之盛衰榮屈自比，則又是比體，寫樹而引起人之感歎，則又為興體。三者兼備，因此文章更為生動。王禮卿曰：「以樹由盛茂而枯朽，況己由顯榮而屈辱，少壯而衰老。以致其身世之感，鄉關之思，而總歸於盛衰之恫，前幅寫樹、後幅及人，以六義言之，則比而賦也。」這也是就文章的大體而言。其中如殷仲文之歎與後段桓司馬之一歎，一以比為主，一則以賦兼興。又如第二段以樹之盛美加以描寫，而第四段中則寫枯樹之衰殘，此二段一開一合，互相對映。正是作者自比身世的榮衰變遷，屬於比體。故王禮卿評曰：「蓋以大樹之根柢盤魄，喻昔之父子承恩，門第煊赫，如山崖表裏矣。以貴樹之託根上苑、喻昔之侍從兩宮，職位清華，如開花建始矣。以良木之盡其材用，喻昔之才能得展，榮盛一時，如雕木之絢爛也。」這就是借樹之美狀自比其盛況。而其間如「桂何事而銷亡，

〔註165〕參見學者的《挫折感——論賦的一種形式》。
〔註166〕參見吳炎塗，《漢賦的性情與結構》。

桐何爲而半死」二句，則又是加入人之感嘆，故爲興體。若不細心考察，不易察覺，蓋興與比的不同，即如《文心雕龍》所謂「比顯而興隱……觀夫興之託諭，婉而成章。稱名也小，取類也大。……明而未融、故發注而後見也。」至於描述枯樹的衰殘一段，其前曾以古樹之對號，被斫而復生、比喻自己在梁時爲臣，然遭逢喪亂，如槎枒之僅存。至於「東海有白木之廟」四句，復喻己之聲名傳聞遐邇，而地以人著，亦如四方之地以樹而名。「若乃山河阻絕」以下，則更以枯樹破碎之狀，比喻今日之國亡仕北，身辱名敗。這正是從樹的枯殘一面，自比作者流離飄零的情況。然其中如「碎」、「裂」等字，固多以賦體鋪述枯樹之狀，實也多所影射。但如「山河阻絕、飄零離別，拔本垂淚，傷根瀝血」則兼有比興，前二句所寫已非枯樹，而寫人事，後兩句，雖似「比」法，但所謂「根」「本」之外，加入「血」、「淚」等字，顯然已是由物與情的擬人手法了。故劉熙載《賦概》云：「在外者物色，在我者生意，二者相摩相當而賦出焉，若與自家生意無相入處，則物色只成閒事，志士遑問及乎。」因此「賦之爲道，重象尤宜重興。」〔註167〕但由於比體易顯，興體易晦，故常爲人所忽略。王禮卿評曰：「寫昔盛今衰之經歷，而概以比體出之，微情妙旨，寄於言議之表。驟視之只是寫樹、細按之卻有人在。此比興之妙用，所謂本隱以之顯者也。」上述所說明，大體是作者以樹比人的部分，由樹之枯榮比喻自己過去的身世。至於由「況復風雲不感」以下至本篇末尾。乃筆鋒一轉，直寫作者自身的感歎，故此段大體是以「賦」的方式鋪敘人事，但由物態引出人情，顯然也是「興」體的運用。《淮南子》之語固是鋪述，但由「木葉落」到「長年悲」也是興體。歌曰一段，所言皆是物之盛況轉變，這仍是前文鋪陳樹的枯榮以自比身世的縮影，自然仍是比體。至於結以桓大司馬之歎，以樹尚衰殘，人何以堪，敘述傷物及於自傷，屬於賦體。由上可知，本篇作品主要仍以

〔註167〕參見《藝概》中〈賦概〉。

「比」、「賦」寫法交錯互用，其間並夾以「興」法，而枯樹之盛衰，人事之堪悲，流露無遺。這全靠賦中比興手法的兼用，才能有效的達成。故王禮卿總論此賦曰：

> 此與〈鴛鴦賦〉、〈鸚鵡賦〉等純用比體者爲不同，與〈鵬鳥賦〉之藉物發端，純用賦體者，尤異也。賦本託體於物，因物寄情、寫物處固須栩栩如生，窮形盡相，而寄情處尤貴超超玄者，深切感人，是即所謂「達」也。欲蘄此境，則比興尚焉，所謂「淺言之不達，深言之而達」者，舍比興其何從。鍾記室有言：「用比興則意深。」蓋謂此也。……故賦之爲體，得兼用比興、參伍錯綜，神而明之，要於「達」而後已，是因不拘於一格也。」

第十三節 〈小園賦〉

一、倪注與寫作時間之辨正

倪璠註解《庾子山集》是基於吳兆宜的註本有許多的疏漏，於是詳加補正，遂成爲大家閱讀庾信作品的主要注本。其前更撰有庾子山的年譜，這些貢獻都是值得一提。但是儘管倪氏見聞博洽，註解的引據頗富，但由於他本身是以史學見長，因此在文意上也有不少的曲解。這在《四庫提要》中已有評論，並且還舉出許多的例證。〔註168〕可見倪注早已有人加以非議。尤其還有一些穿鑿附會得更令人無以理解。這在本篇作品中還引起了很大的問題。如序文一段：

> 若夫一枝之上，巢父得安巢之所。一壺之中，壺公有容身之地。況乎管寧藜牀，雖穿而可坐。嵇康鍛竈，既暖而堪眠。豈必邃閤洞房，南陽樊重之第。綠墀青瑣，西漢王根之宅。余有數畝敝廬，寂寞人外，聊以擬伏獵，聊以避風

〔註168〕例如《四庫提要》，卷一四八謂〈哀江南賦〉引據時事，尤爲典核，然談者亦不少。如賦云「潤河洛之波瀾」，下云「居負洛以重世，邑臨河而晏安。」即分承上「河洛」二字，而倪注以上河字爲黃河，下河字爲淯水，古人無此文法。

霜。雖復晏嬰近市，不求朝夕之利，潘岳面城，且適閒居
之樂。況乃黃鵠戒露，非有意於輪軒。爰居避風，本無情
於鐘鼓。陸機則兄弟同居，韓康則舅甥不別。蝸角蚊睫，
又足相容者也。

這本為賦序，而倪璠注云：「以上似賦序，至「爾乃」句始是賦，然以
古韻按之……蓋賦之發端，非序文也。」又云：「眠疑作眠……風霜疑
作風雪……鐘鼓疑倒文鼓鐘。」等。按古賦之序本有兩種，一為賦外
別立者，一為與賦一體者。前者例不用韻，即後者如宋玉高唐神女等
賦，其中問對之辭有韻，而敘事處皆無韻，然而與賦一體之序，亦可
不用韻，古人體制大抵如下。此何義門已有辯明。〔註169〕因此如《文
心雕龍》所謂「序以建言，首引情本」者，既合此義，而又無韻，即
可為賦序，本不以問對者為限。故倪注之「以古韻按之」實為穿鑿，
故王禮卿曰：「固不必變文易字，削足適履，強求合韻，以為賦之發端，
而謂之非序，轉違古人體例。」如「風霜」轉成「風雪」、「鐘鼓」變
為「鼓鐘」、本一無所據，而任加竄改，實非治學之態度。尤其荒謬的
是，謂「眠」疑作「眠」，最成問題，如前兩者尚不失原意。而謂「既
暖而堪眠」為「既暖而堪眠」，不僅已改原意，並且文理不通，此點最
能說明倪氏穿鑿附會的錯誤。而且序文一段，幾乎全為四六隔對，這
以庾信的其他賦篇來看，在賦文本身是絕無僅有的。何況又不押韻。
故張惠言《七十家賦鈔》評此一段為賦序。倪璠之說，自不可信。

　而由於此種註解的錯誤，在本篇作品中更影響到作者撰寫時間的
問題，此一問題更為重大。按本文有云：「龜言此地之寒，鶴訝今年
之雪。」倪注（引劉敬叔《異苑》）曰：「晉太康二年多，大寒，南州

〔註169〕 參見王禮卿，《歷代文約選詳評（三）》，頁 1110，又《義門讀書記》，
　　　　卷四十四曰：「蘇子瞻謂〈高唐神女賦〉，自玉曰唯唯以前皆賦，而
　　　　統謂之序，大可笑。按相如賦首有亡是公三人論難，豈亦序耶？是
　　　　未悉古人體制也。劉彥和既履端於唱序云云，則是一篇之中，引端
　　　　曰序，歸餘曰亂，猶人身中之耳目手足各異其名，蘇子則曰：莫非
　　　　身也，是大可笑。得乎？」

人見二白鶴語於橋下曰：『今茲寒不減堯崩年也。』於是飛去。」倪璠註云：「龜言此地之寒者，言己時在西魏如客龜也，鶴訝今年之雪者，言元帝死若堯崩矣。按江陵陷在冬十一月，至十二月魏人戕帝，故以寒雪爲言。」倪注既指出元帝死若堯崩，及江陵陷在冬十一月，至十二月魏人戕帝。故以寒雪爲言，而一般乃加以引述，並常以此爲〈小園賦〉作梁元帝承聖三年多，即是江陵陷後，而其根據則是賦中有鶴訝今年之雪。然而因大寒而及雪，不過是想像的運用，意在呼應上文的「寒暑異令。」而況倪注所引的鶴語並未提及下雪一事，引用龜鶴當非此意，故本賦之中「龜鶴」前後重複出現，並無特殊用意。

　　根據《庚子山年譜》及《周書本傳》，此年（梁元帝承聖三年）子山聘魏，適值大軍南討，遂留長安，正是初至長安，舍館未定之時，距梁元帝被殺，也不過數月，而此賦當中所寫景物如「鳥多閑暇，花隨四時」，言四時是知已經過四時，「金精養於秋菊」則爲秋景。「三春負鋤相識，五月披裘見尋。」又言春夏。後文又云：「加以寒暑異令，乖違德性。」至少是一年以上的時間，「驚懶婦而蟬嘶」則又爲秋天。末尾更云：「百齡兮倏忽，光華兮已晚。」更不像初至長安的語氣。其次如「屢動莊舄之吟，幾行魏顆之命」所言，當是數度改仕，則此時子山當是仕於北周之時。而其聘魏之初，又有老母相隨，如〈哀江南賦〉云：「提絜老幼、關河累年。」又滕王逌序云：「信攜老入關，蒸蒸色養。及丁母憂，杖而後起。」即是。而〈小園賦〉中云：「薄暮閒閨，老幼相携、蓬頭王霸之子，椎髻梁鴻之妻。」只敘及妻子，而不言老母。而「老幼相携」句中老字，實子山自稱，故上言「閒閨」，自非指老母。而子山侍母至孝，不至於半字不提。故此賦當在其老母死後所作。但子山之母，死於何年，史傳未載，唯由倪璠據滕王爲《子山集》所作序文謂：「信事母以孝聞，惟丁母憂，未詳何年。其孝情毀至，曾爲晉公所嘆。」又考之〈滕王本序〉謂：「晉國公見信孝情毀至，每月憫嗟，嘗語人曰：『庚信南人羇士，至孝天然，居喪過禮，殆將滅性，寡人一見，遂不忍看。』」由此來看，子山喪母當在晉國

公未被誅殺之前，而晉國公被誅，是在北周武帝建德元年，此時子山五十八歲，故此賦當是五十歲以後的作品。所以賦中能將小園四時的景物變化，加以敘述描寫。〔註170〕

二、結構與內容之分析

本篇作品前一段為序文，前文已提過了此段主在統攝全賦大意，點明小園的自適自足。又可分為三小節。由「若夫一枝之上」以下，至「西漢王根之宅」為第一節，以巢父、壺公、管寧、嵇康等高人隱士之陋居，而自得其樂，為小園作引線。由「余有數畝敝廬」以下至「且適閒居之樂」。寫自己的居所與自適之樂，籠起小園一段。由「況乃黃鶴戒露」以下至「又足相容者也」一句，為本節的末尾，由住所以下，再進而描寫其身世的遭遇，及其心情，「又足相容者也」一句，又將文意歸結到小園的本題上。而「況乃黃鶴戒露、非有意於輪軒，爰居避風，本無情於鐘鼓。」更隱隱道出其由南入北之後的顯貴騰達，非其本心所願。蓋子山本為南朝梁人，後因奉使而留北，雖高官厚祿，未足悅其本心，而楚水吳山，又無法一日忘情，故借小園之景，以抒寫其眷念鄉關之深情。〔註171〕故倪璠曰：「此賦傷其屈體魏周，願為隱居而又不可得也，其文既異潘岳之閒居，亦非仲長之樂志，以鄉關之思，發為哀怨之辭者也。」又瞿兌之云：「〈小園賦〉較〈哀江南〉思鄉之情更切更摯。」〔註172〕當是〈小園〉乃觸物興情之作，故更易感人。王禮卿評此段曰：「文勢紆徐澹宕，如春山出雲，灑然意遠。」

> 爾乃窟室徘徊，聊同鑿坯。桐間露落，柳下風來。琴號珠柱，書名玉杯。有棠梨而無館，足酸棗而非臺。猶得敧側八九丈，縱橫數十步。榆柳兩三行。梨桃百餘樹，撥蒙兮見窗，行歌斜兮得路。蟬有翳兮不驚，雉無羅兮何懼。草

〔註170〕 以上參見《庾子山小園賦──清倪璠註的幾點辨正》一文。王質廬，並於賦中的註解，加以舉例辨正，頗為得當。
〔註171〕 參見《歷代駢文選》，頁355。
〔註172〕 參見《中國駢文論》，頁83。

樹混淆、枝格相交。山爲簣覆，地有堂坳。藏狸並窟，乳
雀重巢。連珠細菌，長柄寒匏。可以療飢，可以棲遲。欹
陋兮狹室，穿漏兮茅茨。簷直倚而妨帽，戶平行而礙眉。
坐帳無鶴，支牀有龜。鳥多閒暇，花隨四時。心則歷陵枯
木，髮則睢陽亂絲。非夏日而可畏。異秋天而可悲。一寸
二寸之魚，三竿兩竿之竹。雲氣蔭於叢蓍，金精養於秋菊。
棗酸梨酢，桃榹李薁。落葉半牀，狂花滿屋。名爲野人之
家，是謂愚公之谷。

這一段爲賦文的開始，旨在承前一段序文中「余有數畝敝廬，寂寞人
外。」的事實，作小園的景物描寫。由「爾乃窟室徘徊」以下至「雉
無羅兮何懼」，由人及園，由作者小室之間的徘徊、引出周圍的景物，
風露之清爽動人。以及珠柱之琴，玉杯之書，兩者極富高雅之質，又
有梨棗之豐盛，此爲小園所陳列之物。以下則更從種植樹木之茂密遮
窗礙路，襯托出一片和祥自在的景象，故而寫蟬之不驚，雉之無懼，
更是藉意象與情趣的巧妙配合，而其前後一動一靜，又靜中有動，動
中有靜，正把此間的一片生機活潑生動地表現出來。此種作法正以詩
人的注意力，由其內心轉引到自然界的變化上去，從而從意象中表現
其內心之情趣，六朝時期尤有此種傾向。〔註173〕而這一片景象正隱喻
出一種人無機心，逍遙自在的心境。以上爲此段的第一小節。第二小
節則由「草樹混淆」以下至「異秋天而可悲」，此小節再由小園及人作
描述，從「草樹混淆」以下二句，寫自然植物的參差錯雜，再寫山、
地等順自然之勢所成，而成園中之一景，此以形狀而言，以下則又由
藏狸、乳鵲等動物的自在安居，反映出作者的內心，而進一層由細茵、
寒匏之可觀，又可食用，作爲以下抒寫主人的引線，故「可以療飢，
可以棲遲」正是由園及人的承接關鍵，因此作者又就棲息屋室之庭園，
加以說明。狹窄的陋屋屋簷，是概略的勾描手法。由妨帽之簷、礙眉
之戶，坐帳無鶴，支牀有龜等都是其具體的呈現，而且「妨帽」、「礙

〔註173〕參見朱光潛，《詩論中詩的境界——情趣與意象》一篇。

眉」更借人本身的現實情形，加以刻劃，使得狹陋的表現更趨生動而逼眞。「無鶴」、「有龜」雖是比喻法，但由其「鶴」、「龜」的想像，已能點出此屋狹陋之狀。故許槤評此數句曰：「極意修飾而仍不黏滯，此境惟蘭成獨擅。」以下又由「鳥多閑暇、花隨四時」的自然景象，勾引出作者內心的傷懷，因此花鳥的自在，正隱喻作者自閑適居的生活外表。實際上其不可得見的另一層內心，則如枯槁的樹木，因此髮亂如絲，更點出其瀟灑不拘的外表，實非逍遙的流露，也只是一種悲哀的掩飾，故以「亂」字形容，其內心之摧折可知。「非夏日之可畏，異秋天而可悲。」則表示自己感時傷情的悲慟。至此更爲後面抒寫其久羈思鄉，心摧齒暮的後一段，埋下伏筆。由「一寸二寸之魚」以下至「是謂愚公之谷」爲第三小節，再小園及人，而人園並束。「一寸二寸之魚，三竿兩竿之竹」此二句，描寫池魚、脩竹的景象，輕描淡寫的手法，卻別有一種清新自然的情趣，故許槤評曰：「二句乃疊股法、讀之騷逸欲絕。」以下又再鋪寫園中叢蓍、秋菊、棗、梨、桃、李的自然妍麗，此皆前面所已描述者，此處不過加以總結，並且引出人之居住場所，也是一如自然景象，任其發展，不加以整理，故「落葉半牀、狂花滿屋」三句，寫其狂放不羈的生活態度，而以「野人之家」、「愚公之谷」作結，以引出隱居的生活。觀此段文字，多由小園及人交錯綜述，筆法極富變化，而用字寄意，又頗爲深切。故王禮卿曰：「正寫小園景物、迤邐錯落，往復迴環，層次不甚拘泥，筆致備極灑脫。……此段須看其遣辭之巧，寄意之工，非第賦物之精已也。」

> 試偃息於茂林，迺久羨於抽簪。雖有門而長閉，實無水而恆沈。三春負鋤相識，五月披裘見尋。問葛洪之藥性，訪京房之卜林。草無忘憂之意，花無長樂之心。鳥何事而逐酒，魚何情而聽琴。加以寒暑異令，乖違德性。崔駰以不樂損年，吳質以長愁養病。鎮宅神以藋石，厭山精而照鏡。屢動莊舄之吟，幾行魏顆之命。薄晚閑閨，老幼相攜。蓬頭王霸之子，椎髻梁鴻之妻。燋麥兩甕，寒菜一畦。風騷騷而樹急，天慘慘而雲低。聚空倉而雀噪，驚懶婦而蟬嘶。

許棪曰：「此段自傷屈體魏周，至於疾病，其眷眷故國之思，藹然言外。」由「試偃息於茂林」以下至「訪京房之卜林」描寫閉門長隱的生活情形，「久羨」兩字點出其心志所在。可見其外在的閒適，並非沒有原因，只是爲了逃避現實的傷慟，故以下言「長閉」、「恆沈」，「閉、沈」二字影射著作者內心的苦悶與憂鬱。即是有憂無樂的心情，使得他更無意於仕進，而極欲遁入山林。由「三春負鋤相識」以下四句，寫其與高人逸士的交往生活。以下由「草無忘憂之意」開始至「幾行魏顆之命」，爲本段的第二小節，寫其內心長愁，加以時令的變遷，終致疾病，並道出自己的心事。「草無忘憂之意」以下四句，由花、草、鳥、魚四種動、植物的意象，本爲自在常樂的象徵，此在前文中已屢屢提及。但至此更藉其不樂、長愁之事，表明作者「心」「意」的所在。故又云時令的變化，代表外界環境的變遷，此句頗有影射政治環境的意象。因此自言內外的交攻下，自己身心俱疲狀態，更引崔駰之不樂、吳質的長愁作爲比喻。「屢動莊舄之吟、幾行魏顆之命」〔註174〕說明其內心思鄉，而與其身改仕北周的心理矛盾及掙扎，此正呼應前面所言內外交攻下的憂病，而作者欲隱逸及其不樂的癥結由此可見。因此雖賦小園，實多感傷之詞，而其心中的隱痛也暗暗可見。故李調元曰：「周庾信〈小園賦〉，故國舊都之感，悁悁于懷，不似沈隱侯郊居，盛誇其庭樹之美，遊賞之適⋯⋯江摁持脩心賦，悔心忽動，有託而逃禪，亦可閔也。但子山以出使見羈，摁持以生降委贄，故詞旨之隱顯不同，而人品亦于此判矣。」由「薄晚閑閨」以下至「驚懶婦而蟬嘶」，寫其家人寒窘的生活，「蓬頭」、「椎髻」更具體寫出妻子貧困下的象表，毫無打扮妝飾。「燋麥」、「寒菜」則從其飲食情況描寫，而「風騷騷而樹急，天慘慘而雲低」更借外面的自然景象襯托出貧寒交迫的生活。「聚空倉而雀噪，驚懶婦而蟬嘶」，更由「雀噪」、「蟬嘶」的叫聲、隱喻其三餐不繼的悲鳴。王禮卿評曰：「寫園居之情、

〔註174〕同註170。

段分三層：從隱居入悲憂，由悲憂入衰病，由衰病入清貧。連衍而下，若不經意，局段自高。意皆沈痛、而語多渾涵，故意餘言外，耐人咀嚼。」

> 昔早濫於吹噓，藉文言之慶餘。門有通德，家承賜書，或陪元武之觀，時參鳳凰之墟。觀受釐於宣室，賦長楊於直廬。遂乃山崩川竭、冰碎瓦裂。大盜潛移，長離永滅。摧直轡於三危，碎平途於九折。荊軻有寒水之悲、蘇武有秋風之別。關山則風月悽愴、隴水則肝腸斷絕。龜言此地之寒，鶴訝今年之雪。百齡兮倏忽，光華兮已晚，不雪雁門之踦，先念鴻陸之遠。非准海兮可變，非金丹兮能轉。不暴骨於龍門，終低頭於馬阪。諒天造兮昧昧，嗟生民兮渾渾。

此段為全文之末尾，總述為文之主旨，為鄉關之思作進一步申述。故許槤曰：「此賦前半俱從小園落想，後半以鄉關之思為哀怨之詞，近人摹擬是題，一味寫景賦物，失之遠已。」因此賦看似寫景賦物，實為語語自悲身世，雙管齊下更覺感慨淋漓，而風骨遒健，吐屬高華，尤非專尚浮澡之詞者可比。〔註175〕於此段尤可見之。「昔早濫於吹噓」以下，至「賦長楊於直廬」，為第一小節，由「昔早」兩字提起，引出下列追敘的文句，「藉文言之慶餘」自稱其得蔭於家門，實即反映南朝仕梁之時，其家門之顯赫情形。故由「陪玄武之觀」以下四句，表明其經常陪侍皇帝身旁，為賦作樂之事。可謂榮顯一時。許槤曰：「此敘述在梁時，官居侍從，時際承平，或陪侍於元武湖之觀，或參從於鳳凰臺之墟，如宣室之召賈誼，揚雄之獻長楊，卻極一時之盛。」以下由「遂乃山崩川竭」至「鶴訝今年之雪」，為第二小節，仍是追述其遭遇是變，居北不返的苦慟。「山崩川竭、冰碎瓦裂」的描寫，也是以意象代替情趣的隱喻手法。「大盜潛移」以下四句，則寫梁亡之突然以及慘狀。故其傷慟之情，尤為深刻。而一「潛」一「永」、「直轡」「三危」與「平途」「九折」那種毫無「妥協」的對比手法，跌宕有致。而自「荊

〔註175〕同註171。

軻有寒水之悲」以下至「鶴訝今年之雪」，則自寫流離居北，思鄉難返
的身世之感。風月既是悽愴，隴水更是肝腸斷絕。故蘇武、荊軻貫作
爲自身的影射。而「關山之風月悽愴」、「隴水之肝腸斷絕」則爲作者
體物寄情的結果，故倍覺沈痛。而龜鶴與寒雪的抒寫更是內心的感懷
所致。許槤曰：「此言侯景之亂，大盜指侯景，長離則梁武子孫，三危
九折本險地，而直轡以往，視若平途，致遭摧碎，指梁武之納侯景之
降，以有此亂。荊軻蘇武指奉使西魏事，瑣陳縷述，悲感淋漓，窮途
一慟。」故第三小節，即由其「窮途一慟」者加以抒寫，作爲〈小園
賦〉一篇的旨歸，「百齡兮倏忽」以下二句，寫其年華的易逝，「已晚」
兩字表達其無奈的感歎。其故則爲以所寫「雁門之踦」、「鴻陸之遠」，
孤影遠征，不再復返，而「非准海兮可變」二句，更覺出其力不從心
的事實。「不暴骨於龍門」以下四句，則爲結語，既爲不可改變的事實，
只有低首屈辱，歸諸天意的難測了。這如同漢賦作家在時代環境與自
身遭遇下，在賦篇中所表現的一種「時」與「命」的思想，以作爲其
自身困惑的根源性解釋的情形。〔註176〕也正是作者傷情的所在。故王
禮卿曰：「抒寫身世之感，爲全文結束。……段分三層，兩兩相形，傷
盛衰之無常，悲遭逢之不偶。語多痛切，而調尤激楚悲涼。倪璠所謂：
『鄉關之思，哀怨之辭。』爲得其旨矣。」

綜觀上述所論，則其既爲寫景，同時也是寄情，既爲體物，又是
寫志。然與以物比人者如〈鸚鵡賦〉，又比而賦者，如〈枯樹賦〉，則
既以物比人，更於賦處明示其志，使比隱而賦顯。純用賦者如此篇〈小
園賦〉，則物以情觀，情以物興，外表雖異，實則同爲體物寫志之類。
王禮卿復總論此篇賦曰：

> 蓋傷國破君亡，屈體魏周，永羈長安，悲憂貧病，特藉小
> 園之景物，抒寫身世之悲傷，此全文之主旨也。……前幅
> 寫圖以繳題面，《文心雕龍》所謂體物者也，後寫園居之人，
> 以拓題境，《文心雕龍》所謂寫志也。惟是體物仍不離於志，

〔註176〕參見吳炎塗，〈漢賦的性情及其結構〉一文。

故物皆著志之色彩……賦前幅寫物處體味之：外貌雖似閒
適，而意致則蕭索低迴，聲調則推藏掩抑。碻是亡國羈人
眼中心上之小園。非閒居樂志之景物，此體物之妙。……
此賦後幅寫志處諦審之，意境有五六層，漸引漸遠，愈說
愈痛，終如天末秋雲，杳不可攀。此寫志之妙。」

三、隱逸與現實之矛盾

　　倪璠於題稱下注云：「此賦傷其屈體魏周，願爲隱居而不可得也。」
考其賦文內容，確實如此，庾信在〈小園賦〉所表現的心態，正是隱
逸思想與現實情況下的一種矛盾、一番掙扎。而此種隱逸的思想，可
以說是源自東漢末世以來，政治動亂社會不安的一種產物，故最初文
士爲了避免現實的迫害，乃在言語上轉入「發言玄遠，口不臧否人物」
的方式，其內容則由「專世經學」轉爲尚虛無的「叛散五經，滅棄風
雅」以期能「現實貴身」。〔註177〕因此解說儒家傳記及老莊之玄理，
遂又使玄理成爲清談的重要題材。〔註178〕而正始之後，又人爲苟全
性命，或趨於抽象玄理之闡述，或盡心於神秘仙境之追求，表諸文字，
多玄言隱逸之意，少慷慨之氣。此〈詩品序〉所謂「理過其辭，淡乎
寡味」、《文心雕龍・時序篇》之言「詩必柱下之旨歸，賦乃漆園之義
疏。」，正是由於一種逃避現實的心理，而促成隱逸與遊仙文學的形
成。〔註179〕除了這種政治變動的背景外，魏晉以後佛教思想的逐漸
輸入，以及道教的流行，於是二者混雜，進而又成爲人們心中的新一
導向，又因爲道家的玄和佛家的空，同樣是出世厭世逃避現實，乃成
爲士大夫的思想避難所。〔註180〕

　　六朝時代，除了這兩種思想仍被文學家所吸收外，在作品上表現
出神秘和出世思想，而讚頌自然的傾向，更趨明顯。在此之前如郭璞

〔註177〕參見呂凱，《魏晉玄學析評》，頁71～72。
〔註178〕參見王師夢鷗，《漢魏六朝文體變遷之一考察》一文。
〔註179〕參見段錚，《江淹生平及其賦研究》，頁156。
〔註180〕參見朱義雲，《魏晉風氣與六朝文學》，頁36～38。

的〈遊仙詩〉、潘岳的〈悼亡詩〉，陶淵明的〈歸田園〉、〈飲酒〉、〈讀
山海經〉等作品，皆也帶有濃厚的老莊思想與神仙色彩。〔註181〕因
此這段時期裡有所謂的遊仙、詠物、山水、田園、隱逸等類文學作品，
可以說是此種背景的產物。但是也因此，這些作品也就不是截然可分
了。即如庾信這篇〈小園賦〉中所寫，也幾乎包括了以上各類作品的
性質。因遊仙詩以希企仙人仙景為主、但仍含有隱逸的意識，而且遊
仙詩中所寫之景，往往也是自然田園，原先一為想像世界，一為現實
世界，不僅田園與仙景有異，連出現詩中的人物、動植物也都不相涉，
遊仙偏向觀念性的隱逸，田園則帶著一現實生活的具體表現，〔註182〕
但由於其本質上的相同取向，因此如陶淵明這位田園詩人，卻也同時
是位遊仙詩的作者，這種融合是無可避免的，故滕固曰：「神仙傳說，
與老莊一派的思想，表面上看來一點沒有關係，其實把老莊一派的思
想具體化了，通俗化了，浪漫化了，就有神仙傳說。」又云：「遊仙
文學的特色，他們取材不限於一神仙傳說，凡經籍史籍以及百家諸子
的書中，一切奇異的、放誕的、怪異的傳說，他們拼攏來，造成一個
美之縹渺的世界，由於這種象徵的暗示性，引誘讀者入幻想虛無之
境。」〔註183〕正說明遊仙文學與其題材的廣泛性。至於「詠物」與
「田園」的關係，又比「遊仙」來得密切，兩者所描寫的主要對象，
皆為現實中的具體事物，尤其田園作品寫景部分，本身即由許多物配
合而成。而就山水詩而言，兩者的寫景部分與對隱逸的希企，也是面
目相似的，故王瑤便說田園詩是山水詩的支流。〔註184〕又因為田園
生活對知識分子而言，本是隱逸生活的一部分，山水遊覽、仙景幻遊、
以及玄言談虛、詠物寓情，卻都是隱逸思想的化身，因此說山水、遊
仙、田園、詠物等作品皆為隱逸的支流，似乎也未嘗不可。〔註185〕

〔註181〕參見黎正甫，〈文學家與其時代環境之關係〉一文。
〔註182〕參見洪順隆，《由隱逸到宮體》，頁88～91。
〔註183〕參見《中世人的苦悶與遊仙的文學》一文。
〔註184〕參見《中古文學風貌》，頁81。
〔註185〕同註182。

　　〈小園賦〉的內容，從「巢父」、「壺公」、「管寧」、「嵇康」的開頭，便已標出高人逸士的隱逸宗旨。因此自言「數畝敝廬、寂寞人外」，顯然是一種出世的傾向。「聊以擬伏臘」，「避風霜」，「不求朝夕之利」之言則是厭世的逃避心態。在這一段序文裡所表現的心態，就是隱逸思想的特性。因此就詠物而言，作者對於園中的大小植物、如桐、柳、細茵、以至果樹的桃、梨等的描寫，在本文第一大段中最爲明顯。以田園而言，〈小園賦〉的主題，本就是以庭園的景象加以抒寫，故全文有一半以上的篇幅，都是庭園景物的描繪。至於「試優息於茂林」、「愚公之谷」亦寫山水，但用筆較少。至於其遊仙思想的表露，如「問葛洪之藥性，訪京房之卜林。」、「鎮宅神以薶石、厭山精而照鏡」、「非淮海兮可變，非金丹兮能轉。」都是，而其中最顯明的就是鍊丹的描寫，而道家與道教，自有其淵源，故遊仙文學的風格，漸有道教化的傾向。〔註 186〕故原本爲學術思想，一爲宗教信仰，但宗教以方術符讖及修養的功夫，以達到道家全生保眞的目的，於是魏晉文人的作品，雖涉及道家方士之屬，〔註 187〕但作品重心仍以想像爲主。至六朝後，由於寇謙之、陶弘景等人的提倡、所謂服食養生的學道經驗，使大量滲入作品當中，成爲隱逸思想的進一步具體表現。故此六句中除了中間二句之外，都是描寫其神仙方藥、養生延年的道教思想。至於「鎮宅石以薶石，厭山精而照鏡」兩句，也是描寫道教中避邪妖魅的方法，淮南萬畢術曰：「埋石四隅，家無鬼」，《抱朴子·登涉篇》曰：「萬物之老者，其精能假託人形，以眩惑人目，而常試人，唯不能於鏡中易其眞形耳。是以古之入山道士、皆以明鏡九寸已上懸於背後，則老魅不敢近人。」即言此事。到此這可說是隱逸思想更明確的表露。〈小園賦〉除了這些外表的山水、田園、詠物、遊仙的情景描寫外，另有一面是作者內心的感情流露，這正是作者在隱逸之中的矛盾與掙扎。即如花、草、鳥、魚等園中的景物，本是「鳥多閒暇，花

〔註 186〕參見李豐楙，《魏晉南北朝文士與道教之關係》，頁 503。
〔註 187〕參見陳寅恪先生，《論文集中陶淵明思想與清談之關係》一文。

隨四時」的心境，但是後文卻又有「草無忘憂之意、花無長樂之心」
等的抒寫，這一樣的前後矛盾，正代表著作者在隱逸與現實之間的猶
豫，使得他既想忘卻人事的滄桑，又無法安歸於山林。正如其所作〈寒
園即事〉一詩：

> 寒園星散居，搖落小村墟。遊仙半壁畫，隱士一牀書，子
> 月泉心動，陽爻地氣舒。雪花深數寸，冰牀厚此餘。蒼鷹
> 斜望雉，白鷺下看魚。更想東都外，群公別二疏。

正是描述其內心，既有隱士和遊仙的希企，復又有思動之心，這種前
後的矛盾，正如〈小園賦〉中前後的不一。這也就是始終無法安於隱
逸的癥結。故雖寫小園，並無長樂之心，倪璠所謂「其文既異潘岳之
閒居、亦非仲長之樂志。」〔註 188〕這種現實的拘絆，則源於亡國、
思鄉的屈辱與自怨，使他始終無法忘懷。故賦中每言「不樂」、「長愁」，
至連景物也都成為其移情的對象，故曰：「風騷騷而樹急，天慘慘而
雲低。」這與前文所謂「桐間露落，柳下風來」，自然不同。因在其
所謂「不暴骨於龍門，終低頭於馬坂」的屈辱與無奈之下，將它歸諸
天意時命，以自解慰。處於隱逸和現實的矛盾之中，所謂及時行樂，
或是長生與神仙的企求，既無法解脫其內心的傷慟。這種時與命的解
釋，便成為唯一的慰藉。

四、事類與字詞之轉化

林承評〈小園賦〉的描寫手法謂：「賦中寫景，最為難事……子
山〈小園賦〉描寫園中景物，物現而景昭，自然盡致，復寄以情，彌
增韻味，此子山諸賦中之精品也。」〔註 189〕可見此篇的寫景，是有
其獨到之處，而表現手法極細膩而又自然。撇開庾信對於事類典故的
靈活運用，單就其純粹描寫景物的技巧，就已十分可觀。如「余有敝
廬、寂寞人外」二句，清新自然，使用駢中帶散的方式，達到《六朝

〔註 188〕許逸民，《校勘記》謂：「樂志，疑當作述志。仲長統有述志二首，
與上潘岳之閒居，對仗成文」。
〔註 189〕參見《庾子山評傳》，卷三。

麗指》中所謂疏逸之氣和敘事清晰的效果，而且使文氣不致呆板。即使是駢文對仗的形式，也不減清逸自然的特色，例如「桐間露落，柳下風來」、「欹側八九丈，縱橫數十步」、「榆柳兩三行，梨桃百餘樹」、「草樹混淆，枝格相交」、「連珠細菌、長柄寒匏」、「簷直倚而妨帽，戶平行而礙眉」……不勝枚舉，這種白描手法的大量運用，是其入北後賦作中所少見的，其在南朝之作，寫景之處，手法亦多白描，但此篇清新秀逸之氣則過之。歸究其因，可以說是題材的影響，因爲小園既以寫隱逸生活爲大部分，而田園詩的最大特色，便是喜好大量地使用直述的語法和白描，不刻意求奇、求麗、求新，語法自然，而表現的語言卻更具特色，因爲他們所寫常是以下十方面：一爲指示地方的，如田園、園林、小園、田畝、野人家、敝廬、戶庭、簷下……等。二爲指人物或神明的，如幽人、沮溺、野人、稚子、貧婦人……等。三爲表現節候時辰的，如春日、夏日、高秋、薄暮、當暑、寒夜……等。四爲表現農作物的或與其相關者，如薁、棗、梨、秋菊、桃李、榆柳、草木、落葉、佳花……等。五爲表現家禽、家禽、蟲、魚、鳥獸之類，如雞、暮蟬、池魚、鳥……等。六爲表現田園生活，包括耕作、休閒活動、飲食生活之類，如琴書、飢寒、寒衣……等。七表現自然景象的，風雪、風露、和風、重雲……等。八表現田園風景的，如草盛、有花、榆柳……等。九表現隱耕的志趣與態度，如自足、閒適、長悲、身名……等。十爲其他，如陰陰、悠悠、淒厲、寂寞……等。〔註190〕以上這些語言，多是隱逸田園的知識分子所使用的語言，其所以不失樸質的面目，可以說是受到題材和主題的限制。因此這些語言的組合、安置，不但形成田園作品的形式構造，也決定了田園和其他題材的作品之間的界限，形成獨特的風格。回頭看〈小園賦〉所寫的內容及其語言，除了使事用典者之外，幾乎是不離這些內容，甚至許多字詞，或相似或相同，可見這篇作品在字詞上所造成的清新生

〔註190〕以上參見《由隱逸到宮體》，頁 76～84。

動，與「小園」的主題是有很密切的關係。他在其中加入了一些形容
詞來描寫，不但沒有破壞這種風格，反而使原有字詞更加生動變化。
例如「榆柳兩三行，梨桃百餘樹」、「爇麥兩甕、寒荼一畦」、「欹側八
九丈、縱橫數十步」、「一寸二寸之魚、三竿兩竿之竹」、「落葉半牀、
狂花滿屋」等句，雖只是輕描淡寫，運用簡單的數字形容，卻增添無
比的活潑與生機。而且雖是以駢文排比的形式，卻有散文的流暢和自
然。就美感而論，看似一種「逸筆草草」，卻令人陶醉於輕鬆，神妙
的美感之中，而不覺其低下或平凡，而這正是由於艱辛的藝術修養所
得。〔註191〕故劉師培云：「欲求文潔，宜先謀句勁，造句從穩字入手，
力屏浮濫漂滑，由穩定再加錘鍊，則自然可得勁句，句勁文潔，光采
自彰。」〔註192〕

　　〈小園賦〉除了以上的白描寫景的手法外，仍然運用不少的事類
與典故，但是庾信用典的靈活，本即眾所熟知的，值得一提的是，其
用典的轉化，極為自然，不僅不晦澀難懂，而且流動貼切，就本篇前
半所引用一些隱逸的高人逸士而言，「若夫一枝之上，巢父得安巢之
所，一壺之中，壺公有容身之地。況乎管盤藜牀，雖穿而可坐，嵇康
鍛竈，既暖而堪眠」，又如「雖復晏嬰近市，不求朝夕之利。潘岳面
城，且適閑居之樂。況乃黃鶴戒露，非有意於輪軒，爰居避風，本無
情於鐘鼓。」等句，便無隔閡難懂之感，一方面是由於作者運用靈活，
用典的時候，便隨其意象，將情趣前後互映，故讀者即使不識其典故，
亦可略知其文意，不致茫然無知，而能表達其隱逸思想，其更高超的
寫法，則將典故加以融化，不著痕跡，使讀者不覺其用典，以為純白
描而已。例如「雖有門而長閉，實無水而恆沈」、「三春負鋤相識，五
月披裘見尋。」、「草無忘憂之意，花無長樂之心」、「鳥何事而逐酒，
魚何情而聽琴」、「關山則風月悽愴，隴水則肝腸斷絕」等句句有異，
但與白描無異，而且手法細膩自然，真可謂出神入化，巧奪天工。故

〔註191〕參見王師夢鷗，《無題之美》一文。
〔註192〕參見《漢魏六朝專家文研究》，頁56。

在駢文形式及聲律上重重限制之下，還能做到如此與散文無異的流暢與自然，無怪庾信成為駢文的正宗。

第十四節　〈傷心賦〉

一、撰寫時間之推測

　　庾信的幾篇賦，都沒有寫作年代的記載，因此今人只能就其賦篇本身的內容及其風格，或以時代背景及其本人的生平經歷，加以推測，也只能作概略性的區分，現存的賦篇，〈春賦〉、〈七夕賦〉、〈燈賦〉、〈對燭賦〉、〈鏡賦〉、〈鴛鴦賦〉、〈蕩子賦〉諸篇，為前期仕梁時的作品。至於〈三月三日華林園馬射賦〉、〈小園賦〉、〈竹杖賦〉、〈邛竹杖賦〉、〈哀江南賦〉、〈枯樹賦〉、〈傷心賦〉、〈象戲賦〉諸篇，則為入北以後的作品。而據今本所傳的次序來看，後期的諸篇在前，前期的作品反倒在後。這當是因為，《庾子山集》編成的時候，本即如滕王之序所云：「今之所撰，止入魏已來，爰自皇代。」乃是蒐羅其入北以後的作品，南朝之作不與其列，幾篇在南朝時的作品，當是後人所增補的收錄。所以除了撰寫年代無法確知之外，連其完成的先後，也是無從考知。今日所見的《庾子山集》，是由類書鈔撮而成，所以即使是其入北以後的作品，也無法依今本所列次序，了解其前後的時間。唯有少數幾篇據今人之考證，如陳寅恪考證〈哀江南賦〉的寫成，當在周武帝宣政元年，庾信時年六十五。〔註 193〕王質盧考證〈小園賦〉一篇，當在賦帝建德元年之前，約即五十歲以後，六十歲以前。〔註 194〕另外倪璠亦推測〈馬射賦〉之作，當在武帝保定元年，即子山四十八歲之時。〔註 195〕又〈象戲賦〉一篇為武帝制《象經》時所作，此由集中有〈進象經賦表〉一文可知，而此年為武帝天和三年，

〔註 193〕參見本論文〈哀江南賦〉一節。
〔註 194〕參見本論文〈小園賦〉一節。
〔註 195〕參見本論文〈三月三日華林園〈馬射賦〉〉一節。

故此賦當作于此時，庾信時年五十五。而其餘賦篇則無法詳知。

〈枯樹賦〉一篇，擴張鷟《朝野僉載》所云，乃是庾信初到北方，受到當地文人輕視下的自辯之作。而此書又云：「時溫子昇作〈韓陵山寺碑〉，信讀而寫其本，南人問信曰：『北方文字何如』、信曰：『唯有韓陵山一片石堪共語。』」按韓陵山寺碑當爲溫子昇在東魏都鄴後所作。〔註196〕此時爲孝靜帝天平元年（即534）之後，而溫子昇卒於孝靜帝武定四年（546），故此碑石當是溫氏晚期的作品，又據史書所載，庾信初使西魏，在梁元帝承聖三年（554）來到長安，不久江陵陷落，遂留長安，當即是「初至北方」之所指，此時距溫子昇作韓陵山寺碑約有十年左右，但庾信讀到碑文，已由東魏鄴都傳到西魏長安，由鄴到長安有一段長遠距離，而且東、西魏已呈分裂狀態，其往來既不方便，關係又不密切。而能流傳于西魏之間，爲庾信所見，十年左右並非不可能。故所謂「時溫子昇作〈韓陵山寺碑〉」，非指溫氏在當時所作，何況庾信聘于西魏之時，溫子昇已卒，故張氏所言實指庾信由南至北後北方的文壇狀況而已。此文由〈枯樹賦〉一篇末段所云：「況復風雲不感，羈旅無歸，未能采葛，還成食薇。」正是表明其奉命出使，未能達成任務，反而屈身事魏的情形。由此推測，則〈枯樹賦〉一篇，當爲梁元帝承聖三年（西元554年）之後所作，而若張氏所載屬實，則部其作成年代更不出於此一、兩年間。

至於〈竹杖賦〉，與〈邛竹杖賦〉兩篇，與〈枯樹賦〉皆是托物

〔註196〕按碑文多記載永安之季，爾朱榮叛亂之事，當是永安之後的作品，又中又提及大丞相渤海王高歡，「命世作宰、惟機成務」的種種功勞。而永安之後到東魏都鄴的三四年間，帝位篡弒，一片混亂，此時當不至作此歌頌大丞相之碑文。何況據其爲魏帝遷都拜廟鄴宮赦詔一文所寫，亦盛誇大丞相之功云：「大丞相渤海王、神武命世、重臣顯歷，導塞源於將竭，扶神器於已傾，立天地之大功，成人臣之重義，……。」等等。則此時高歡已掌重權，且又提拔溫子昇，故借其文才，乃至爲皇帝擬作詔書，此時溫氏所被重視可知。因此碑文亦不免大力襃揚歌頌大丞相一番。由此正可證其當時寫作的背景與動機。因此寒陵山寺碑文當爲遷鄴之後所作。

興懷的作品，這一點與〈小園賦〉、〈哀江南賦〉、〈傷心賦〉諸篇有所不同。故疑〈竹杖〉、〈邛竹杖〉兩篇，當是與〈枯樹賦〉之寫作時間較近。並且皆是五十歲之前的作品。〔註197〕因庾信留居長安，自承聖三年起、即其四十二歲之時。而如〈竹杖賦〉所寫，頗多憤恨之詞，而且所述多指其江陵陷後流離之情，此時亡國與屈辱的事實自難接受，故頗有諷責宇文之意。尤明顯者，賦文有云：「並皆年華未暮，容貌先衰，予此衰矣，雖然有以，非鬼非蜮，乃心憂矣。」又云：「拉虎捭熊，予猶稚童，觀形察貌，子實悲翁。」所謂「年華未暮」、「拉虎捭熊」等語，皆是在反駁其老狀，不過由於心憂所至，則其未曾以老自稱可知。至於〈邛竹杖賦〉所寫「青春欲暮、白雲來遲。謀於長者，操以從之。」「青春欲暮」與〈竹杖賦〉中所稱「年華未暮」相近。且稱「謀於長者」則己不以老者自居可知。又後文云：「昔尚爾齒，今尚我賢……間尊卑之垂帨，隨上下之遊紆。」則暗指其仕於北周，受寵之時，得間雜於朝廷之間，故曰「今尚我賢」，不云「今尚我齒」，自實指其壯而未死。而兩賦所寄慨嘆如「一傳大夏，空成鄧林」與「傳節大夏、悠悠廣野」又頗爲相近，皆以說明其懷舊之心，以及魏、周強欲己仕的苦衷。故推測此兩篇寫作時間，當頗相近，且爲入北之後的幾年所作。而且文字的色澤仍富於南朝的巧麗風格，在情感上又多不平之氣。與剩餘的三篇賦，又自有不同。

　　〈小園賦〉在情感上已較脫離不平的怨懟，而改以一種「時」與「命」的自我寬慰，頗近年老的心境，而逐漸有尋求隱逸的心理傾向，這點與前面幾篇文截然不同的，而且文字上也不如前面作品的綺麗色澤，故雖同樣富於技巧的修飾，但另有一種蒼勁而平淡之風格。〈傷心賦〉、〈哀江南賦〉二篇，也都有這種傾向，尤其在情感上，這三篇較偏於深刻而沈慟的表達方式，〈傷心〉、〈哀江南〉二篇最爲明顯。而且在內容上傾向於前塵往事的回憶與描述，其中身世之惑，歷歷如

〔註197〕〈小園〉，接王質廬的推測，當是五十之後的作品。

繪。其慨嘆多歸諸於「時」與「命」的無奈，如〈小園賦〉之云：「諒天造兮昧昧，嗟生民兮渾渾。」〈傷心賦〉的「一朝風燭、萬古埃塵。丘陵兮何忍，能留兮幾人。」〈哀江南賦序〉所謂「山嶽頹崩，既履危亡之運。春秋迭代，必有去故之悲，天意人事，可以悽愴傷心者矣。」等。從文字來看已有年老之自稱，如〈哀江南序〉云：「藐是流離，至於暮齒。」〈傷心賦〉云：「羈旅關河，倏然白首。」〈小園賦〉云：「薄晚閑閨，老幼相攜。」這也是與前面幾篇顯然不同的。由此可見〈小園〉、〈傷心〉、〈哀江南〉三篇當皆是晚期的作品。〈小園賦〉大約為其五十歲之後至五十八歲之間的作品，至於〈哀江南賦〉則為六十五歲的作品。〈傷心賦〉或即是六十歲左右的作品，而時間在〈小園賦〉與〈哀江南賦〉之間。從其賦文的內容看來，〈小園賦〉言及「老幼相携，椎髻梁鴻之妻，蓬頭王霸之子。」「老」為庾信之自稱，其他親人只言及妻子等人。而且可見當時其子尚未成年。至於〈傷心賦序〉所云：「一女成人，一長孫孩稺，奄然玄壤，何痛如之。」則不僅有女已成人，甚而有孫子，就此而言，不但〈小園賦〉先於〈傷心賦〉，年代也近於〈哀江南賦〉。至於〈傷心賦〉與〈哀江南賦〉一篇，復有痕跡可尋。〈傷心賦〉之作據其序文前段來看：

> 予五福無徵，三靈有譴，至於繼體，多從夭折。二男一女，
> 並得勝衣，金陵喪亂，相守亡沒。羈旅關河，倏然白首。苗
> 而不秀、頻有所悲。一女成人，一長孫孩稺。奄然玄壤，何
> 痛如之。既傷即事，追悼前亡，惟覺傷心，遂以傷心為賦。」

可知其為親人的死生所感而作。而且所謂「既傷即事」之言，正表示即事所作。即指其女及長孫亡後不久之作。至於〈哀江南賦序〉所云：「提絜老幼，關河累年，死生契闊，不可問天。」亦指生離死別之事。而且為入北之後之事，則所謂「死生契闊」當不僅言其老母之卒，其女、其孫當在其內，故當日「老幼」、而今「老」者既卒，一女一孫又相繼去世，其傷慟非常，故云「不可問天」。而一為即事之作，一為身世之追述，其先後消息，隱約可見。倪璠注〈傷心賦〉云：「《楚辭》曰：『目

極千里傷心悲，魂兮歸來哀江南。子山二賦，取諸此焉。』據〈傷心賦〉中頗有楚騷兮些形式的句子。則子山作賦取名亦可能本乎此。而〈傷心賦〉創傷其女與孫的亡逝。又推而傷其亡國舊事，其中頗寫身世之感。所謂「已觸目於萬恨，更傷心於九泉。」即其一篇主旨所寄。而由於傷心之賦，所引起之前塵往事，乃借楚騷之句，以哀江南爲名再描述其一生的經歷，成爲類似自傳體的敘事作品，這種情形頗似今人所謂的「回憶錄」。故序文云：「昔桓君山之志事，杜元凱之平生，並有著書，咸能自序。潘岳之文采，始述家風。陸機之辭賦，先陳世德……追爲此賦，聊以寄言，不無危苦之辭、惟以悲哀爲主。」則〈哀江南賦〉不僅爲其壓軸的代表作品，也是他個人一生的自述與記錄。而從其賦篇的序言來看，〈傷心賦〉復有不少與〈哀江南賦〉行文方式相類似的情形，如前面所引〈哀江南賦序〉述其寫作動機。而〈傷心賦序〉亦云：「婕妤有自傷之賦，揚雄有哀祭之文，王正長有北郭之悲，謝安石有東山之恨，……書翰傷切、文辭哀痛。千悲萬恨，何可勝言。」手法極爲相似。其它如〈傷心賦〉之云：「對玉關而羈旅，坐長河而暮年」與〈哀江南賦〉所謂「關河宙飛年」，至如言金陵之喪亂，〈傷心賦〉云：「兄弟則五郡分張、父子則三州離散」與〈哀江南〉所謂：「五郡則兄弟相悲，三州則父子離別。」等句多相似。就其人生觀而言，〈小園賦〉中許多隱逸及服食的神仙傾向，到了這兩篇之中，也有了改變，如〈傷心賦〉云：「二王奉佛，二都奉道。必至有期，何能相保。」與〈哀江南賦〉中「風颷道阻，蓬萊無可到之期。」就與〈小園賦〉的態度有異。因此推測〈傷心賦〉的寫作年代，當是介於〈小園賦〉與〈哀江南賦〉之間，而且更近於〈哀江南賦〉。〈傷心賦〉中「魂兮遠矣，何去何依。望思無望，歸來不歸。」四句，可增加倪注所引《楚辭》文句的可信性，也足以說明〈傷心賦〉與〈哀江南賦〉的關係。

二、結構內容之分析

　　〈傷心賦〉是作者「傷弱子，亦悼亡國」而作，因此正如〈哀江

南賦〉在賦文之前，有一大段序文作爲說明，正文開始文明顯地標出
「賦曰」二字，序文與本文區別清楚。

> 予五福無徵、三靈有譴，至於繼體，多從夭折。二男一女，
> 並得勝衣，金陵喪亂，相守亡沒。羈旅關河，倏然白首，
> 苗而不秀，頻有所悲。一女成人、一長孫孩稚、奄然玄壤、
> 何痛如之。既傷即事，追悼前亡，惟覺傷心，遂以傷心爲
> 賦。

此段爲序文的開始，總述傷夭的經過以及賦名的來由。由喪亂之時爲
一層，羈旅關河之後爲另一層。最後由「既傷即事、追悼前亡，惟覺
傷心，遂以傷心爲賦。」作爲總結。王禮卿評曰：「束上轉下，倏即
點出傷心，落到作賦、是之謂圓折、是之謂簡潔。」又云：「此段敘
事述情已盡全賦之旨，純用淡語緩調，而其情愈悲，感人愈切，此白
描之高手也。」

> 若夫入室生光，非所企及，夾河爲郡，前途逾遠。婕妤有
> 自傷之賦，揚雄有哀祭之文，王正長有北郭之悲，謝安石
> 有東山之恨，斯既然矣。至若曹子建、王仲宣、傅長虞、
> 應德璉、劉韜之母，任延之親，書翰傷切、文辭哀痛，千
> 悲萬恨，何可勝言，龍門之桐，其枝已折，卷施之草，其
> 心實傷。嗚呼哀哉！

此段爲序文的結束，前段多敘述事實，此則引述古人有許多傷夭之
文，以說明此爲古今之所共慟，而己之不能不作此賦。其中又自有章
法，並非一味累積典故，故王禮卿曰：「先以子弟之貴盛者作反映，
下亦分兩層寫，首就其人有身世之感，且有傷夭之事者言之。次就傷
夭文辭哀慟切至者言之，仍以傷心束住，篇法細密。」

> 賦曰：悲哉秋風，搖落變衰。魂兮遠矣，何去何依。望思
> 無望，歸來不來。未達東門之意，空懼西河之譏。

此段爲賦文的開始，總括傷夭之意，意調悲婉，頗有〈離騷〉之風。
由秋風之起，引起哀傷的心情。「何去何依」、「歸來不來」二句，最
見摯情。末三句再引舊典婉轉說明內心的哀慟。此段有如序文的總括。

> 在昔金陵，天下喪亂。王室板蕩，生民塗炭。兄弟則五郡
> 分張，父子則三州離散。地鼎沸於袁曹，人豺狼於楚漢。
> 或有擁樹羅災、藏衣遭難。未設桑弧，先空拓館。人惟一
> 丘，亭遂千秋。邊韶永恨、孫楚長愁。張壯武之心疾，羊
> 南城之淚流。痛斯傳體，尋茲世載。天道斯慈，人倫此愛。
> 膝下龍摧，掌中珠碎。芝在室而先枯，蘭生亭而蚤刈。命
> 之修短，哀哉已滿。鶴聲孤絕、猿吟腸斷。嬴博之間、路
> 似新安。藤緘幓櫝，梓掩虞棺。不封不樹，惟棘惟欒。天
> 慘慘而無色，雲蒼蒼而正寒。

此段追述「前亡」之痛，與序文遙映。由「在昔金陵」以下至「先空
拓館」，寫侯景之變開始的動亂，以及其二男一女的傷亡。由「人惟
一丘」以下至「蘭生亭而蚤刈」，用典故寫己內心之哀慟，「天道斯慈、
人倫此愛」更反襯出其傷慟之情。以上兩小節，一為敘事抒情，一為
用典抒情，其章法仍為序文的繼承。由「命之修短」至「天慘慘而無
色，雲蒼蒼而正寒」，追敘其遭亂之下，草率埋葬之事，愈想愈悲，
至有「天慘慘而無色」等二句的淒涼景象。故王禮卿評曰：「末惟凌
空著筆，以愁慘之景烘托其悲涼之狀，戛然而止，不更著一語。此敘
次變化，虛實相生之巧也。境則一片空靈，調則陽關三疊矣。」

> 況乃流寓秦川，飄颻播遷。從官非官，歸田不田。對玉關
> 　而羈旅，坐長河而暮年。已觸目於萬恨，更傷心於九泉。

此段遙應序文中「羈旅關河、倏然白首」二語，寫其流寓北方之後，
內心悲傷以及矛盾之情，故云「從官非官、歸田不田」。而年華漸逝，
惟有傷感。由「萬恨」、「九泉」二句作為前文與後文的轉捩，前文寫
「追悼前亡」，後文再寫「既傷即事」，而此處以身世之感夾插其間。
王禮卿評曰：「以觸目萬恨頓本段，以傷心九泉再噴醒，並之綰轂前
後兩輻，有顧盼神飛之致，故於前幅為頓束，於後幅則為提引，機軸
圓活之至。」

> 至如三虎二龍，三珠兩鳳，並有山澤之靈，各入熊羆之夢。
> 望隴首而不歸，出都門而長送。對寶盝而痛心，撫玄經而

> 流慟。石華空服，犀角虛篸。風無少女，草不宜男。烏毛
> 徒覆，獸乳空含。

此段直寫「既傷即事」之慟。先言其小女、長孫皆有古代靈秀之質，
卻於入北之後，遭此不測。故對其生前使用之器具與書籍等，自必觸
物生情。「石華」、「犀角」兩句，更回想當時照顧的殷切，而今惟有
「烏毛徒覆、獸乳空含」的感嘆，「風無少女，草不宜男」的自傷，
又與序文中「五福無徵、三靈有譴」遙相呼應。其中由細小的事物寫
起，更顯出其深情的委婉細膩。故王禮卿曰：「此段意曲辭隱，而委
宛盡致、騈文中難詣之境也。」

> 震爲長男之宮，巽爲長女之位，在我生年，先凋此地。人
> 生幾何，百憂俱至。二王奉佛，二郗奉道。必至有期，何
> 能相保。悽其零零，颯焉秋草。去矣黎民，哀哉仲仁。冀
> 羊祜之前識，期張衡之後身。一朝風燭，萬古埃塵。邱陵
> 兮何忍，能留兮幾人。

此段爲本篇的總結，故合「前亡」、「即事」而言，總述其悲慟之情與自
解之思。由「震爲長男之宮」以下至「百憂俱至」，寫二男一女之喪亡，
「人生幾何、百憂俱至」暗指少女長孫之亡。由「二王奉佛」以下至「颯
焉秋草」，寫既死之終不可挽回，由「去矣黎民」以下至「期張衡之後
身」，寫死之不可挽回，惟有期待來世再重聚，以爲自慰。末尾由「一
朝風燭」以下，至「能留兮幾人」則再寫人生本是如此短暫，又有何可
傷？雖以曠達自解，而悲傷之情，實不能掩。王禮卿評曰：「抑揚宛轉，
層層剔入，餘意無窮，必如此始足爲情至之文之結束也。」

三、文字情感之相稱

劉師培曰：

> 譬如講明理之文，若晉人聲無哀樂、言不盡意等論，宜有
> 明雋、氣味……倘有腐說、或過用華詞、即爲不稱。又如
> 深情文字，若弔祭哀誄之類，應以纏綿反復爲主，苟用莊
> 重陳腐語，即爲不稱……故知名理之文須明雋，碑銘須莊

章，哀弔須纏綿，詠懷須宛轉。」〔註198〕

〈傷心賦〉一篇，顧名思義正是哀悼之作，然由其序文可知，此篇乃作者有感而發，故是「爲情造文」，並非「爲文造情」的應制作品。因此眞情之流露，發爲文字乃纏綿反復，若不可止，故曰：「夫賦統乎志，志歸乎心，凡有感于心，有慨于志、有鬱於情者，必假言以盡志、所謂假象盡辭，敷陳其志也。」〔註199〕即如序文中，自「婕妤有自傷之賦」以下，作者不厭其煩地引述古人古事，至有十例，雖似繁蕪雜亂，但正因賦名傷心，故深情難以控制，正如作者自云：「千悲萬恨，何可勝言。」又如其追寫往日情景，至有「對寶盈而痛心、撫玄經而流慟。石華空服、犀角虛籛。」等細小事物的回憶，若非情深至切，無法寫出，而其辭之曼肆繁衍，正是由於此等細微處不自覺中流露出來，至如寫當日埋葬二男一女之事，寫至藤緘㮙檟、栝掩虞棺，不封不樹，惟棘惟欒。」四句，本可結束，而下又有「天慘慘而無色，雲蒼蒼而正寒。」二句則由內心的情感移至景物的想像上，恍若天地與之同悲，而所謂纏綿不盡之意，由此可見。王禮卿評曰：「其最難能者，事本無多、意亦無奇，而情韻之深，感人之切，似有千萬語所不能盡者，斯已奇矣。」又云：「而其爲文也，往復迴互、激盪纏綿，繁而不殺者，何耶，蓋情至沉痛，或理至精微輒覺言之不足，故必洸洋自恣，曼衍其辭，往復其意，以發其抑塞苦痛之情、宛轉難明之義，〈離騷〉《莊子》是也……豈非情文俱至，洸洋晏衍，往復迴環者，使之然歟。」因此其騷體的句法，莫不與〈離騷〉相似，比正是由其深情所至之不得不然。故林承云：「蓋子山中年，即逢喪亂，遷流播越之中，又復頻喪子息，侵尋歲月，垂老興悲，有情不能自己者雖措辭仍多駢偶，而善能達情，凄感動人，孰謂儷體之作，不足以抒述性情哉！」〔註200〕正可說明這篇作品的成功正在於情文相生這一點上，因此單就對仗上

〔註198〕　參見劉師培，《漢魏六朝專家文研究》，頁64～65。
〔註199〕　參見《賦話六種》，頁155何沛雄詩人之賦麗以則說。
〔註200〕　參見林承，《庾子山評傳》，卷三。

而言，尤其是數字對的運用，不但未曾阻礙其行文的一貫情感，反而深刻而宛轉地反映出其無盡的感慨，此類例子極多，如「五福無徵、三靈有譴」，「人惟一邱，亭則千秋」，「已觸目於萬恨，更傷心九泉」，「人生幾何，百憂俱至」，「一朝風燭、萬古埃塵，邱陵兮何忍，能留兮幾人」，都在對比中達成另一種有力的刻劃效果。而其旨則在「傷心」二字，因此這些例子儘管在文字上，如運用數字對仗的千變萬化，實又離不開主題「傷心」的範圍，故一篇之中，色澤自必對稱而調和，才能做到「達體」的地步，而作品方能情文兼備。

第十五節　〈哀江南賦〉

一、寫作動機與背景

〈哀江南賦〉是庚信作品中最長的一篇，也是最有名的代表作，提到庚信的文學作品，沒有不談到〈哀江南賦〉，但是這篇作品寫作的背景與動機，卻往往被忽略，這對于瞭解這篇作品的真正價值與一意義，必大打折扣，因為想要深入問題的核心，真正瞭解作品，這層關係我們不能不加以注意。

1. 序文與解題

〈哀江南賦〉在正文之前有一段序文，而且在篇幅上比起其他賦的序，要較長些，庚信的賦，並非篇篇有序，除了〈哀江南賦〉外，只有〈傷心賦〉、〈華林園馬射賦〉二篇各有一段篇幅短小的序，不過賦之有序，嚴格說來應該是從東漢才開始有的，前漢作品中所謂的賦序實是後人所冠加上去，[註201] 並非作者的原序。所以，辭賦之序，實有三種，一為「自序」，一為「他序」，另一種雖也稱「序」，實在就是「解題」，如〈長門賦〉前之所謂「序」者則屬此類。此類賦序當非作者所加，自然也不能認為是賦的一部分。而且「解題」式的賦

〔註201〕參見馮承基，《六朝文述論略》。

序，只是三言兩語地作簡單說明，與作者敘述作賦的背景、表示作賦的一意旨的序，是有所分別的。

　　賦前的一段序文，是不押韻的，這是賦序與本文辨認時的一個特徵，從形式方面而言，由漢賦發展到六朝，已經擺脫了漢賦散文對話式的首尾，而逐漸也產生這種賦前用「序」的寫作形式，〈哀江南賦〉就是一個例子。因此在實質上產生的另一個一意義，是賦文的引導，從想像的假設之辭，逐漸加入寫實的成分。清顧炎武在《日知錄》卷十九，「假設之辭」一條云：

> 古人爲賦，多假設之辭，序述往事，以爲點綴，不必一一符同也，子虛亡是烏有先生之文，已肇始於相如也，後之作者，實祖此意。

所以儘管「賦家之心，包括宇宙」，又能「其小無內，其大無垠」，極盡其想像之能事，但賦中所敘之人物、故事，雖或偶爲歷史所有，而自也不必與其事實盡合，只需達到文學的目的與效果就好，眞與僞並不是最重要的。但是賦前所謂的「序文」——這裏指的是作者的「自序」。卻非如此，借著它作者敘述寫作的動機與背景，現實的成分居多，而其最大的意義亦即在此。〈哀江南賦〉的一大段序文，可說是最好的一個例證，同時賦名的「解題」跟「序文」的區別，在此都能得到很好的說明。

　　本篇賦名爲〈哀江南〉，倪璠爲之解題曰：

> 〈哀江南賦〉者，哀梁亡也。本傳：信雖位望通顯，常作鄉關之思，乃作〈哀江南賦〉以致其意，宋玉招魂曰：魂兮歸來哀江南。宋玉戰國時楚人，梁武帝都建鄴，元帝都江陵，二都本戰國楚地，故云。

這裏我們可以簡略地瞭解賦名的由來與意義，但是由於解題式的箋注多半是很簡短的，因此作者詳細的寫作背景與動機，在這裏只能算是透露一些訊息，不同於淋漓盡致地自我表白，後人評注往往也用這種方式，而其文字常更約略，例如清孫梅《四六叢話·敘騷篇》云：「〈哀江南賦〉，有黍離麥秀之感，哀郢之膚載也。」劉師培文說〈宗騷篇〉

所云:「故知《楚辭》之書,其用尤廣,上承風詩之體,下開詞賦之先:〈哀江南賦〉,乃哀郢之餘音。」用字都是非常簡短。

　　本篇自序之文爲文章選輯家所注意,它似乎已經可以獨立成爲一篇佳作了,它雖是一段序文,卻可細分爲幾小段落: 〔註202〕

> 粵以戊辰之年,建亥之月,大盜移國,金陵瓦解,余乃竄身荒谷,公私塗炭,華陽奔命,有去無歸,中興道消,窮于甲戌,三日哭于都亭,三年囚于別館,天道周星,物極必反,傅燮之但悲身世無所,袁安之每念王室,自然流涕。

這段是序文的總起頭,點明亡國之痛與身世之悲爲作賦的源由,其中言金陵淪陷,奉使不歸,以及江陵敗亡。既傷身世,更痛國亡。所以此一小段不僅是全序的綱領所在,實際也是全篇賦的主要意義。正合《文心雕龍》所謂:「序以建言,首以情本」的宗旨。

> 昔桓君山之志事,英華作士杜元凱之生平,英華作生並有著書,咸能自序,潘岳之文彩,始述家風,陸機之詞賦,多陳世德。信年始二毛,即逢喪亂,藐是英華作狼狽流離,至于暮齒。燕歌藝文作河遠別,悲不自勝,楚老相逢,泣將何及,畏南山之雨,忽踐秦庭,讓東海之濱,遂餐周粟下。英華作了亭漂泊,高橋羈旅,楚歌非取樂之方,魯酒無忘憂之用。追惟英華作爲此賦,聊以紀言,不無危苦之辭,唯以悲哀爲主

言古人多有序述身世之著作,況自己遭逢喪亂,屈節魏周,自不能無危苦悲哀之作品。

> 日暮塗遠,人間何世。將軍一去,大樹飄零,壯士不還,寒風蕭瑟,荊璧睨柱,受連城而見欺。載書橫階,捧珠盤而不定。鍾儀君子,入就南冠之囚,季孫行人,留守西河之館。申包胥之頓地,碎之以首,蔡威公之淚盡,加之以血。釣蓋移柳,非玉關之可望。華亭鶴唳,豈英華作非河橋

─────────────

〔註202〕參見王禮卿,《歷代文約評選‧哀江南賦評譯》。

　　之可聞。

此一段以歷史人物的遭遇比擬自己出使北方，不得歸返，而有身世飄
零之感。

　　孫策以天下為三分，眾纔一旅；項籍用江東之子弟，人惟
　　八千；遂乃分裂山河，宰割天下。豈有百萬義師，一朝卷
　　甲；芟夷斬伐，如草木焉。江淮無涯岸之阻；亭壁無藩籬
　　之固。頭會箕歛者，合從締交；鋤耰棘矜者，因利乘便。
　　將非江表王氣，終 . 於三百年乎？是知并吞六合，不免軹
　　道之災；混一車書，無救平陽之禍。嗚呼！山嶽崩頹，既
　　履危亡之運；春秋迭代，必有去故之悲。天意人事，可以
　　悽愴傷心者矣。

接著說明金陵、江陵之相繼陷落，以至於梁朝的滅亡，亡國之痛，表
露無遺，最後歸結到天意人事，雖云傷心，亦是無奈，此一層意義，
亦正是全賦的關目，作者的心意所在。

　　況復舟楫路窮，星漢非乘槎可上；風飈道阻，蓬萊無可到
　　之期。窮者欲達其言，勞者須歌其事。陸士衡聞而撫掌，
　　是所甘心；張平子見而陋之，固其宜矣。

在此最後一小段，再寫他窮途絕望的感懷，遂有此作賦的念頭，所謂
「窮者欲達其言，勞者須歌其事。」正是此意。

　　所以總歸來說，這篇序文主要為全賦作了三項說明。第一、以身
世之感、亡國之痛，作為綱領。第二、以天意人事、悽愴傷心、作為
本賦的關目。第三、以不無危苦之辭，惟以悲哀為主，作為全篇的旨
趣。〔註203〕這三點正是作者一種寫作心態的表露。當然再具體來說，
梁朝的滅亡，使得庾信這樣的詩人，產生了深刻的感懷，使他無法不
有宣洩的想法。而且這種感懷，至少可有兩方面：第一、是對故國的
眷戀。第二、江陵的十餘萬人民，悉被遣入關中，淪為奴婢。而他自
己雖然入北之後仍然受到北周帝王的寵護與優禮，不免也要對此傷情
了。在〈江南賦〉來說，這應是作者寫作本賦的最主要原因。但是推

〔註203〕同前。

而廣之，他入北之後的作品感情，除了應制之作外，未嘗不是基於這樣的心情下所作。不過〈哀江南賦〉中切表達得最為明白而已。

另外，由此序文再回到〈哀江南賦〉的解題問題上，歷來論者如前面所提的倪璠，都集中在源於《楚辭》招魂「魂兮歸來哀江南」，因此對於這樣一個「江南」的名詞，我們所能得到的概念，可以說是廣泛而又粗略。對於作者的「江南」一詞所指為何？以及「魂兮歸來」四字是否亦有所指？甚至作者撰寫本賦的年代，都可能有所牽涉。今乃分論於后：

2. 撰寫年代

〈哀江南賦〉裏的「江南」，並非如後代觀念中專指「建康」及其附近地帶，而「江南」一詞在歷史上的區域範圍也是屢有變動的。清吳兆宜注引張高瓊云：

> 《史記‧高祖紀》項羽令衡山臨江王擊殺義帝江南，地在郴州（湖南郴縣）。又《魏志‧武帝紀》，赤壁戰不利，引軍歸備，遂有荊州江南諸郡。《蜀志‧諸葛傳》，曹公敗於赤壁，先主遂收江南。指長沙四郡而言」。蓋秦漢以來，荊郢上游，皆稱江南也，至建康之稱江南，則始見於《吳志‧張昭傳》，魏使邢貞入門不下車，昭謂曰，豈以江南寡弱，無尺寸之刃故乎。又《晉書‧王導傳》，賀循顧榮江南之望。則三國至六朝，江表亦稱江南。

由上所引，可見「江南」之最先涵義，還不是建康一帶的江南，反而是荊郢上游一帶。所以儘管在賦序中，我們看到作者起首就提到「金陵」一詞，加上後世我們所熟知的地理觀念，便很容易產生「江南」專指建康之地的誤解。我們如果觀察到賦中描寫的史實，就知作者先提到臺城之亂，這是作者哀江南的一部分，後面又敘及梁元帝之禍，這是哀江南的另一部分，而在一前一後的兩處地方，一為建康，後為江陵，而且在歷史建康以及江陵一帶都有「江南」之稱，所以稱為「哀江南」並不無以偏概全，而且本傳稱其常有鄉關之思，

乃作〈哀江南賦〉以致其一意，而庾信本家即在江陵，這更可證明「江陵」一地有著與〈哀江南賦〉的密切關係。〔註204〕所以哀江南並非只指金陵（建康）一處，還包括江陵一帶，這在歷史上，賦文中都可找到證明。

至於〈哀江南賦〉的作成時代，根據陳寅恪的考證，當是在北周武帝宣政元年十二月〔註205〕（此時武帝已崩，宣帝即位，但尚未改元）。他所持的根據是：一、賦序所云：「中興道消，窮於甲戌。」又「天道周星，物極不反。」二、賦文所言：「況復零落將盡，靈光巋然，日窮于紀，歲將復始，逼迫危慮，端憂暮齒，踐長樂之神皇，望宣平之貴里。」而認為「周星」並不是「歲星一周」之義，而是「歲星再周」才正確。因為「甲戌」是指西魏攻取江陵之時，即梁元帝承聖三年甲戌，即西魏恭帝元年（554）。若是歲星一周，為北周武帝天和元年丙戌，即陳文帝天嘉七年（566），此年庾信五十三歲，〔註206〕雖可稱為「暮齒」，但此時王褒未卒，〔註207〕而在北朝二人齊名，不應有「靈光巋然」之義。故歲星再周，即為北周武帝宣政元年戊戌，即陳宣帝太建十年（578）。這年信六十五歲，稱得上「暮齒」，且當時王褒已卒，而他獨存，任職司宗中大夫於長安，正是合於「靈光巋然」之語，而又與踐長樂、望宣平二句相合。故當為此年所作。而「十二月」之推測，則是根據「日窮於紀，歲將復始」之語。《楚辭·招魂》云：「魂兮歸來哀江南。」哀江南一詞，前面已加以說明。而與庾信同一時期入北的沈烱（字初明）則有一篇〈歸魂賦〉，不無巧合。庾信是否因沈氏的〈歸魂賦〉，想到《楚辭·招魂》的語句，而有〈哀江南賦〉的寫作，今論述如下：〔註208〕

按《陳書·沈烱傳》，對于沈氏入北之後又得南歸，且不久逝世

〔註204〕參見高步瀛〈哀江南賦箋〉。
〔註205〕參見〈讀哀江南賦〉一文。
〔註206〕參見倪璠撰，《庾子山年譜》。
〔註207〕參見《北史·王褒傳》。
〔註208〕以下參見陳寅恪〈讀哀江南賦〉。今並詳加以對照兩賦原文。

之事，有詳細交代，傳文云：

> 少日便與王克等並獲東歸，紹泰二年至陳，除司農卿……
> 文帝又重其才用欲寵貴之，會王琳入寇大雷，留異擁據東
> 境，帝欲使烱立功，乃解中丞，除明威將軍，遣還鄉里，
> 收合徒眾，以疾卒於吳中，時年五十九。」

又《陳書・世祖紀》云：

> （武帝永定三年）十一月乙卯王琳寇大雷，詔太尉侯瑱、
> 司空侯安都儀同徐度禦之。」

又云：

> （陳文帝天嘉二年十二月）先是縉州刺史留異應於王琳，
> 尋反，丙戌詔司空侯安都率眾討之。」

據上可知，沈初明于梁敬帝紹泰二年，即西魏恭帝三年（556），由長安回建康，而僅僅四年便已逝世，此年爲陳武帝永定三年，即周明智武成元年（559）。又《藝文類聚》二十七及七十二皆有記載沈初明的〈歸魂賦〉，其序文云：「余自長安反，乃作〈歸魂賦〉。」故陳寅恪考知〈歸魂賦〉之作成當在紹泰二年，此時梁朝尚未禪位於陳，或即稍後，亦必在永定三年之前。

因此，沈初明的南歸，亦當是庾信的宿願所在，只可惜庾信無法達成，此可見於《周書・庾信傳》：

> 時陳氏與朝廷通好，南北流寓之士，各許還其舊國，陳氏
> 乃請王褒及信等十數人，武帝惟放王克、殷不害等，信及
> 褒並留而不遣。」

而被放固的所謂「王克、殷不害」等人，沈烱乃其中一位，此可見於《陳書・沈烱傳》所云：「少日便與王克等東歸，紹泰二年至都，除司農卿。」但有一點值得注意的是，武帝所放王克、殷不害等並非皆同一時歸返，據《陳書》所言，王克、沈烱當是同一批南歸，但殷不害據《陳書・殷不害傳》則云：「與王褒、庾信俱入長安，太建七年自周反。」故推知由紹泰三年（556）到太建七年（575）二十年間陳周通好，先後有人許歸舊國。而庾信與王褒等卻屢次遭到君主的羈

留，無法南歸，也就是說這不僅北周武帝時如此，周朝其他君主亦然。〔註209〕

　　但以上至多只能說明沈炯等的南歸給予庾信的感慨無限而已，但是就作品而言，沈氏的〈歸魂賦〉是南歸之後的作品，與庾信的〈哀江南賦〉（在北朝所作）有何關係，這不得不再回溯到歷史的事實。首先是陳周的和好政策，使得南北之間有所交往，如《陳書·毛喜傳》云：

　　世祖即位，喜自周還，進和好之策，朝廷乃遣周弘正等通
　　聘。……周家宰宇文護執喜手曰：能結二國之好者卿也。

從毛喜和好之策可行之後，南北互有來使相詢，不如從前因受北方及南朝局勢的變動而無法長久維持穩定。而且使節來訪，若得應許，還得殷勤相詢，所以南朝的消息，甚至江南的文章，都可以有所聞見。此可見於《周書·王褒傳》所云：

　　褒與梁處士周弘讓相善，及弘讓兄弘正自陳來聘，高祖許
　　褒等通知音問，褒贈弘讓詩並致書，弘讓亦復書。

所謂「褒等」，庾信自在其中，今考之庾信文集中有〈別周尚書弘正〉、〈送別周尚書弘正〉二首，〈重別周尚書〉二首等詩可知。其次，當時使者來往，主客應對失儀，也代表國家榮辱，所以他們的應對與對答，在每次任務完成後，都列入紀錄，其中包括來使與主客的交談，辯論與接待的程序，重視而且謹慎。〔註210〕如《南齊書·劉繪傳》所云：「奉勅接魏使，事畢，當撰記。」可知其事。而庾信自己雖未能南歸，但在北朝仍然位望通顯，與朝貴又多所交往，此類使臣語錄，自必關切再三，而又能有所聞見。由上兩點可知，南朝之文章如沈氏的〈歸魂賦〉，庾信是很有可能見到的。甚且，我們若從賦篇的本身去做探討，就不難有些眉目出現。

　　〈歸魂賦〉雖然在篇幅上不如〈哀江南賦〉，但亦遠非短篇小賦可比，在外表形式上是相仿的，而且除了有簡單幾句序文之外，在結構也

〔註209〕同前。
〔註210〕參見逯耀東《北魏與南朝對峙期間的外交》一文。

是由先祖談起，繼而敘述時局的今昔變遠，然後轉入以梁朝滅亡的經過，以及入北之後的心情。這在結構上是與〈哀江南賦〉相似的，只不過最後一小段的南歸、興奮之情，是〈哀江南〉所無，也是庾信所無法體會的，這當然是境遇不同所致，不得不然。所以就內容承轉而言，實是大同小異。其最顯著者，莫過於詞句的雷同，如「大盜之移國」、「斬蚩尤之旗」、「去莫敖之所縊」、「但望牛而觀斗」等，都證明這種可能性的增加。何況庾信身在北方，目觀故人南歸，必然亟欲瞭解其歸後心情。而他又能藉使者之訪以及語錄之便，知道江南的狀況。因此見到沈氏此賦，引發他〈哀江南賦〉的創作動機，沈氏以歸魂名賦，並自序因《楚辭》之句而作，庾信因而有感「魂兮歸來哀江南。」遂有此賦的產生，應該是可信的。所以說，梁朝的滅亡，身世的飄零，雖然是庾信作〈哀江南〉的背景因素，而所謂「鄉關之思」正是其寫作動機所在，而沈氏的〈歸魂賦〉可能就是他創作此賦的引線了。

二、結構與內容

〈哀江南賦〉從外表來看，可分為序文及本文兩大部分，序文在前面已約略分析過，大體這一大篇賦序，乃是綜括全篇大旨，提綱挈領地指出賦篇的大意及其旨趣所在。同時在其間作者由歷史的事實開始，再接著及于自身的感懷，終於歸以天意人事，全篇的層次承轉，我們除了可由序文見其端倪之外，賦文本身更明顯地表現作者對于結構的設計與安排。劉師培盛稱其謀篇之法云：「至於庾子山文，亦知謀篇之法，如〈哀江南賦〉，先敘其家世，而由梁之太平，敘及梁之衰亂，層次分明，秩序不紊。」可見〈哀江南賦〉一篇，用來作為分析庾信文章章法的代表，是最恰當不過的。今逐段分析如下：

　　我之掌庾承周，以世功而為族。經邦佐漢，用論道而當官。
　　稟嵩華之玉石，潤河洛之波瀾。居負洛而重世，邑臨河而
　　宴安。一逮永嘉之艱虞，始中原之乏主，民枕倚於牆壁，
　　路交橫於豺虎。值五馬之南奔，逢三星之東聚，彼凌江而
　　建國，始播遷於吾祖。分南陽而賜田，裂東嶽而胙土；誅

> 茅宋玉之宅，穿徑臨江之府。水木亦運，山川崩竭。家有
> 直道，人多全節。訓子見於純深，事君彰於義烈。新野有
> 生祠之廟，河南有胡書之碣。況乃少微眞人，天山逸民。
> 階庭空谷，門巷蒲輪；移談講樹，就簡書筠。降生世德，
> 載誕貞臣。文詞高於甲觀，楷模盛於漳濱。嗟有道而無鳳，
> 嘆非時而有麟；既姦回之間釁逆，終不悅於仁人。

此段主要敘述祖先世德，其中文可分爲兩小段，一、首先是敘述其祖
先定居之經過，自鄢陵到新野，以及後來南渡，轉徙江陵，並且世代
以忠孝傳家，並有碑祠爲證。此一小段由起首到「新野有生祠之廟，
河南有胡書之碣」兩句爲止。其次，自「況乃少微眞人」以下至「終
不悅於仁人」一句，乃是緊接上一小段敘述其祖父庾易清淡隱逸的風
格，以及其父庾肩吾以高才顯貴，終受迫而亡之事。故在此首段所寫，
正是對應序中所述的世德家風。敘述其祖父、父兩人亦能各得其所。
王禮卿曰：「換用典重之筆，兩層著語無多，而各肖其生平，此筆之
妙也。」〔註211〕

> 王子濱洛之歲，蘭成射策之年。始含香於建禮，仍矯翼於
> 崇賢。遊洊雷之講肆，齒明離之冑筵。既傾蠡而酌海，遂
> 測管而窺天。方塘水白，釣渚池圓。侍戎韜於武帳，聽雅
> 曲於文絃。乃解懸而通籍，遂崇文而會武，居笠轂而掌兵，
> 出蘭池而典午。論兵於江漢之君，拭玉於西河之主。

此段自己任梁之事，其間由射策任郎，轉任東官學士，後又得論兵、
出使，聲譽響遍南北。這兩段是爲身世之感的第一部分。王禮卿云：
「全段典貴高華，筆與境稱。中以方塘二語寫景，妍秀輕逸。末以笠
轂兩聯敘事，調高辭麗。」可見其筆法是隨內容所遇而遷，並不是一
成不變的。

> 於時朝野歡娛，池臺鐘鼓；里爲冠蓋，門成鄒魯；連茂苑
> 於海陵，跨橫塘於江浦；東門則鞭石成橋，南極則鑄銅爲
> 柱；橘則園植萬株，竹則家封千戶；西賈浮玉，南琛沒羽；

〔註211〕參見《歷代文約選詳評》。

> 吳歈越吟，荊豔楚舞；草木之遇陽春，魚龍之逢風雨。五
> 十年中，江表無事。王歈爲和親之侯，班超爲定遠之使；
> 馬武無預於甲兵，馮唐不論於將帥。

此段順著上文，敘述梁代昇平之盛，所謂朝野歡娛總括全段之意。故
下列舉其細目，有池台音樂之美，貴族文士之盛。苑倉之豐大，疆域
的廣闊，以至人民富足，遠使來貢，美人歌舞，無不極其歡樂。再接
以「五十年中，江表無事」作爲其盛況的總結。接著就南北通和，人
不知兵一事言之，作爲其狀況的具體表露。但是也同時成爲下面敘事
的一處轉筆。所以這一段在整篇賦的氣勢上，可以說是一大轉捩點，
也是由盛時寫入衰時的關鍵，而全篇除以上三段外，正是序文所言：
「不無危苦之辭，惟以悲哀爲主。」故王禮卿曰：「此愈翕盛，轉愈
慘痛，與下段爲相形法。極盡承平氣象，又與上段爲相映法。」可見
此段實在是承上接下的重要關鍵所在了。

> 豈知山嶽闇然，江湖潛沸；漁陽有閭左戍卒，離石有將兵
> 都尉。天子方刪詩書，定禮樂；設重雲之講，開士林之學；
> 談劫燼之灰飛，辨常星之夜落。地平魚齒，城危獸角。臥
> 刁斗於滎陽，絆龍媒於平樂。宰衡以干戈爲兒戲，縉紳以
> 清談爲廟略。乘漬水以膠船，馭奔駒以朽索，小人則將及
> 水火，君子則方成猿鶴。敝箄不能救鹽池之鹹，阿膠不能
> 止黃河之濁。既而紡魚頮尾，四郊多壘。殿狎江鷗，宮鳴
> 野雉；湛盧去國，航航失水；見被髮於伊川，知百年而爲
> 戎矣。彼姦逆之熾盛，久遊魂而收放命，大則有鯨有鯢，
> 小則爲梟爲獍。負其牛羊之力，凶其水草之性。非玉燭之
> 能調，豈璿璣之可正？值天下之無爲，尚有欲於羈縻；飲
> 其琉璃之酒，賞其虎豹之皮；見胡柯於大夏，識鳥卵於條
> 枝，豺牙宓厲，虺毒潛吹，輕九鼎而欲問，聞三川而遂窺。
> 始則王子召戎，姦臣介胄。既官政而離退，遂師言而泄漏。
> 望廷尉之逋囚，反淮南之窮寇。出狄泉之蒼鳥，起橫江之
> 困獸。地則石鼓鳴山，天則金精動宿；北闕龍吟，東陵麟
> 鬥。爾乃桀黠橫扇，馮陵畿甸，擁狼望於黃圖，填盧山於

赤縣。青袍如草，白馬如練。天子履端廢朝，單于長圍高宴。兩觀當戟，千門受箭。白虹貫日，蒼鷹擊殿。竟遭夏臺之禍，終視堯城之變。官守無奔問之人，干戚非平戎之戰，陶侃空爭米船，顧榮虛搖羽扇。將軍死綏，路絕長圍；烽隨星落，書逐鳶飛。遂乃韓分趙裂，鼓臥旗折，失群班馬，迷輪亂轍。猛士嬰城，謀臣卷舌。昆陽之戰象走林，常山之陣蛇奔穴。五郡則兄弟相悲，三州則父子離別。護軍慷慨，忠能死節，三世爲將，終於此滅。濟陽忠壯，身參末將，兄弟三人，義聲俱唱；主辱臣死，名存身喪，狄人歸元，三軍悽愴。尚書多算，守備是長；雲梯可拒，地道能防。有齊將之閉壁，無燕師之臥牆，大事去矣！人之云亡。申子奮發，勇氣咆勃，實總元戎，身先士卒。冑落魚門，兵塡馬窟；屢犯通中，頻遭刮骨。功業天枉，身名埋沒。或以隼翼鷃披，虎威狐假，沾漬鋒鏑，脂膏原野。兵弱虜強，城孤氣寡，聞鶴唳而心驚，聽胡笳而淚下。拒神亭而亡戟，臨橫江而棄馬；崩於鉅鹿之沙，碎於長平之瓦。於是桂林顚覆，長洲麋鹿。潰潰沸騰，茫茫滲漉，天地離阻，神人慘酷。晉鄭靡依，魯衛不睦。竟動天關，爭迴地軸。探雀鷇而未飽，待熊蹯而詎熟？乃有車側郭門，筋懸廟屋。鬼同曹社之謀，人有秦庭之哭。

此段由「豈知」一辭，急轉直下，轉入侯景作亂，以至金陵淪亡，其間又有諸將殉難，梁武被幽而死，以及簡文被弒而亡的經過。這一大段可說是亡國之痛的第一次寫照。其間又分爲七小段。由起首到「見披髮于伊川，知百年而爲戎矣」爲第一小段，寫侯景之亂，由於梁朝君臣，狃於安定之日，早已埋下禍根，其間寫梁武，寫貴臣雖釆壯聲宏，而頗有言外之諷意。王禮卿謂：「中敘國危朝露之狀，筆力質勁，末寫亡於戎狄之痛，嗚咽蒼涼，神味不盡。」第二小段由「彼姦逆之熾盛」到「聞三川而遂窺」，敘述侯景凶殘成性，由梁納其降，內附，以至反側背叛之事，筆力雄肆頓宕。第三小段，由「始則王子召戎」至「北闕龍吟，東陵麟鬪」，敘述由於臨賀王正德怨望朝廷，遂與侯景

密通，以至大亂，並寫妖異出現的徵兆。第四小段，由「爾乃桀黠橫扇」到「顧榮虛搖羽扇」。描寫侯景圍攻臺城，梁武被幽禁，而援軍遲遲未到一事，而引入下文。頗有悲壯之風。王禮卿云：「狼望一聯峭刻，青袍兩語透逸。」第五小段，由「將軍死綏，路絕長圍」到「三州則父子離別」，雖寥寥數語，卻扼要地指出諸王擁兵自重，見危不救之事，而當時混亂局勢，圍城危苦之情，亦歷歷在目。第六小段，由「護軍慷慨，忠能死節」到「功業夭枉，身名埋落」，插敘韋桀、江子一兄弟，以及羊侃等人的死節，依次描繪，間加評述，頗能感人。以彰顯其難能可貴之貞勁志節，且對比梁氏親人之無情無義。王禮卿云：「故緊接上段擁兵不救敘之，寓褒貶於相形之中，亦史法也。」第七小段，由「或以隼翼鷃披」到「人有秦庭之哭」描寫諸軍敗陣，臺城淪亡的經過，音調悽楚動人。而接以武帝被囚而死，簡文亦遭弒而亡，作爲全段的總結。其中城陷之後的荒涼，以及歸咎于諸王不和之因，語意沈痛。並且由「鬼同曹社之謀，人有秦庭之哭」，寫出國亡的傷痛，並以己身，奔往江陵，求救元帝之事，作爲下文的伏筆。王禮卿評此一大段云：「敘論詳盡，局勢宏放，極典重酣恣之致。」

> 爾乃假刻璽於關塞，稱使者之酬對。逢鄂坂之譏嫌，值門之征稅，乘白馬而不前，策青騾而轉礙。吹落葉之扁舟，飄長風於上游。彼鋸牙而鉤爪，又循江而習流，排青龍之戰艦，鬭飛燕之船樓。張遼臨於赤壁，王濬下於巴丘。乍風驚而射火，或箭重而回舟。未辨聲於黃蓋，已先沉於杜侯。落帆黃鶴之浦，藏船鸚鵡之洲，路已分於湘漢，星猶看於斗牛。若乃陰陵失路，釣臺斜趣，望赤壁而霑衣，艤烏江而不渡。雷池柵浦，鵲陵焚戍。旅舍無烟，巢禽無樹。謂荊衡之杞梓，庶江漢之可恃；淮海維揚，三千餘里，過漂渚而寄食，託蘆中而渡水，屆於七澤，濱於十死。嗟天保之未定，見殷憂之方始。本不達於危行，又無情於祿仕，謬掌衛於中軍，濫尸丞於御史。信生世等於龍門，辭親同於河洛，奉立身之遺訓，受成書之顧託。昔四世而無慼，

　　今七葉而始落。泣風雨於梁山，惟枯魚之銜索。入歌斜之
　　小徑，掩蓬藋之荒扉：就汀洲之杜若，待蘆葦之單衣。

此段接著上段，敘述己身奔往江陵的經過，以及仕于元帝時內心的憂
慮。此一段正是作者描述身世之感的第二部分。其中又可分為三小
段，由本段「爾乃」一語起首到「路已分於湘漢，星猶看於斗牛。」
寫自金陵逃往江陵，途遇侯景敗兵江陵，因能小住江夏，並且心思故
都。第二小段，由「若乃陰陵失路」到「屈於七澤，濱於十死」，寫
出奔途中，沿途荒蕪及危苦之狀，言其行役之艱辛，並作為上下文的
關聯。音調悲淒愴側。第三小段，則由「信等生于龍門」至「待蘆葦
之單衣。」寫出作者抵達江陵之後，無意于仕宦，雖局勢已危，但勉
為其事，而元帝性多猜忌，因此憂思身世，並及思親之情。此亦正可
與首段言世德者相互對映，而身世之感亦由然流露文字之間。

　　於是西楚霸王，劍及繁陽。塵兵金匱，校戰玉堂。蒼鷹赤
　　雀，鐵軸牙檣。沉白馬而誓眾，負黃龍而渡江。海潮迎艦，
　　江萍送王。戎車屯於石城，戈船掩於淮泗。諸侯則鄭伯前
　　驅，盟主則荀罃暮至剖巢燻穴，奔魑走魅。埋長狄於駒門，
　　斬蚩尤於中冀；燃腹為燈，飲頭為器。直虹貫壘，長星屬
　　地。昔之虎踞龍盤，加以黃旗紫氣，莫不隨狐兔而窟穴，
　　與風塵而珍瘁。西瞻博望，北臨玄圃，月榭風蓋，池平樹
　　古。倚弓於玉女牕扉，繫馬於鳳凰樓柱，仁壽之境徒懸，
　　茂陵之書空聚。若夫立德立言，謨明寅亮，聲超於繫表，
　　道高於河上。更不過於浮丘，遂無言於師曠。以愛子而託
　　人，知西陵而誰望？非無北闕之兵，猶有雲臺之仗。司徒
　　之表裏經綸，狐偃之惟王實勤。橫珥戈而對霸主，執金鼓
　　而問賊臣。平吳之功，壯於杜元凱；王室是賴，深於溫太
　　真。始則地名全節，終則山稱枉人。南陽校書，去之已遠；
　　上蔡逐獵，知之何晚？鎮北之負譽矜前，風飆凜然。水神
　　遭箭，山靈見鞭；是以蟄熊傷馬，浮蛟沒船。才子併命，
　　俱非百年。中宗之夷凶靖亂，大雪冤恥。去代邸而承基，
　　遷唐郊而纂祀，反舊章於司隸，歸餘風於正始。沉猜則方

逞其欲，藏疾則自矜於己，天下之事沒焉！諸侯之心搖矣！
既而齊交北絕，秦患西起。況背關而懷楚，異端委而開吳。
驅綠林之散卒，拒驪山之叛徒，營軍梁溠，蒐乘巴渝。問
諸淫昏之鬼，求諸厭劾之符。荊門遭廩延之戮；夏口濫逵
泉之誅；蔑因親以教愛，忍和樂於彎弧。既無謀於肉食，
非所望於論都。未深思於五難，先自擅於二端。登陽城而
避險，臥砥柱而求安。既言多於忌刻，實志勇而形殘，但
坐觀於時變，本無情於急難。地惟黑子，城猶彈丸。其怨
則黷，其盟則寒。豈冤禽之能塞海？非愚叟之可移山。況
以沴氣朝浮，妖精夜隕，赤鳥則三朝夾日，蒼雲則七重圍
軫。亡吳之歲既窮，入郢之年斯盡。周含鄭怒，楚結秦冤；
有南風之不競，值西鄰之責言。俄而梯衝亂舞，冀馬雲屯，
俴秦車於暢轂，沓漢鼓於雷門，下陳倉而連弩，渡臨晉而
橫船。雖復楚有七澤，人稱三戶，箭不麗於六麋，雷無驚
於九虎。辭洞庭兮落木，去涔陽兮極浦。熾火兮焚旗，貞
風兮害蠱。乃使玉軸揚灰，龍文折柱。

此一大段，爲其亡國之痛的再度寫照，其間敘述梁元帝之能平定侯景
之亂，厥功不小，但又嘆惜故都的繁盛難復，中興大業難以完成，並
悼簡文帝、王僧辯以及邵陵王。敘述亦能詳實，評斷又極精審，章法
可與第四大段相互參考。其中也可分爲四小段。第一小段，由「於是
西楚霸王」習「茂陵之書空聚。」敘述元帝命王僧辯、陳霸先討平侯
景之亂，造成中興氣象。文筆雄壯遒勁，與描述亂平之後，臺城之荒
蕪、宮殿之淒涼，作一對比，而又融爲一悲壯淒麗的風格。第二小段
由「若夫立德立言」至「才子併命、俱非百年」，悼念簡文帝、王僧
辯、邵陵王之亡。但此段著重在憂中興之才凋落將盡，與前面第四大
段第六小段哀悼忠貞之士之意，略有不同。第三小段，由「中宗之夷
凶靖亂」至「非愚叟之可移山」，描述元帝以性猜忌，殺戮背盟，以
致中興之業，無法完成。首由中興敘起，並點出元帝的沉猜矜己爲其
個性上的弱點，由此導致「心搖」、「事沒」的結果。另外由其行事不

憤，使國交不利，而又貪戀江陵，攻殺他王，使得他置于內外不和的
地位。最後寫出作者對于中興大業的絕望，元帝既非所託，希望自亦
幻滅。筆多痛憤。第四小段，由「況以沴氣朝浮」到「乃使玉軸揚灰，
龍文折柱」，承上文所言，而歸結出江陵必將淪亡的命運，首先敘述
妖異的不祥徵兆，其次描述魏軍來攻經過及勝敗情狀，並指出自己之
將去國。最後以元帝兵敗被殺，將亡時擊柱焚書之事，把元帝性情上
的弱點，再次強調，使得江陵滅亡的原因，更加明顯而突出。而梁朝
殘敗之景象，亦由此得見。作者傷心痛憤的程度，也可想而知。

> 下江餘城，長林故營。徒思抽馬之秣，未見燒牛之兵。章
> 曼枝以轂走，宮之奇以族行。河無冰而馬渡，關未曉而雞
> 鳴。忠臣解骨，君子吞聲。章華望祭之所，雲夢偽遊之地。
> 荒谷縊於莫敖，冶父囚於群帥；硎谷摺拉；鷹顫批擴。冤
> 霜夏零，憤泉秋沸。城崩杞婦之哭，竹染湘妃之淚。水毒
> 秦涇，山高趙陘，十里五里，長亭短亭，饑隨蟄燕，暗逐
> 流螢。秦中水黑，關上泥青。於時瓦解冰泮，風飛電散，
> 渾然千里，緇澠一亂。雪暗如沙，冰橫似岸。逢赴洛之陸
> 機，見離家之王粲；莫不聞隴水而掩泣，向關山而長嘆。
> 況復君在交河，妾在青波。石望夫而逾遠；山望子而逾多。
> 才人之憶代郡；公主之去清河；栩陽亭有離別之賦；臨江
> 王有愁思之歌。別有飄飄武威，羈旅金微。班超生而忘返，
> 溫序死而思歸。李陵之雙鳧永去，蘇武之一雁空飛。

此段為作者寫出亡國之慘痛，及梁人被擄入關，途中危苦之情況，以
及長留異域的悲情。亦為作者合寫身世之感與亡國之痛的第一部分。
遙接金陵之敗亡，加上剛剛失去的江陵，成為作者「哀江南」的主題
所在，其中文可分為三小段。第一小段，由「下江餘城」到「竹染湘
妃之淚」，寫南朝自江陵敗亡之後，全國喪亂，分崩離析，一片瘡痍
景象，所謂「杞婦之哭，湘妃之淚」似乎只是一片淒涼與無奈。而一
幅亡國之圖，宛然如繪。第二小段，由「水毒秦涇，山高趙陘」到「臨
江王有愁思之歌」，寫梁人被擄入關，途中艱苦情狀，所謂顛沛流離，

無有貴賤可言，此一小段由景色的總寫，再分析才人學士，夫婦母子，才女公主，與王孫之傷情，句句沉痛。正如王禮卿所說：「全段連作三疊，一氣趕下，如飄風驟雨，急管繁絃。無語不工，無音不惻，蓋子山遭亡國之悲戚，目擊遺民之慘狀，境眞情切，故能聲情俱至，摹繪如生。……豈止以辭采見長耶！」。第三小段，即自「別有飄颻武威」到「蘇武之一雁空飛」寫其羈留異域，不得南返的傷感。此段正由上文所敘諸人，歸到自己身上，故情感眞切，志節動人。

> 若江陵之中否，乃金陵之禍始；雖倍人之外力，實蕭牆之內起。撥亂之主忽焉，中興之宗不祀。伯兮叔兮，同見戮於猶子。荊山鵲飛而玉碎，隋岸蛇生而珠死。鬼火亂於平林，殤魂遊於新市。梁故豐徙，楚實秦亡，不有所廢，其何以昌？有嬀之後，將育於姜；輸我神器，居爲讓王。天地之大德曰生，聖人之大寶曰位。用無賴之子弟，舉江東而全棄。惜天下之一家，遭東南之反氣；以鶉首而賜秦，天何爲而此醉？且夫天道迴旋，生民預焉：余烈祖於西晉，始流播於東川；泊余身而七葉，又遭時而北遷。提挈老幼，關河累年；死生契闊，不可問天。況復零落將盡，靈光歸然。日窮於紀，歲將復始，逼迫危慮，端憂暮齒。踐長樂之神皋，望宣平之貴里。渭水貫於天門，驪山迴於地市。幕府大將軍之愛客，丞相平津侯之待士。見鐘鼎於金張，聞絃歌於許史。豈知灞陵夜獵，猶是故時將軍；咸陽布衣，非獨思歸王子。

此段爲作者合寫亡國之痛與身世之感的第二部分，同時也是全文的總結，主旨在敘述梁朝亡於陳的始末經過，以及己身滯北不歸的感懷。全段亦可分爲三小段，前二小段皆寫亡國之事，後一小段則自抒身世之感。第一小段自「若江陵之中否」到「輸我神器，居爲讓王」，論述梁亡之原因，而總結在「雖借人之外力，實蕭牆之內起」，江陵之亡，與陳霸先之禪代，實相承而至，故亡國可謂亡於江陵之敗陷。並述元帝及太子諸王、中興諸將之慘死，此一層亦是總結前

文所敘之事，作為對映。第二小段由「天之大德曰生」到「天何為而此辭」，此小段深責元帝之不能好自為之，以致用人不善，自取滅亡。作為梁亡的結束。此處全用長句，語簡力遒，痛惜之意，表露無遺。第三小段，由「且夫天道迴旋」到「非獨思歸王子」，寫其身世之感，作為全篇的歸結，並寫其入北已至暮齒，零落獨存，仍不得南歸，只有一片懷思，日夜牽繫。又所謂「天道迴旋」、「生民與焉」，正呼應于序文所云：「天意人事，可以悽愴傷心者矣！」一語。而自述列祖世德，除了與賦文開首作遙映之外，當有不忘其本之意，這當也是庾信的「鄉關之思」，其哀江南的無盡心情之所寄。這一段是全賦的歸結，因此文辭也非常沈雄感人。故王禮卿評之曰：「由身世結到國亡，兩意并收，戛然而止。」又云：「大文結束，不難於縝密，而難於神韻之渺不可攀，得此一結，全文之繁柯密葉，皆化重為靈矣。」實為確論。

故總而論之，〈哀江南賦〉一篇的結構，首由序文開始，作為全文的旨趣與綱領所在。而賦文則隨時鋪敘，並且雜穿他事。而本文歸納起來有六大段，其中描寫身世之感的有二，亡國之痛亦有兩段，其餘兩段則是合寫亡國與身世的。這是他全篇結構嚴謹所在，也是層次分明，秩序井然的地方。故王禮卿云：「雖機局宏闊，情事紛紜，而無散漫鬆弛之累，此綱領之效，機軸之工也。」其中分而論之，寫身世有四：世德、少年榮顯、奉使留北、羈旅暮齒。又寫亡國者有三：一為金陵之喪亂，二為江陵之陷敗，三為梁為陳篡而國亡。言敗亡之處，多所指責，則於人事之誤，述妖異之兆，亦皆傷天意，所謂「天意人事」者正是，而其具體而微則表現在身世之感與亡國之痛。而究其文情則在「不無危苦之辭，惟以悲哀為主。」以上這三點正是〈哀江南賦〉的構成因素。

三、形式與技巧

賦從漢代以來，大多為長篇鉅製，這多半是描寫壯大的國勢，所

產生之格局，隨著局小勢弱，六朝賦乃漸趨于短小的篇幅，此是就大體而言的，當然，西漢也有小賦，如班固〈竹扇賦〉、桓譚〈仙賦〉等。而到六朝，也有一些長篇的製作，如潘岳的〈西征賦〉以及庾信的〈哀江南賦〉，長篇鉅製的形式，已不符合六朝以來的國家局面，不過他們並非是歌頌帝國的繁華盛況，而是抒寫對于這個時代的感懷，因此，這些作品也正表露了時代的變遷，不像庾闡的〈揚都賦〉以漢賦的模型而來寫東晉偏安的小局面，無論如何，這種作法顯得大著作與小朝廷之間的不調和。〔註212〕

　　前面提到〈哀江南賦〉的結構嚴謹，尤其是這樣一篇形式鉅大的賦，的確需要有沈雄的駕馭能力，所以劉繁蔚云：「庾信深諳檢定格局之法……由安定到變亂，又氣順乎其勢，毫無累贅的陳跡，皆得力于格局，雖然長篇大幅，也不流于繁冗。」〔註213〕這是就大佈局而言，至於一篇文章能夠生動感人，仍有賴于其細小部分的經營，故劉師培云：「無論研究何家之文，卻須就命意、謀篇、用筆、選詞、鍊句五項。……能研究其結構、段落、用筆者，始可得其氣味，能瞭解其轉折之妙者，又氣自異凡庸。」〔註214〕如此之後，就是選詞鍊句的功夫了。

　　全篇文章的用筆，從正、反筆法來看，〈哀江南賦〉在摛辭運意，以及寫境敘事上，除了自敘年少仕梁，以及梁朝承平景象兩處，用反形之筆外，其語皆是依序抒寫危苦悲哀的事實與感觸，所以檢其用筆之法，不妨以此作為一條線索。所謂「文之有反正者，即以反正為段落，無反正者，即以次序為段落。」〔註215〕若再深究其細節，則又可知，于每一段敘述文字之中，作者除了敘事寫景之外，往往夾以評議，使得文章不全落於主觀的濫情，或是客觀的枯索。使得此篇作品

〔註212〕參見馮承基，《六朝文述論略》。

〔註213〕參見劉繁蔚，《魏晉南北朝名家文之研究》。

〔註214〕參見劉師培，《漢魏六朝專家文研究》。

〔註215〕參見王禮卿〈哀江南賦評譯〉。

在生動之外，亦有「賦史」之作用。〔註216〕亦即其中如有「文筆」，又有「史筆」，「文筆」活潑生動，例如貶責梁元帝一段時，則「豈冤禽之能塞海，非愚叟之可移山。」至於議論其人，則語多質直，轉爲「史筆」，如「中宗之夷凶靖亂，大雪冤恥，去代邸而承基，遷唐郊而纂祀，反舊章于司隸，歸餘風於正始，沈猜則方逞其欲，藏疾則自矜於己……。」等皆是。故王禮卿評之云：「莽莽數千言，神理一如，其抒情寫境，固無論矣，即敘議處亦神采飛動，無索寞乏氣之失，此神理之全也。」

庾氏在文章的起承開合處，亦自有其法，例如承上啓下的接頭語，「況乃」、「況復」、「豈知」、「且夫」、「猶是」、「非獨」等等之使用，以及如「若江陵之中否、乃金陵之禍始，雖借人之外力，實蕭牆之內起。」中「若」、「乃」、「雖」、「實」四字的轉折變化，而又不失一貫，都在在遠離漢賦中爲舖排產生的固定方式，而富於變化，同時這也是庾信技巧高人之處。所以這種虛字的大量使用，使得文氣生動疏宕，不致呆板。這和全篇排偶之文，夾以散文的方式，可謂有異曲同工之妙，例如「如被髮於伊川，知百年而爲戎矣。」又如「伯兮叔兮，同見戮於猶子。」這都是爲了在整齊中求變化，以達到避免呆滯，促使文章活潑生動的寫作技巧。故孫德謙《六朝麗指》云：「駢體之中，使無散行，則其氣不能疏逸，而敘事亦不清晰。」又云：「作駢文而全用排偶，文氣易致窒塞，即對句之中，亦當少加虛字，使之動宕。」可見這種參差不齊的形式，在駢文中實有疏宕其氣的妙用。故王禮卿曰：「起滅處若有若無，轉折處時斷時續，覺有大氣迴旋其間，包舉其外，故言之短長高下無不皆宜。……如是乃感人至切、風味曲包，咀之而雋永不盡……此氣味之美也。」

〔註216〕按劉師培云：「降及六朝……如庾子山〈哀江南賦〉借古物以比附事實，固甚恰當，但於敘事之際不著功罪，及訂論功罪，復贅他語，此漢人所未有也。」蓋以漢人之作爲主，故有此語，實未必當以漢人之法爲準，此當爲時代求新變的結果，故亦未可厚非。

在句式方面，作者的運用也是善於變化的，從最短的四字句到最長的九字句，在這個範圍內除四、九字外的五、六、七、八字句皆有。但在使用方面，卻也並非固定的句數，例如議論之處，或多至十餘言，（如評議梁元帝時）少者或有一兩語而已。使得文意與句式之間能夠產生更繁富的變化。當然，以整篇作品而言，四六句式可以說是主要的形式，但四六句式的最早來源，當可由建安談起，劉師培《論文雜記》云：

> 東京以降、論辯諸作，往往以單行排偶之辭，而奇偶相生，致文體迴殊於西漢，建安之世，七子繼興，偶有撰者，悉以排偶易單行，即有非韻之文，亦用偶文之體，而華靡之作，遂開四六之先，而文體復殊于東漢。

到陸機則其演連珠五十首中，又一再使用四六句法，但是此時只是初具四六型態，到了徐陵、庾信，才幾乎全篇以四六句法為主。這固然是四六句在音律上造成諧美的效果，而且對於意義上的排偶也很方便，因此才會成為定式。〔註217〕但是值得注意的是，此時之四六，並非如唐宋的四六文、全篇以四六排偶為主。因此《六朝麗指》云：「駢體與四六異，四六之名，當自唐始。」正是此意。而賦最初也是以四字六字之單對為多。到庾信時，賦中才出現所謂的四六隔對。而且除了賦序之外，在〈哀江南賦〉本文當中，真正的四六隔對，只有：

我之 { 掌庾承周，以世功而為族。
　　　 經邦佐漢，用論道而當官。

又

豈知 { 灞陵夜獵，猶是故時將軍。
　　　 咸陽布衣，非獨思歸王子。

所以全篇的句式，雖多為四六，並非全如後代所謂「四六文」。而那

〔註217〕參見王瑤，《中古文學風貌——徐庾與駢體》一文。

些四六的句子，在賦中也是錯綜地使用，非固定之形式如四字句的重疊：「燕歌遠別，悲不自勝，楚老相逢，泣將何及。」又有六字句連用者，如「用無賴之子弟，舉江東而全棄。惜天下之一家，遭東南之反氣，以鶉首而賜秦，天何爲而此醉。」此外，六六四四，或者四四六六等等的變化，使得全篇文氣靈活生動，這些都是在形式上所運用的技巧。

除上所述之外，瞿兌之指出其技巧特色，又有兩點：第一爲用韻的諧美，如「君在交河，妾在清波，石望夫而逾遠，山望子而逾多。」流利輕巧。第二爲用典的貼切，這也是庾信的特色。其他如對仗方面的特色，用韻的情形，聲調的平仄問題，將逐一於後面探討，在此暫略。

四、評價與影響

劉師培先生論庾信之文云：「大抵六朝時人，皆能作四六文，工對仗，善用典，而除陵庾信所以超出流俗者，情文相生，一也，次序謹嚴，二也，篇有勁氣，三也。」又云：「庾文雖富色澤，而勁氣貫中，力足舉詞，條理完密，絕非敷衍成篇，以視當時普通文章，殆不可同日而語矣。」自注云：「如〈哀江南賦〉等長篇……。」可見這三點正是〈哀江南賦〉的三大成就，也是〈哀江南賦〉所以能感人千古，成爲不朽之作的主要原因。歷來評論此賦，多偏于情文相生的一方面。對於第二及第三方面往往忽略了。

就賦的氣勢而言，〈哀江南賦〉也是值得稱讚的，而它是前有所承的。《南齊書・文學傳》云：「次則發唱驚挺，操調險急，雕藻淫艷，傾炫心魄，亦猶五色之有紅紫，八音之有鄭衛，斯鮑照之遺烈也。」〈哀江南賦〉的勁氣，應該就是這一個脈絡而來。故瞿兌之云：「哀江南的起源，可以說是多方面的，他的凝重處像陸機，輕艷處很像江淹，而最擅長的特色，所謂長驅千里的氣勢，掩抑悲壯的聲調，卻的確確是從鮑照而出的。」〔註218〕再就其格局而言，亦即所謂「次序

〔註218〕參見瞿兌之，《中國駢文論》，頁60。

謹嚴」這一方面，潘岳的〈西征賦〉可以說是〈哀江南賦〉體格之所本。不過所寫不同，一古一今，而庾信再加變化更加感人而已。故從賦文來看，兩賦均以作者為主，而〈西征賦〉因地懷古，側重於地，故隨所歷而出之，其中或寫形勝，或寫景物，或論史事，這是〈西征賦〉的精神所在。至於〈哀江南賦〉，以敘述今事為主，偏重于時，故其賦，以時間之先後描寫，有寫身世，有寫國亡，有寫人物。其間，依次舖陳，開合穿插，敘議兼行，又與〈西征〉略同。王禮卿曰：「主旨既殊，綱目自異……此又當之變化。」而兩賦體格雖為相沿，精神亦自有異。故何焯云：「潘安仁〈西征賦〉，刺取史事為賦，故主以人物，稍以征途所歷山川，羅絡其中，筆力遒壯，不累于繁釀……子山〈哀江南賦〉，體源於此，庾賦今事，故尤有關係，能動人，此善變者也。」〔註219〕

　　至於「情文相生」一點，歷來都有所評述，這篇賦文的感人，正由於它帶有濃厚的「寫實」精神，使得作品包涵了感動人的心的動力——真性情。再加上作者本身的才華以及藝術造詣，於是成就了〈哀江南賦〉的佳作。所以〈哀江南賦〉不僅是賦史，同時也就是一篇長篇敘事詩，它與時代是分不開的，如寫梁朝之承平及其衰亡，悲歡離合寫得極為真切，毫無作假，我國自漢以來，所有的記事長詩，都採取了賦的形貌，因此有人常說中國沒有敘事詩，實則西漢以後到六朝，作賦多以舖陳典章文物，舖揚形勝繁華，作為創作的好材料，而難得的是，長篇的〈哀江南賦〉，卻能不多加舖敘，只是單純敘述自身經歷，並以敘事而抒其情，成了〈離騷〉之後，一篇文學價值極高的長篇敘事詩。〔註220〕丘瓊蓀云：「為六朝之殿者，則惟子山庾氏，其〈哀江南賦〉，臚陳史實，譏彈得失，嘆鄉國之途修，寄歸思於楮墨，允為當時絕作。」〔註221〕實則這種近似自

〔註219〕參見何焯，《義門讀書記》，卷四十五。
〔註220〕參見嚴既澄，《韻文與駢體文》一文。
〔註221〕參見丘瓊蓀，《詩賦詞曲概論》，頁160。

傳體的賦篇，不只是漢魏賦體的最後一篇鉅製，此後也難得再見的瑰麗作品，〔註222〕鮑覺生賦則評此賦亦云：密麗典雅，精思足以緯之，激氣足以驅之，下開三唐，不止爲子山集中壓卷。」對之推崇備至。庾信憑藉文學與藝術信養，在大量典故，以及駢文的重重限制下，不但未被拘囿，相反地運用自如，展現出個人高超的才華與卓越的技巧，張仁青舉此賦而言曰：「然就抒寫描敘之得盡意言，通篇爲駢體者，自不如不拘拘於此者之爲自由，拘拘於此者自難免以辭害意……惟才氣縱橫工於造語者，雖通篇爲駢體，亦往往能曲暢事理，無扞格之病。」〔註223〕日人小尾郊一亦云：「〈哀江南賦〉……全篇羅列駢文，堆疊典故，是一篇長篇敘事賦，典麗情調達到賦的高峯……在華麗的形式裏，有作者感情的起伏。」〔註224〕不論這種題材本身的性質如何，還是仰賴作者文學表現，才能成爲好作品。何沛雄《讀賦零拾》謂：「〈哀江南賦〉，冠絕今古，昔屈平被讒而賦〈離騷〉，子山去國，痛哀江南，豈危苦之詞易工，蕭瑟之音多感乎！」乃以情感言之。但作者本身如果沒有高度寫作技巧，恐怕〈哀江南賦〉，悲則悲矣，無法產生如此巨大的感染力量。

當然，〈哀江南賦〉也有不少批評的意見，例如王若虛《滹南遺老集·文辨》云：

> 庾信〈哀江南賦〉，堆垛故實，以寓時事，雖記聞爲富，筆力亦壯，而荒蕪不雅，了無足觀，如「崩於鉅鹿之沙，碎於長平之瓦」，此何等語，至云：「申包胥之頓地，碎之以首」，尤不成文也。杜詩云：『庾信文章老更成，凌雲健筆意縱橫，今人嗤點流傳賦，不覺前賢畏後生。』嘗讀庾氏詩賦，類不足觀，而愁賦尤狂易可怪。

又全祖望《鮚埼亭集》「題哀江南賦後」云：

> 信之賦本序體也，何用更爲之序？故其詞多相復，滹南直

〔註222〕參見章江，《暮年詩賦動江關的庾信》一文。
〔註223〕參見張仁青，《歷代駢文選》，頁290。
〔註224〕參見《中國文學概論》，頁142～143。

詆爲荒蕪不雅，學子信少陵者多，其肯然濰南之言乎。

全氏根據王氏之意，又指出其病。不過大體都是針對字句上的弊病，加以指責，這也是無可厚非，例加全氏言其詞重覆確爲事實，但這在錢大昕也有說明，錢氏《十駕齋養新錄》云：「古人文字，不以重複爲嫌，庚信〈哀江南賦〉，杜元凱兩見，陸士衡一見，陸機兩見，班超兩見，白馬三見，西河兩見，七業兩見，暮齒兩見。秦庭、金陵、南陽、釣臺、七澤、全節、諸侯、荒谷，皆兩見。」又云：「未深思于五難，本無情於急難，一段之中，重押難字。」當然行文應儘量避免此種情形的發生，但是在駢文的格律限制下，也是難免的。至於王氏所舉之例句，雖是新奇可怪，但這也是時代的風尙使然。從南朝以來所逐漸發展出來的新變的作風，這也是文士好奇的心理所致，劉勰《文心雕龍》云：「宋初訛而新」，正是指此。以至「析文以爲妙」，都是這種心理下的結果，而所謂齊梁變體也還是沿襲這種作風而來，蕭子顯在《南齊書·文學傳》上云：「習玩爲理，事久則瀆，在乎文章，彌患凡舊，若無新變，不能代雄。」所以王氏認爲奇怪之文句，若是了解當時的文風，也就可以見怪不怪了。

總上而言，譽實多于毀，姚谷良〈論庚信哀江南賦〉云：「像這樣洋洋灑灑的大文，沒有他那樣豐富而慘痛的生活經驗，固然無法下筆，沒有他那樣淵博的學養，和玲瓏的巧思，也無法處理得如此天衣無縫，恰到好處。」〔註225〕而這篇作品，不僅是在當時的壓卷之作，同時也產生了不少的影響，其中包括同時以及後代的許多詩人、作家，或者是爲其作註解，或承襲他的作風，甚至模仿他的作品。

替這篇作品作註箋的，隋朝已經開始了，《隋書·魏澹傳》云：「廢太子勇深禮遇之，頗加優錫，令注《庚信集》。」又《唐志》載有張廷芳等三家，嘗注〈哀江南賦〉，雖然這些作品並未流傳下來，但由此也可見後人重視他的作品的情形了（其他零散的注文，今仍散見于

〔註225〕參見《中國文學史論集》，頁216～220。

《白孔六帖》本卷九、卷十一，晏同叔類要卷九等。一直到清代，除倪璠所注，收入《庾子山全集》外，又有徐樹穀、徐炯、吳兆宜等家的注文）。

　　而與庾信時代相仿，身世又相近的顏之推，他的作品〈觀我生賦〉，與〈哀江南賦〉也頗有相似之處，由於這篇作品，也是自傷身世而又懷思故國的內容，因此在敘事用典上，也有不少相符之處。倪璠《注庾子山集題辭》云：

> 子山北地羈臣，南朝才子。……〈哀江南〉一篇，可以知其工矣。王司空贈周汝南書，感此別離。顏大夫著〈觀我生賦〉，稱其清致。史並載其文，若此賦則又吳蜀在前，而子山之為魏國先生也。

張爾由於《屍守齋日記》中亦云：「讀顏之推〈觀我生賦〉，庾蘭成〈哀江南賦〉。俳惻哀麗之中，而南人性情若揭。文不可以偽為，信然。」可見後人是經常把二賦相提並論。若就其著作年代而言，〈觀我生賦〉據周法高考證，當在入周之後，且隋文帝開皇元年（西元 581 年，之推年 51）纂位之前。而〈哀江南賦〉據陳寅恪先生考證當作于北周武帝宣政元年（西元 578 年，子山年 65），所以二賦所作時代很相近，不過當時之推的文名、才氣不如庾信。但考查其賦文，頗有許多用典相同、用辭相同之處，約有廿條左右，至於二賦敘事順序與層次亦頗相似，如自敘先世等，故或子山之推同仕於北齊，而庾信〈哀江南賦〉名垂當時，之推由此得見其作品，於是受其影響。〔註 226〕但是全篇的文學效果上，又顯然不如庾信的〈哀江南賦〉。〈觀我生賦〉的寫作，受到〈哀江南賦〉的影響，其可能性也極大。

　　至於唐代杜甫的〈詠懷古跡詩〉，杜甫詩中以己身比庾信，以玄宗比梁武帝，以安祿山比侯景，賞無異於一篇〈哀江南賦〉的縮本。〔註 227〕不論研究〈哀江南賦〉，或〈詠懷古跡詩〉，當可互相資證。

〔註 226〕以上參見周法高《顏之推觀我生賦與庾信哀江南賦之關係》。
〔註 227〕參見陳寅恪《庾信哀江南賦與杜甫詠懷古跡詩》一文。

　　清人除了研讀庾信作品，及為賦作注解之外，更有王闓運在洪楊之亂初起之時，用同一題目作了一篇，刻意加以模仿，並且沿用庾信舊韻，形肖神似，實亦難得的佳作。其為後代所推崇注意，而評為「風雅之變而流宕之勝者」，的確是有其理由的。〔註228〕然而後人雖極力傲效，終究難以追其逸步。所以這篇當是不可做一不能有二的千古佳篇。〔註229〕

〔註228〕參見李調元，《賦話》卷八引晁氏語而云，太宗端拱中進士劉安國酷愛〈哀江南賦〉，雖日旰未食而不飢，蓋詞氣鼓動，快哉愜心而已，故前賢評品以為風雅之變而流宕之勝者。

〔註229〕張仁青，《六朝唯美文學》，頁 82 所云。又言其為橫絕古今之賦。並指其句有所指喻，字字加以錘鍊，明麗中出蒼渾，綺縟中有流轉，更已臻于爐火純青，出神入化之極詣。

第四章　庾信辭賦之特色與比較

　　庾信的辭賦作品，現存較完整有十五篇，八篇是入北之後的作品，七篇是居梁朝時所作。〔註1〕居梁七篇是〈春賦〉、〈七夕賦〉、〈燈賦〉、〈對燭賦〉、〈鏡賦〉、〈鴛鴦賦〉、〈蕩子賦〉。入北的八篇則是〈三月三日華林園馬射賦〉、〈象戲賦〉、〈小園賦〉、〈竹杖賦〉、〈邛竹杖賦〉、〈枯樹賦〉、〈傷心賦〉、〈哀江南賦〉。在這十五篇作品，充分表露作者的文學風格，其間除了顯示他一貫的作風外，也有前後不同的地方，明顯的看出庾信生平際遇的改變，使他的作品，有顯著的轉變，而作者環境的改變為作品風格轉變的主要關鍵。茲分別說明如下：

第一節　庾信辭賦一貫之特色

一、典故之靈活運用

　　《文心雕龍・事類篇》云：「觀夫屈宋屬籍，號依詩人，雖引古事而莫取舊辭……及揚雄《百官箴》，頗酌於詩書，劉歆遂初賦，歷敘於紀傳，漸漸綜採矣。至於崔班張蔡，遂捃摭經史，華實布獲、因書立功，皆後人之範式也。」可知這種援用古書舊語或事例，來佐證

〔註1〕參見倪璠《庾子山集》題辭。

作者的陳述，淵源甚早，但是其目的乃在「據事以類義，援古以證今」與魏晉以下直接由於「為文而造情」的貴游文學，以炫耀才學又有不同。既是以炫耀為主，因此隸事務博，成了當時文人競相追求的目標，而且技巧的講求自是精益求精，因此不僅在典故運用上要求繁密，同時又得求新求變，這才算達到「表裡相資」才學俱備的目的。

其實用典之務求博富，李兆洛已曰：「隸事之富，始於士衡。」〔註2〕自此風氣一開，至於六朝之時，白描之作愈漸稀少，故曰：「浸淫至於徐庾，隸事之風大盛，幾不知世有白描文字矣。」〔註3〕其用典風氣之盛行，可想而知。而庾信辭賦作品典故的靈活運用，也就在此一風氣之下促成。蔣士銓《評選四六法海‧緒論》中曰：「隸事之法，以虛活反側為上，平正者下矣……試觀庾氏之文，類皆一虛一實，一反一側，而正用者絕少……是以向背往來、濚洄取勢、夷猶蕩漾，曲折生姿，後人非信手搬演類書，即隨筆自成首尾，又曷怪其拳屈臃腫，直白鄙俚，去古萬里耶。」這一段話，最能說明庾信用典的長處，正在於靈活的變化。而所謂「拳屈臃腫」是典故使用過多的流弊，庾信無此缺點，故劉師培曰：「庾子山等哀艷之文用典最多……其情文相生之致可涵泳得之，雖篇幅長而絕無堆砌之迹。……故知堆砌與運用不同，用典以我為主，能使之入化，堆砌則為其所圍，而滯澀不靈。」〔註4〕至於蔣氏所謂「直白鄙俚」正是當持用典的一大原因，當時的唯美作風，促使文章也力求典雅華美，而典雅則正是運用典故的效果之一。這也是當時作風不同魏晉以前「據事類義」、「援古證今」的一般目的，而反映出時代習尚。因此單就字句的使用而言，即使是典故的轉化，也力求意象華美動人。例如〈華林園馬射賦〉一篇的「逐日追風」，以近似白描的意象，來比喻馬，而實用典故。又「控玉控而搖星，跨金鞍而動月」，「搖星」、「動月」恍若白描，實亦弓矢的用典，

〔註2〕參見李兆洛《駢體文鈔》評陸機之語。
〔註3〕參見張仁青《中國駢文發展史》，頁396。
〔註4〕參見劉師培《漢魏六朝專家文研究》，頁22～23。

而且我們由文字表面，也不易明白所指何物。可見當事典故的使用，其技巧之講求與字句鍛鍊的重視，當然這與文字之求簡易也有相當關係。〔註5〕

《六朝麗指》曰：「文章運典，於駢文爲尤要，考之六朝，則有區別焉。……陳古況今，以足其文氣也……借以襯托，用彰令美也。……別引他物，取以佐證也。……無涉本題，盡力描摹者也。……開此五例，恐未盡言，而六朝運典之法，其牿具於是乎？」其五例前段已約略提到，這是六朝文人用典的五種方式，至於具體而論之，可將典故分爲明典、暗典、活典、翻典四大種類。而其使用方法，大致有直用、反用、活用、借用四種。〔註6〕今舉例說明如下：

明典乃是令人一望即知用典，例如〈哀江南賦〉：「傅燮之但悲身世，無處求生。袁安之每念王室，自然流涕。」用傅燮、袁安兩人之舊事、非常明顯。至於暗典則是令人不覺其用典，而實有出處，其好處乃使人發現用典之事實之後，一加體味，更富情趣，例如〈邛竹杖賦〉：「寄根江南，淼淼幽潭，傳節大夏，悠悠廣野。」用《楚辭》、《蜀都賦》之舊典，而文字清新。又如〈小園賦〉：「草無忘憂之意，花無長樂之心。鳥何事而逐酒，魚何情而聽琴。」清麗可喜，意趣盎然，而四句竟有四典，此種融化典故的技巧，不著痕跡，而清新的意境反而給予人在心靈上的一種美感。〔註7〕這可以說是用典的極致。至於活典則是典故的原意與文意不同，只是借用典故中某一部分相關聯的意思，而加以活用，稱之爲活典，例如〈竹杖賦〉「雖有聞於十室，幸無求於千里」但取其名聲而已，並非《論語》所謂：「十室之邑，必有忠信」之義，與劉越石詩：「鄧生何感激，千里來相求」之原意。但取其部分關聯之意，此爲綴合二事而活用之活典。至於翻典則是舊典新用，出人意外，不加直說並加以變化語氣，例如〈鴛鴦賦〉「若

〔註 5〕參見王師夢鷗《漢魏六朝文體變遷》之一考察一文。
〔註 6〕參見黃永武《字句鍛鍊法》，頁 36～37。
〔註 7〕參見張仁青《駢文在中國文學中的地位》。

乃韓壽欲婚、溫嶠願婦，玉臺不送，胡香未有，必見此之雙飛、覺空牀之難守。」直說不過：「韓壽欲婚有胡香，溫嶠願婦送玉臺」而作者略加變化，轉用翻筆，使其文意更顯跌宕有致。

從運用典故的方法來看，直用是最普遍的方式，亦即如明典所舉一例，直接引述其事。反用則是與原典故文意相反的方式，例如〈蕩子賦〉「合歡無信寄，迴紋織未成」二句，乃是反用古詩〈合歡被〉，以及蘇氏織迴文詩的典故。至於活用則是斷章取義的方式，含意不同，而加以活用，此因「古今事非出一轍，典故成語未必皆能如吾意之所欲出……於是運用典故時，常以捕風捉影的方法，製造或變更故事。於運用成語時，常以斷章取義的方法變更或割裂原意，以成己說，雖都不是法度之正，但亦是濟典雅之窮所不得已的事。」〔註8〕這多爲活典之使用方式，取其部分相關之意，因此一個典故，可能產生不同的印象。例如桓溫的典故，在庾信的〈枯樹賦〉中乃是一種「樹猶如此，人何以堪」的同情，而在〈竹杖賦〉中則是其諷刺指責的對象，這種現象正是由此種斷章取義的活用方式下所造成。至於借用的方式，則是孫德謙所謂「無涉本題、盡力描摹者也」。例如〈哀江南賦〉「非玉燭之能調，豈璿璣之可正」，即借用「玉燭」、「璿璣」作爲調正的描寫，又如同賦「敝箄不能救鹽池之鹹，阿膠不能止黃洞之濁。」皆與本題無涉，不過借以達到烘托的目的而已。

從形式上言，典故的大量使用即是較量才學的標準，因此往往一篇作品當中，典故比比皆是，尤其庾信後期的辭賦，如〈哀江南賦〉幾乎句句用典。甚而有一句數典，例如〈傷心賦〉云：「至若曹子建、王仲宣、傅長虞、應德璉、劉韜之母、任延之親。」連用六個典故。又如〈枯樹賦〉中「若夫松子、古度、平仲、君遷」則連用四典。由此可見其好用典故的風氣。至於把許多典故加以融爲一體的也有，如〈蕩子賦〉「手巾還欲燥，愁眉即剩開」，則融化梁冀之妻與王閎之泣

〔註8〕參見傅師隸樸《修辭學》，頁171。

二事爲一體。又如〈春賦〉「芙蓉玉碗、蓮子金杯」合西魏文帝芙蓉水器、和庾闡碎玉碗二事爲一。又有一個典故而分爲二句的，如〈七夕賦〉「睹牛星之曜景、視織女之闌干」牛星、織女本出一事，而分爲二句。又如〈哀江南賦〉「既傾蠡而酌海，遂測管而窺天。」語出東方朔「以管窺天，以蠡測海」一典。都是在形式上的離合變化。

　　而古書的典故畢竟有限，有時典故的重複，亦難避免，則只有更加運用其靈活變化之能事，以免呆滯，例如〈春賦〉的「河陽一縣并是花、金谷從來滿園樹」與〈枯樹賦〉的「若非金谷滿園樹，即是河陽一縣花。」用同一典故，但是不同的造句方式，卻避免了呆板的弊病，當然這種技巧是吸取了暗典的白描作風所致，而庾信運用典故上，加以白描的手法，更發揮出高超的技巧，使他的作品用事雖多，卻不致拘束了內容及意義之表現，例如〈哀江南賦〉的「燕歌遠別，悲不自勝。楚老相逢，泣將何及。」反而豐富了文章的聯想效果。不過王若虛也曾指責〈哀江南賦〉之「堆垛故實以寓時事，雖記聞爲富，筆力亦壯，而荒蕪不雅，了無足觀如『崩於鉅鹿之沙，碎於長平之瓦』，此何等語，至云『申包胥之頓地，碎之以首』，尤不成文也。」〔註9〕其因則在於文心定勢所云當時文人以求「新」與「變」而已，原非庾信一人獨然，實爲時代風氣所趨。至於祝堯《評庾信用典》云：

> 夫詩人之多識，豈以多爲博哉，亦不過引古而證今，就事而生意，以暢吾所賦云爾，定齊論賦以爲長卿長於敘事，所謂敘者亦曰事，得其敘所以爲長。東萊曰，爲文之妙在於敘事狀情，若用事不得其敘，則泛而腐，於情既不足以發，冗而碎，於辭又不足以達。窒而澀，於理復不足以達。窒而澀，於理復不足以明，雖多亦奚以爲。……故特存此篇，以辯梁陳之體。〔註10〕

〔註 9〕參見王若虛《滹南遺老集》文辨一章。
〔註10〕參見祝堯《古賦辯體》卷六。

可知祝氏所指，表面雖爲庾信一人，實即評論梁陳的文風，而且祝氏的觀點仍是繼承者《文心雕龍》的主張，而反對南朝競爲用典的作風。仍是時代的問題。並非庾信一人的問題。因此庾信的用典正好代表當時的文壇風氣，他們競以爲文字之遊戲，因此這種以典故作爲彼此炫耀的工具，成了他們身分地位乃至學識的象徵。因此他們不畏其難的運用此種「知性」的婉轉刺激方式，以加深其印象的鮮明，成爲這種貴游文學的樂趣。〔註11〕所謂追求「典雅」，此二字不只代表作品的風格，實際也就代表他們自負的身分。而這種技巧的極端講求，又正好產生兩種利弊，一則爲用典之偏僻難懂，一則爲新典的加入使用。前者在庾信的作品中幾乎沒有，或就是其用典的靈活變化所致，尤其他經常是上句用典，下句寫意，一虛一實互相對應，因此即使典故不知，而其文意大略可知，例如〈小園賦〉「管寧黎牀，雖穿而可坐。嵇康鍛竃，既暖而堪眠……晏嬰近市，不求朝夕之利。潘岳面城，且適閑居之樂。」此種用典方式例子極多，也正是庾信用典成功的原因。至於新典的使用，正合於《顏氏家訓‧文章篇》引沈約所言「易見事」、「易識字」、「易誦讀」三大意見，也是當時求新、求變下的結果。《文心》所謂「詞不貴奇、競須新事」正是議事的進一步表現。庾信爲當時文壇的大作家；自然也難免此一作風。此例如〈哀江南賦〉的結語數句，「豈知霸陵夜獵，猶是故時將軍，咸陽布衣，非獨思歸王子」，爲全篇的意旨所在。而其典不僅用李將軍、楚王子之舊典，如「將軍」一詞，尚如倪注所云：「謂己猶是梁故左衛將軍。」「王子」一詞，又指陳文帝之弟安成王頊。故陳寅恪謂：「子山作賦非徒泛用古典、約略比儗，必有實事實語可資印證者在，惜後人不能盡知耳。」〔註12〕此種例子正如〈竹杖賦〉之引「桓宣武」喻宇文父子的侵伐江陵，有影射作用。由以上，也就可見庾信辭賦運用技巧的靈活生動了。

〔註11〕參見前野直彬《中國文學概論》，頁14～16與頁154～158。
〔註12〕參見《陳寅恪先生論文集》，頁12166～1217。

二、對偶之富於變化

　　由於中國文字單音以及孤立的特性，因此特別利於排偶，字字相稱，句句相儷，以成文可具有對稱的形式美，這是中國文學中一大特色。《文心雕龍・麗辭篇》曰：「造化賦形，支體必雙，神理爲用，事不孤立。夫心生文辭，運裁百慮，高下相須，自然成對」。又曰：「唐虞之世，辭未極文，而皋陶贊曰：罪疑惟輕，功疑爲重……豈營麗辭，率然對爾。」古人早已運用了這種對偶形式，不過卻是「自然成對」，並非刻意雕飾。到了東漢時代，才逐漸崇尚對偶，從當時的賦篇中便可得知。劉師培《論文雜記》云：「西漢之時，雖屬韻文，而對偶之法未嚴，東漢文文，漸尚對偶。若魏代之體，則又以聲色相矜，以藻繪相飾，靡曼纖冶，致失本眞。」駢文漸尚於兩漢，盛行於魏晉以後。因此賦的對偶可以說是自東漢賦之後逐漸運用的形式，但是此種華美的駢語儷句，卻又始於屈原的辭賦，其中各類排偶，如形式上四言、五言、六言、七言的單句對，及隔句對、當句對、連珠對、長偶對等等，屈賦皆已具備，因此說屈賦是駢文的先聲，並不爲過。〔註13〕故劉師培〈宗騷篇〉云：「粵自詩風不作，文體屢遷，屈宋繼興，爰創騷體，擷六義之精英，括九流之奧旨，信夫駢體之先聲，文章之極則矣。」當然這種作風演變的結果，到了陸機的《文賦》，則提出「五色相宣」、「八音克諧」的意見，這種在形式、聲韻上兼求視覺美與聽覺美的見解，正是屈賦華采的延續與擴大。故劉勰評其「驚采絕艷」之外又云：「是以枚賈追風以入麗，馬揚沿波而得奇，其衣被詞人，非一代也。」但是魏晉如陸士衡等人的作品，一方面繼承東漢排偶的風氣，其華靡作風，更開南朝之先河。但是由此時開始，篇中的偶句逐漸從部分的運用，進而成了整篇的主體，這也是不同於東漢的。孫梅《四六叢話》云：「左陸以下，漸趨整鍊，齊梁而降，益事妍華，古賦一變而爲駢賦，江鮑虎步於前，金聲玉潤，徐庾鴻騫於後，繡錯

〔註13〕參見趙璧先〈論屈賦之流變〉一文。

綺交，固非古音之洋洋，亦未如律體之靡靡也。」正代表這一演變的經過。同時到了庾信的時代，駢偶的運用，更成了普偏的風氣，所謂「駢賦時代」或「俳賦時代」正是以對偶爲首一要素，甚而在六朝時代，駢文成爲唯一而絕對的行文方式，在當時文人的意識中，也未有應用對句表現與否的問題。〔註14〕因此在《文心雕龍》所記載當時的文學觀念也只不過有韻、無韻之別，而劉勰所謂「文」與「筆」的區別，《文心》還有〈麗辭〉一篇專門討論駢偶的問題。這種現象由《文心》本身是一部文學批評理論的專書，卻以駢偶文體撰寫，同時當日文體，連詔令疏表之類的應用文都以駢儷爲常軌，便可了解當時「駢儷化」的程度，並且可以說就是文體的「詞賦化」了。〔註15〕由上述得知，庾信時代辭賦的趨向唯美，實在正以對偶爲首要原因，而其華麗則源始於屈賦之作，故鈴木虎雄于《賦史大要》序云：「中國文章中極侈麗者有四六文，欲知四六文，必解一般駢文，欲知一般駢文，必解漢賦，欲知漢賦，必解楚騷。」

《文心雕龍》舉麗辭四對云：「言對爲易，事對爲難，反對爲優，正對爲劣。」言對主於空辭，事對主於實事，一虛一實，相得益彰，庾信辭賦中大體皆是二者參用，如〈竹杖賦〉「拉虎捭熊，予猶稚童。觀形察貌，子實悲翁。什別有九棘龐眉，三槐暮齒。孔光謝病，袁逢致仕吳濞不朝，楊彪喪子。」此種作法的融合，便是如〈馬射賦〉「階無玉璧，既異河間之碑。戶不金鋪，殊非許昌之賦。」〈小園賦〉「晏嬰近市，不求朝夕之利。潘岳面城，且適閑居之樂。」等隔句對一虛一實互對的方式，因此儘管有通篇駢偶，卻因此種配合，使文旨暢達，文字允稱，故劉勰曰：「若兩事相配，而優劣不均，是驥在左驂，而駑爲右服也。若夫事或孤立，莫與相偶，是夔之一足，跰踔而行也。」至於「正對」、「反對」的不同，一在「事異而義同」，一在「理殊而趣合」，兩者雖有優劣，仍以參用爲主，否則文氣板滯。例如〈小園

〔註14〕參見《中國文學概論》，頁147～148。
〔註15〕參見朱光潛《詩論》，頁258～259。

賦〉「管寧黎林，雖穿而可坐。嵇康鍛竈，既暖而堪眠。」〈鏡賦〉「宿
鬟尚捲，殘粧已薄。無復脣珠、饞餘眉尊」皆是反對，其正、反對參
用則如〈枯樹賦〉「風雲不感，羈旅無歸。未能採葛，還成食薇」，〈七
夕賦〉「窈窕名燕，逶迤姓秦。嫌朝妝之半故，憐晚飾之全新。」故
依《文心》之言，雖有「難易優劣」之分，但這是就比較而言，並非
全取「難」、「優」，即是佳作，故其成功全靠作者靈活的運用技巧，
庾信辭賦能夠不取「易」、「劣」避「難」、「憂」，全依文意而定，反
使作品活潑生動。

　　以上四種對法，不僅影響到作品的結構與風格，也是最基本的對
偶方式，但細而論之，更有許多較小而特殊的對偶方法，也是技巧的
所在，從這些細微的部分，更可認識作者的匠心獨運與富於變化。舊
僧空海《文鏡秘府論》合前人諸對偶之法，共舉出廿九種，乃集諸家
之說。不過這廿九種之法，雖各殊其名，未必各殊其實，亦即有互相
重複的。以下按照兒郎獻吉郎歸納出十六種對法，〔註16〕並參《文心
雕龍》之創作論所羅列的重要對法，舉例如下：

（一）當句對

　　〈哀江南賦〉「陸士衡聞而撫掌，是所甘心」，〈馬射賦〉「阻衛拉
鐵，逐日追風」，皆是句中自成對偶。唐初四子多有此格，而此法則
起源於《楚辭》，故容齋《四六叢談》云：「當句對，蓋起于《楚辭》，
蕙烝蘭藉，桂酒椒漿，桂櫂蘭枻，斲冰積雪，齊梁以來，江文通、庾
子山諸人亦如此。」

（二）隔句對

　　〈邛竹杖賦〉「寄根江南，淼淼幽潭。傳節大夏，悠悠廣野。」〈哀
江南賦〉「掌庾承周，以世功而為族，經邦佐漢，用論道而當官。」又
「平吳之功，壯於杜之凱，王室是賴，深於溫太眞。」其隔句對多屬輕
隔句之類，偶有如〈邛竹杖賦〉一例，則為平隔句。此種方法，一名扇

〔註16〕參見兒島獻吉郎《中國文學通論》中卷頁 178～179。

對，起源甚早，如《詩經》中便有不少例子、《楚辭》中也有，但大體皆是上下整齊的平隔句。然純以賦篇的運用來看，到庾信賦中才開始應用輕隔句一類的四六隔對。此時四六句漸盛，普通駢文中較多此例，賦篇之作，如徐陵現存作品中則不見有四六隔對，〈庾信賦〉中，雖已稱多，但又幾乎全屬不押韻的序文所用，如〈小園賦〉有六例，全在序文。在賦的正文，除了所舉三例外，另有〈哀江南賦〉最末一聯「灞陵夜獵，猶是故時將軍，咸陽布衣，非獨思歸王子。」而其中又唯有兩例是純四六形式之隔句對。因此賦中四六對，要到唐代才算大量使用。

（三）聯綿對

〈枯樹賦〉「重重碎錦，片片眞花」、〈小園賦〉「風騷騷而樹急，天慘慘而雲低。」又「諒天造兮昧昧、嗟生民兮渾渾。」

（四）雙擬對

〈小園賦〉「一寸二寸之魚、三竿兩竿之竹」。〈傷心賦〉「從官非官，歸由不由」此法於六朝頗爲流行。

（五）流水對

〈邛竹杖賦〉「處不材之間，當有用之始」。〈枯樹賦〉「若非金谷滿園樹，即是洞陽一縣花。」此法《文鏡秘府論》稱爲意對。

（六）雙聲對

〈小園賦〉「依依漢南……悽愴齡江潭。」〈傷心賦〉「悽其零零，颯焉秋草。」〈馬射賦〉「至樂則賢乎秋水，歡笑則勝上春臺。」〈鴛鴦賦〉「見鴛鴦之相學，還欹眼而淚落。」此種對偶起源於《詩經》《楚辭》，而六朝文人應用甚多。

（七）疊韻對

〈邛竹杖賦〉「娟娟高節，寂歷無心。」〈春賦〉「綠珠捧琴至，文君送酒來。」

（八）雙聲對疊韻

〈七夕賦〉「窈窕名燕，逶迤姓秦。」〈象戲賦〉「造作權輿，皇王厥初。」

（九）虛字對

〈傷心賦〉「去矣黎民，哀哉仲仁。」〈邛竹杖賦〉「文未自殊，質而見賞，蘊諸鳴鳳之律，製以成龍之杖。」

（十）色　對

〈馬射賦〉：「鳴鞭則汗赭，入埒則塵紅。」又「玄鳥司曆，蒼龍御行。」又「兵革無會，非有待於丹鳥，宮觀不移，故無勞於白燕。」

（十一）數　對

〈枯樹賦〉「三河徙植，九畹移根。」〈傷心賦〉「已觸目於萬恨，更傷心於九泉。」又有稍加變化者，如〈傷心賦〉「三虎二龍、三珠兩鳳。」只換一「兩」字。又如〈小園賦〉「一寸二寸之魚，三竿兩竿之竹。」〈哀江南賦〉「十里五里，長亭短亭。」又「孫策以天下為三分，眾纔一旅。項籍用江東之子弟，人惟八千。」皆能清新生動。

（十二）正名對

〈傷心賦〉「張壯武之心疾，羊南城之淚流。」又「王正長有北郭之悲，謝安石有東山之恨。」〈竹杖賦〉「江漢英靈，衡荊杞梓。」

（十三）異類對

〈傷心賦〉「地鼎沸於袁曹，人豺狼於楚漢。」〈小園賦〉「關山則風月悽愴，隴水則肝腸斷絕。」〈馬射賦〉「水衡之錢山積，織室之錦霞開。」

（十四）互成對

〈枯樹賦〉「未能採葛，還成食薇。」〈竹杖賦〉「終堪荷篠，自足驅禽。」〈七夕賦〉「嫌朝妝之半故，憐晚飾之全新。」

除了以上十四類的對偶方法外，又有其他的變化。例如〈枯樹賦〉「東海有白木之廟，西河有枯桑之社，北陸以楊葉為關，南陵以梅根作冶。」一例，即是屬於連珠對與漢賦空間舖排手法的結合。而〈哀江南賦〉「陸士衡聞而撫掌，是所甘心，張平子見而陋之，固其宜矣。」一例，不僅是句中自對，同時文是虛實字隔句相對，此又不同於「虛字對」一例，故錢大昕《廿二史考異卷》廿三曰：

「《周書·庾信傳》，陸士衡聞而撫掌云云，……王勃〈滕王閣詩序〉，龍光射斗牛之墟，徐孺下陳蕃之榻。……亦句中自爲對也。又蘭亭已矣，梓澤丘墟。已矣疊韻也，丘墟雙聲也。兩空字對兩實子，與庾子山賦同格。」

　　至於同類相近的對偶，庾信爲避免單調的緣故，又在形式上加以變化，例如〈傷心賦〉「婕妤有自傷之賦、揚雄有哀祭之文、王正長有北郭之悲、謝安石有東山之恨。斯既然矣。至若賈子建、王仲宣、傅長虞、應德璉、劉韜之母、任延之親。」其中又因加入虛字，更顯疏宕有致，此意孫德謙《六朝麗指》已明顯指出，如〈馬射賦〉「落花與芝蓋齊飛、楊柳共春旗一色。」若刪去「與」「共」二字，便漸呆滯。另外如提頭字「至若」、「豈可」、「非惟……」等的使用，亦有相同效果。而單偶句對之參用，更見流宕。〔註17〕例如〈哀江南賦〉「燃腹爲燈，飲頭爲器。直虹貫壘，長星屬地。昔之虎踞龍盤，加以黃旗紫氣，莫不隨狐兔而窟穴，與風塵而殄瘁。」使得文氣長短自然。有時爲求文氣聯貫，也不避諱同字的相對，例如〈傷心賦〉「二王奉佛、二郡奉道。」〈枯樹賦〉「桂何事而銷亡，桐何爲而半死。」

　　由此可知，庾信在辭賦對偶上，雖未至於唐宋律賦的嚴格要求，但在技巧的運用與變化，已奠定良好基礎。故許槤曰：「駢語至蘭成，所謂采不滯骨，雋而彌絜，餘子只蠅鳴蚓竅耳。……詩家如少陵，且極推重，況模範是出者，安得不俯首邪。」

三、聲律之逐漸講求

　　駢文之美除了句法整齊，對仗工穩外，尤須注重聲韻的和諧，古代不明四聲，故南北朝以前之文章，不刻意考究平仄。自永明辨四聲，而聲律始備，《南齊書·陸厥傳》曰：「永明末，盛爲文章，吳興沈約、陳郡謝朓、瑯琊王融，以氣類相推轂，汝南周顒善識聲韻，約等文皆用宮商，以平上去入爲四聲，以此制韻，有平頭上尾蜂腰鶴膝，五字之中，

―――――――――――――――――
〔註17〕參見程杲《四六叢話》序。

音韻悉異，兩句之內，角徵不同，不可增減，世呼為永明體。」在此之前如陸機倡言「音聲迭代，五色相宣。」已注意到文章與聲律的關係，但只求其鏗鏘頓挫，還未提出具體的條理，又《文心雕龍》云：「及晉張華論韻，謂士衡多楚文賦亦稱其知楚不易。」又宋范曄、謝莊於此頗有所長，如宋書范曄本傳，曄自稱「性別宮商，識清濁。」皆反映出文士重聲律，永明以前不乏聲韻之學的著作，如魏李登《聲類》，晉呂靜《韻集》等，這些屬於聲韻上的審音，聲律說之產生，深受佛經轉讀之影響，〔註18〕平上去三聲之別，即依據並摹擬當日轉讀之三聲，再合入聲為四聲。據《南齊書》卷四十南齊武帝永明七年，竟陵王子良大集善聲沙門，造經唄新聲，正是考文審音之事，因此四聲說的成立，正值南齊永明之世，而周顒沈約等人又為此聲律說的代表。

　　從文學本身的發展來看，中國古代的詩歌，由文字與音樂的分合情形來說，可分「有音無義」、「音重於義」、「音義分化」、「音義合一」四個時期。〔註19〕因此音樂與文字分離，則不可歌，但仍可誦，一依曲調，一依語言文字本身的節奏音調。而其所以可誦之成立的條件，即是從文字本做音樂的功夫，這一點正是聲律運動的主因之一，齊梁時代正逢「音義合一」時期，因此《永明聲律說》成了這種演進的自然結果。而自此「可誦」更成為中國文字具備整齊與調諧的象徵，亦足以代表中國語言文字之特色。〔註20〕由於以上所述原因，齊梁文學為之面目一新，律詩的萌芽，四六的成立，聲律說都是功不可沒的，故李調《元賦話》卷一云：「永明天監之際，吳均沈約諸人，音節和諧，屬對精密，而古意漸遠，庾子山沿其習，開隋唐之先躅，古變為律，子山實開其先。」庾信即是承接永明體，再加工整嚴密的作家，因此成為古體到律體之間的一座橋樑。

　　我國最早的詩歌總集《詩經》所具備的歌謠句式，以四言句型為

〔註18〕參見《陳寅恪先生論文集》四聲三問一篇。
〔註19〕參見《詩論》266～274。
〔註20〕參見俞平伯《詩的歌與誦》。

主，也是中國人最熟悉的韻律單位，因此四言形式始終與中國文學有著密不可分的關係，庾信的辭賦也是以四六言形式為主，而其句法的靈活流動，更建立在四言六言兩者之間的錯綜變化。而推溯其源，乃原則上駢文由四言句構成，為了避免重複堆砌的呆板，並且有效地發揮四言的音調，六言句才以補助句式的身份出現在四言句下；《楚辭》中也有不少六言騷體句，不過卻未如此時四六言為主的固定而明確，因此在其他無韻的駢文作品當中，這種四六言為主的運用形式，當正是文人耳熟能詳的韻律。〔註21〕至於此種四六的形式，在聲律上產生的效果如何？《文心雕龍·章句篇》云：「若夫筆句無常，而字有條數，四字密而不促，六字格而非緩，或變之以三五，蓋應機之權節也。」所謂「密而不促」、「格而非緩」自能達到較平衡之效果，並且又有規律的作用。劉大白《中詩外形律詳說》云：

> 一停中所含的音數過少便嫌太短，過多便嫌太長，這因為停的長短——就是一停中所含音數底多少，和人底呼吸很有關係，如果音數太少……呼吸迫促，……反過來要是音數太多……呼吸遲緩，……中國詩篇中所以多用五音停和七音停，而且只有五七言的律詩和排律，是一種自然淘汰的結果，……四音停和六音停不能在詩篇中占得同五音停和七音停相等的地位，只好向詩篇的支流——六賦和四六文——方面，以連合著參錯地相間的形式去發展。」

同時他更根據德人蔡辛克所提出美的效果比例，說明四六非常接近黃金律。因此詩文的律化中，律詩、四六文成為中國文體中最合于平衡和規律的代表。〔註22〕

庾信之作品，既承永明以下，故「轉拘聲韻，復蹈於往時。」〔註23〕因此在八病方面，已較前人減少許多，其中八病又應分為二類，即平頭上尾蜂腰鶴膝為一類，大韻小韻旁紐正紐為一類，前一

〔註21〕參見《中國文學概論》，頁 152～153。
〔註22〕參見郭紹虞《論中國文學中的音節問題》。
〔註23〕參見《梁書·庾肩吾傳》。

類是就兩句中的音節而言，後一類則是就一句中的音節而言，所以在兩句中便比較寬些，故可知《南史‧陸厥傳》只舉前四病，與《文鏡秘府論》所以謂大韻小韻旁紐正紐四病但須知之，不必須避之故。則其輕重嚴寬之間自亦有別。〔註24〕而所謂「四聲八病」正是劉勰《文心雕龍》上所謂「韻」與「和」，前者自消極之條目而言，後者則自積極之原理而言，故前者具體，後者抽象，實所指為同一事物。而此八病本就五言律詩而言，《文鏡秘府論》引「或曰」推衍至詩賦頌各體，據此以檢視庾信辭賦，可知其大概：

（一）平　頭

首句一、二字與二句一、二字不得同聲。按庾信辭賦大體已能注意平仄互換，因此偶有第一字同聲，然大體第二字皆不同聲。如〈小園賦〉「琴號珠柱，書名玉杯。」「琴」「書」皆平聲。「號」「名」則有去平之異。

（二）上　尾

首句末與二句末不得同聲。這種情形也很少，如〈邛竹杖賦〉五十句之中，除了押韻同聲外，惟有「書橫几，玉塵筵」一處句尾皆是平聲。

（三）蜂　腰

五言詩一句中第二字不得與第五字同聲，賦頌則以情斟酌。如〈傷心賦〉末段「對寶鴛而痛心，撫玄經而流慟「望隴首而不歸，出都門而長送。」「丘陵兮何忍，能留兮幾人」「對玉關而羈旅，坐長河而暮年。已觸自於萬恨，更傷心於九泉。」「冀羊祜之前識，期張衡之後身。」諸例句中有五處蜂腰。〔註25〕

（四）鶴　膝

第一句末不得與第三句末同聲。〈華林園馬射賦〉中唯有「龍燭銜花，金爐浮氣。月落桂垂，星斜柳墜。」與「綠簡既開，丹局直正。

〔註24〕參見郭紹虞《語文通論》中〈永明聲病說〉一篇。
〔註25〕蜂腰之例，頗有爭論，此說或不可信，故庾信此病頗多。並參見註24。

理洞研幾，原窮作聖。」兩處同犯平聲。

　　按以上四病為主要六忌，除了蜂腰一項較可疑外，其餘在庾信辭賦中例子並不多見，可見其已較前代文士更注意到聲病之忌諱，這種事實若從其詩篇來看，更易清楚。如下表鶴膝之統計：〔註26〕

人　名	生卒年	調查詩數	鶴膝數	每首使用率
謝靈運	385〜433（？）	88	62	0.7
謝　脁	464〜550（？）	134	68	0.5
沈　約	441〜513	151	33	0.21
梁簡文帝	503〜551	251	58	0.23
庾肩吾	（？）〜550	85	8	0.09
庾　信	513〜581	249	29	0.11

　　至於八病之外，又有如第二、四字之不可同聲，亦受到重視，故《文鏡秘府論》引劉善經云：「第二字與第四字同聲，亦不能善，此雖世無的目，而甚於蜂腰。」此種現象自永明以後的詩句上很明顯地呈現銳減現象便可知道：〔註27〕

人　名	調查句數	二四同聲句數	犯規率
謝靈運	894	459	51％
沈　約	1356	440	33％
庾肩吾	820	67	8％
庾　信	2328	172	7％

　　這種情形在辭賦中也是相近的，例如庾信的作品既為古變律的先聲，在音節上平仄的變化，早已使得此種二、四同聲之病，日趨微少，同時更接近作品的律化。即由詩篇上來看，由上下二句互換以達到抑揚變化以及平衡規律的作用，此種追求和諧的傾向，在沈約的詩中百分之廿七，到庾肩吾已增到百分之六十，至其子庾信時更增加到百分

〔註26〕參見青木正一《六朝律詩之形成》（下）。
〔註27〕同上。

之七十五。若從庾信辭賦來看，這種平仄諧調的注意，也是一樣的。
例如〈春賦〉：

> 眉將綠而爭綠，
> 面共桃而競紅。
> 影來池裏，
> 花落衫中。

前後句皆求平仄相對，除「衫」字爲平聲外，其餘字皆平仄互對。同
時也有不少完全互對的例子，如〈哀江南賦〉：

> 嗟有道而無鳳，
> 嘆非時而有麟。
> 始含香於建禮，
> 仍矯翼於崇賢。

以上之例，不只求上下句之平仄互對，同時音步之間也逐漸有求平仄
互換的傾向，而也有音步之間平仄不換，上下句必求平仄互對，例如
〈小園賦〉：

> 一寸二寸之魚
> 三竿兩竿之竹

由此可見平仄互對是以上下句爲主，而同句之中，雖未如此講究，
但也逐漸受到注意。這種平仄的變化與諧調，正爲達到聽覺上的抑
揚頓挫，正如沈約所謂「欲使宮羽相變，低昂舛節。若前有浮聲，
則後須切響。」因此儘管抑揚律，未必只是平仄問題，但也不妨從
平仄去解釋，〔註28〕就可獲知一斑，至於當時雖辨別四聲，但在運
用上與諧調平仄並不矛盾。〔註29〕而且由於平仄的使用，省繁就
簡，故能演進到律體的固定形式，所謂平頭上尾蜂腰鶴膝四病，也
就不必避而自避了。這正是庾信開律賦之先的一大原因，故《賦話》
云：「古變爲律，兆於吳均沈約諸人，庾子山信衍爲長篇益加工整，
如〈三月三日華林園馬射賦〉及〈小園賦〉，皆律賦之所自出。」

〔註28〕參見《語文通論》中〈從永明體到律體〉一篇。
〔註29〕參見啓功《詩文聲律稿》，頁8。

　　庾信辭賦的用韻，在形式上與騷賦漢賦相同，其中以隔句押韻最為常用，其韻部也大體與唐韻相近，其形之曰下：（以廣韻韻目注之）

（一）隔句押韻：如〈鏡賦〉「鏡臺銀帶，本出魏宮。能橫卻月，巧挂迴風。龍垂匣外，鳳倚花中。」「宮風中」皆東韻。

（二）首句用韻隔句押韻：如〈春賦〉「宜春苑中春已歸。披香殿裡作春衣。新年鳥聲十種囀，二月楊花滿路飛。」「歸衣飛」用微韻。

（三）交互押韻：按六朝騈賦中，以隔句押韻者為最多，次則首句用韻而後隔句押韻，至於每句押韻者，多為賦中之短歌辭。〔註30〕庾信賦中歌辭大多以隔句押韻，而交互押韻之法，亦甚少見，如〈馬射賦〉「司筵賞至，酒正杯來。至樂則賢乎秋水，歡笑則勝上春臺。」「來臺」為台韻、「水至」為脂韻之上去聲。

（四）換韻：按其換韻之長短並無一定，短者兩句即換，如〈鏡賦〉「梳頭新罷照著衣，還從粧處取將歸。暫看絃繫，懸知纈縵，衫正身長，裙斜假襷。」「衣歸」用微韻，以下則轉用「刪」韻。

（五）重韻：此種情形少見。如〈馬射賦〉「歲次昭陽。月在六梁，其日上巳，其時少陽。」首句用「陽」，第四字又押「陽」字。

此外又有虛字入韻之例，如〈竹杖賦〉「于此衰矣。雖然有以。非鬼非蜮，乃心憂矣。未見從心，先求順耳。伯玉何嗟，丘明唯恥。」用「止」韻。

　　庾信辭賦的用韻，雖有些超出《廣韻》同用之例，如〈哀江南賦〉「天子方刪詩書，定禮樂。設重雲之講，開土林之學。談劫燼之灰飛，

_____

〔註30〕參見王忠林《中國文學之聲律研究》，頁 666。

辨長星之夜落。地平魚齒，城危獸角。臥刁斗于縈陽，絆龍媒于平樂。宰衡以干戈爲兒戲，扣紳以清談爲廟略。乘漬水以膠船，馭奔駒以朽索。小人則將及水火，君子則方成猿鶴。弊簀不能救鹽城之鹹，阿膠不能止黃河之濁。」爲「覺」、「藥」、「鐸」韻合用之例。但是就南北朝用韻的變遷來看，庾信屬於最末的第三期，對於韻部的運用，已有逐漸精細的分別，若從地域的不同來看，庾信採用南派的特色，又較北派之近似第二期者有所不同，例如庾信「青」韻獨立，而北派的盧思道則「青」韻與「庚」「耕」「清」韻混用。然而大體而論，南北朝時代的先後對於用韻的影響大，而地域的影響則小。〔註31〕這種由寬趨嚴的情形，正說明他們對於聲韻的考究。

　　然而以上所言固是聲律，而抽象的文氣一樣也是聲律的一種，甚至成爲聲律之來源，〔註32〕不過一抽象一具體而已，故姚鼐《古文辭類纂》所提爲文八目——「神、理、氣、味、格、律、聲、色。仍舊脫離不了格律聲色一類的關係，此種現象，單自音節來看，以增字調單複即是一種方法，如〈七夕賦〉「嫌朝妝之半故，憐晚飾之全新。」意即「嫌——妝——之——故，憐——飾——之——新——。」但是單字隻詞，缺乏變化，故「嫌——朝妝——之——半故，憐——晚飾——之——全新。」在音節上奇偶調諧，文氣自然不同。描寫因文字之長短，又會產生急緩的不同效果，此在劉勰已經指出，故王禮卿評之曰：「其音調之宏纖、剛柔、抑揚、疾徐、哀樂、悲憤，亦無不一一與欲達之情境相稱。此聲色之工也。」

　　庾信辭賦由於在聲律上的逐漸講求，使得作品與漢魏的古賦相比，似有古、律之別，因此成爲唐宋律賦的先河。

四、辭采之極力渲染

　　《文心雕龍・情采篇》曰：「聖賢書辭，總稱文章，非采而何……

〔註31〕以上參見王力《南北朝詩人用韻考》。
〔註32〕參見《語文通論》中〈文氣的辨析〉一篇。

若乃綜述性靈，敷寫器象，鏤心鳥跡之中，織辭魚網之上，其爲彪炳，縟采名矣。故立文之道，其理有三，一曰形文，五色是也。二曰聲文，五音是也。三曰情文，五性是也。」可見文章本不應離開辭采，故「莊周云辯雕萬物，謂藻飾也，韓非云艷采辯說，謂綺麗也，綺麗以艷說，藻飾以辯雕，又辭之變，於斯極矣。」這種強調辭華爲文章之要述，自魏晉文學之自覺時代開始，如陸機《文賦》云：「其會意也尚巧，其遣言也貴妍，暨音聲之迭代，若五色之相宣。」又曹丕《典論》論文亦曰：「詩賦欲麗」。這一路發展下來的結果，到了南北朝時代，文學的觀念更加清晰明確，加上當時貴族侈靡的生活背景，文學唯美化自然形成，由《文選》序所謂「事出於沈思，義歸乎翰藻。」到《金樓子·立言篇》所謂「至如文者，惟須綺縠紛披，宮徵靡曼，脣吻遒會，情靈搖蕩。」演進痕跡便很明顯，而唯美文學之形成，更由辭采推波助瀾而成。

庾信的辭賦，不論前後期的作品，在文字上都顯現同樣的特色，自色采方面而言，例如〈馬射賦〉一篇即有丹鳥、白燕、青赤三氣、烏弋黃支、玄鳥司曆、蒼龍御行、戶不金鋪、五采之雲、青莖赤羽、朱汗之馬、黃金之埒、紅陽、紫燕、錦市俱移、金波欲上、青祇效祥、珊瑚五色、金錞節鼓，鳴鞭則汗赭，入埒則塵紅，織室之錦霞開等色采斑爛奪目的描寫。即使如〈哀江南賦〉沈慟之作，亦有金精動宿，黃圖，赤縣，青袍如草，白馬如練，白虹貫日、蒼鷹擊殿，方塘水白，乘白馬而不前，策青騾而轉礙，張遼臨於赤壁、落帆黃鶴之浦，排青龍之戰艦、未辨聲於黃蓋，望赤壁而沾衣，艤烏江而不度，鑒兵金匱，蒼鷹赤雀，沈白馬而誓眾，負黃龍而渡江，黃旗紫氣，執金鼓而問賊臣，驅綠林之散卒，拒驪山之叛徒，地惟黑子，赤鳥則三朝夾日，蒼雲則七重圍軫，秦中水黑，關上泥青，妾在青波，羈旅金微等色采之文句，這種風氣的形成，自然造成文字表面的唯美。

然而美不只從文字表面辭采上顯現，有時在意象上的刻意造成，他們也不遺餘力，如寫其哀傷，則云：「冤霜夏零，憤泉秋沸。

城崩杞婦之哭，竹染湘妃之淚。」儘管內容可悲，但文字的效果仍是美的。又如〈馬射賦〉中「落花與芝蓋齊飛，楊柳共春旗一色」，以及駿馬、弓箭的描寫「逐日追風」、「控玉勒而搖星，跨金鞍而動月。」都企圖由曲折的聯想，達到美的講求。即如〈鏡賦〉一篇，在「鏡」的描寫上也採取此種手法，故云：「鏤五色之盤龍，刻千年之古字。山雞看而獨舞，海鳥見而孤鳴。臨水則池中月出，照日則壁上菱生。」眞如一幅畫，炫人耳目，故許槤推此一篇曰：「選聲鍊色，此造極顚，吾於子山無復遺恨矣。旖語閒情，紛葇相引，如入石季倫錦步帳中，令人心醉目炫。」

　　庾信在作品中，非僅應用此類比擬，乃至聯想作用，以達其聲色效果，同時在聽覺、嗅覺、甚而觸覺上，都刻意渲染，如〈鏡賦〉首段「燕噪吳王，烏驚御史。玉花簟上，金蓮帳裡；始摺屛風，新開戶扇。朝光晃眼，早風吹面。」以及後文「脂和甲煎，澤脂香蘭。」又〈春賦〉「池中水影懸勝鏡，屋裏衣香不如花。」皆是辭采的運用。故孫德謙云：「蓋嘗取喻於畫，駢文如著色山水，非如古文之猶可淡描也。」實則除了色彩之外，庾信的作品眞可謂「有美皆備，無麗不臻」〔註33〕而集前人之大成，庾信能成爲唯美文學之極致，辭采的極力渲染實爲主要條件。故由永明體演進至唐律體，聲律與辭采兩項最爲明顯，姚範《援鶉堂筆記》云：「稱永明者，以其拘於聲病也。稱齊梁者，以綺艷及詠物之纖麗。」庾信作品正是最佳代表。

第二節　庾信辭賦作風之改變

一、情感與思想

　　《文心雕龍‧情采篇》曰：「情者文之經，辭者理之緯，經正而後緯成，理定而後辭暢，此立文之本源也。」說明情感爲文章之根本，

〔註33〕參見張仁靑《六朝唯美文學》，頁85。

故〈詮賦篇〉云：「傳云『登高能賦，可為大夫。』……原夫登高之旨，蓋覩物興情，……文雖新而有質，色雖糅而有本，此立賦之大體也。」在南北朝時感物興情，更是文人共同的認識，因此鍾嶸〈詩品序〉亦曰：「氣之動物，物之感人，故搖蕩性情，形諸舞詠……若乃春風春鳥，秋月秋蟬、夏雲暑雨，冬月祁寒，斯四時之感諸詩者也……凡斯種種，感蕩心靈，非陳詩何以展其義，非長歌何以騁其情。」然而情感的產生，有出於自然與人為的分別，即是「為情而造文」與「為文而造情」兩種，此在劉勰《文心雕龍・情采》一篇已有辨明。

　　一篇作品的情感成分，決定於最初的寫作動機，庾信早期的幾篇賦，如〈春賦〉、〈鴛鴦賦〉、〈鏡賦〉……等等，大多是屬於文士集團，茶餘飯後互相酬和的遊戲之作，因此儘管描寫生動，感情細膩，如〈蕩子賦〉描寫女子閨怨之情曰：「況彼空牀起怨，倡婦生離，紗窗獨掩，羅帳長垂，新箏不弄，長笛羞吹……別後關情無復情，奩前明鏡不須明，合歡無信寄，迴紋織未成，游塵滿牀不用拂，細草橫階隨意生。」畢竟不是為我而寫，隔了一層，而且始終脫離不開男女思慕之情，如〈鴛鴦賦〉借題發揮，更是淋漓盡致，因此「虞姬小來事魏王」、「況復雙心並翼」、「共飛詹瓦」、「俱棲梓樹」、「韓壽欲婚」、「溫嶠願婦」，都成了「見鴛鴦之相學」下的陪襯，而文末又歸之「必見此之雙飛，覺空牀之獨守」，全篇作品的文字幾乎脫離不了這種「成雙成對」的情感主題。其他諸篇大抵近似。因此這種作品的情感，純以寫作技巧取勝，是為文造情，正如祝堯《古賦辨體》所云：

嘗觀古之詩人，其賦古也，則於古有懷，其賦今也，則於今有感。其賦事也，則於事有觸。其賦物也，則於物有況。情之所在，索之而愈深，窮之而愈妙，彼其於辭，直寄焉而已。……蓋西漢之賦，其辭工於楚騷，東漢之賦，其辭又工於西漢，以至三國六朝之賦，一代工於一代。辭愈工則情愈短而味愈淺，味愈淺而體愈下……徐庾繼出，又復隔句對聯，以為駢四儷六，簇事對偶，以為博物洽聞，有辭無情，義亡體失，此六朝之賦所以益遠於古。

祝氏所謂情，自非「爲文造情」之情，而是作者自心中流露的眞感情。
而庾信前期作品，既是「貴游文學」下所謂「言語侍從」應制之作，
〔註34〕自談不上眞感情之流露。

　　至於他後期的作品，如〈枯樹賦〉、〈傷心賦〉、〈哀江南賦〉、〈小
園賦〉……等篇，都表現出不同的情感成分，其中除了〈象戲賦〉、〈馬
射賦〉兩篇仍然承繼應制的作風外，這種轉變是非常明顯的，故倪璠
《庾集題辭》云：「〈哀江南賦序〉稱不無危苦之詞，惟以悲哀爲主，
予謂子山入關而後，其文篇篇有哀，悽怨之流，不獨此賦而已，若夫
枯樹銜悲，殷仲文婆娑於庭樹。邛竹寓憤，桓宣武贈禮於楚丘。小園
豈是樂志之篇，傷心非爲弱子所賦。」這些作品不再只是男女艷情的
描寫，而充滿了生活情感。而且最明顯的一點，即是爲「我」而寫，
不是應制所作，因此流露出眞實而又深刻的感情，像〈哀江南賦〉中
「燕歌遠別，悲不自勝。楚老相逢，泣將何及。」「逢赴洛之陸機，見
離家之王粲，莫不聞隴水而掩泣，向關山而長嘆。」描寫身世流離之
感；稱得上是情文並茂的警策之句。〔註35〕這些作品關係著庾信本人
在時代環境與個人經歷的交互影響下，內心情感的改變。因此入北之
後，他雖一樣受到優厚的禮遇，但是人事已非，尤其從梁朝淪亡而流
落北朝的所見所聞，讓他正視人生際遇；在此悲歡離合的交替下，反
映出另一種深刻情感，這是入北之前所未曾出現的，例如〈哀江南賦〉，
文字依然十分華麗，我們卻可自其華麗辭藻中，見其惆悵之情，而且
藉由這華麗的辭藻，呈現出他生命淒源而又躍動的一面。〔註36〕故陳
祚明《采菽堂古詩選》三十三云：「北朝羈跡，實有難堪，襄漢淪亡、
殊深悲慟。子山驚才蓋才，身墮殊方，恨恨如亡，忽忽自失，生平歌
詠，要皆激楚之音，悲涼之調……吾所以目爲大家，遠非矜容飾貌者
所製儗似也。審其造情之本，究其琢句之長，豈特北朝一人，即亦六

〔註34〕參見王師夢鷗《貴遊文學與六朝文體的演變》。
〔註35〕參見王瑤《中古文學風貌》，頁 160。
〔註36〕參見徐復觀《中國文學論集》，頁 17。

季鮮儷。這情感的呈現，以〈傷心賦〉、〈哀江南賦〉二篇最爲明顯，
其〈傷心賦序〉云：「既傷即事，追悼前亡，惟覺傷心，遂以傷心爲賦。」
〈哀江南賦〉序亦云：「不無危苦之辭，惟以悲哀爲主……山嶽崩頹，
既履危亡之運；春秋迭代，必有去故之悲。天意人事，可以悽愴傷心
者矣。」以至能「凡百君子，莫不哀其遇而憫其志焉。」〔註37〕正是
由於這種情感的力量。

　　辭賦本屬貴族文學，漢賦處儒家獨尊之時代，以師聖宗經爲主，
寓意深永，魏晉賦家於詠物之外，仍以諷喻之旨與古詩之義掩飾寫作
動機與目的，降至南朝，文尙雕飾，遊戲本質使一覽無遺。〔註38〕這
種轉變，正顯示出時代風氣自積極的人生態度，走向消極的享樂主
義，因此庚信前期的辭賦作品，從其生活背景來看，固然是一片淫靡
的享樂生活，如〈春賦〉所寫「移戚里而家富，入新豐而酒美……綠
珠捧琴至，文君送酒來。」「陽春涤水之曲、對鳳迴鸞之舞」與〈燈
賦〉中「翡翠珠被，流蘇羽帳。舒屈膝之屏風，掩芙蓉之行障，卷衣
奉后之牀，送枕荆臺之上。」但自其背後的思想來看，又是時代動亂
下暫時的自我麻醉，這是中世之人的苦悶象徵之一。〔註39〕因此這些
作品又反映出其追求肉體上的滿足慾望與及時行樂的精神傾向。而道
家無爲放任的思想，至此又轉化爲墮落侈靡的犬馬聲色生活。

　　這種消極的人生態度，另一個發展便是走入宗教的世界，作爲
精神上的逃避與解脫，〔註40〕但是長生的冀求，仍然是行爲的動機
之一，所以就其心態而言，他們追求人生的享受，與前者並無不同，
只是在享受與行爲上，作多一點適當限制。我們只要單看齊梁宮廷
生活的淫靡與當時盛行的佛道思想同時並存的現象，就不難了解，
六朝文學的思想背景。〔註41〕故庚信後期辭賦，經由一段動亂生活

〔註37〕參見倪璠《庚集題辭》。
〔註38〕參見王師夢鷗〈從雕飾到放蕩的文章論〉。
〔註39〕參見滕固〈中世人的苦悶與遊仙文學〉。
〔註40〕參見《中古文學風貌》，頁103～105。
〔註41〕參見朱義雲《魏晉風氣與六朝文學》，頁66。

後，雖然認識到享樂主義的墮落，卻無法超脫時代的籠罩與影響，因此在這些作品中時常流露出對道家遊仙及長生的傾慕思想，以及人生無常的感慨，、如〈竹杖賦〉中有「迎仙客於錦市，送游龍於葛玻。」〈邛竹杖賦〉云：「和輪人之不重，待羽客以相貽。青春欲暮，白雲來遲。」都是傾慕神仙的例子。至於〈小園賦〉中更充滿隱逸的思想，如「若夫一枝之上，巢父得安巢之所。一壺之中，壺公有容身之地……余有數畝敝盧，寂寞人外，聊以擬伏臘，聊以避風霜。」而「問葛洪之藥性，訪京房之卜林。」「鎮宅神以藙石，厭山精而照鏡。」更是道家長生之思想。除此之外，亦有佛家思想的成分，如〈傷心賦〉云「冀羊祐之前識，期張衡之後身。」正是明顯的輪迴轉世觀念，而參雜佛道，本是當時普徧的情形，蓋「佛教傳入中國，當魏晉玄談極盛之時，道家之言，以虛無為主，佛氏之說，則寂滅為歸；出世之旨，同超乎人格，故能含融深義，浸入人心。」〔註42〕故同一段中也提到「石華空服，犀角虛參。」的道家服食觀念。此種現象從臥疾窮愁詩云：「稚川求藥錄，君平問平林，野老時相訪，山僧或見尋。」更很清楚。但是此種遁入佛道，尋求寄託的方式，並沒有能給予庾信完全的撫慰，在他晚年的作品中，回憶一生經歷的同時，又產生了懷疑態度，如〈小園賦〉末段云：「百齡兮倏忽，光華兮已晚……非淮海兮可變，非金丹兮能轉，不暴骨於龍門，終低於馬坂，諒天造兮昧昧，嗟生民兮渾渾。」又〈傷心賦〉云：「人生幾何，百憂俱至。二王奉佛，二郗奉道，必至有期，何能相保……一朝風燭，萬古埃塵。丘陵兮何忍，能留兮幾人。」此種懷疑，正由於依賴佛道的逃避，無法解決其根本問題，而內心的痛苦與矛盾依然存在，最後只有付諸「天意人事」的無奈，〈哀江南賦序〉謂：「楚歌非取樂之方，魯酒無忘憂之用……不無危苦之辭，惟以悲哀為主。」正是此種思想的說明。

〔註42〕參見林尹《中國學術思想大綱》，頁141。

二、題材與內容

　　陸機《文賦》云：「詩緣情而綺靡，賦體物而瀏亮。」又《文心雕龍‧詮賦篇》云：「賦者，鋪也，鋪采摛文，體物寫志也。」可見「體物」一事，本是作賦的內容，早期如荀卿的蠶、雲、禮……等五賦，又如宋玉的風賦……等，都離不開這個原則，而體物寫志，才是其最終目的，故必「情以物興」而「物以情觀」，「至於草區禽族，庶品雜類，則觸興致情，因變取會，擬諸形容，則言務纖密，象其物宜，則理貴側附。」因此儘管以詠物作為題材，實以附理為要，故劉熙載《賦概》云：「故賦之為道，重象尤宜重興。」

　　庾信前期的作品，如〈七夕賦〉、〈鴛鴦賦〉、〈蕩子賦〉、〈春賦〉、〈燈賦〉、〈鏡賦〉、〈對燭賦〉等，皆以詠物作為題材，從這些題稱來看，都是宮廷淫靡生活的象徵，這種墮落，配合聲色的求其滿足，於是枕、蓆……等全有了生命，推而廣之，以至燈燭等，都是描寫對象。〔註43〕而且成了另一種生理的滿足，如〈燈賦〉中「屏風」也成「舒屈膝之屏風」，又「卷衣秦后之牀，送枕荊臺之上。」題材狹隘到臥室用品的地步，自然作品內容也不離女性化範圍，〈對燭賦〉寫燭則云：「燼高疑數翦，心濕暫難然。銅荷承淚蠟，鐵鋏染浮煙。」「心濕」、「淚蠟」都是充滿柔靡之味的例子，又如〈鏡賦〉的內容，完全集中在女子「競學生情，爭憐今世」的賣弄風情，因此「鬢齊故略，眉平猶剃。」「衫正身長，裙斜假襻。」成為作品的重心，而其成功正建立在「真成箇鏡特相宜，不能片時藏匣裏，暫出園中也自隨。」微妙地描寫出女子之愛美心理，這種以敏銳的觀察力，作深刻描繪，技巧的確是巧妙入神，王夫之《夕堂永日緒論》所謂：「體物而得神，則自有靈通之句，參化工之妙。」但藝術手法的成就，仍掩飾不了內容的貧弱。因此一樣是以詠鏡作為題材，在內容上卻可有不同的表現，浦銑復《小齋賦話》下卷云：「作詠物題，須於小中見大，晉傅長虞〈鏡賦〉云：『不有心於好醜，而眾形

〔註43〕參見聞一多《宮體詩的自贖》。

其必詳。同實錄於良史，隋善惡而是彰。』六朝而下，唯知迴風卻月，垂龍倚鳳，更無此有斤兩句矣。」而庾信〈鏡賦〉「鏡臺銀帶，本出魏宮。能橫卻月，巧挂迴風。龍垂匣外，鳳倚花中。」等句所描寫，正是浦銑所指的弊病，而此現象實爲六朝所共有，故顏之推批評當時的文風云：「文章當以理致爲心腎，氣調爲筋骨，事義爲皮膚，華麗爲冠冕。今世相承，趨末棄本，率多浮艷，辭與理競，辭勝而理伏，事與才爭，事繁而才損。放逸者流宕而忘歸，穿鑿者補綴而不足，時俗如此，安能獨違，但務去泰去甚耳。」

　　庾信前期作品，要言之即爲以簡文帝爲中心的宮體作風，而此趨向的形成，宋齊以下就逐漸顯著，它和追求形式美一樣，有意地在求變化，而其意義正象徵著宮廷和士大夫生活的墮落，從山水、田園到宮闈，雖同樣是「有閒」，同樣是詩文，但由逃避到刺激，詩文和生活都同時墮落到谷底。〔註44〕因此由作品的題材與內容，不妨視爲其生活面貌的一種反映。庾信後期作品，既在生活上有重大的轉變，自然呈現另一番面日，從〈象戲賦〉，〈三月三日華林園馬射賦〉兩篇應制之作，雖仍離不開遊戲動機的本質，但象戲、馬射的題材，卻不同於前期燈、燭、鏡、鴛鴦一類題材，它所描寫的內容不再拘限於物體本身的描述與刻劃，已有「小中見大」的作法，故賦篇開首便云：「觀夫造作權輿，皇王厥初，法凝陰於厚德，仰沖氣於清虛，於是綠簡既開，丹局直正、理洞研機，原窮作聖，若扣洪鐘，如懸明鏡，白鳳遙臨，黃雲高映，可以變俗移風，可以蒞官行政。」而其他天文、地理、陰陽五行也都成爲寫作的資料。又如〈馬射賦〉序云：「豈直天地合德，日月光華而已哉」賦文末尾云：「況復恭己無爲，南風在斯。非有心於蜓翼，豈留情於戟枝。惟觀揖讓之禮，蓋取威雄之儀。」都已超出題稱本身之外的內容，不過由於這兩篇是應制作品，歌功頌德的痕跡顯然可見，因此就此一點而言，又頗近於漢賦的部份作品。

〔註44〕參見《中古文學風貌》，頁104。

　　〈小園賦〉、〈竹杖賦〉、〈邛竹杖賦〉、〈枯樹賦〉四篇，就題材而言，仍是庾信一貫的詠物作品，若就空間的大小比較，前期的作品除了〈春賦〉、〈七夕賦〉外，其餘〈燈賦〉、〈對燭賦〉、〈鴛鴦〉、〈鏡賦〉、〈蕩子賦〉，諸篇，就是瑣細題材，其描寫範圍又大體不外閨房內外的愁思與歡樂。而〈竹杖〉、〈邛竹杖〉、〈小園〉〈枯樹〉則走入了自然界，描寫範圍也擴展到山水之間。如〈邛竹杖賦〉開首便寫「沈冥子遊於巴山之岑，取竹於北陰。」賦中又云：「夫寄根江南，淼淼幽潭。傳節大夏，悠悠廣野。」〈枯樹賦〉寫「白鹿貞松，青牛文梓，根抵盤魄，山崖表裡。」末引桓大司馬之歎又云：「昔年種柳，依依漢南。今看搖落，悽愴江潭。」〈小園賦〉雖以小園為題卻有名為野人之家，是謂愚公之谷，試優息於茂林，乃久羨於抽簪……三春負鋤相識，五月披裘見尋。」的寬闊，不是〈對燭賦〉中「夜風吹，香氣隨，鬱金苑，芙蓉池」或〈鏡賦〉所謂「不能片時藏匣裏，暫出園中也自隨。」的狹窄庭園。這種前後作品取材的寬窄，及其運用的手法，顯然有別。

　　《文心》曾標出作賦「覘物興情」的本質，其內容自包涵情感的寄託，故祝堯云：「凡詠物之賦，需兼比興之義，則所賦之情，不專在賦，特借物以見我之情爾。……要必以我之情，惟物之情，以我之辭，代物之辭，因之以起興，假之以成比，雖曰推物之情，而實言我之情，雖曰代物之辭，而實出我之辭。本於人情，盡於物理，其詞自工，其情自切。」〔註45〕以此推之，庾信前期的鴛鴦、燈、鏡等賦，至多算是體物工妙而已，偶有入情，也是「為文造情」，並非「言我」、「出我」之真情。單就題稱而言，如〈枯樹賦〉一篇以枯樹為主題，便耐人尋味，「枯」字正代表作者感情的寄託，這是前期作品未曾出現的標題。而其內容正是借枯樹來言「我」之情，故其篇首才會有殷仲文「常忽忽不樂，顧庭槐而嘆曰：『此樹婆娑，生意盡矣。』」，篇末又有桓大司馬「樹猶如此，人何以堪」等感慨。同時也借以描寫自

〔註45〕參見祝堯《古賦辨體》卷五。

己飄零不歸的身世，如「若乃山河阻絕，飄零離別。拔本垂淚，傷根瀝血。火入空心，膏流斷絕。」末段更捨枯樹而直寫自己「況復風雲不感，羈旅無歸，未能採葛，還成食薇，沈淪窮巷，蕪沒荊扉。」此皆與枯樹一物無涉，可見「既傷搖落，彌嗟變衰。」才是本篇的主要內容。而這種題材與內容，正是其真實生活的反映。這種傾向在〈竹杖賦〉中更趨明顯，此篇除了「寡人有銅環靈壽，銀角桃枝。開木瓜而未落，養蓮花而未萎，迎仙客於錦市，送游龍於葛陂，先生將以養老，將以扶危。」一段與末尾歌曰一節「秋藜促節，白藋同心。終堪荷篠，自足驅禽。一傳大夏，空成鄧林。」扣合本題外，全篇幾乎皆是描寫流離之感，所謂「親友離絕，妻孥流轉」、「寒關悽愴，羈旅悲涼」的內容。其餘如〈小園賦〉寫隱逸之思，〈邛竹杖〉寫羈旅之情，莫不是借物而言我。這才是真正的「體物寫志」之作。故《賦概》云：「賦必有關自己痛癢處……豈可與無病呻吟者同語。在外者物色，在我者生意，二者相摩相盪而賦出焉。若與自家生意無相入處，則物色祇成閒事，志士遑問及乎。」

　　庾信後期的作品，到了〈傷心賦〉、〈哀江南賦〉兩篇，更有明顯的改變，題材上已經拋棄詠物的形式，改為記事抒情，庾信在這時的生活，已到了連佛道思想都成了「必至有期，何能相保。」的絕望地步，其「哀」「傷」之情可想而知，故直以「傷心」、「哀江南」為題，此在賦序中早有說明，所謂「惟覺傷心，遂以傷心為賦」。又「不無危苦之辭，惟以悲哀為主。」正是賦旨所在。內容方面，更不僅是述其身世之感，流離之情以至亡國之痛，更進而成為其一生的「回憶錄」，亦即抒情之外，頗多生平經歷的敘述。其中便大量運用寫實的手法。〔註46〕如〈哀江南賦〉自其先世寫起，又寫仕梁時事、侯景作亂、金陵淪陷、奔走江陵、亡國入關、羈旅異地的經過，恍如一篇自傳，故嚴澄之推為〈離騷〉以後，曠代一見的紀事詩，正是因為抒情

─────────────────────────────

〔註46〕參見劉繁蔚《魏晉南北朝名家文之研究》。

與敘事的巧妙融合，所造成動人的魔力。〔註47〕

　　綜觀庾信的作品，由前期的「體物」造情，到後期的「體物」而「言情」，以至晚期的「言情」兼「敘事」，這種題材與內容上的逐漸轉變，不但代表他生活的改變，更深刻反映出其內心思想與情感轉變的歷程。

三、氣力與風格

　　《文心雕龍・體性篇》云：「才有庸雋，氣有剛柔，學有淺深，習有雅鄭，並情性所鑠，陶染所凝，是以筆區雲譎，文苑波詭者矣。」言文章之多變，乃由於先天的性情與後天的學習綜合而成，即黃季剛先生所云：「才氣本之情性，學習並歸陶染，括而論之，性習二者而已。」

　　賦自漢代以下，至於六朝，日求新變，《詩藪外編》二云：「漢魏晉宋齊梁陳隋八代之階級森如也。故李曹劉阮陸陶謝江何沈徐庾薛盧諸公之品第秩如也，其文日變而盛，而古意日衰也，其格日變而新，而前規日遠也。」正指出由文質華實的互變，使得六朝以來在氣力風格上，已不復往日之恢閎雄健。所謂「齊梁體」之名，正代表時代體格日趨卑弱，當時作家所以不能免俗，而使文章極力轉向「文工意新」的語言雕琢方面下功夫。〔註48〕正屬於先天性的影響。故《六朝麗指》曰：「六朝駢文即氣之陰柔者也，嘗試譬之，人固有英才偉略，傑然具經世之志者，文之雄健似之。若高人逸士、瀟灑出塵，耿介拔俗，自有孤芳獨賞之概。以言文辭，六朝之氣體閒逸，則庶幾焉。」因氣固有剛柔，然齊梁文由於時代風氣影響，實多繁縟輕靡之體，故頗有陰柔之氣。

　　以上乃就時代大體而論，故《顏氏家訓》卷四曰：「古人之文，宏材逸氣，體度風格，去今實遠，但緝綴疏樸，未為密緻耳。今世音

〔註47〕參見嚴既澄《韻文與駢體文》。
〔註48〕參見王師夢鷗〈古人詩文評對語言之基本態度〉一文。

律諧靡，章句偶對，諱避精詳，賢於往昔多矣。宜以古製裁爲本，今之辭調爲末，並須兩存，不可偏棄也。」最足以說明當時事實與現象，其中最值得注意的一點，是指出今不如古的原因，即在綴緝音律，講究對偶，而當時正欲以此代替古文所具的文氣，所以陸厥與沈約書便直以氣勢說，爲音律論之先聲，其間的差別乃在：一以自然的語言聲調爲文氣，一則以人爲的文字聲律調氣勢。而這兩種傾向，便決定了體格的雄健與卑弱。庾信的作品前已提及，它在文字的聲律、對偶上的極力講究，但由於以上兩種傾向的不同運用，使其作品，在前後期的比較上，顯現不同的氣力與風格。就文字的修飾而言，固然一樣「不減齊梁藻體，江左風流。」〔註49〕但如〈燈賦〉、〈鏡賦〉、〈鴛鴦賦〉等篇，則顯現柔靡的作風，胡應麟《詩藪》云：「自綺靡言出，而徐庾兆端矣。」當指其南朝所作，如〈燈賦〉「蛾飄則碎花亂下，風起則流星細落。」刻劃之細膩，又如〈對燭賦〉寫燭之「燼高疑數翦，心濕暫難然。」亦十分纖巧。當然由於題材與內容的限制，是促成的主要因素，形式的短小也不無影響，而修辭的方法尤關緊要。例如女性化描寫，氣力自然柔弱，細膩的刻劃，格局容易狹隘，又如辭采上刻意渲染，文字力求雕琢精鍊，更容易形成一種卑弱柔靡的氣力之風格，故魏謙《升賦品》纖密一則云：「橫空盤硬，氣鬱不舒，未若鐘製，形容擬諸。儉意周匝，膚詞掃除。小可喻大，百無一疎。曩篇風月，艷體庾徐。碎金屑玉，就範何如。」既成「纖密」，則易流於氣力卑弱，此所以不及漢魏。

李德裕《文章論》曰：「氣不可以不貫，不貫則雖有英詞麗藻，如編珠綴玉，不得爲全璞之寶矣。」因此如何使珠玉詞藻能夠不流于堆砌，反有歷歷如貫之氣，便又仰賴文字上的技巧，《六朝麗指》所謂：「作駢文而全用排偶，文氣易致窒塞，即對句之中，亦當少加虛字，使之動宕……或用於字，或用則字，或用而字，其句法乃栩栩如

〔註49〕參見丘瓊蓀《詩賦詞曲概論》，頁 280。

活。」便是一例，庾信前期之作，雖也有此種應用，但是爲求精緻纖密，往往又無法兼顧，如此一方面造成篇幅短小，同時又易流於「氣鬱不舒。」如〈燈賦〉：「九龍將暝，三爵行棲。瓊鉤半上，若木全低。窗藏明於粉壁，柳助暗於蘭閨。翡翠珠被，流蘇羽帳。舒屈膝之屏風，掩芙蓉之行障，卷衣秦后之牀，送枕荊臺之上，乃有百枝同樹，四照連盤。香添燃蜜，氣雜燒蘭。燭長宵久，光青夜寒。秀華掩映，蚖膏照灼。」頗多四字句之連綴，因此易流於堆砌。最明顯的如〈對燭賦〉一篇詩賦融合手法，固使文章美化，卻又使文氣阻塞，如全文三十二句，應用詩句的地方，賦首「龍沙雁塞甲應寒，天山月沒客衣單，燈前桁衣疑不亮，月下穿針覺最難，刺取燈花持桂燭，還如燈檠下燭盤。」七言六句，賦中「燼高疑數翦，心濕暫難然。銅荷承淚蠟，鐵鋏染浮煙。本知雪光能映紙，復訝燈花今得錢。蓮帳寒繁窗拂曙，筠籠熏火香盈絮……楚人纓脫盡，燕君書誤多。」五言六句，七言四句，又賦末「秦皇辟惡不足道，漢武胡香何物奇……還持照夜遊，詎滅西園月。」七言二句，五言二句。共有二十句，詩賦融合的程度非常明顯，這些詩賦體製的作品，雖然頗具自然清新之風，但由於詩句本是要求整齊規律，因此使得作品的氣格，纖密有餘，動宕不足。蔣士銓《評選四六法海總論》謂：「今人言著駢偶，便以塗澤撏撦爲工，即有善者，亦不過首尾通順，無逗補之迹，求其動宕遒逸，風味盎然於楮墨之間者，吾未之見也。」正是這種觀「儷體如工畫樓臺」〔註50〕的流弊。

庾信後期作品，賦篇摒棄詩句，故不再流於堆砌，同時騷賦兮些等語尾字的運用，如〈傷心賦〉「悽其零零，颯焉秋草，去矣黎民，哀哉仲仁……丘陵兮何忍，能留兮幾人。」大量「焉」、「矣」、「哉」、「兮」等語氣詞，又如提頭接頭一類字詞，也是如此，如〈傷心賦〉「至如三虎二龍，三珠兩鳳。並有山澤之靈，各入熊羆之夢。」四句之中，有「至如」、「並有」、「各入」三處接頭字，文氣更見流暢。又

〔註50〕參見蔣士銓《評選四六·法海總論》部分。

〈竹杖賦〉起首以問答形式，故有「桓宣武平荊州，外曰：『有稱楚丘先生，來詣門下。』桓帝曰：『名父之子，流離江漢，孤之責矣。』及命引進，乃曰：『噫，子老矣……。』」等類似漢代散文賦的句子，這些新技巧的加入與改變，絕非前期詩賦體製之作，在氣格上所可比擬，因而後期作品，在全篇的氣力上更見雄健而流宕，推其原因，固由於題材內容的擴充，而在文氣上，疏宕其氣，駢儷之中夾有散行文所致。這種散行的融入，與詩化的賦篇，最顯然的不同，即是自由與規律，因此如〈小園賦〉中「一寸二寸之魚，三竿兩竿之竹」及〈傷心賦〉中「從官非官，歸田不田。」「二王奉佛，二郡奉道。」等文字重用之例，在詩化賦類作品中是未曾甚而避免的現象。這是庾信後期作品，在當時一片繁縟綺靡的作風中，又能力追漢魏風骨的最大原因。故王禮卿舉〈哀江南賦〉一篇，承〈西征賦〉之體格，而何義門又謂〈西征賦〉，規矩由揚雄、班固而來。故張惠言《七十一家賦鈔》評庾信曰：「逐物而不反，駘蕩而駁舛，俗者之圍而古是抗，其言滑滑而不背于塗奧，則庾信之為也。其規步矱驟，則揚雄、班固之所引銜而聲響。」當即就後期的作品而論。

　　賦本是非詩非文，亦詩亦文的體類，如何兼采詩之整鍊與文之流暢，若非技巧圓熟無以達成，故蔣士銓曰：「圓活是四六上乘，……四六不可無才，然慮其為才累，四六不可無氣，然慮其為氣使，四六不可無雕琢，然慮其為雕琢所役。四六不可無藻麗，然慮其為藻麗所晦。」

　　庾信早期的作風，在氣力上頗流於卑弱，而宮體的輕浮柔靡，更顯風格之綺艷。其內容又無法突破宮闈艷情的範圍，其中唯〈春賦〉尚見清新，其餘美則美矣，終究是貧血而墮落的「美麗毒素。」〔註51〕至於入北所作，哀怨之情愈深，風骨更見遒勁，而能於明麗中出蒼渾之氣，尤富於感染力，故杜甫〈詠懷古跡詩〉云：「庾信平生最蕭瑟，暮年詩賦動江關。」此就其情感與內容言，若「凌雲健

〔註51〕參見《聞一多選集‧宮體的自贖》一篇。

筆意縱橫。」則指技巧之圓活自如。胡應麟《詩藪外編》評曰：「子山氣骨，欲過肩吾，而神秀弗如。」當即指此而言。情辭兼存，華實並備，正是它晚年作品更加成熟之故，而風骨之遒勁，便是這方面的成績。故《文心雕龍·風骨篇》曰：「詩總六義，風冠其首，斯乃化感之本源，志氣之符契也，是以怊悵述情，必始乎風，沈吟鋪辭，莫先於骨。故辭之待骨，如體之樹骸，情之含風，猶形之包氣。結言端直，則文骨成焉。意氣駿爽，則文風清焉。」可知風骨之求，必不能捨情與辭而不顧。

第三節　庾信辭賦歷來之評價

　　許文雨《文論講疏》中劉師培〈南北文學不同論〉一節云：「晉宋以降，文體復更，……句爭一字之奇，文采片言之貴，情必極貌以寫物，辭必窮力以追新。齊梁以降，益尚艷辭，以情為裏，以物為表，賦七始於謝莊，詩昉於梁武。……子山繼作，掩抑沈怨，出以哀艷之詞，由曹植而上師宋玉，此又南文一派也。」說明庾信居梁時作品與時代風氣的關係。所謂「徐庾體」的稱呼，當即指此而言。而他入周之後的作品，卻另有一番面目，此正由於他從南入北，在生活環境的改變，連帶促使作品中題材、內容、情感上也起了一些變化，而在古今的評價上，顯現不同的價值與地位。

　　最足以代表上述情形的意見是杜甫《戲為六絕句》中所云：「庾信文章老更成，凌雲健筆意縱橫，今人嗤點流傳賦，不覺前賢畏後生。」首二句正是讚美庾信晚年作品凌雲超俗之筆勢與其縱橫出奇之才思。徐復觀解釋此首詩云：

> 庾信的詩文，以華麗見稱，而杜甫卻說他是「清新」、是「凌雲健筆」，又是什麼原故？楊慎題出此一問題，也解答了此一問題，但解答得不夠真切。詩文中之「健」，是來自詩文中的「風骨」，詩文中的「風骨」，是來自作者生命力（氣）的貫注。在純藝術性的文學中，作者之氣，乃融合而為作

　　者的感情，以感情的性格而呈現……則此感情貫注於作品
　　之上，便成爲作品中的風骨。有風骨，即能使辭藻附麗於
　　風骨以運行，縱橫驅遣，而不爲辭藻所累，這便成爲「凌
　　雲健筆」了。〔註52〕

徐氏這一觀點，正因爲鑒於後期作品中題材、情感、氣骨的改變，但
他又指出楊愼的不夠眞切，今按《升庵詩話》云：

　　庾信之詩，爲梁之冠絕，啓唐之先鞭。史評其詩曰綺艷，
　　杜子美稱之曰清新，又曰老成。綺艷清新人皆知之。而其
　　「老成」，獨子美能發其妙。余嘗合而衍之曰：綺多傷質，
　　艷多無骨，清易近薄，新易近尖。子山之詩，綺而有質，
　　艷而有骨，清而不薄，新而不尖，所以爲老成也。……若
　　子山者，可謂兼之矣。不然，子美何以服之如此。」〔註53〕

以上批評其「清新」、「綺艷」而文「有質」、「有骨」的可貴，此意正
爲徐氏所揭運藻麗於風骨的「凌雲健筆」。但對所謂「老成」兩字的
解釋，則並不同意。徐氏又曰：

　　庾信的作品，並非都是凌雲健筆，也並非概括庾信一生的
　　作品而言，杜甫所指的，僅是庾信晚年入周以後的作品，
　　所以他說「庾信平生最蕭瑟，暮年詩賦動江關。」（〈懷古
　　五首之一〉）。注杜的人，常忽視了「暮年」二字……因此，
　　此詩第一句的「老更成」，常被註釋家轉移爲「老成」二字，
　　以爲這是說庾信的文體，如前面提到的楊愼，便是如
　　此，……而從事實上講，杜甫可以稱庾信的文體爲「清新」，
　　但究不能稱之爲「老成」，所以「老更成」三字，只是說「老
　　而更成功」而已。這與「暮年詩賦動江關」的暮年，豈不
　　是正相映帶嗎？而追溯其原因，乃由「暮年感情的深刻
　　化」。〔註54〕

徐氏從寫作時間說明，所言極是。而庾信早期作品，多屬宮體一類，

〔註52〕參見徐復觀《中國文學論集》中〈從文學史觀點及學詩方法試釋杜
　　　　甫戲爲六絕句〉一篇。
〔註53〕參見《歷代詩話續編》卷九。
〔註54〕同註52。

此爲聞一多所謂「美麗的毒素」，這類作品正是「綺艷」之流，〈燈賦〉、〈鴛鴦賦〉、〈對燭賦〉……等，從內容與情感而言，正是「以華麗的詞藻，表現帝王貴族荒淫無恥的生活、毫無意義。」當然早年的詩賦也還有一些還保持部分清新的風格，如〈春賦〉，〈奉和山池詩〉一類，所謂啄句紅潤如海出珊瑚」之作。〔註55〕而後代許多評論，皆由此觀點出發，如《北周書·主褒庾信傳論》云：「子山之文，發源於宋末，盛行於梁季，其體以淫放爲本，其詞以輕險爲宗，故能誇目侈於紅紫，蕩心逾於鄭衛」。又隋王適中說〈事君篇〉謂「徐陵、庾信，古之夸人也，其文誕。」又《隋書·文學傳》序云：「梁自大同之後，雅道淪欠，漸乖典則，爭馳新巧，簡文湘東啓其淫放，徐陵庾信分路揚鑣，其意淺而繁，其文匿而采，詞尚輕險，情多哀思。」以上這些批評，正代表唐初史家的歷史觀點，進而成爲唐代古文運動的先聲，他們從時代的觀點來看，這種說法是正確的，但是以此作爲庾信全部作品的評價，則值得商榷。至於令狐德棻於《周書·庾信傳》進一步指責庾信謂：「昔揚子雲有言：詩人之賦麗以則，詞人之賦麗以淫。若以庾氏方之，斯又詞賦之罪人也。」使過於偏激而不夠公允，故王師夢鷗云：

> 他忘了北周於迭次勝利之餘，爲政者驕奢淫候，以勝利者的姿態，模仿古侯王的文學運動，使一些屈服的文人操筆奉承，寫作浮華的作品，倘若從實定罪，其罪應在特殊的環境與奢靡的風氣。然其中如庾信的〈哀江南賦〉、顏之推的〈觀我生賦〉，維使組詞繁密，淒艷萬分，但必謂之蕩心逾於鄭衛，亦非確高的論評。因爲他們使用習熟的文體表達自己的感受，這就不是什麼「詞賦之罪人」了。〔註56〕

可見唐初的批評，都不算是很正確的，至多只能適用於南朝時宮體之作，而入北如〈馬射賦〉，〈象戲賦〉二篇，文字雖仍華麗，且爲應制而作，但「體崇典正，以較南朝諸家廟堂之作，亦覺華實相扶，浮辭

〔註55〕參見橫山弘《庾開府傳論稿》一文。
〔註56〕參見王師夢鷗《魏晉南北朝文學之發展》。

頓減。」〔註57〕因此我們自不可因其文字表面的華麗作風，忽略了內涵的轉變，相反的如〈枯樹賦〉一篇作品所以得到中原人士的推重，正因這種技巧與辭采的特性，而這種特質，不只沒有限制庾信入北的寫作，反而由於這樣良好的藝術技巧與寫作基礎，使他在後期作品，能達到文質彬彬的更高成就。宇文逌《庾子集》序謂：「信……妙善文詞，尤工詩賦，窮緣情之綺靡，盡體物之瀏亮。」沈德潛《古詩源》卷十四云：「子山於琢句中，復饒清氣，故能拔出於流俗中，所謂軒鶴立雞群者耶。」都是針對庾信寫作技巧的贊美，而陳祚明更詳論之曰：

> 情紛糾而繁會，意雜集以無端，兼且學擅多聞，思心委折，使事則古今奔赴，述感則方比抽薪，又緣為隱為彰，時不一格，屢出屢變，彙彼多方，河漢汪洋……至其琢句之佳……聳異搜奇，不獨蟄爾標新，抑且無言不警，故紛紛藉藉，名句沓來，抵鵲亦用夜光，摘繩無非金豆。……審其造情之本，究其琢句之長，豈特北朝一人，即亦六朝鮮儷。〔註58〕

由於這種卓越的藝術表現，使得南朝作品，雖然在內容上稍嫌空泛，卻在藝術的才思與技巧上獲得肯定。並為後期作品奠定良好的基礎。

　　庾信入北之後，加上情感的深刻化，使他作品中流露出一種真實動人的力量，張天如說他「盛名異地，橘枳改觀」，便是這種環境與生活給予創作的重大影響。〔註59〕倪璠論之曰：「夫南朝綺麗，或尚虛無之宗，北地根株，不祖浮靡之習，若子山可謂窮南北之勝。」又曰：「子山北地羈臣，南朝才子，若令早還梁使，依然英藺之名，不伐江陵，永仕中興之國，遇合乃所願焉，文章蔑云進矣。所以屈原、宋玉意本牢愁，蘇武、李陵，情由哀怨。〈哀江南〉一篇，可以知其工矣。」正說明生活環境與作品的關係，而陳沆《詩比興箋》卷二更進而說明情感的深刻，與文學作品的相輔相成，以至促使庾信寫作的

〔註57〕參見林承《庾子山評傳》卷三。
〔註58〕參見陳祚明《采菽堂古詩選》三十三。
〔註59〕參見《中國文學史論集》中姚谷良所撰〈庾信〉一篇。

轉變，曰：

> 使其終處清朝，致身通顯……遇合雖極恩榮、文章安能命
> 世，而乃荊吳傾覆，關塞流離，國家俱亡，身世如夢。冰
> 蘗之情既深，艷冶之情頓進。及乎周陳繼好，南人歸南，
> 復以惜才，獨留不遣……於是湘纍之吟，包胥之哭，鍾儀
> 土風，文姬悲憤，蒼然萬感，並入孤哀，回首前修，殆若
> 隔世。固當六季賽儔，奚惟少穆卻步，斯則境地之曲成，
> 未爲塞翁之不幸者也。……少陵詩云；庚信文章老更成。
> 暮年詞賦動江關。良有以也。

除上所述之外，又有一些評論，意見有所不同，如王若虛《滹南文辨》
卷三十四云：「嘗讀庚信諸賦，類不足觀，而愁賦尤狂易可怪，然子
美雅稱如此，且譏哨嗤點者，予恐少陵之語未工，而嗤點者未爲過也。」
〔註60〕乃是針對其特別怪誕者而言，不能以此否定杜甫的觀點，何況
當時文字造句力求新變，故王氏又責謂「荒蕪不雅。」〔註61〕但仍不
能不推其「記聞爲富、筆力亦壯。」所謂「筆力亦壯」，即是「凌雲
健筆」，張說詩亦云：「筆涌江山氣，文驕雲雨神。」因此王氏之言，
不可不辨。另有以杜甫之句，乃專指「賦」而言，所謂「暮年詞賦動
江關」一事，如宗廷輔《古今論詩絕句》曰：

> 此首論賦，庚子山賦，自魏晉而下，允稱獨步，杜甫奮迅
> 起而紹之，非特詞旨藻麗，其一種沈鬱頓挫，極有神似之
> 處，入之深，故言之切。〈哀江南〉一篇，冠絕古今，乃作
> 於入周以後，已在暮年，故云「老更成」也。「凌雲健筆意
> 縱橫」七字，是庚賦切實注腳，假移作評詩即非是。〔註62〕

錢鍾書《談藝錄》亦采類似看法，但無論如何，對於詞賦的批評，並
無分歧，而杜甫的意見也成爲一般的公論，故錢氏曰：

> 子山詞賦，體物瀏亮，緣情綺靡之作，若〈春賦〉、〈七夕
> 賦〉、〈燈賦〉、〈對燭賦〉、〈鏡賦〉、〈鴛鴦賦〉，皆居南朝所

〔註60〕按今〈愁賦〉惟剩片句，殘缺不全。

〔註61〕參見本論文〈哀江南賦〉的評價與影響部分。

〔註62〕參見何三本《杜甫戲爲六絕句研究》。

爲。及夫屈體魏周，賦境大變。惟〈象戲〉、〈馬戲〉兩篇，
尚仍舊貫，他如〈小園〉、〈竹杖〉、〈邛竹杖〉、〈枯樹〉、〈傷
心〉諸賦，無不託物抒情，寄慨遙深，爲屈子旁通之流，
非復荀卿直指之遺，而窮態盡妍於〈哀江南賦〉，早作多事
白描，晚製善運故實，明麗中出蒼渾，綺縟中有流轉，窮
然後工，老而更成，詢非假說。〔註63〕

《四庫提要》卷一四八亦云：「信北遷之後，閱歷既久，學問彌深，
所作皆華實相扶，情文兼至，抽黃對白之中，灝氣舒卷，變化自如。」
就賦而言，仍頗中肯。故庾信的詞賦作品，可謂融合了南北之長，不
但外表形式與技巧，日見熟練，同時由於南朝的優越條件，使得他入
北之後的作品，更可以在內容與情感上作充實，所以能在華麗之間，
仍具風骨，有文有質，華實兼備。也就難怪杜甫說「庾信文章老更成」
了。

第五章　結　論

　　庾信的作品，不只在當代成爲眾所模擬的目標，也影響了隋唐的文風，以至清代，他的作風仍然有許多文人爭相祖述與規仿；就空間而言，他的作品，又融合了南、北之所長，成爲南北文學結合的開始。〔註1〕

第一節　庾信與南朝文學

　　庾信在入北以前，與徐陵的作品，爲文皆傳誦一時，所謂「徐庾體」就是這樣形成的。此時他們兩人的作品風格，是以綺艷華麗見稱，如祝堯《古賦辨體》所謂「精工不及，卑弱過之。」《北史・文苑傳》所謂「辭尚輕險，詞多哀思。」乃至《周書》所謂「詞賦之罪人。」都應是針對此時作品加以評論。然而在當代文士，甚至後代文人，即因他們二人的文章，本以聲色麗辭爲主，才爭相模仿。而所謂「徐庾體」就是最明顯的說明。

　　然而對於徐陵和庾信的並稱，也不無商榷的餘地，尤其庾信入北之後，在作品上多少有些改變，有些評論是針對他後來的改變。例如蔣士銓於《評選四六・法海總論》云：「徐庾並稱，猶詩中之裴王也，

〔註 1〕參見羅根澤《樂府文學史》，頁170。

雖有仰昂，究無彼此。」又云：「徐孝穆逸而不遒，庾子山遍逸兼之，所以獨有千古。」這種評價顯然已不是所謂「文並綺艷，故世號『徐庾體』」的說法，因此即使駢文形式的作品，到六朝為極盛時期，而一般又以徐庾作為最主要代表，甚至推崇為「集駢文之大成，達美文之極點」，而以其在駢文的地位，有如韓柳之於古文。〔註 2〕但是他們之間畢竟也有比較，如沈德潛《古詩源》例言中云：「北朝詞人，時流清響，庾子山才華富有，悲感之篇，常見風骨，所長不專在造句也。徐、庾並名，恐孝穆華詞瞠乎其後。」即是以庾信後來的作品能夠兼備風骨與文采，不僅以華詞麗字見長，而超越了徐陵的成就，這個意見也是代表著大部分的看法，如《四庫提要》、楊慎《升庵詩話》、張博《漢魏六朝百三家集題辭》等等，都作這種主張。持有不同意見的，當然也有，如錢鍾書於《談藝錄》中「論庾子山詩賦」一條云：「擒文振金石之聲，懷歔極禾黍之感，庾所寄於詩賦者，徐則盡見諸文焉，老而更成，徐亦同然，豈始終為臺城應教體哉。《提要》所云，亦一隅之見也。」錢氏提出徐陵並非始終以華詞見長，這一點的確是前人所容易忽略掉的，也是我們不當加以抹煞的。不過以現存徐集來看，這種風格多是以書體表現的，李兆洛《駢體文鈔》云：「孝穆文驚采奇藻，搖筆波涌，生氣遠出……書記是其所長，他未能稱也。」如他最為後人推崇的即是在北齊與楊僕射書一篇，這多少因為書體可以「直達胸臆，不拘繩墨。」〔註 3〕反觀庾信的作品，在這一方面，應用頗為廣泛。因此無論如何，單就詩賦一類而言，庾信是要超過徐陵的成就，故胡應麟《詩藪・雜編》曰：「視孝穆總持，但略以氣骨勝。」

　　由此可見，庾信居梁，固以麗詞，與徐陵並稱，但後來的成就多少又超越了徐陵。而他們的文學技巧，則一樣為後世所效法。故屠龍題徐庾集云：「仙李盤根，初唐最盛，……莫不濾藻乎子山，擷芳於孝穆，故能琳瑯滿目，卓冠當時。」

〔註 2〕參見江應龍《駢文新論》，頁 43。
〔註 3〕參見王瑤《中古文學風貌》，頁 151。

第二節　庾信與北朝文學

　　王褒也是由南入北的文人，與庾信同事北朝，但是才名則不及庾信，然而二人，皆由於政治的變遷，以至環境的轉移，同時又因而感染了北方清健貞剛之氣，使他們在作品上有了一些變化。特別是王褒的樂府，便染上北方鄙直之習。〔註4〕因此，雖然北方文壇文學基礎較差，表現的藝術技巧遠不及南方，而又努力學習南方的唯美傾向，結果均失去本身的長處。至於這些由南入北的文人，如王褒、庾信，則以他們舊有的文學基礎，再吸收了北方文學的特長，使他們作品，發射出另一種光芒，而使南北文學結合展現新的風貌。

　　當時南方正仍盛行宮體風格的作品，這種作品內容，較為貧乏，但庾信、王褒等由於北渡，正好得到一個充實的機會，這個意義，原不限於他們個人，本該是南朝「貴乎清綺」與北朝「重乎其質」的互補並濟相輔相成，但由於北人極端嚮往，南人美麗的文詞，未能保持其所長，於是這種使命只有局限於個人的完成，並沒有達到移殖的廣大效果。〔註5〕故倪璠評曰：「夫南朝綺艷，或尚虛無之宗，北地根株，不祖浮靡之習，若子山可謂窮南北之勝。」也只不過就個人而言。他們個人入北的作品，因此更加得到後人的重視。倪璠注《庾信本傳》又云：「按子山少年宮體之作，當時習稱徐庾，及至晚年，又與王褒並埒，而後世無庾王之目。」這當是因為在當時一般文人的眼中，並無視於所謂那一點「鄉關之思」的內容或氣骨，他們所仰羨的不過就是那些令人「忘味於遺韻，眩精於末光。」的美麗詞藻，這種現象正如同庾信〈枯樹賦〉之所以見重於北方文壇，乃是由於唯美風潮所致，而所謂南北文學之結合與完成，也正因此而限於由南入北的這幾個文人而已。

　　而庾信等人的「鄉關之思」，也只有他們自己能夠體會，這點對北方文人而言，因缺乏共通性而難以共鳴，加以他們二人在北方並非

〔註4〕參見羅根澤《樂府文學史》，頁169。
〔註5〕參見聞一多《宮體的自贖》一文。

流落鄉野，而是顯貴當世，倪璠《庾子山年譜》結語云：「信在江南，則有梁武帝二子簡文、元帝，及過江北，則有周太祖二子世宗、高祖。並新情艷發，雅辭雲委，又得滕趙諸王，周旋款至，皆一時之俊。君臣酬唱之際，文人遇合，可謂至矣。」這種地位，只有讓北方文壇，更加傾慕他的雅辭華采，根本談不上「鄉關之思」的欣賞或同情，〈滕王序〉曰：「才子詞人，莫不師教，王公名貴，盡爲虛襟。」因此《周書・王褒庾信傳》曰：「信雖位望通顯，常有鄉關之思。」我們可以說，「位望通顯」使他更受北方人士的推崇，而「鄉關之思」則使作品成就更爲卓越。只可惜後者的意義，北人無法體會，雖然這方面的成就，在當時不爲人所標榜，但其文學地位，則因爲這一點而顯得不凡，在那個詩文內容極端貧乏，甚至墮落的時代中，庾信王褒實爲超俗不群的奇葩。

由以上可知，所謂徐庾體在文學史的地位，正在於將宮體詩所運用的隸事聲律和麗辭等的形式美，巧妙地運用到「文」上（包括「賦」在內）。而王庾的成就，即在於吸收了北方的清健作風。而這兩者的融合，則在庾信身上獲得較完整的結果與表現。因此儘管要使駢文在形式限制中，能有散文流暢自然，以及內容意義的充分發揮，是個不容易圓滿達成的理想，但庾信的文學成就，正是往這個方向的努力，而且接近它最高極限，[註6] 使得後世的文士，能夠藉此而有所啓示。這正是許槤《六朝文絜》所謂「六朝之渤澥，唐代之津梁。」

第三節　庾信與後世文學

紀曉嵐於《四庫提要・庾開府集箋注》下云：「集六朝之大成，導四傑之先路，自古至今，屹然爲四六宗匠。」可見庾信的文學成就實不僅卓立於南北朝，進而影響了後代的文學。因此文學史上，每提到隋唐文學總不可避免的提到「政治上北方統一南方，而文學上卻是

〔註 6〕參見王瑤《中古文學風貌》，頁 161。

南方統一北方。」一類的話。〔註7〕這固然是事實，然而仔細地檢討
起來，何以政治上北方能統一南方，而文學上卻反而自南方來統一，
其原因固由於南人的唯美風氣得到北人的喜愛，但更重要的是由於南
方文學作家的入北，其中更以庾信爲關鍵性的代表人物，雖然這其間
多半出於政治上的不得已，卻意外地帶動了整個文學風氣的方向，以
致隋唐統一之後，產生了正反兩面的對抗風潮。

　　隋代統一了南北分裂的局面，也會出現了如蘇綽等文學復古主
張，終究不敵當時的唯美風潮，唐代繼隋之後，又出現了另一番局
面，而初唐的前五十年裡，仍就繼承著這種六朝作風，這在帝王也
不例外，隋煬帝之後，唐太宗更有過之而無不及，唐太宗有詩標題
即作〈秋日學庾信體〉，上倡下和，成一時所趨，所謂弘文館十八
學士、上官儀、初唐四傑，以至北門學士、珠英學士等等，都是繼
承這種作風，表現輕艷風格的。高步瀛《唐宋文舉要‧論唐駢文》
云：「唐初文體，沿六朝之習。雖以太宗之雄才，亦學庾子山之爲
文。此一時風尚使然，殊不關政治污隆。」正是說明這種現象。這
中間我們可以初唐四傑爲代表，來說明庾信的影響力，《新唐書‧
文藝傳序》曰：「唐有天下三百年，文章無慮三變，高祖太宗，大
難始夷，沿江左餘風，綺句繪章，揣合低昂，故王楊爲之伯。」所
謂王楊，即指四傑中的王勃、楊炯，他們正是初唐文壇的主流，這
四傑也稱得上是駢文高手，但唐代文學也由他們開始有了改變，金
秬香《駢文概論》說：「唐興，仍陳隋靡習，徐庾流化，彌徧南北，
逮四傑出，稍振以清麗之風。」不過他們仍受庾信等的影響，〔註8〕
故王世貞《藝苑卮言》云：「盧駱王楊稱四傑，詞旨華靡，因沿陳
隋之遺，翩翩意象，老境超然勝之。」

　　至於後來的詩聖杜甫於《戲爲六絕句》中，除了推崇庾信的成就

〔註7〕例如劉大杰《中國文學發展史》一書。
〔註8〕參見本論文〈馬射賦〉一節。有駱賓王模仿庾信之文句。又方回《瀛
　　　　奎律髓》卷卅云駱賓王詩「近似庾信。」

外，也因此而提出當時四傑一派的作風與影響，〔註9〕而杜甫本人，雖
未必即學庾信文體，〔註10〕但他個人對他的推崇與肯定，則是毋庸置
疑的，明胡應麟《詩藪外編》二云：「供奉之癖宣城也，以明艷合也。
工部之癖開府，以沈實合也。」也是指此而言。當然杜甫可以說是集
諸家大成之作家，〔註11〕而他在當時的批評，也正反映出唐朝文學風
氣，受六朝影響的巨大，因此著名的古文運動，推本溯源也正是針對
庾信一輩的作風所發，韓愈〈薦士詩〉中批評：「齊梁及陳隋，眾作等
蟬噪。」正顯示出齊梁文學給予唐代的影響力。張溥說：「夫唐人文章，
去徐庾最近，窮形寫態，模範是出，而敢於侮毀。」〔註12〕入室操戈
許槤《六朝文絜》也不以為然，他說：「乃唐令狐德棻等撰信本傳，認
為淫放輕險，詞賦罪人，何愚不自量如此，詩家如少陵且極推重，況
模範是出者，安得不頹首邪。」

　　唐代古文運動，雖然到後來有了不錯的成就，但駢文仍是中國文
學的一股脈流縣延不絕，庾信等人，在聲律、文字上的講究，也奠定
了唐宋律賦的基礎，這種作品的出現，更是文人士子，叩進仕宦之門
的敲門磚，連韓愈、元稹等人，也不例外。因此從這個角度看，庾信
的影響不只在美文的傳承，也與後代文士發生密切的關係。清代的駢
文大家，如陳維崧、曾燠、董佑誠、李慈銘、……等等，無不憲章四
傑，祖述徐庾，至有模仿庾信之作，維妙維肖者，而孫德謙《六朝麗

〔註9〕參見徐復觀《中國文學論集》，頁158～164。

〔註10〕浦銑復《小齋賦話》下卷云：「或問曰：『少陵雕賦如雪泒山陰，永
　　　　纏樹成，語絕似子山。』余曰：『然，然讀少陵賦，當玩其沈鬱頓挫，
　　　　純以漢人處，不當但論句語，即以句論。如降精於金，立骨於鐵……。』
　　　　不知少陵從何處得來。』」又《詩藪外編》二云：「世謂杜詩法庾子
　　　　山，不然，庾在陳隋，淫靡間稍蒼勁耳，聲調故無大異，惟〈述懷〉
　　　　一篇，類杜諸古詩耳。」

〔註11〕趙翼曰：「微之謂其薄風雅，該沈宋，奪蘇李，吞曹劉，掩顏謝，雜
　　　　徐庾，足其牢籠萬有，秦少游並謂其不集諸家之長，亦不能如此，
　　　　則似少陵專以學力集諸家之大成。」趙氏以其集大成，並不全得力
　　　　於學力，亦才分之所至。

〔註12〕參見張溥《漢魏六朝百三家集題辭・庾集題辭》。

指》一書，即在闡明六朝駢文的精義，而庾信的作品，正是最好的代表。因此，只要運用中國文字的特點，所發展出來的駢文一天不消沈，庾信的影響力也就不斷地流傳延伸，即使駢文那天完全淪喪，那他就憑曾有的影響力，在文學史的地位，仍然永不可磨滅的。

參考書目

先依朝代，次依書名筆劃

一、引用書目

以下先秦

1. 《十三經注疏》，藝文印書館印行。
2. 《老子》，李耳著，朱謙之校釋，明倫出版社。
3. 《莊子》，莊周著，郭慶藩集釋，華正書局。

以下兩漢

1. 《史記》，司馬遷撰，裴駰集解，司馬貞索隱，張守節正義，鼎文書局印行。
2. 《淮南子》，劉安撰，高誘注，世界書局印行。
3. 《漢書》，班固撰，顏師古注，王先謙補注，鼎文書局印行。
4. 《說文解字》，許慎撰，段玉裁注，蘭臺書局印行。

以下魏晉南北朝

1. 《文章流別論》，摯虞撰。（見嚴可均《全晉文》）
2. 《文心雕龍》，劉勰撰，明倫書局印行。
3. 《文選》，蕭統選，唐李善注，藝文印書館印行。
4. 《世說新語》，劉義慶撰，劉孝標注，世界書局印行。
5. 《宋書》，沈約撰，鼎文書局印行。
6. 《金樓子》，蕭繹撰，藝文印書館印行。

7. 《南齊書》，蕭子顯撰，鼎文書局。
8. 《庾子山集》，庾信撰，倪璠注，源流出版社印行。
9. 《庾子山集》，庾信撰，倪璠注，光緒儒雅堂本。
10. 《庾子山集》，庾信撰，商務印書館印行。
11. 《庾子山集》，庾信撰，明屠龍本。
12. 《詩品》，鍾嶸撰，世界書局印行。
13. 《顏氏家訓》，顏之推撰，商務印書館印行。

以下唐代

1. 《元和郡縣圖志》，李吉甫撰，商務印書館印行。
2. 《元和姓纂》，林寶撰，商務印書館印行。
3. 《文中子中說》，王通撰，阮逸注，世界書局印行。
4. 《北史》，李延壽撰，鼎文書局印行。
5. 《北齊書》，李百藥撰，鼎文書局印行。
6. 《酉陽雜俎》，段成式撰，源流出版社印行。
7. 《周書》，令狐德棻撰，世界書局印行。
8. 《南史》，李延壽撰，鼎文書局印行。
9. 《梁書》，姚思廉撰，鼎文書局印行。
10. 《陳書》，姚思廉撰，鼎文書局印行。
11. 《隋書》，魏徵等撰，鼎文書局印行。
12. 《朝野僉載》，張鷟撰，廣文書局印行。

以下宋代

1. 《文苑英華》，彭叔夏撰，華文書局印行。
2. 《四六話》，王銍撰，商務印書館印行。
3. 《困學紀聞》，王應麟撰，中華叢書編審委員會印行。
4. 《姓解》，邵思撰，商務印書館印行。
5. 《直齋書錄解題》，陳振孫撰，商務印書館印行。
6. 《容齋四六叢談》，洪邁撰，商務印書館印行。
7. 《容齋隨筆》，洪邁撰，商務印書館印行。
8. 《海錄碎事》，葉廷珪，國防研究院印行。
9. 《郡齋讀書志》，晁公武撰，商務印書館印行。
10. 《崇文總目》，秦鑑撰，商務印書館印行。

11. 《新唐書》，歐陽修等撰，鼎文書局印行。

12. 《樂府詩集》，郭茂倩編，世界書局印行。

以下元代

1. 《文獻通考》，馬端臨撰，新興書局印行。

2. 《古賦辨禮》，祝堯撰，商務印書館印行。

3. 《宋史》，托托撰，鼎文書局印行。

4. 《滹南遺老集》，王若虛撰，商務印書館印行。

以下明代

1. 《丹鉛總錄》，楊慎撰，商務印書館印行。

2. 《文章辨體》，吳訥撰，長安出版社印行。

3. 《文體明辨》，徐師曾撰，長安出版社印行。

4. 《詩藪》，胡應麟撰，廣文書局印行。

5. 《萬姓統譜》，凌迪知撰，正光書局印行。

6. 《漢魏六朝百三家集》，張溥選，新興書局印行。

7. 《騷壇秘語》，周履靖撰，商務印書館印行。

8. 《藝苑卮言》，王世貞撰，學生書局印行。

9. 《四六法海》，王志堅編，清蔣士銓評，德志出版社印行。

以下清代

1. 《七十家賦鈔》，張惠言編，世界書局印行。

2. 《二十二史劄記》，趙翼撰，世界書局印行。

3. 《六朝文絜》，許槤輯，中華書局印行。

4. 《六朝麗指》，孫德謙撰，新興書局印行。

5. 《日知錄》，顧炎武撰，明倫出版社印行。

6. 《古文辭類纂》，姚鼐編，世界書局印行。

7. 《四六叢話》，孫梅撰，世界書局印行。

8. 《四六金針》，陳維崧撰，商務印書館印行。

9. 《古詩源》，沈德潛編，商務印書館印行。

10. 《四庫全書總目提要》，永溶等著，商務印書館印行。

11. 《全上古三代秦漢晉三國南北朝文》，嚴可均輯，世界書局印行。

12. 《全唐詩》，清聖祖敕編，明倫出版社印行。

13. 《姓觿》，陳士元撰，藝文印書館印行。

14. 《御定歷代賦彙》，陳元龍等編，中文出版社印行。

15. 《詩比興箋》，陳沆撰，鼎文書局印行。

16. 《義門讀書記》，何焯撰，商務印書館印行。

17. 《新野縣志》，徐立位纂修，成文出版社印行。

18. 《嘉慶重修一統志》，穆彰阿修，商務印書館印行。

19. 《漢魏六朝墓銘算例》，李富孫撰，商務印書館印行。

20. 《漢魏六朝唐代墓志金石例》，吳鎬撰，商務印書館印行。

21. 《鄢陵縣志》，靳容鏡等修纂，成文出版社印行。

22. 《賦話》，李調元撰，廣文書局印行。

23. 《駢體文鈔》，李兆洛編，世界書局印行。

24. 《藝概》，劉熙載撰，廣文書局印行。

以下民國專著部分

1. 《文論講疏》，許文雨撰，正中書局印行。

2. 《文學研究叢編》第一輯，夏承燾等撰，木鐸出版社印行。

3. 《中國文學研究》，鄭西諦等編，國泰文化事業有限公司印行。

4. 《中國文學論集》，徐復觀撰，學生書局印行。

5. 《中國文學史論集》，張其昀等著，中華文化出版事業委員會印行。

6. 《中國文學發展史》，劉大杰撰，華正書局印行。

7. 《中國駢文史》，劉麟生撰，商務印書館印行。

8. 《中國文學批評史》，郭紹虞撰，文史哲出版社印行。

9. 《中國中古文學史》，劉師培撰，鼎文書局印行。

10. 《中國駢文發展史》，張仁青撰，中華書局印行。

11. 《中國韻文史》，王鶴儀撰，商務印書館印行。

12. 《中國韻文概論》，傅師隸樸撰，中華文化出版事業委員會撰。

13. 《中國駢文論》，瞿兌之撰，清流出版社印行。

14. 《中古文學思想》，王瑤撰，鼎文書局印行。

15. 《中國文學風貌》，王瑤撰，鼎文書局印行。

16. 《中國韻文裡所表現的情感》，梁啓超撰，中華書局印行。

17. 《中國語文論叢》，周法高撰，正中書局印行。

18. 《中國文學之聲律研究》，王忠林撰，師範大學印行。

19. 《元和姓纂四校記》，岑仲勉撰，商務印書館印行。

20. 《六朝唯美文學》，張仁青撰，文史哲出版社印行。

21. 《古典文學第一集》，吳璵等撰，學生書局印行。

22. 《由隱逸到宮體》，洪順隆撰，文史哲出版社印行。

23. 《北朝胡姓考》，姚薇元著，華世出版社印行。

24. 《左思生平及其賦之研究》，高桂惠撰，政大中文研究所碩士論文。

25. 《司馬相如揚雄及其賦之研究》，簡師宗梧撰，政大中文研究所博士論文。

26. 《江淹生平及其賦之研究》，段錚撰，政大中文研究所碩士論文。

27. 《字句鍛鍊法》，黃永武撰，商務印書館印行。

28. 《宋金四家文學批評研究》，張健撰，聯經出版事業公司印行。

29. 《南北朝》，李唐撰，河洛圖書出版社印行。

30. 《唐詩散論》，葉慶炳撰，洪範書局印行。

31. 《修辭學》，傅師隸樸撰，正中書局印行。

32. 《梁代文論三派述要》，周勛初撰，鼎文書局印行。

33. 《國史大綱》，錢穆撰，商務印書館印行。

34. 《陳寅恪先生論文集》，陳寅恪撰，里仁書局印行。

35. 《庾子山評傳》，林承撰，自印本。

36. 《清代駢文通義》，陳耀南撰，學生書局印行。

37. 《詩賦詞曲概論》，丘瓊蓀撰，中華書局印行。

38. 《楚辭論文集》，游國恩撰，九思出版社印行。

39. 《楚辭概論》，游國恩撰，九思出版社印行。

40. 《詩文聲律論稿》，啓功撰，華中書局印行。

41. 《漢賦源流及其價值之商榷》，簡師宗梧撰，文史哲出版社印行。

42. 《聞一多選集》，聞一多撰，文學史料研究會印行。

43. 《語文通論》，郭紹虞撰，華聯出版社印行。

44. 《漢魏六朝專家文研究》，劉師培撰，中華書局印行。

45. 《漢賦之史的研究》，陶秋英撰，新文豐出版公司印行。

46. 《漢魏六朝詩論稿》，李直方撰，香港龍門書店印行。

47. 《漢魏六朝樂府文學史》，蕭滌凡撰，長安出版社印行。

48. 《論文雜記》，劉師培撰，廣文書局印行。

49. 《賦選注》，傅師隸樸撰，正中書局印行。

50. 《樂府文學史》，羅根澤撰，文史哲出版社印行。

51. 《談藝錄》，錢鍾書撰。

52. 《歷代文約選詳評》，王禮卿撰，中華叢書編審委員會印行。

53. 《賦話六種》，何沛雄編著。

54. 《駢文論衡》，謝鴻軒撰，廣文書局印行。

55. 《魏晉風氣與六朝文學》，朱義雲撰，文史哲出版社印行。

56. 《魏晉南北朝史》，勞榦撰，中華文化出版事業社印行。

57. 《辭賦學綱要》，陳去病撰，文海出版社印行。

二、期刊部分

1. 〈文學觀念及其含義之變遷〉，郭紹虞撰，《東方雜誌》二五卷 1 號。

2. 〈文學家與其時代環境之關係〉，黎正甫撰，《思想與時代》119 期。

3. 〈文學與環境〉，易烈剛撰，《師大國學叢刊》一卷 2 期。

4. 〈中國文學之未開闢的領土〉，朱光潛撰，《東方雜誌》二三卷 11 號。

5. 〈中國文明之地理轉移〉，陳登原撰，《中山大學文學研究所集刊》1 期。

6. 〈中國文學變遷之趨勢〉，陳鍾凡撰，《文哲季刊》1 期。

7. 〈六朝文述論略〉，馮承基撰，《學粹》一四卷 1、3 期。

8. 〈六朝詠物詩研究〉，洪順隆撰，《大陸雜誌》五六卷 3、4 期。

9. 〈六朝人的愛美心理〉，張仁青撰，《東方雜誌復刊》一七卷 1 期。

10. 〈王褒及其作品〉，蔡雄祥撰，《學粹》一九卷 6 期。

11. 〈少陵先生文心論〉，程會昌撰，《文學雜誌》五卷 1、2 期。

12. 〈古人詩文評對語言之基本態度〉，王師夢鷗撰，《東方雜誌復刊》一五卷 10 期。

13. 〈由鮑照詩看六朝的人生孤憤〉，龔鵬程撰，《鵝湖月刊》三卷 4 期。

14. 〈北魏與南朝對峙期間的外交關係〉，逯耀東撰，《新亞書院學術年刊》8 期。

15. 〈杜甫戲為六絕句研究〉，何三本撰，《中華文化復興月刊》六卷 4 期。

16. 〈兩晉南北朝的宮闈〉，劉廣惠撰，《食貨半月刊》2 期。

17. 《南北朝詩人用韻考》，王力撰，《清華學報》十一卷 3 期。

18. 〈南朝文學批評之派別〉，陳鍾凡撰，《文哲季刊》1 期。

19. 〈南朝樂府與當時社會之關係〉，廖蔚卿撰，《文史哲學報》3 期。

20. 〈南朝宮體詩研究〉，林文月撰，《文史哲學報》15 期。

21. 〈哀江南賦箋〉，高步瀛撰，《師大月刊》14 期。

22. 〈宮體詩人之寫實精神〉，林文月撰，《中外文學》三卷 3 期。

23. 〈陸機文賦所代表的文學觀念〉，王師夢鷗撰，《中外文學》八卷 2 期。

24. 〈從絕句的起源說到杜工部的絕句〉，傅懋勉撰，《國文月刊》17 期。

25. 〈庾子山小園賦——清倪璠注的幾點辨正〉，王質盧撰，《東方雜誌復刊》一卷 8 期。

26. 〈貴游文學與六朝文體之演變〉，王師夢鷗撰，《中外文學》八卷 1 期。

27. 〈無題之美〉，王師夢鷗撰，《中華學苑》27 期。

28. 〈絕句與聯句〉，李嘉言撰，《國文月刊》17 期。

29. 〈詩的歌與誦〉，俞平伯撰，《清華學報》九卷 3 期。

30. 〈漢賦的情性與結構〉，吳炎塗撰，《鵝湖》三卷 1 期。

31. 〈漢與六朝樂府產生時的社會形態〉，田倩君撰，《大陸雜誌》一七卷 9 期。

32. 〈漢魏六朝文體變遷之一考察〉，王師夢鷗撰，《中央研究院史語所集刊》第五十本第二分。

33. 〈齊梁詩與齊梁詩人〉，鄭雷夏撰，《台北女師專學報》9 期。

34. 〈齊梁以前儒學思想對文學理論之影響〉，陳勝長撰，《聯合書院學報》10 期。

35. 〈論漢魏六代賦〉，陳鐘凡撰，《文哲季刊》1 期。

36. 〈論屈賦之流變〉，趙璧光撰，《成功大學學報》八卷。

37. 〈論賦之封略〉，段凌辰撰，《中山大學史研所週刊》九集 106 期。

38. 〈論宮體風格——巧密〉，馮承基撰，《大陸雜誌》三八卷 10 期。

39. 〈論六朝駢文〉，孫德謙撰，《學衡》26 期。

40. 〈賦在中國文學史上的位置〉，郭紹虞撰，《小說月報》一七卷號外。

41. 〈暮年詞賦動江關的庾信〉，章江撰，《自由青年》488 期。

42. 〈駢文新論〉，江應龍撰，《文壇》156、157 期。

43. 〈駢文在中國文學史的地位〉，張仁青撰，《暢流》四十卷 4 期。

44. 〈魏晉南北朝名家文之研究〉，劉繁蔚撰，《公教知識》233～237

期。

45. 〈魏晉南北朝文學之發展〉，王師夢鷗撰，《中華文化復興月刊》一四卷 7、8、9 期。

46. 〈辭賦分類略說〉，何沛雄撰，《人生》二七卷 9、10 期。

47. 〈韻文與駢體文〉，嚴既澄撰，《小說月報》一七卷號外。

48. 〈辭賦對律詩之影響〉，易蘇民撰，《現代學苑》五卷 11 期。

三、外人著作部分

1. 《文鏡秘府論》，弘法大師撰，河洛圖書出版社印行。

2. 《中國文學通論》，兒島獻吉郎撰，孫俍工譯，商務印書館印行。

3. 《賦史大要》，鈴木虎雄撰，殷石臞譯，正中書局印行。

4. 《中國文學史》，前野直彬主編，連秀華，何寄彭合譯，長安出版社印行。

5. 《庾開府傳論稿》，橫山弘撰，天理大學學報 65 期。

6. 《六朝律詩之形成》，青木正一撰，鄭清茂譯，大陸雜誌一三卷 9 期。

7. 《學者的挫折感——論賦的一種形式》，Helmut Wilhel 撰，劉紉尼譯，幼獅月刊三九卷 6 期。